天生嬌媚

上

目次

壹之章 一門紈綺

金秋九月，本是豐收的好時節，但是靜亭侯卻躲在書房裡砸了好幾樣瓷器，嘴裡不停地罵罵咧咧，看起來不像是侯爺，倒更像是個市井流氓。

「在京城這個地界，敢得罪我班淮，老子弄死他！」

「父親，您別生氣，兒子這就出去找人揍他一頓。」

「你叫人揍他，我找皇上收拾他！」

「鬧夠了沒有？」陰氏一腳踹開書房的門，看著摩拳擦掌的父子倆，厲聲喝斥道：「還嫌外面那些話傳得不夠難聽是不是？」

靜亭侯與兒子齊齊噤聲，靜亭侯把踩在椅子上的腿收了回來，靜亭侯世子班恆把挽起來的袖子捋了下去。

九月的天，陰氏愣是要搧著扇子才能勉強平復心底的怒氣，她看也不看地上的碎瓷片，徑直走到椅子上坐下，跟在她身後進來的丫鬟婆子們開始七手八腳地收拾起來。

瓷片撞來撞去的聲音聽得她心裡的火氣更重，狠狠地瞪了父子二人一眼，素手一拍，桌面上的茶盞跟著跳了跳。

「不過是個鄉野小地出來的東西，考上科舉竟說要退婚，還擺出一副當初是我侯府逼婚他才不得不從的姿態，什麼玩意兒？」

「母親……」班恆湊到陰氏面前，陪著笑臉道：「您且別動怒，天底下三條腿的蟾蜍不好找，兩條腿的男人遍地都是，咱們家要收拾他，不過是動動嘴的事情，可別把您身子氣壞了。」

「我倒是不想生氣，可你看看這都什麼事兒？」

任哪個做母親放在心尖尖上的女兒，被人退了三次婚，心裡都暢快不起來。

她膝下僅一子一女，侯爺雖荒唐懶散，但不是貪花好色之人，所以家裡並無侍妾通房，不過他也就這個優點能拿得出手了。

當初女兒出生時，她跟一位閨中好友訂了娃娃親，哪知道那孩子長到三歲的時候，得了一場天花夭折了。

女兒十三歲時，與忠平伯府嫡次子謝啟臨訂親，哪知道臨出閣了，謝啟臨突然找到「真愛」，跟「真愛」私奔了。害得外面都在傳，她家姑娘是個草包，連一個丫鬟都比不上。不然堂堂伯府的公子為什麼寧可跟一個上不得檯面的女人私奔，也不跟她成親？

後來謝啟臨雖被找回來，但兩家婚事黃了，從此兩家人也不再來往，差點沒成為仇人。

這次的事情更加荒唐，這個沈鈺是是東洲沈氏偏支，勉強算得上當地的望族，來京城後對他們家姑娘一見鍾情，哭求著跟他家提親七八次，結果他們家剛答應下來，他這廂又反口。退婚的時候，表面上說著配不上他們家，內裡卻是嫌棄她家姑娘口有美貌沒有頭腦，為人奢侈懶散，不是良配。

當時你沒考上探花時怎不這麼說？這會兒倒嫌棄她家姑娘奢侈了。他們靜亭侯府有錢，願意讓自家姑娘奢侈點又怎麼了？

這廂班家三人氣得食不下嚥，那邊被退婚的正主卻睡得正香。

班嫿在做夢，這個夢很長，長到她醒來的時候，根本分不清這裡是現實還是夢境。當她坐起身，看到外面掛著的珍珠簾，才恍然驚覺，她剛才是在做夢。

對了，她剛才夢到什麼了？

好像是她又被退婚，誰做了皇帝，她父親冒犯新帝，被削去了爵位，然後他們全家就過上了苦巴巴的日子。

天啊，不能跟人攀比首飾，攀比華服的日子有多麼可怕？

不能看那些人明明在背後罵她，表面卻不得不恭敬她的憋屈樣子，人生該有多無聊？

這個夢實在太晦氣，她還是早點忘了好。

「鄉君……」丫鬟抹著眼淚，哭哭啼啼地走了進來，「沈探花竟然來退婚了！」

班嫿軟趴趴的腰桿頓時挺直起來，「退婚？」

完了，惡夢成真了！

她父親不是靜亭侯，那她弟弟就不是世子，她也不再是當今陛下親封的鄉君，她以後還怎麼吃喝玩樂，打馬遛狗賞花？

人生苦短，難道她只有短短幾年的享樂時光了嗎？

那個夢別的她沒記住多少，自己不是鄉君以後有多慘倒是記得清清楚楚。想到這裡，她頓時悲從中來，穿上鞋子披上衣服就往主院跑去。

「鄉君，您的頭髮！」

幸好靜亭侯府的下人嘴嚴，不然到了明天，京城裡的熱點就會變成「靜亭侯嫡女因退婚發狂，衣衫不整在家中狂奔」。

實際上，這也是靜亭侯看到女兒後的第一個想法。

「我的乖女！」靜亭侯看到女兒披頭散髮，衣衫不整地出現在書房，頓時嚎啕大哭起來，「乖女，咱不嫁了，明天爹去給買一打的面首回來，能文能武長得好，妳喜歡哪個挑哪個！」

天下的男人都不是好東西，害得他女兒變成了這樣。

這種時候，靜亭侯已經把自己拋出了男人的範圍。

班恆豔羨地瞥了姊姊一眼，他連個通房丫頭都沒有，也沒見誰給他張羅一個，夜深人靜紅袖添香，也是雅事嘛。

「想都別想，」陰氏斜著眼睛瞪了兒子一眼，「你給我乖乖待在家裡念書。」

「我、我什麼都沒想。」班恆很委屈，明明他什麼都沒幹，怎麼就被母親念叨了？

「你是從我肚子裡生出來的，你那眼珠子一轉，我就知道你想幹什麼。」陰氏看到女兒這個樣子，心早就軟了一半，恨不得手撕了那個沈鈺，但是她擔心自己的情緒影響到女兒，只得好言好語地勸導。

「妳父親剛才的話雖然糊塗，但是……」陰氏輕拍著女兒後背，察覺到她在不住地顫抖，便溫聲軟語道：「天底下好男人多著呢，就算找不到也沒關係，家裡的鋪子莊子田產都有妳的份，妳有錢有地位，怕什麼呢？」

班嫿在陰氏身上蹭了蹭，小聲道：「我不是因為那個誰退婚難過，是因為做了一個很奇怪的夢，才有些害怕。」

「夢到什麼了？」陰氏見女兒並不在意退婚這件事，偷偷鬆了口氣。

「新帝登基，他削了父親的爵位……」

「削了爵位？」班恆整個人都彈了起來，「新帝是誰，我們現在先坑死他！」

「我記不清了，」班嫿認真思索了半晌，「不過應該是個很厲害的男人。」

「妳不記得人家是誰，還能記得人有多厲害？」班恆切了一聲，「這也太不靠譜了。」

「做夢還能當真了，不厲害能當皇帝？」陰氏在班恆後背上敲了一下，不讓他跟班嫿嗆嘴，「別怕，別怕，夢都是假的，咱們家不是好好的嗎？」

「妳祖母是大長公主，誰敢動我們？」陰氏抬出了他們家最大的靠山德寧大長公主來安撫女兒的情緒，「不怕被祖宗們罵？」

「可是新帝不是蔣家人啊！」班嫿眨著眼睛，美麗的雙瞳帶著一層霧氣，看起來格外地楚楚可憐，「那個登基的人，是個居心叵測的朝臣。」

陰氏倒吸一口涼氣，看了眼門外，丫鬟婆子已經退出去了，現在屋裡只有他們一家四口，「這話可不能出去亂說。」

班嫿知道母親不會信自己做的這個夢，實際上連她自己都對這個夢半信半疑，「夢裡我被人退婚，結果我剛才醒來的時候，那個姓沈的就真退婚了，所以……萬一是真的怎麼辦？」

「那、那怎麼辦？」從小到大都是紈絝的班淮緊張地看向陰氏，「夫人，要不我們偷偷找個地方藏點金銀珠寶？」

「父親，您怎麼能信我姊的話，她都被退婚好幾次了，就因為這個就相信她的夢是真的，那也太好笑了。」班恆擺了擺手，「姊，妳再想想，夢裡面還有沒有發生什麼大事？」

「嘴欠！」班嫿伸出手指，戳了一下班恆的腦門，手臂上價值連城的血玉手鐲晃得班恆差點花了眼。

「我想想……」班嫿收回手，扯著她那一頭亂糟糟的青絲，「我再想想。」

班淮緊張地看著自家女兒，心裡萬分希望這個夢是假的。

「對了，我記得夢裡還發生過一件事，就是在我被退婚後不久，謝啟臨墜馬摔壞了一隻眼睛。」尷於對方跟人私奔，讓自己丟了大臉，所以班嫿把這件事記得很清楚。

解氣嘛！

「不愧是我班淮的女兒，得罪妳的人，在夢裡也不要讓他好過。」班淮心滿意足地摸了摸下巴上的鬍鬚，「那個謝壞水就不是個好東西！」

「對！」班恆在一旁附和道：「我見他一次，就找他一次麻煩！」

陰氏冷笑道：「可每次都是你吃虧。」

「那個謝啟臨讀書多，一肚子壞水，每次都能把黑的說成白的，我哪兒說得過他啊！」班恆悻悻道：「不過我也不吃虧，他嘴皮子再厲害，我也不疼不癢，我揍他一拳他還是會疼的。」

在班恆的邏輯世界裡，被人罵不算吃虧，被人打才叫吃虧。名聲這類東西，對他班小侯爺來說，那是天邊的浮雲。

「乖女，妳夢裡面謝壞水摔壞眼睛是什麼時候？」班淮跟班恆一樣，壓根兒不在意什麼名聲，反正他從小到大，也沒聽到幾個人誇他。
「就在沈鈺來退婚的第二天。」
「那就是明天囉？」

✿ ✿ ✿

「伯爺，小的剛才在門外看到靜亭侯府的下人了。」
「他們又想幹什麼？」忠平伯一聽到「靜亭侯」三個字，腦仁忍不住一陣發疼。他這輩子最後悔的事情就是當初腦子進水，與靜亭侯府訂親，搞得現在靜亭侯府的人三天兩頭找他家麻煩。如果是遇到要臉面的人家，大家為了面子上過得去，也不會在明面上鬧起來，可靜亭侯府的人偏偏不這樣，班淮沒事就在朝上跟他唱對臺戲，他那個兒子也時不時來給啟臨找麻煩，有時候甚至還動手打人，真是有辱斯文。
「小的不知道。」小廝茫然地搖頭，「他就蹲我們家大門不遠處，什麼都沒幹。」
「這一家子從主人到下人都有腦疾。」忠平伯沒好氣道：「隨他們去，難不成他們還敢打到我們府上來？」
小廝默默地想，兩年前靜亭侯不就帶著一幫小廝把他們大門給砸了嗎？這事後來還鬧到陛下跟前去了，結果靜亭侯有個做大長公主的母親，靜亭侯被陛下不疼不癢地訓斥幾句後就放了回來，把他們伯爺氣得病了大半個月都下不了床。
在忠平伯看來，靜亭侯就是整個京城裡百年難得一尋的奇葩，荒唐任性、死不要臉，老子兒子都一個樣，仗著與皇家的關係，整日裡招貓逗狗，閒散度日。他活了幾十歲，從沒見過如此厚顏無恥的一對父子。

老子兄弟都一個樣，生的女兒能好到哪兒去？

一家子荒唐貨！

忠平伯心裡正罵著靜亭侯父子，管家匆匆忙忙跑了進來。

「伯爺，出事了！」

✿ ✿ ✿

京城裡的貴婦千金們又有了新話題，那就是忠平伯嫡次子從馬背上莫名其妙摔了下來，眼睛剛好硌在一塊石頭上，壞掉了。沒摔倒手，沒摔到腳，就把一隻眼睛摔瞎了。

有好事者突然想到，這位四年前跟靜亭侯府的鄉君訂過婚，後來婚事雖然沒成，但也算是有過一段，該不會是那鄉君剋的？不然一個騎術精湛的貴公子，怎麼會摔下馬背？

當一個人認定某件事情以後，他會掐去中間的邏輯關係，直接給出簡單粗暴的結論。比如說班鄉君剋夫。

明明兩年前兩家就退了婚，忠平伯府也準備重新給謝啟臨重新訂親，現在謝啟臨出了事，還是有人把事情扯到了班鄉君的頭上。

「氣死我了，氣死我了！」班恆從外面回來，氣得在家裡轉了無數個圈，「這些人真是胡說八道，謝壞水摔壞了眼睛，關我姊什麼事，又不是我姊把他推下去的！什麼剋夫，他又不是我姊的夫君，真是不要臉！」

「世人都是愚昧的。」班嫿穿著繁複講究的裙衫，頭上戴著今年新出的宮花，在丫鬟們的前呼後擁下走進弟弟的院子，「他們關心的不是真相，而是一個可以八卦的對象，你為這些蠢貨說的話生氣，氣也是白氣。」

「我這是為了誰啊？」班恆一屁股坐在椅子上，揮退屋子裡伺候的下人，噘著口水道：「姊，妳的夢……成真了。」
班嫿在他身邊坐下，單手托著下巴，嘆口氣道：「五年後，你就不是世子了。」
「那妳也不是鄉君了。」班恆瞥了一眼他姊身上的金銀首飾，「妳說，我們該怎麼辦？」
姊弟倆面面相覷，都是一臉茫然。
「乖女，」班淮滿臉是汗地走了進來，手裡還捧著一大堆畫卷，「妳看看這裡面誰比較可能是妳夢裡的那位？」
那位是哪位，班家四口都知道，卻不敢說出來。
「這是當朝右相石崇海。」班淮打開畫卷，指著上面的瘦小老頭子道：「這人出身寒門，看起來對陛下很忠心，但是知人知面不知心，有沒有可能是他？」
「不是這個老頭，」班嫿瞥了一眼後搖頭，「那人沒這麼醜。」
「妳在夢裡連人家長什麼樣都記不住，」班恆好奇地問：「怎麼知道他長得好看？」
「女人的直覺，你們男人永遠不會懂的。」班嫿抬了抬眼皮，「下一個。」
「這是當朝左相嚴暉，很多時候都跟陛下作對。」
「不是。」
「尚書令周秉安？」
「也不是。」
「兵部僕射？」
畫卷看了一大半，班嫿從頭到尾就只有一個動作，那就是搖頭，不斷地搖頭。
「這已經是朝上比較有實權的官員了，」班淮看著扔得滿地的畫卷，臉上帶出苦惱之色，「宗室那些王爺郡王都是蔣家人，肯定也都不是，究竟還能有誰呢？」

班嫿順手打開一卷畫，上面畫著一個年輕男子，玉冠錦袍，看起來格外有風采。

「錯了，錯了！」班淮搶過畫卷，「這是其他府上的未婚郎君，不小心混進去了。」

「父親，這位您別想了。」班嫿沒有阻攔班淮搶畫的動作，「全京城多少女人盯著他，找這麼個夫君該多糟心。」

「參考嘛！」班淮嘿嘿一笑，「妳不是喜歡好看的男人嗎？這個肯定符合妳的標準。」

「想到五年後我們就要過上艱難困苦的生活，再好看的男人都不能讓我心動了。」班嫿趴在桌子上，神情懨懨，「反正五年以後，我也沒有成功嫁出去。」

班恆心疼地拍拍她的後背，「姊，妳還是去別莊養幾個男寵吧。人生苦短，及時行樂。」

反正那些公主縣主什麼的，養男寵的也不少。

班嫿不想理他，世界上好看的男人很多，但是長得好看又有氣質的男人卻很少，而且這樣的一般都有身分，就算沒有身分，也被公主郡主們帶走了，哪還輪得到她？

見班嫿興致不高，班恆決定講一些謝啟臨的倒楣事讓她開心開心，「謝壞水被抬回家的時候，聽說血把半邊臉都糊了，那場面簡直……嘖嘖嘖，像這種負心漢，就該有這樣的下場。」

「眼睛都摔壞了，容貌肯定也會受影響，真可惜。」班嫿幽幽嘆息一聲，纖細白皙的手指點了點桌面，「不過，摔得好！」

「我早就受夠這個神經病了，跟個煙花柳巷的女人跑就跑了，被抓回來以後，每次見到我都擺出一副欲語還休的噁心樣子，真當我非他不嫁似的，臉那麼大，怎麼不去求娶公主？」

「因為他身分不夠啊！」班恆給自家姊姊拆臺，「他家雖然領了一個爵位，但也是寒門出身，皇家公主哪看得上他？」

「這種皇室看不上的男人，轉頭為了個煙花柳巷女人跟我退婚，這種事說出來很有面子嗎？」班嫿沒好氣地朝班恆翻了一個白眼，「算了，反正我們早晚也會被新帝給奪去爵位封號，現在該吃吃該喝喝，想辦法再偷偷置辦點產業，能風光多久就風光多久吧。」

今朝有酒今朝醉，風風光光又一年，反正以他們家這點腦子，也想不出什麼好辦法。

「妳說的對，」班淮深以為然地點頭，「我去把上次看到的古董扇子給買下來，以前妳母親不讓，現在應該沒有意見了。」

他們家這麼多錢，現在不用，以後被抄家就沒機會用了。

果然，這次班淮再去向陰氏討錢用，陰氏沒有猶豫就答應了他，順手還多給了他兩千兩銀票，讓他看著什麼女孩兒稀罕的東西，就給自家閨女買回來。

京城的人突然發現，靜亭侯最近闊了起來，什麼珍稀古玩，價值上萬銀子的東西，靜亭侯買起來眼睛都不眨一下。眾所周知，靜亭侯十分荒唐，唯一怕的只有兩個女人，一個是他母親德寧大長公主，一個是他的夫人陰氏，平時身上揣的銀票，從來沒超過五百兩。

現在他突然變得如此大方闊氣，不由得讓人忍不住懷疑靜亭侯與陰氏的感情出了問題，陰氏已經管不住他了。

這日，安樂公主擺賞菊宴，邀請了京城裡不少的貴婦千金，班嫿身為大長公主的嫡親孫女，自然也在受邀之列。

班嫿向來愛熱鬧，因為只有這些人多的場合，她那漂亮的華服美飾才能讓更多的人看見。偏偏她還有一張讓很多女人都嫉妒的臉，雖然不少女人在背後酸氣十足地說她相貌豔俗，空有美貌內裡是草包之類。

對此班嫿接受良好，因為這些女人瞧不起她穿著華麗，瞧不起她美豔無腦，但是眼裡的羨慕與嫉妒卻是怎麼也掩飾不住的。

她就是喜歡這些人明明很嫉妒，偏偏嘴硬裝作瞧不起的樣子。

只要想到那一雙雙充滿羨慕嫉妒恨的眼睛，她就能多吃一碗飯。

「女人要炫耀，不是金子越重越好，而是東西越精緻越值錢才好。其他女人平時壓箱底捨不得拿出來的東西，我卻可以戴著扔著玩，那就是炫耀。」班嫿在額間描了一朵豔麗的牡丹，對著鏡子滿意地看了好幾眼，又對身後的丫鬟道：「看來看去，還是這種花最適合我。」

時下流行梅花、青蓮之類的花鈿，桃花牡丹之類往往被千金小姐們笑作俗氣，可她班嫿就是如此俗氣的人。牡丹多好，既貴氣又美麗，那乾巴巴的梅花比得上嗎？

安樂公主是陛下極寵愛的長女，七年前嫁給一個姓王的世家嫡子，夫妻二人也如膠似漆過一段時間，後來王駙馬竟然養外室，氣得安樂公主用馬鞭把他抽了一頓，趕出公主府。

當時這事鬧得滿城皆知，最後以王駙馬墜馬身亡而結束。曾有人說王駙馬的死因存疑，但是誰也找不到證據，加上後來王家敗落，便無人敢再提此事，最多在背後偷偷感慨一句，最毒婦人心便罷了。不過誰叫那麼王駙馬不識趣，娶了公主也敢在外面胡來，這就是老壽星上吊，自找死路。

王駙馬死後，安樂公主也不願再嫁，養了一群戲子歌姬在別莊飲酒作樂，再不然便邀請京中貴女們打馬遊玩，算得上是京城紈絝小姐團體的代表人物之一。

這次安樂公主舉辦賞菊宴，幾乎所有受邀的貴女都賞臉去了，很快別莊便熱鬧起來。

「妳們看到班鄉君了沒有？」

「沒有，她今天約莫是不會來了。」

「為什麼？」

「聽說沈探花去靜亭侯府退婚，當天沈探花是被靜亭侯打出來的，不少人都瞧見了。」

貴女們平日閒著無事，湊在一塊難免聊點各家的八卦，班嫿「又被退婚」，稱得上是當下的熱門話題。

「我如果是她，也沒臉出來湊這個熱鬧。」謝啟臨的妹妹謝宛諭用手帕輕輕擦拭著嘴角，小聲對身邊的同伴道：「那一家子的荒唐人，誰敢結這門親誰倒楣。」

她的同伴石飛仙乃是當朝右相孫女，不僅長得出塵美麗，還是京城中有名的才女，就連太后都親口誇讚過。

石飛仙性子寡淡，能與她交好的人並不多，謝宛諭便是其中一個。她不太喜歡班嫿那張揚的性子，所以聽謝宛諭提起她，便微微皺眉道：「罷了，她一個女兒家被退婚三次，也不是什麼好事，我們且別提了。」

「就算我們不提，別人一樣會說閒話。」謝宛諭想起自己的哥哥謝啟臨，雙手絞著帕子道：「若不是她妨剋我哥，我哥怎麼會傷了眼睛？」

朝廷用官，很少有用眼睛殘疾的先例，如今他哥壞了一隻眼睛，不僅日後不能再入朝為官，就連親事也要降一等。現如今母親天天在家以淚洗面，她實在受不了家中那沉悶的氣氛，才會逃出來透透氣的。

世人都愛遷怒，謝宛諭才不管那些妨剋的傳言是真是假，反正她不喜歡班嫿那副猖狂樣，抱怨班嫿一番，心情都好多了。

石飛仙靜靜地聽著，沒有說話，自然也沒有提謝啟臨出事那天，是想給她送一本詩冊。

班嫿一下馬車，守在別莊門口的丫鬟婆子都迎了上去。不管那些千金貴女怎麼看待這班鄉君，她們這些做奴僕的卻是要好好伺候這位主兒。誰讓這位長著一張好看的臉，有張討喜的嘴，哄得宮裡的太后皇上都喜歡她呢？

「見過鄉君。您可算來了，公主正在內院等著呢，奴婢給您引路。」

班嫿就喜歡別人眾星拱月般捧著她，當下露出一個明豔的笑容，從荷包裡掏出幾粒銀花生，扔給面前這個丫鬟，「走，安樂姊姊這裡的菊花向來比別人家的漂亮，我怎麼能不來？」

「謝鄉君賞。」丫鬟臉上的笑容更加燦爛，「您往這邊走，小心腳下的臺階。」

「真沒意思！」安樂公主彈著盤子裡的玉珠，視線掃過院子裡那些優雅貴氣的千金小姐們，扭頭對身邊的嬤嬤道：「嫿嫿還沒來嗎？」

「公主，班鄉君今日還沒到。」嬤嬤想起近幾日京中那些流言，卻不敢在公主面前顯露，「想來正在路上。」

主僕二人正說著，忽然外面傳來女子們說說笑笑的聲音，一個身著豔麗宮裝的女子左手一個美人，右手一個佳人，笑盈盈地朝這邊走來。

「我道是誰弄出這般大的動靜，除了她就沒別人了。」安樂公主臉上的笑容頓時燦爛幾分，起身朝來人走去，「好好的，妳又來逗我家的丫頭，到時候又要惹得她們左一句班鄉君，右一句班鄉君，倒把我給忘了。」

「姊姊。」班嫿放開手裡的美人，福身想向安樂公主行禮，被安樂公主一把扶住，「快別，朝我行禮的人多著，可不缺妳一個。」

「我們小半個月不見，總要裝一裝的。」班嫿與安樂公主攜手走進園子，腳剛踏進去，就感到無數目光落在了她的身上。她扶了扶鬢邊的步搖，朝眾貴女露出美豔逼人的微笑。

既然她們想看，她就讓她們看個夠。

她今天的裙子是用貢緞做的，玉佩是有錢也買不著的雞血玉，從頭到腳無一不精緻，無一不講究。她精心打扮大半天，若沒人看，那多掃興？

謝宛諭看著她那得瑟樣兒，臉差點扭曲起來。她哥眼睛壞了一隻，班嫿卻紅光滿面打扮得豔光四射地出現在這裡，她心裡那口氣怎麼都嚥不下去。

她總算是明白母親為什麼喜歡在無人處罵某些女人為賤人了，因為這兩個字才能發洩她內心無處安放的憤怒。

安樂公主這裡最不缺的就是美人美酒與佳餚，滿院子的千金貴女，一邊聽著樂師們彈奏的曲子，一邊吟詩作畫，倒也是快意。班嫿不擅長吟詩也不擅長作畫，唯有一張嘴格外刁鑽，哪樣東西食材是陳的，哪樣是新的，她只要嘗一口，便能識別出來。

「這酒是下面莊子裡的人送來的，味道怎麼樣？」安樂公主讓班嫿嘗了嘗新得的果酒。

「還成。」班嫿把頭湊到安樂公主耳邊，小聲道：「妳看到那個謝宛諭沒有，瞪著我的時候，眼珠子都快要掉出來了。」

「怎麼，妳們兩個玩不到一塊去？」安樂公主大班嫿七歲，對於她來說，班嫿幾乎是她看著長大的，所以情感上自然更偏向班嫿。

「我哪能跟她們玩到一起？」班嫿抿了一口果酒，懶洋洋道：「她們愛的是吟詩作畫，溫婉可人。妳又不是不知道，我什麼時候喜歡過念書啊？」

「妳也別抱怨，若不是謝啟臨跟人私奔，她就成妳的小姑子了。」

「誰稀罕嫁給一個有眼疾的男人！」班嫿哼了一聲，放著她一個正經侯府鄉君不娶，偏偏跟一個煙花柳巷的女子私奔，簡直讓她丟盡了顏面，「幸好他當年私奔了，不然我還要守著一個花心半瞎子過一輩子。」

對謝啟臨她是有過好感的，畢竟他長得好，又會哄人開心，那時候她年幼不懂事，便讓父母答應了他家的求親。後來她才明白，相信男人的一張嘴，不如相信白日見鬼。

還有那個謝宛諭，她哥當年悔婚丟她的顏面，現在她還好意思對她眼睛不是眼睛，鼻子不是鼻子，這不是腦子有病嗎？

「班鄉君，大家都在作詩玩，妳怎麼不來？」謝宛諭笑著朝她揮手絹，「快過來。」

「嘖！」班嫿懶得搭理謝宛諭那故作友好的模樣，頭一扭，繼續跟安樂公主閒聊。

她這麼不給謝宛諭面子，謝宛諭就有些尷尬了，她抬頭迎向各家貴女們的視線，勉強笑道：「可能班鄉君對我們家還有些誤會。」

誤會？什麼誤會？

自然是被謝家退婚那件事。

當下女子雖然比前朝更自在，但終究還是男尊女卑的時代，男人退婚，就算是男人的錯，對女子的名聲來說，還是有很大的影響。

妳若是好，那別人家為什麼會退婚？既然男方堅持退婚，那肯定是女人哪裡有問題。

本來是謝家做的不厚道的事情，鑑於班家紈絝的作風，以及班嫿絲毫不低調的做人原則，所以很多貴女便默認了謝宛諭這種說法。

長得漂亮有什麼用，謝家二郎還是不願意要她。

這種想法讓很多貴女感到快意，有種高於班嫿的優越感。雖然現實是她們不敢像班嫿那樣，不高興就甩人面子，高興了就拿金子銀子賞人，更不會像班嫿那樣，穿著奢靡講究。

這是不對的，身為女子更重要的應該是姿態與內涵，像班嫿那樣的女人，實在是太淺顯太庸俗了，簡直就是丟盡了家族的顏面。

「那個沈鈺是怎麼回事？」安樂公主皺起眉頭，「當初不是他哭著求著要娶妳嗎？」

「誰管他怎麼回事。」班嫿用銀叉取了一塊水果放進嘴裡，嫣紅水潤的唇就像是熟透的蜜桃，讓安樂公主忍不住伸手戳了戳。

「愛退就退，他除了那張臉，也沒哪兒讓我看上的。」班嫿放下銀叉，漂亮的雙眼眨了眨。她記得夢裡面的沈鈺下場也不太好，臉上被刺字發配到了邊疆。

「妳這麼喜歡長得好看的男人，不如嫁給容瑕？」安樂公主失笑道：「整個京城，便沒有比他長得更好看的男人了。」

「容瑕？」班嫿聽說過這位容伯爺的大名。京城無雙公子容瑕，書畫雙絕，貌勝潘安，是個出門必受女子追逐的男人。

「怎麼，瞧不上？」安樂公主似笑非笑地看著她。

「翩翩君子世無雙，連石飛仙這樣的才女都曾親口誇讚過的男人，對我來說已經不是看不看得上的問題。」班嫿想得很開，「這樣的人，生來喜歡的大概是神仙妃子般的人物，我啊，就不去湊這個熱鬧了。」

她見過容瑕的次數並不多，但是每次看到此人，她都覺得對方不是人，而是天山上的雪蓮，夜空上的皎月，所以兩人壓根兒就不搭界。

見班嫿對成安伯似乎沒什麼男女之情，安樂公主反而放心了，「幸而妳不像某些女人一樣，為了容瑕瘋瘋癲癲，我倒是放心了。」

班嫿此時哪有心情去考慮男人這種事情，只要想到五年後她不再是鄉君，她就覺得整個世間都是淒涼的。

中午用的是螃蟹宴，班嫿坐在安樂公主的右邊，安樂公主左邊坐的是康寧郡主，當今聖上弟弟的女兒，班嫿與她的關係只算得上是勉強，平時間的關係並不熱絡。班嫿知道她性格冷淡，也不愛往她身邊湊，只低頭挑肥大的螃蟹來吃。

「班鄉君近來瞧著好像消減了幾分，可要注意身體。」一位千金小姐看著班嫿，語氣有些陰陽怪氣，「有什麼事不要憋在心裡，氣大傷身。」

「瘦了穿衣服更好看，我有氣從來不憋在心裡，一般當場就發作了。」班嫿放下筷子，擦乾淨嘴角，抬頭瞥了眼這個說話的千金小姐，「妳是哪家的，以前怎麼沒見過妳？」

「嫿嫿，她是李大人的女兒李小如，平時也常與我們聚在一塊。」康寧郡主聞言，莞爾一笑，輕聲解釋道：「妳怎會沒見過？」

班嫿眉一挑，「我竟是從未注意到過。」想嘲笑她被沈鈺退婚還要裝模作樣，班嫿從不給這種人面子，「約莫是李小姐穿得過於素淨，我向來愛熱鬧，不太起眼的人就記不住。」

「妳……」李小如眼眶發紅，眼中的淚水似落未落，就像是被狂風摧殘過的小花骨朵，十分可憐地縮著，等待著別人的保護。

「班鄉君，」石飛仙見狀微微皺眉，隨後微笑著看向班嫿，「妳這又是何必？」

滿桌子寂靜。

班嫿低頭敲著一隻蟹鉗子，偏頭對安樂公主道：「這螃蟹好，肉又鮮又嫩。」

安樂公主知道她故意不搭理石飛仙，無奈一笑，「妳若喜歡，等會兒便帶一筐回去。」

一整桌人都知道，班嫿這是故意裝作沒有聽見石飛仙的話，心裡對班嫿的厭惡感更甚。不就是仗著有一個做大長公主的祖母，才能如此耀武揚威嗎？石飛仙可是當朝右相的孫女，可比她家那個有爵位無實權的父親厲害多了。

當著這麼多人的面不給石飛仙面子，這簡直是把右相的臉面放在地上踩，班嫿瘋了嗎？

班嫿瘋沒瘋她們不知道，但是現在誰也不敢去招惹她了，誰知道她會做出什麼反應？腦子正常的人做事有跡可循，像這種沒頭腦的行事作風全靠情緒，跟她吵架有辱斯文，不跟她吵又覺得憋屈，所以乾脆不去招惹最好。

謝宛諭與石飛仙都被她下了面子，她們何必再去討這個沒趣？

不知道是不是她們的錯覺，以前的班嫿雖然有些隨性，卻還不至於像今天這般不給人顏面。今天是怎麼了，難道真是沈鈺退婚刺激了她，讓她破罐子破摔了？

在場不少人都這麼想，有心軟的開始同情起她來，還有些偷偷地幸災樂禍。有了石飛仙與謝宛諭的前車之鑑，後面再沒有人去招惹班嫿，直到賞菊宴散場，也沒有誰跟班嫿多說幾句話。

安樂公主送班嫿離開的時候，忍不住嘆氣道：「妳現在的心氣兒更大了，再這麼下去，給妳招來禍端可怎麼好？」

「好日子過一天便少一天，只求今朝有酒今朝醉罷了。」班嫿不甚在意道：「她們本就不喜歡我，就算我現在好聲好氣地跟她們說話，待我落魄了，她們也還是會迫不及待來看我笑話，我又何必給她們好臉？」

「什麼落魄不落魄的？」安樂公主失笑道：「小心姑祖母聽見這話收拾妳。」

班嫿笑了笑，沒有再多說什麼，跟安樂公主道別後，就上了轎子。

某著名的古玩店裡，班淮看著掌櫃捧著的玉佩，搖搖頭，「這個不行，還有別的嗎？」

「小的哪敢騙您，這已是店裡最好的東西。」掌櫃陪笑道：「要不，您再看看別的？」

「不看！」班淮頭一扭，「等你這裡有好東西，爺再來看。」

「好的，侯爺慢走。」掌櫃鬆了一口氣，這位靜亭侯雖然有些挑剔，但是出手大方，找不到合心意的，也不會拿他們出氣，還算是好伺候的客人，所以儘管外面人都傳這位是個紈絝，他們這些做商人的，倒是挺喜歡這位靜亭侯的。

「侯爺，前面好像出事了。」班淮的長隨小柱兒靠近轎子，小聲道：「路走不通。」

「出什麼事了？」班淮掀開轎簾，聽到前面傳來哭聲，不少老百姓圍在前面，又吵又鬧的，不知道發生了什麼。

「你去問問發生了什麼事。」班淮急著回府，懶得繞路走，只好讓下人去問問。

沒過一會兒，小柱兒就跑了回來，「侯爺，小的打聽出來了。有對老夫妻進城賣山貨，哪知遇上了騙子，給的銅幣竟是假的，老頭子一氣之下，竟暈了過去。」

若是以往，班淮是不會關心這種小事的，但他今天揣在兜裡的銀子沒有花出去，便難得起了幾分閒心，從兜裡掏出一塊碎銀子，「把這銀子給他們。」

能用銀子解決的事情，都不是事兒。

「是。」小柱兒接過銀子，一路小跑著擠進人群，把碎銀子放到痛哭不止的老太太手裡，「老太太，這銀子妳拿去，請個大夫給老爺子瞧瞧。」

「這怎麼使得？」老太太看著手裡的這塊銀子，嚇得臉都變了，又見給他銀子的這個人穿著上好的棉袍，更是不敢要，「大人好意老婦心領了，只是這麼多的銀子，老婦愧不敢受。」

「放心拿著吧，這是我們家侯爺給妳的。」小柱兒見倒在地上的老爺子面色蠟黃，嘆了口氣，把碎銀子塞進老太太手裡後，轉身便往回走。

「好人啊！」老太太老淚縱橫地跪在地上，朝班淮轎子的方向磕了好幾個頭。

有年輕力壯的人見了，幫著她叫了一個大夫來，沒過一會兒老爺子便醒了過來。老太太高興得又哭又笑，總算是想起詢問四周看熱鬧的人，剛才幫她的那位大人究竟是誰。

「那個人我認識，他姑媽跟我們家是遠方親戚，」一個穿著乾淨的中年男人在眾人敬仰的眼神下緩緩開口道：「聽說他一家子都在侯府當差，穿的是上好的棉布衣，頓頓都有肉吃，侯府好些下人都歸他管。」

「原來是侯府的人。」旁邊百姓恍然大悟，不過京城裡最不缺的便是侯爺爵爺，於是又有人問道：「你可知他是哪個侯府的人？」

「那來歷可就大了，知道大長公主嗎？這位侯爺便是大長公主的兒子靜亭侯。方才送這老太太銀子的，定是靜亭侯無誤了。」

大長公主的兒子，那就是當今陛下的表弟，那肯定是很厲害的大人物了。

「這位侯爺真是好心人啊！」

最終，對京城貴族圈子絲毫不了解的普通老百姓們，得出了這個結論。

不遠處，坐在轎中的男人靜靜地看著這一幕，等人群散開後，才放下轎簾，「回府。」

「伯爺，不去忠平伯府了嗎？」

「不去了，」男人平靜正經的聲音傳出轎子，「明日再去。」

「是。」

轎子掉頭往回走，走了沒多遠，對面一頂紅緞垂瓔香轎往這邊行來。男人掀起轎窗的簾子，看到了對面轎簾上繡著繁複的牡丹，中間或綴著珠寶玉石，十分華貴。他的目光在轎頂上嵌著的紅寶石上掃過，緩緩放下了窗簾。

好在道路寬敞，用不著誰讓誰，這頂紅緞香轎便與這藍頂轎子擦肩而過。走得遠了，還能聽到轎子上傳來的叮叮噹噹響鈴聲。

這廂班淮雖然繞了一段路才回府，但是想到自己今天也算是做了一件好事，他頓時覺得自己腰間掛著的玉佩更加鮮亮起來，連帶著兒子來找他討銀子使時，忍不住多給他一百兩。

「父親，別人家紈絝一出手都是幾千兩上萬兩，我們家的紈絝也不能輸給別人啊！」班恆甩著手裡一百兩面額的銀票，「這讓我們侯府的臉面往哪兒擱？」

「我們家什麼時候有臉面了？反正我們也不要臉。」班淮挺了挺胸，「沒事別出去亂晃，回房看書去。」

班恆：……

此時，班嫿下了轎子，對來迎接她的下人道：「世子回來沒有？」

「鄉君，世子半個時辰前已經回來了，」下人躬身答道：「正在書房裡念書。」

「念書？」班嫿挑了挑眉，她弟弟是進書房就會頭暈的傢伙，要能靜下心來讀書，那真是天下紅雨了，「走，我看看他去。」

「子曰：不患人之不己知，患不知人也……」

班嫿剛走到書房門口，就聽到裡面傳來班恆的讀書聲，她推開門，見他搖頭晃腦一臉認真的模樣，雙手環胸道：「別裝了，念《論語》，手裡拿的卻是《禮記》，你可真厲害。」

「我這是混淆念書法，眼裡看的是《禮記》，心裡背的卻是《論語》，只有這樣才能提高我的記憶力，」班恆臉不紅心不跳地辯解道：「妳一介女流，懂什麼？」

「嗯？」班嫿挑眉，「你剛才說什麼？」

「我、我什麼也沒說！」班恆把手裡的《禮記》放下，陪著笑湊到班嫿面前，「姊，妳知道我腦子不好使，剛才是在胡說八道呢！」

班嫿沒有理他，走到書架上取出一套《孟子》，翻開就發現這只是《孟子》的殼，實則卻是個什麼雜記，她還沒來得及翻開，書就已經被班恆搶走了。

「姊，我的好姊姊，這書妳可不能看。」班恆搶過書以後，就死命往懷裡塞。這種書可不能讓他姊看，不然母親非揍死他不可。

「不看我也知道裡面是些什麼東西，無非是些山中遇狐仙，公子小姐互許終身的故事。」班嫿瞥了眼塞滿書的架子，「今天這麼老實？」

班恆低著頭不說話。

「是不是又在外面惹麻煩了？」班嫿懷疑地看他一眼，「還是缺銀子花了？」

「也不是什麼大事，」班恆看房頂看地，就是不敢看班嫿，「就是出了一點小事。」

「說吧，出了什麼事。」班嫿在椅子上坐下，指了指旁邊的座位，「坐下慢慢說。」

「今天我騎馬回來的時候，突然從旁邊竄出一個人來，不小心被我的馬踢傷了。」班恆覺得自己也挺冤的，明明騎馬的速度很慢，誰知道會有人突然跑出來，而且剛好驚到了他的馬，然後被馬兒一腳踢翻。

要知道這匹馬可是祖母送給他的，據說是塞外進貢來的純血馬，腿勁兒特別足，他懷疑被踢的人傷得不輕。

「後來呢？」班嫿皺眉，她弟雖然遊手好閒，但絕對做不出在鬧市縱馬傷人這種事。

「後來我正準備把他帶去看大夫，從旁邊又衝出幾個人，把人從地上拽起來就跑，我都還沒反應過來呢！」班恆摸了摸他那不算聰明的腦袋，「姊，妳說這事該怎麼辦？」

「報官。」班嫿剝著果盤裡的乾果，一邊吃一邊道：「反正咱們也找不到人，又不想被人暗算，乾脆就明著報官。」

「萬一他們把我抓走怎麼辦？」

「你是不是豬腦子？」班嫿恨鐵不成鋼地瞪著班恆，「你不會說今天看到有人疑似被追殺，還撞到了你的馬前，你擔心出事，就來報官。再說，」班嫿摸了摸手腕上的血玉手鐲，「現在誰敢動你？」

「那倒也是。」班恆想到自家五年後才倒楣，底氣十足，「可萬一不是追殺怎麼辦？」

「你知道『疑似』的意思嗎？」班嫿拍了拍手，站起身道：「你管他是不是呢，先把自己摘出來再說。」

「我明白了，我馬上就去。」班恆腦子雖然不算好，但他有一個優點，那就是聽得進好話，所以班嫿這麼說，他就乖乖照做了。

夜幕時分，京城縣尉趙東安正準備回家吃飯，就聽到衙役來說，靜亭侯世子來報案了。身為主管京城治安的八品小官，趙東安一直過著水深火熱的日子，因為這是天子腳下，任何一件小事都有可能變成大事。加上京城裡貴人多，就連普通老百姓都可能有一兩門顯赫的親戚，所以為了京城的治安，他簡直是操碎了心。

現在一聽到靜亭侯府的世子來了，還是來報案的，他差點一口血吐出來。

堂堂大長公主的嫡親孫子，有什麼事是不能解決的，就算真有事也該找京兆尹大人，跑到他這個八品小芝麻官面前報什麼案？心裡雖然憋屈無比，趙縣尉卻連臉色都不敢擺一個，整了整身上的袍子，大步迎了出去。

剛走到門口，他就看到一個身著錦袍，玉冠束髮，腰纏錦帶的年輕公子哥兒站在院子裡，打眼看過去，倒是個翩翩少年郎，可惜只是看起來很像罷了。

「下官趙東安見過班世子。」

「趙大人多禮了。」班恆見這個趙東安年紀不大，頭髮卻白了不少，同情地伸手扶起他，「我今天來，是來向你報案的。」

趙縣尉心頭一顫，「不知道世子要報什麼案？」

「有可能是殺人案。」

殺、殺人？

趙縣尉內心崩潰。不要以為你是世子就可以胡說八道，牽扯到人命那不是小事！

班恆可不管趙東安有多崩潰，把下午遇到的事情大致說了一遍，最後還嘆息一聲，「想到此人受了傷，又被身分不明的人帶走，我心裡就不踏實，所以想來想去，還是來報案了。趙縣尉不會怪我小題大作吧？」

趙縣尉能說什麼，只能恭恭敬敬地把人送出衙門，還要誇他是大業朝好公民。

「縣尉大人，這事怎麼辦？」有個衙差為難地看著趙東安，「我們查還是不查？」

「靜亭侯世子親自來報案了，你說查不查？」趙東安嘆口氣，「不僅要查，還要大張旗鼓地查，只是不能以殺人案的來查，而是以提高京城治安，需要加強巡邏的名義。」

衙差雖然不明白為什麼要這麼做，但還是照著縣尉的意思安排下去了。

趙東安煩惱地抓了抓花白的頭髮，覺得過了今晚，他腦袋上的白頭髮又會多幾根。

「姊，事情我已經辦好了，」班恆興沖沖地跑到班嫿院子裡，連喝兩杯茶以後，才心滿意足道：「那個縣尉把我都誇成一朵花兒了，我自己聽得都臉紅，也不知道他怎麼誇出來的。」

「放心，等你不是世子後，就沒有人違背良心來誇你了。」班嫿坐在太妃椅上沒有動，伸著手讓婢女幫她染指甲，「現在還有人願意誇你，你就好好享受吧。」

「妳可真是我的好姊姊。」班恆湊到班嫿身邊，盯著班嫿的手看了好一會兒，突然道：

「姊，我發現妳的手挺漂亮的。」

「嗯，我也是這樣覺得。恭喜你跟我在一起生活了十五年，終於發現了這個事實。」班嫿抬了抬下巴，「那邊書盒裡面有幾張銀票，你拿去花吧。」

「姊，我就知道全府上下，妳對我是最好的。」班恆喜孜孜地找到銀票塞進自己懷裡，「妳怎麼知道我正缺銀子使呢？」

「你什麼時候不缺銀子？」班嫿眉梢微挑，「不過這銀子你可以拿去鬥雞鬥蛐蛐，不該去的地方一步都不能踏進去，如果敢犯，到時候不用父親母親管教你，我就先揍你一頓。」

班恆想起自家姊姊是跟祖父學過拳腳功夫的，當即賭咒發誓，絕對不會去煙花柳巷之地，也不會去賭場。

祖父生前曾當過大將軍，領著將領上過戰場殺敵，先帝曾誇祖父為「朝中武將第一人」，只可惜後來祖父在戰場上傷了手臂，便再沒去過邊疆。

據說祖父在世時，非常喜歡他姊，從小當作寶貝疙瘩似的護著，金銀珠寶更是不要錢似的塞給他姊，於是他姊便成了現在這個性子。

九月底的某一天，班淮一大早就出了門，直到宵禁前才回府，家裡其他三人見他衣角上還沾著土，滿臉神祕的模樣，都有些好奇他去幹了什麼。

「我埋了兩罐銀子在別莊裡，」班淮小聲道：「連下人都不知道我去埋了東西。」

陰氏忍不住道：「埋到別莊有什麼用，到時候新帝抄家，我們還能進得去別莊？」

班淮聞言一愣，他光想到侯府會被搜查，倒是忘記事發後，別莊大概也不會屬於他了。想到這，他整個人都耷拉下來，今天算是白幹了。

不過這倒是給了班嫿啟發，別莊裡不能埋銀子，一些人煙稀少的林子裡卻可以埋。她明天與班恆帶著人四處走走，看看有沒有不容易發現，等他們被抄家後還能挖出銀子使的地方。而且還要多埋幾個地方，就算有些被人發現，但總該有漏網之魚。

第二天一早，班家姊弟帶著幾個護衛便出了城，然後以鍛煉弟弟體力的名義，讓班恆自己把兩袋沙土往山上扛，並且不許護衛幫忙。

「祖父留下的拳法不能斷在你這裡。」班嫿今天特意穿了一身便於行動的騎裝，對身後的護衛道：「你們去外面守著。」

護衛們以為鄉君是想教世子班家不外傳的拳法，於是都識趣地退到了周邊。

偷師這種事如果被發現，可是大罪，他們在侯府幹得好好的，可不想給自己找麻煩。

「還愣著幹什麼，快挖！」班嫿取出藏在袋子裡的小鐵鍬，半跪在地上開挖。

「姊，我手都快要斷了。」班恆苦著臉甩了甩酸疼的手臂，認命地蹲下身挖起來，時不時還發出哼哼哈哈的練拳聲音，以免護衛懷疑。

姊弟兩人手腳並用挖得十分認真，卻不知道有人朝這邊走了過來。

「你們在幹什麼？」

班嫿與班恆動作齊齊一頓，兩人扭頭看去，看到一個身著素色錦袍，頭戴銀冠的男人帶著兩個護衛站在幾步開外的地方，看起來像是從林子裡面出來。

班嫿淡定地把鐽子塞到班恆手裡，站起身拍了拍袍角的土，結果因為手上沾著泥土，反而越拍越髒，她乾脆破罐子破摔地朝對方行了一個男子的平輩禮，「見過成安伯，我跟舍弟正在玩藏寶遊戲。」

「藏寶遊戲？」容瑕看著姊弟倆滿身滿臉的土，如果不是兩人身上的騎裝繡著繁複的華麗紋飾，還真不像是貴族子女。

「舍弟年幼，看了幾篇話本後，就想學書裡那些做好事的前輩，」班嫿回頭扔給班恆一個閉嘴的眼神，「比如說有緣人找到他埋的銀子，擺脫窮困疾病之類的。」

容瑕的表情在這個瞬間有些一言難盡，但是很快他便笑開，掏出一塊手帕遞到班嫿面前，「令弟著實心善。」

「多謝，不用了。」班嫿撩起袖子在臉上胡亂擦了擦，這麼小一塊手帕，能擦乾淨什麼？不過這個容瑕長得真好看，湊近了看都這麼完美，上一個跟她鬧退婚的沈鈺，皮膚沒他好，連鼻子也沒他挺。

見班嫿不接自己的帕子，容瑕淡笑著把帕子收了回去，「需要我們幫忙嗎？」

「算了，這事只能偷偷幹，被人發現就沒神祕感了。」班嫿踢了踢地上的兩個袋子，對班恆道：「去叫護衛把這裡收拾好。」

「哦。」班恆見自己可以逃離這種彆扭的氣氛，頓時從地上蹦起來，轉頭就往外面走。做這種蠢事被人發現，就算他不要臉，也尷尬得讓他想把臉埋進剛才挖的那個坑裡。

「打擾到成安伯賞景實屬無意，小女子這便告辭。」等護衛過來提走兩個中間夾著銀子的沙包袋，班嫿朝容瑕一拱手，「告辭。」

容瑕作揖致歉：「在下打擾到姑娘與令弟的玩樂興致，還請姑娘多多包涵。」

「你太客氣了，那……你繼續？」如果是平時盛裝打扮，班嫿還是願意跟容瑕這種美男子多待一會兒的，只是她現在紮著男士髮髻，身上還沾著土，這種模樣跟別人多說一句話，都是對她容貌的侮辱。

「姑娘慢走。」容瑕向班嫿行了一個平輩禮，班嫿只好又回了一個禮，轉身朝自己挖的坑裡踢了幾腳土，顛顛兒地跑開了。

山林再次恢復安靜，容瑕看著面前的坑，輕笑一聲，語氣冷淡下來：「查清了嗎？」

「回伯爺，班鄉君與班世子確實是無意上山。」後面草叢中走出一個中年男人，「據傳這對姊弟是京城有名的紈褲，平日裡沒做過什麼正經事。」

「班鄉君？」容瑕想了想，「前些日子被退婚的那個？」

「對，就是她。」中年男人心想，誰家能養得出沒事埋銀子玩的孩子，整個京城除了靜亭侯府，還真找不出幾家。

容瑕走到山道旁，看著山腰往下走的兩姊弟，語氣不明道：「他們姊弟感情倒是好。」

「他們是同父同母的親姊弟，感情自然不會差到哪兒去。」容瑕身邊的小廝回了這麼一句後，忽然想起以前的某些事，嚇得立刻噤聲。

「姊，妳剛才撒的謊一點都不高明。」班恆哼哼道：「身為京城有名的紈絝，我怎麼可能做這麼無聊的事情。」

「有本事你去。」班嫿用帕子擦乾淨臉，「我長這麼大，還未這麼丟人過。」

班恆小聲嘀咕道：「那妳也不能讓我背這個黑鍋啊……」

「聽說過拿人錢財手短這句話嗎？」班嫿見班恆不高興的樣子，把帕子翻了一個面，擦去他臉上的泥印，低聲哄道：「好啦，我也是沒辦法，總不能讓他懷疑我們動機。」

班恆拿過帕子，粗魯地在臉上擦了幾下，「這種時候他跑來幹什麼，看風景？」

「像這些風雅君子難免有些怪癖，也許人家想待在山上看星星看月亮順便作一作詩詞歌賦。」班嫿瞪了班恆一眼，「你管他幹什麼？」

班恆看了眼四周，小聲道：「妳說夢裡的新帝長得好又不姓蔣，會不會就是成安伯？」

「怎麼可能？」班嫿搖了搖頭，「這種翩翩公子不像是做這種事的人。」

「知人知面不知心，不能因為他風度翩翩就排除嫌疑。」班恆哼哼一聲，「宮裡那些貴妃娘娘，誰不是溫柔小意，千嬌百媚，但本性是怎麼樣，可能連她們自個兒都忘了。」

「誰能裝這麼多年的君子，那還不得憋瘋？」班嫿想了想，覺得這個可能不大，「宮裡那些美人兒溫柔小意也只是在陛下面前裝一裝，成安伯的文采風度，可不是裝樣子就有的。」

「那倒也是。」班恆點頭，「如果讓我這麼繃著，不出三天我就受不了。」

姊弟倆騎馬並肩前行，城門口很多人在排著隊等待進城。像班嫿這樣身分的貴族，是不用這麼排隊的，她騎在馬背上，隱隱聽到了孩子哇哇大哭的聲音。

循聲望去，一個穿著粗布的年輕女子抱著個一兩歲大的孩子，臉上滿是焦急，可是孩子怎麼也哄不好，她急得眼淚都快要流下來了。

班嫿揚起的鞭子又放了下去，她翻身下馬，走到女人面前，「妳的孩子怎麼了？」

年輕女子見眼前的少女做少年郎打扮，身上穿著錦袍，腳上的靴子繡著鳳紋，上面還嵌著珍珠，猜出對方身分尊貴，以為是自己孩子哭得太厲害吵到了她，連連致歉道：「對不起，吵到了您，我現在就把他哄好。」

班嫿見她懷裡的孩子臉頰通紅，嘴唇顏色也不太正常，便道：「孩子是不是生病了？」

神情有些憔悴的女子點了點頭，眼眶裡的淚水打著轉卻不敢掉下來。

班嫿看了眼前面排得長長的隊伍，伸手摸了一下小孩的額頭，燙得有些嚇人。

「妳跟我來。」班嫿見女人猶猶豫豫不敢動的樣子，提高了音量，「快點過來！」

女人不敢再反抗，抱緊手裡的孩子，膽怯地跟在班嫿後面。她聽村裡人說過，城裡有些貴女脾氣很不好，若是有人不長眼睛開罪了她們，用鞭子抽兩下是輕的，被扔進大牢裡關上一段時間也是有的。她不怕被懲罰，可是孩子怎麼辦？

就在女人胡思亂想的時候，班嫿把自己的腰牌遞給了城門守衛，守衛朝她行了一個禮，看也不看抱著孩子的女人，便讓他們一行人通過了。

「行了，妳自己帶孩子去看大夫。」班嫿騎上馬背，一拍馬屁股，馬兒小跑追上班恆。

女人愣了一下，才知道自己只是遇到好心的貴人了，她低頭看著啼哭不止的孩子，深深吸了一口氣，連貴人都來幫忙，她的孩子一定能夠活下去。

「姊，妳剛才幹麼去了？」班恆扭頭往後面看了一眼，什麼稀罕事兒都沒有。

「去做好人好事了。」班嫿說完這句話，就見班恆一臉懷疑地看著她。

「好人好事跟妳有什麼關係啊？」班恆對自家姊姊那是非常了解的，每天最大的愛好就是吃喝穿。吃的是最精緻的，穿的是最講究的，平時出門炫耀自己的新衣服新首飾都忙不過來，還有心思做好事？

班嫿朝翻了個白眼，但是美人即使翻白眼那也是美的，所以這個粗魯的動作她做起來，就是嬌憨可愛。只不過這一幕落在沈鈺眼裡，就不是那麼可愛了。他想趁著姊弟兩人沒發現他躲到一邊，哪知道班恆率先叫住了他。

「沈鈺！」班恆用手指著沈鈺，「你給小爺我站住！」

「下官見過班世子，」沈鈺看了眼馬背上的班嫿，「見過班鄉君。」

「喲，今天不是休沐，沈探花怎麼沒有當值啊？」班恆甩著馬鞭，瞥了眼他身邊的女子，冷笑道：「我當是個什麼美人呢，嘖！」

「女子之美，在骨不在皮，班世子與下官眼光不同，在下無話可說。」沈鈺往旁邊退了一步，「二位請。」

班恆就算腦子不聰明，也聽出他這話是在罵他姊只是皮相好看，當下氣得臉都變了。

「啪！」一條鞭子抽在沈鈺身上，沈鈺痛得悶哼出聲，他身邊的女子更是嚇得尖叫。

「我平生最討厭說話拐彎抹角的男人，」班嫿又是一鞭子抽下去，沈鈺還沒反應過來，這鞭子就又落在了他身上，「你若是指著本姑娘說，妳這個女人除了樣貌好看，便一無是處，我還能敬你是個爺們兒。這會兒說兩句陰陽怪氣的話，裝作一副道貌岸然的樣子給誰看？」

「班鄉君，下官好歹也是朝廷命官，妳當街鞭笞下官，也太過了些。」沈鈺看了眼四周瞧熱鬧的百姓，面上有些掛不住。

「哼！」班嫿微抬下巴，「本鄉君就是這麼任性，你能把我怎麼樣？」

「妳這潑辣悍婦……」

「啪！」又是一鞭子落在了他的身上。

「雖然指著我的鼻子罵會顯得你很爺們兒，但我還是要抽你。堂堂探花，竟然當街辱罵女子，這便是你讀書人的風度嗎？」

沈鈺從未想過自己有這麼丟臉的時候，被人當街像狗一樣的鞭笞。

「沈探花端方如玉，不想竟也是出口傷人的粗鄙之人。」班嫿騎在馬背上，嘲諷幾乎刻在了臉上，「罷了，只當本鄉君當初瞎了眼，竟然在你死纏爛打之下，答應了你的求親。誰知你竟是個過河拆橋的無恥之徒，一朝得中探花，便原形畢露，讓我看盡了你的小人之態。」

沈鈺此時辯解不是，不辯解也不是，他面色潮紅地看著四周看熱鬧的百姓，硬生生忍下了心頭的怒意，朝班嫿作揖道：「班鄉君，請妳適可而止。」

班嫿一個鄉君竟然敢鞭笞皇上欽點的探花，她還要不要名聲，還要不要嫁人了？

「哦，對了，」班嫿忽然道：「你剛才說我當街鞭笞朝廷命官，做得太過了？」

看著班嫿騎在馬背上，高高在上的姿態，沈鈺心中隱隱有種不太好的預感。

「放心吧，很快你就不是朝廷命官了。」班嫿看著沈鈺那副又驚又怕的模樣，暢快地笑出聲來，一抖韁繩，馬兒便邁開了步子。

「班鄉君！」

「班鄉君！」

沈鈺想要追上去，跟在班嫿後面的班恆突然轉頭瞪向他，揚起手裡的鞭子，「你再往前一步試試？」

沈鈺想起剛才被鞭笞的痛楚，不敢再往前，心裡又急又恨，班家的人都是瘋子嗎？

第二天一早，朝堂上就有御史參了班嫿一本，說她身為皇家親封的鄉君，竟然對官員用私刑，實在是太不講規矩了。

這本來是一件小事，可是從御史嘴裡說出來，就成了一件大事，皇帝還沒開口，幾個御史便自己先吵了起來。幸而近來朝中沒有什麼大事，大家便圍繞著鄉君鞭打探花一事吵開了。

「陛下，」就在大家越吵越來勁的時候，一個大家意想不到的人站出來開口了，「對此事微臣有個看法，不知諸位大人可否聽在下一言？」

幾位御史一看說話的是成安伯，都閉上了嘴。

「在微臣看來，這不是鄉君鞭笞當朝官員，而是被退婚女子痛打無情郎。」容瑕朝眾人拱了拱手，「微臣聽聞沈探花還未中舉前，多次到靜亭侯府求親，靜亭侯見其癡情，也不嫌棄他身分配不上班鄉君，答應了他的求親。」

「未婚夫一朝中舉，便迫不及待地退婚，這不是忘恩負義是什麼？」容瑕不疾不徐道：「諸位大人家中也有女眷，不如將心比心？」

朝堂上頓時安靜下來，半晌後有一個御史道：「班鄉君刁蠻任性，奢靡無度，天下又有幾個男子受得了？成安伯如此講道義，不如你去娶了她。」

「御史大人，」容瑕聲音一冷，「你讀書幾十載，如今站在金鑾殿上，就是為了拿女子嗤笑，拿女子閨譽來鬥嘴的嗎？」

「如果這便是御史大人的君子風度，」容瑕朝坐在上面的皇帝拱了拱手，「陛下，微臣恥於與這種人站在一處！」

「陛下，微臣覺得成安伯所言有理。」

「臣附議！」

這個被容瑕訓斥的御史身體搖搖欲墜，臉色蒼白如紙，不用抬頭他都知道四周的同僚在用什麼眼神看他。容瑕是京城有名的翩翩君子，自己成了他恥與為伍的對象，日後京城的人，都會怎麼看他？

完了，全完了！

容瑕卻不看他，只是朝皇帝行了一個禮，便退了回去，安安靜靜站在原本的位置上。

一個翩翩如玉身姿挺拔，一個臉色蒼白心神恍惚，頓時高下立現。

朝會結束以後，雲慶帝剛回到宮裡，宮女就來報，德寧大長公主求見。

雲慶帝對德寧大長公主十分有感情，他母后不得寵，父皇偏寵貴妃之子，若不是姑母一直支持他，他的太子之位早就被貴妃之子奪走了。加上德寧大長公主也不是挾恩圖報的人，所以這些年，德寧大長公主在皇帝面前一直很得敬重。

現在一聽德寧大長公主要見他，他當下便讓身邊得用的太監去請她進來。

「見過陛下。」德寧大長公主一進內殿，便屈膝向雲慶帝拜去，嚇得雲慶帝忙伸手扶住了她，「姑母，您這是做什麼。妳我姑侄之間，何須行這般大禮？」

德寧大長公主順勢站直了身體，她雖年近花甲，但是身體還算不錯，一舉一動都可以看出皇室公主的端莊大氣。

「今日來，我是代那不爭氣的孫女來向您告罪的。」德寧大長公主摸出一塊手帕，擦著眼角若有若無的眼淚，哽咽道：「當年我沒有把她父親教好，導致他現如今年紀一大把也沒個正形，連帶著兩個孩子也隨了他的性子。」

說到傷心處，德寧大長公主已經泣不成聲，只用手帕捂著臉，嚶嚶痛哭。

「姑母，請您切莫傷心。」雲慶帝心裡清楚，姑母當年嫁給一個只懂行兵打仗的武將，是為了鞏固父皇的帝位。也正因為有這層情分在，所以姑母後來才能護住他和母后，讓他成為高高在上的帝王。

表弟有現在這副紈絝模樣，不是姑母的錯，怪只怪靜亭公那個粗俗莽漢沒有教好兒子。想到姑母為了他們一家，付出了一輩子，臨到晚年，竟還讓一個小御史在朝堂上參她唯一的孫女，雲慶帝心裡便有些不是滋味。

「姑母，這事跟表侄女無關，怪只怪那沈鈺見異思遷，其身不正。」

「陛下不必安慰我，是我班家的家教不嚴，才讓皇上您在朝堂上因她為難了。」

「表侄女是個好姑娘，宮裡誰見到她不說一聲好，朕也是很喜歡她的，是朕沒護好她，才讓她受了這等委屈。」

最後德寧大長公主是雲慶帝親手扶上馬車的，姑侄兩人感情有多深厚，整個皇宮的人都瞧在了心裡。德寧大長公主坐在馬車裡，擦去眼角的淚水，臉上露出冷笑。

生在皇家，她比誰都清楚，這座皇城裡根本沒有真感情，有的只有算計。就如同當年先帝算計她的丈夫，害得她後半生都生活在疼痛的折磨中。又比如她現在這個好侄兒，處處對她尊榮，也只是因為她識趣，而她的孩子也沒有能力插手皇家的事情而已。

先帝算計了她的丈夫，她便讓他心愛的兒子做不得皇帝，這也算公平。

御史參了班嫿的第二天，一道聖旨就送到了靜亭侯府。聖旨的大意就是朕的侄女很好，朕甚是喜愛，覺得鄉君不太配得上她的身分，所以由鄉君升為郡君，食邑七百戶。

就在班嫿升為郡君的同時，沈鈺因為私德有虧被罷黜官職，就連那個參班嫿的御史，也以「其身不正」的理由，被奪去了御史一職。

「姊，夢裡面有這一段嗎？」班恆看著班嫿手裡的聖旨，「郡君還有食邑，這可是親王嫡長孫女都不一定有的待遇，還是祖母厲害。」

前天他姊抽了沈鈺以後，沒有直接回府，而是去大長公主府告狀去了。然後他姊不僅抱回一大匣子寶石，還撈了一個有食邑的郡君回來，薑還是老的辣啊！

「不記得了。」班嫿把聖旨塞到他手裡，「你慢慢看。」
「聰慧賢德，蕙質蘭心……」
班恆指著聖旨上的幾句話，搖頭晃腦道：「陛下也真不容易，睜眼說瞎話。」
班嫿搶過聖旨，放到正堂上的祭臺上，讓這道聖旨與以往那些聖旨躺在了一起。
「陛下英明神武，慧眼如炬！」
班嫿忽然想到，夢裡似乎並沒有發生過這件事。事關她身分品級這種大事，她就算是做夢，也不會忘記的。
所以……因為她甩了沈鈺鞭子，現實開始有變化了？
「這事不太對。」
「我也覺得不太對。」
班家父子互相對看一眼，齊齊扭頭看向陰氏，想在她這裡得到答案。
「你們看著我做什麼？」陰氏愣了一下，「我也不知道究竟是怎麼回事。」她想來想去，也不知道這其中究竟有什麼貓膩，只好對班嫿道：「嫿嫿，妳再仔細想想，夢裡真的沒有妳被封為郡君這件事？」
「沒有。」班嫿很肯定地搖頭，「真有這種好事，我不會忘的。」
「那……妳這個夢會不會是假的？」班恆突然想到另外一種可能，「謝啟臨那件事只是一個巧合，事實上沒人造反，咱們家也不會被抄家，這一切都只是妳的臆想？」
做夢示警這種事，向來是人云亦云，真假難辨的。連他都知道，那些開國皇帝想要造反的時候，都愛跟神仙扯上一星半點的關係，包括他們大業朝的開國皇帝也玩的是這一手。是不是真有神仙，事實上大家都清楚，不過是忽悠老百姓的話而已。
被班恆這麼一問，班嫿也有些不確定了，她起身從多寶架上翻出一個木盒，裡面放著一疊紙，紙上的字體猶如鬼畫符一般，大概除了班嫿自己認識，其他人都不知道她寫了什麼。

「我那天怕時間太長把夢的內容忘了，所有把能記住的都寫了下來。」班嫿把這疊紙拍在桌上，「你們看看還會發生什麼巧合事件。一次兩次算巧合，三次四次總不能也是巧合吧？」

班淮拿起紙看了好半晌，雙眼呆滯地看著班嫿，「閨女，妳上面寫的是什麼？」

班嫿把那張紙拿過來一看，「謝宛諭要嫁給二皇子，但是二皇子喜歡的卻是石飛仙。」

「妳怎麼記的全是雞毛蒜皮的小事？」班恆知道自己認不出班嫿那堆鬼畫符，乾脆看也不看，「有沒有什麼朝中大事發生？」

「我這麼懶，怎麼可能夢到朝政大事？」班嫿回答得理直氣壯，「再說了，夢裡的我每天都那麼忙，哪有時間去關心那些無聊的政事？讓你來，你也記不住啊！」

班恆認真想了想，如果是他來做這個夢，可能醒來就忘記了，肯定比他姊還不如。

「那妳怎麼把別人嫁誰記得這麼清楚？」這一點班恆有些想不明白。

「誰讓她跟我不對盤呢？」

班恆恍然，萬分理解地點頭，以他姊記仇的性格，這事確實能記下來。

現已成年的大皇子與二皇子皆是皇后所出，可能是陛下登基前，吃夠了先帝偏寵嬪妃的苦，所以他最敬重的只有皇后，最看重的皇子也是皇后所出。

只可惜陛下對兩個嫡子的偏寵，讓他們兩人從小過慣了順風順水的日子，所以太子性格過於優柔寡斷，耳根子軟，容易感情用事。二皇子性格傲慢，平時在外永遠一副皇帝老大，太子老二，他就是第三的姿態，至於其他朝臣，很少能有人被他放在眼裡。

這兩個皇子跟靜亭侯府的關係都不怎麼樣，所以班嫿對他們倆也沒多少好感。

夢裡有一幕班嫿記得格外清楚，成為皇子妃的謝宛諭打了石飛仙一巴掌，而二皇子竟然當著很多人的面，喝斥謝宛諭不說，還親自陪著石飛仙去看太醫。

皇家的男男女女，都不是什麼真心人，但好歹還都維持著面上的情分，像二皇子那樣，不給正妃絲毫臉面的行為，就做得太過了。

現在謝宛諭與石飛仙好得像親姊妹似的，誰會想到以後會發生這種事呢？

不，不對，石飛仙不是對容瑕有意嗎？日後她跟二皇子之間關係曖昧，說明她根本沒有嫁給容瑕。那麼問題來了，嫁給容瑕的女人究竟是誰？

「唉……」班嫿單手托腮嘆息了一聲，只可惜她跟容瑕不熟，連做夢都沒夢到過他，所以還真不知道能搶走石飛仙心上人的女人是誰。

「再等等吧，」陰氏摸了摸女兒的頭，「若是謝家姑娘真的嫁給二殿下，我們再……」

實際上他們又能如何，空有爵位，沒有實權，若真有人造反稱帝，他們能做的，也只是乖乖做案板上的魚肉而已。

「姊，妳若是知道誰是那造反之人就好了，」班恆情緒十分低落，「至少我們還能選擇弄死他或者抱他大腿。」

「若你姊夢裡的事情都成了真，說明此人是上天命定之子，你說弄死他就能弄死他？」班淮沒好氣道：「好好做你的紈綺去，別為難你的腦子了！」

大業朝雲慶二十一年秋，雲慶帝請朝中某命婦作媒，替二皇子向忠平伯府嫡小姐謝宛諭下聘禮。忠平伯府只能算作新貴，按理說他家閨女是嫁不到皇子府的，皇帝做主為他娶這麼一個沒多少影響力的正妃回來，是因為他的心大了。他可以寵愛嫡次子，但是並不代表他喜歡嫡次子有取代嫡長子的心思。

對於忠平伯府來說，這並不是一門太好的婚事，可是聖上請超一品命婦親自來作媒，他說不出也不敢說拒絕的話。

得知謝宛諭竟然真的要嫁二皇子，班家四口人如喪考妣，躲在屋裡抱頭痛哭了一場。

大月宮，是大業朝歷代皇帝居住的地方，同樣也是諸位皇子做夢也想住進去的地方。

二皇子蔣洛跪在雲慶帝面前，面上滿是不甘與憤恨，「父皇，兒臣心儀之人並非謝家姑娘，您為何要逼著兒子娶她？」

「這位謝姑娘我看過了，相貌姣好，儀態大方，更重要的是性情十分寬和，與你十分相配。」雲慶帝低頭寫著字，看也不看蔣洛，「你若是想不通，就回去慢慢想，什麼時候你想通了，我再放你出宮。」

「父皇！」蔣洛不敢置信地看著雲慶帝，「我跟大哥都是您的兒子，您為何如此待我？那個謝宛諭有什麼好，論才華不如石家小姐，論氣度不如皇叔家的康寧郡主，至於相貌……」

蔣洛冷笑道：「連班嫿那個草包長得都比她好，我為什麼要娶這麼一個女人？」

「既然你覺得班嫿長得比她好看，那你便娶班嫿去！」雲慶帝有些不耐煩地道：「世間哪有那麼多樣樣都完美的女子，你別不知足。」

蔣洛咬了咬牙，怕自己再執拗下去，父皇會真的讓他娶班嫿，只好沉默地朝雲慶帝磕了一個頭，無聲地退了出去。這時間不是沒有完美的女子，只是他的父皇不願意讓他擁有而已。

大長公主府裡，班嫿幾句俏皮話，便逗得德寧大長公主喜笑顏開，一口一個心肝肉，喜愛之意表露無遺。

班恆在一邊吃著零嘴，一邊告狀道：「祖母，您可別信我姊的話，她抽那個沈鈺的時候，那是半點不留情，一條鞭子甩得虎虎生虎，連我都被她的架勢給唬住了。」

「姑娘家就是要硬氣些才好。」德寧大長公主拍了拍班嫿的手，「我們這樣的人家，不必學著其他女人曲意奉承，誰若是招惹了妳，儘管告訴祖母，我替妳做主。」

班嫿捧住德寧大長公主的手，乖巧地笑道：「您不用操心我，我跟弟弟一切都好，只要您身體好好的，我便什麼都不怕。」

「好好好！」德寧大長公主把班嫿擁進懷裡，笑容溫和慈祥，「就算為了我們家嫿嫿，本宮也要長命百歲。」

「還有青春永駐，越來越年輕。」

「好，青春永駐。」德寧大長公主笑著一聲聲應了下來。

姊弟倆離開公主府的時候，德寧大長公主又給他們塞了不少的東西，一副生怕自己那不懂事的兒子委屈了兩個孩子一般。

「咳咳咳……」看著姊弟倆騎著馬越行越遠，德寧大長公主掏出帕子捂住嘴角，扶著身旁嬤嬤的手，發出長長的嘆息聲。

有個詞語叫不期而遇，還有個詞語叫狹路相逢勇者勝。

班嫿騎在馬背上，謝宛諭正從轎子上下來，兩人四目相對，班嫿清清楚楚地看到了對方眼裡的嘲諷與得意。

她在得意什麼，因為能做皇子妃了？

做皇子妃有個屁用，反正再過幾年，這個天下都不姓蔣了。再說蔣洛那種糟心玩意兒，如果不是因為身分尊貴，就憑他那性格，送過她做男寵，她都不稀罕要。

「班鄉君，真巧。」謝宛諭摸了摸耳垂上的大珍珠，面色紅潤地看了眼班嫿，看到班嫿的耳環是一對紅得似血的寶石後，收回了手，淡淡道：「最近幾日怎麼不見妳出來玩？」

「錯了，」班嫿搖了搖食指，「不是鄉君，是郡君。」

謝宛諭掩著嘴角笑道：「瞧我這記性，竟忘了妳因禍得福，封了郡君，恭喜恭喜。」

不過是個郡君，大業朝又不止她一個郡君，有什麼可得意的？再說了，待明年開春，她嫁給二皇子以後，這個小賤人再猖狂，也要乖乖行禮。

禍？什麼禍？

無非是拿她被退婚這件事來嘲笑而已，班嫿壓根兒不在意這件小事，所以謝宛諭這句話對她沒有任何影響。班嫿把玩著手裡的馬鞭，漫不經心道：「謝姑娘今天打扮得真漂亮，不知道謝二公子眼睛好了沒有？」

班嫿跟人打嘴仗從來不會拐彎抹角，只要有人拐彎抹角嘲諷她，她就會毫不留情地嘲諷回去，而且是別人哪痛戳哪裡，絲毫不講究貴族式的優雅與貴氣。憑藉這一無人能敵的嘴賤本事，以致於京城裡沒多少女眷敢招惹她。

謝宛諭今天敢這麼刺她，是因為她覺得自己即將變成皇子妃，班嫿就算再猖狂，也不敢得罪她。哪知道她低估了班嫿的膽量與沒頭腦，竟然當著她的面拿二哥的眼睛說事。這個女人真是貌美心毒，二哥好歹也曾與她有過婚約，如今二哥不過壞了一隻眼睛，她便如此幸災樂禍，實在是可恨至極。

可是即便她再不滿，此刻也不能發作出來。她是未來的皇子妃，必須端莊大方，在跟二皇子成婚前，絕不能行差踏錯，她不想像班嫿這樣，臨到成婚前被男方退婚。

「多謝郡君關心，二哥他很好。」謝宛諭深吸了一口氣，勉強朝班嫿擠出一個笑。

「謝姑娘，請往樓上走，我們家姑娘在上麵包間等您。」一個嬤嬤從旁邊的茶樓裡走出來，她看到班嫿，朝她行了一個禮，「見過班郡君。」

班嫿認出這個婆子是石飛仙身邊伺候的人，她看了眼旁邊這座茶樓，朝這個婆子點了一下頭，頭也不回地離開。

從頭到尾沒有說話的班恆故意嗤了一聲，然後跟在她姊的馬屁股後面走了。

謝宛諭面色鐵青地看著班家姊弟旁若無地走遠，恨不得把他們從馬背上拽下來狠狠抽一頓。

然而她什麼都沒有做，只是對下來接她的婆子笑了笑，然後道：「有勞石姊姊久等了。」

她且忍著，且忍著。

石飛仙正是因為看到了班嫿，才讓嬤嬤去接謝宛諭。她從窗戶縫裡看到班嫿騎馬離開以後，轉頭對身邊的康寧郡主道：「班嫿如今行事是越發目中無人了。」

「她自小驕縱著長大，被不同的男人退婚三次，外面的話傳得那麼難聽，自然是破罐子破摔了。」康寧嘲諷道：「反正她也嫁不出去，也只能逞一逞口舌之快。」論關係，她與班嫿是遠房表姊妹關係，只是他們家與德寧大長公主之間有嫌隙，所以她與班嫿從小關係都算不上多好。聽母親說過，當年皇祖父本想廢掉太子，立她父親為太子，哪知道德寧大長公主一直從中作梗，終於在當今聖上面前掙得了從龍之功。而這些十幾年前的舊怨，他們家雖然不敢再提起，但不代表他們會忘記德寧大長公主當年做的那些事。

兩人正說著話，謝宛諭便上樓來了。見到兩個閨中好友，謝宛諭的臉頓時拉了下來，「班嫿那個小賤人，我真是恨不得撕了她那張嘴。」想起班嫿戴著的那對血玉耳環，把她那張雪白柔嫩的臉襯托得彷彿能掐出水來一般，謝宛諭心裡的恨意就更加濃烈一份。

「今天來，本來是為了妳的好事慶祝，提這種糟心的人有什麼意思？」康寧郡主笑著招呼她坐下，「待明年今天，我們就要稱呼妳為王妃了。」

「好好的提這些幹什麼？」謝宛諭羞得面頰通紅，「我看妳們來，是故意鬧我的。」

「瞧瞧這臉紅得，我今日總算明白什麼叫惱羞成怒了。」石飛仙伸手捏了捏謝宛諭的臉頰，「恭喜妹妹嫁得良人。」

看著謝宛諭又羞又喜的模樣，她想起自己暗暗喜歡了好幾年的容瑕，心裡有些發苦。她抬頭看了眼康寧，攏了攏鬢邊的碎髮沒有說話，別當她不知道，康寧對容伯爺也有幾分心思。

夜深人靜入夢時，班嫿在床上翻了一個身，整個人掉進了一場夢裡。

夢裡的她穿著單薄的衣衫，看著滿桌的佳餚以及桌邊的男人，就像是傻了一般。

班嫿知道自己在做夢，她甚至以旁觀者的角度看著自己以及那個面容模糊的人，這種感覺有些奇怪，更奇怪的是，她感覺到自己對桌邊的那個男人懷著感激之情。

很快她看到自己從房子裡走了出來，身上多了一件厚厚的裘衣。

外面下著很大很大的雪，她看到有貴女在嘲笑她，在對她指手畫腳，卻不敢真的對她做什麼。再然後她看到自己死了，倒在厚厚的雪地裡，鮮紅的血濺在白白地雪上，就像是盛開的大紅牡丹，美豔極了。

班嫿忍不住感慨，她果然是個絕世美人，就算是死，也死得這麼淒美。

冬天的風颳起來帶著雪粒，風聲嗚咽著像是女人的啼哭聲，她站在自己的屍體前，看著自己後背上插的那枝羽箭，頓時恍然大悟，難道這是她上次那個夢的結局？

原來自己以後會這麼慘，不僅沒了爵位，連命都沒了？

幸好她身上這件白狐裘看起來很值錢，死得還不算太寒磣。

「咯吱，咯吱。」

後面突然傳來一串腳步聲，聲音又急又亂，就像是有人匆匆地趕了過來。

「主、主子，班姑娘去了。」

主子？誰？

班嫿回頭，看到身後多了一個穿著黑色裘衣的男人，男人身姿挺拔，露在袖子外的手瑩白如玉，就算看不到人臉，班嫿也可以肯定，這一定是個極品美男。

她看不見男人的臉，卻聽到了男人說話的聲音：「可惜了。」

班嫿點了點頭，確實挺可惜的，畢竟她這麼美。

「京城裡難得的一個鮮活人，厚葬了她。」

班嫿長舒一口氣，看來不僅人好看，心眼也是挺美的。

男人忽然扭頭，彷彿看到了站在旁邊的她。她低頭看了眼身上的繁複的宮裙，得意地挺了挺腰肢。只可惜對方並沒有看到她，而是以一種複雜的語氣道：「查清楚是誰幹的，讓人……讓人照顧好她的家人。」

「砰！」

值夜丫鬟如意聽到屋內傳來響動，嚇得忙從榻上爬起來，快步跑進內室，然後就看到郡君穿著中衣呆愣愣地坐在桌旁，她的腳邊還躺著一個摔碎的茶盞。

「郡君，您怎麼了？」

「沒事，我就是做了一個夢。」班嫿忽然抬頭對她笑了笑，「沒事，妳去睡吧。」

「外面涼，奴婢扶您去床上坐吧。」如意多點燃了兩盞燈，讓屋裡變得亮堂了一些，「時辰還早著呢！」

班嫿躺回床上，對如意道：「世子昨夜什麼時候睡的？」

如意愣了一下，她是郡君跟前的丫鬟，哪知道世子院子裡的事，只好老老實實搖頭。

班嫿又道：「不知道家裡有沒有上好的白狐皮，我要拿來做手套，做裘衣，做領子。」

「您的庫房裡只有幾張上好的火狐皮子，白狐皮卻是沒有的。」如意也不明白向來喜好色彩豔麗之物的郡君怎麼突然想要白狐裘了，不過做下人的，只需要滿足主子的要求就好。

「我明白了，妳去睡吧。」班嫿把被子拉到下巴處，閉上眼睛想，不知道紅色的斗篷上面加一圈白色狐毛好不好看？

穿白狐裘裡面配大紅宮裙，一定能把她的皮膚配得很好看，到了冬天她可以試試。

幾日後。

「郡主，」管事婆子愁苦地找到康寧郡主，「您上次看好的狐狸皮子被人買走了。」

「誰敢搶我的東西？」康寧郡主柳眉倒豎，「難道來買的人不知道那是我要的嗎？」

見郡主氣成這樣，婆子心頭苦意更濃，「是班郡君。老奴聽說靜亭侯府滿京城收購白狐皮，就因為班郡君說了一句，她缺白狐皮子使。」

康寧氣得一口血差點吐出來。

又是靜亭侯府！班嫿這個小賤人就不能消停點？

想她身為郡主，為了不讓當今聖上猜忌，事事小心，處處留意，吃穿住行皆不敢有半分張揚，就怕讓聖上抓住她家的辮子找麻煩。明明她身分比班嫿高，在宮裡卻是班嫿更得臉面，甚至是宮外，那些人也更加敬畏班嫿而不是她這個郡主。

婆子見康寧氣得臉都白了，又是心疼又是無奈，只好勸道：「郡主，那班郡君本就是混不吝的人，咱們這樣的人家，無須與這等人一般見識。」

康寧恨恨地把手邊的茶杯砸在地上，厲聲道：「今日之恥，來日我定當加倍奉還。」

原本她以為，班嫿數次被人毀掉婚約，就會學著低調起來，哪知道她竟然半點教訓都不吃，依舊這般我行我素。

她不明白，身為一個女人，班嫿數次被男人嫌棄，難道就真的一點羞恥心都沒有嗎？

「現下才幾月，白狐皮子竟沒有了？」王阿大看了看各商家呈上來的皮子，搖了搖頭道：「這些皮子都有雜色，我們家伯爺雖不是挑剔人，但也不能穿有雜色的狐裘出門。」

店鋪管事也料到他這次送來的皮子，成安伯府的採買不會滿意，所以也不覺得失望，而是陪著笑道：「王管事，這確實已經是我們店裡最好的皮子了，小人不敢騙您。」

「最好的？」王阿大冷笑一聲，「你當我沒見過好東西還是怎地？」

「王管事，您有所不知，今年我們店裡本是存著兩張最好的皮子，可就在前兩天，大長公主府的管家親自來收我們店鋪裡的皮子，我們做生意的哪敢得罪這些大爺，便只好把那兩張最好的皮子讓管家收走了。」

「大長公主府？」王阿大愣了，大長公主那樣的年齡，還能穿這種鮮嫩的顏色？

「對，確確實實是大長公主府上的管家。不過小人聽說，這些皮子都是大長公主為她孫女買的，至於這消息是真是假，小人便不知道了。」店鋪管事不敢碎嘴皇家人的事情，所以把這個消息告訴王阿大後，便不再多說一個字。

王阿大聞言臉色好了很多，「我明白了，你自去吧。」

「是。」見採買臉色並不難看，店鋪管事在心底偷偷鬆了一口氣，好在成安伯府是講理的地方，不然他今日恐怕要遭些罪了。

王阿大把這事告訴管事，管事又傳到了管家面前，只不過這話傳來傳去就有些變味。

「你說班郡君奪了我們府上採買看中的東西？」容瑕正在作畫，聽到管家的彙報，淡笑一聲，「小姑娘喜歡這些白絨絨的東西，她買去便買去了吧。」

「是。」管家立在容瑕面前，大氣不敢出。

「對了，」容瑕緩緩放下筆，抬頭看向管家，「上次買來的柑橘不合胃口，處理了。」

「是。」管家腰往下沉了沉。

容瑕把手背身後，目光落在畫卷上，上面畫著一個身騎仙鶴，手捧仙桃的老翁。

「姊，妳收這麼多白狐皮回來，是要築窩還是怎地？」班恆這幾日每天都能看到有人送白狐皮進來，只是這些皮子有完整的，也有帶瑕疵的，價格不一。

「我拿來做衣服，做斗篷，做護手，做髮飾，我還擔心這點皮子不夠使呢！」班嫿翻著手裡的小冊子，上面記錄的是她小庫房裡各種物件，「如果有剩餘的，我再給你做條圍脖。」

「敗了那麼多銀子，就想著給我做條圍脖，妳可真夠大方！」班恆伸手去拿桌上的點心吃，「過幾日陛下要去西郊狩獵，妳要去嗎？」

「怎麼不去？」班嫿略顯激動道：「為了這次秋獵，我可是特意準備了好幾套衣服。」

比如說其中一套騎裝，就是幾位繡娘費了將近一個月時間才做好的，就為了今年秋獵她能閃亮出場，若是不去，豈不是浪費了她特意讓繡娘準備的騎裝？

班恆用同情的目光看著班嫿，以他姊的本事，琴棋書畫是不行了，唯有狩獵的時候，能與其他貴女一爭高下。

「嫿嫿，」陰氏走了進來，見姊弟兩人都在，把手裡的盒子放到班嫿面前，「這支髮釵是妳外祖母當年留給我的，這些年我一直沒怎麼戴。小時候妳見了還跟我要，那時候我擔心妳沒個輕重，把好好的東西摔壞了，就沒有給妳。」

陰氏打開盒子，取出這支珠釵。澄澈透明的釵根，釵頭不知是怎麼燒製而成，竟變成了豔麗的紅色，就像是冰淩上放著幾粒朱果，亮得澄澈，紅得似火。

「我想著等冬天到了的時候，妳穿著白狐裘，戴著這支朱釵一定很好看。」陰氏把朱釵插進班嫿髮間，滿意地一拍手，「我閨女果然是整個京城裡最漂亮的！」

「謝謝母親。」班嫿拉著陰氏的手臂搖了搖，膩在陰氏身上撒嬌。

「妳啊……」陰氏點了點她的額頭，忍不住笑道：「若不是妳外祖母過世得早，我又怎麼會嫁給你們父親。」

「嫁給我怎麼了？」班淮剛走到門口，就聽到自家夫人這句話，悻悻地走到班嫿身邊坐下，滿臉委屈，「咱們孩子都有兩個了，妳還嫌棄我。」

陰氏看也不看他那委屈的模樣，「嫌不嫌棄，你自己還不知道？」

班淮當年是京城有名的紈絝，門當戶對的人家，誰願意把閨女嫁給她？唯有她生母早逝，父親薄情寡義，繼母又是個佛口蛇心的女人，最後便嫁給了班淮。嫁人後的日子並沒有想像中難熬，班淮雖然紈絝，但並沒有好色賭博這些陋習，事實上他懶散了些，喜歡玩鬧了一點，其他方面還真不像是紈絝。

「來點？」班恆從盤子裡挑了一塊紅棗糕遞給班嫿，看也不看正在「你委屈還是我委屈」的父母，「我特意打聽過了，這些秋獵很多青年才俊都要去，妳去瞧瞧有沒有看得上眼的。」

班嫿覺得紅棗糕有點膩，扔還給班恆，「你平時在外面玩的時間多，京城裡有哪個男人身姿挺拔，氣質出眾，手長得好看，還喜歡穿玄色衣服的？」

她夢裡的那個男人，似乎總是穿玄色暗紋衣服，讓人一眼看過去，便奢華非常。

「玄色衣服？」班恆也不嫌棄紅棗糕是班嫿扔回來的，一下扔進嘴裡，三兩口吃光後道：「身姿挺拔的有，氣質出眾的也有，手好看的應該有，但我沒有注意，要符合這三條還喜歡穿玄衣的還真沒有。」他沒事哪會注意其他男人的手好不好看？

「真的沒有？」班嫿捧著臉，「你再好好想想。」

「京城裡素來有君子之稱還長得好看的，誰不是一身淺色衣服，穿什麼黑色，灰色還怎麼裝君子？」班恆沒好氣道：「這就跟京城裡那些才女佳人沒誰穿得像妳這般豔麗，懂了嗎？」

班嫿翻白眼，「我穿著豔麗怎麼了？我美啊！」

班恆看了班嫿幾眼，不得不承認，他姊確實長得很美，可是對於善於作戲的世家公子來說，他們內心就算真的對他姊有幾分心思，但是為了表現出他們是不沉迷美色，只看重女子內涵的端方君子，他們只會裝作更加正直，連看都不會看他姊一眼。

但是在心裡偷偷看了多少眼，就只有他們自己知道了。

他自己是男人，雖然不是什麼君子，但是對男人那點劣根性還是很了解的。只是這種骯髒的東西，班恆永遠都不會告訴她。他姊這個人腦子笨，做個簡簡單單的郡君就好，那些亂七八糟的東西不適合她知道。

「美美美，整個大業妳最美，」班恆態度敷衍地點頭道：「別人穿什麼都比不過妳。」

「乖，」班嫿拍了拍他的頭，笑咪咪道：「早這麼說就好了。」

近來她已經不怎麼跟家人提起她做的那個夢了，家人也提得少了，好像有志一同忘記五年後有可能發生的事情，選擇快活地活在當下。

不管怎麼說，她知道家人日後會活得好好的，也就心滿意足了。

貳之章

天之嬌女

九月底，正是葉落草枯的時節，開始了一年一度的秋獵活動。靜亭侯府雖然沒有多少實權，但是他們一家子地位高，又跟皇室沾親帶故，所以這種場合永遠不會缺少他們的位置。

這天班嫿特意起了一個大早，洗臉抹脂，對著鏡子細細勾勒妝容，頭髮雖然挽做成了男士髮髻，但是髮冠卻是女式的金葉步搖冠，只要步子一動，就會隨著輕輕晃動。

班恆已經在班嫿院門轉了好幾個圈，聽到班嫿的腳步聲從身後傳來，忙高興道：「妳總算出來了，再不走，我們就要遲到了。」

當他看清班嫿的妝容後，瞬間愣住。

「哎喲，我的親姊，妳這是……這是……」讓那些男人無心狩獵啊！

班恆早就知道他姊為了這次的秋獵準備了一堆的東西，什麼頭冠騎裝靴子之類的，他一直不太明白，不就是去狩個獵，為什麼他姊還能整出個花兒來。

不過看到她姊紅衣似火的樣子，班恆頗為自豪地挺了挺胸膛，放眼整個京城，只有他姊才能壓得住這麼豔麗的紅。有這麼漂亮的一個姊姊，讓他從小就養成了一個好習慣，那就是視美色如浮雲，反正沒他姊美。

姊弟二人走到正院，陰氏正在那裡等他們，見他們出來，就把自己前幾天求來的福袋塞給姊弟兩人，「刀劍無眼，你們兩人要小心。」

「放心吧，母親，我會照顧好恆弟的。」班嫿接過福袋，掛到脖子上，小心地塞進衣服裡，「您真的不去了嗎？」

「你們去吧，這騎馬射箭的我也不喜歡，去了也只能坐在營帳裡乾坐著，還不如侯府裡有人伺候著舒適。」陰氏笑著摸了摸班嫿頭頂上的金葉冠，「這個漂亮，正合妳用。」

班嫿朝陰氏展顏一笑，朝她行了一個男子的揖手禮，「母親，待我獵幾塊好的皮子回來，給您當坐墊使。」

「正好冬天快到了，我正嫌家裡的墊子不夠軟和。」陰氏笑道：「你們快出門吧，不然時間就該晚了。」

姊弟二人辭別母親，跟隨班淮一道出了門。

說來也有意思，班淮雖是大將軍之後，但是在騎射方面並不擅長，平時騎馬小跑還行，要拉弓射箭卻是為難了他。好在他想得開，不管別人怎麼說他是將門犬子有辱門楣，他都不會因此去逞能，這麼好的心態也不知道隨了哪個。

京城西郊有很大一個皇家狩獵場，裡面什麼動物都有，就算不該生長在京城的獵物，在聖上狩獵的時候，牠們也會乖乖出現在狩獵場上。

「今年風調雨順，草肥馬壯，定是一個豐收年。」雲慶帝扭頭對跟隨在身後的兩個兒子道：「不知今年糧價是多少？」

太子蔣涵臉頰通紅，他哪裡知道糧食的價格，近來東宮的一個侍妾有了身孕，成親好幾年都無子的他正樂得不知東南西北，又怎麼會想起關心這些。

「父皇，這種問題您問兒子，還不如去問那些大臣。」二皇子蔣洛十分光棍，陰陽怪氣道：「連大哥都不知道的事情，兒子更加不知道了。」

自從父皇要他娶忠平伯家的姑娘後，他與太子之間便有了嫌隙。

雲慶帝見這兩個兒子，一個平庸，一個不服管教，覺得自己如果再多看兩眼，就要把他們從馬背上踹下去了。

「君珀，你來說說。」兩個親生兒子不省心，雲慶帝只能在自己寵愛的臣子身上，找到一點心理平衡。

「陛下，京城現在的糧價是精米六文一升，糙米四文一升，」容瑕驅馬往前行了幾步，「價格比前兩月要便宜一些。」

「嗯，」雲慶帝滿意地點頭，「有臣如君珀，朕心甚慰。」

蔣涵聞言臉紅得快滴出血來，倒是蔣洛不悅地瞪了容瑕一眼，只可惜容瑕看也不看他，於是他更加生氣了。恰好就在此時，忠平伯府的人到了，蔣洛看了眼騎在馬背上的謝宛諭，有些厭煩地想，如此平庸的一個女人，竟要嫁給他做王妃，真是讓人心裡不痛快。

謝宛諭不知道自己未來的夫君已經在心中煩了她，想起今天會在獵場上遇見二皇子，她一整夜都沒有睡好，靠著厚厚的妝容才壓住臉上的倦意。她若是此時能夠抬頭看一眼二皇子的神情，就知道這個即將與她共度一生的男人，或許並不是她的良人。

「謝妹妹，」石飛仙穿著一身素白的騎裝，頭上戴著一頂紗帽，走得離謝宛諭近了才掀起帽子上的紗簾，露出她的臉頰，「妳竟是比我早一步。」

謝宛諭朝父親忠平伯行了一個禮，便驅馬來到石飛仙面前，朝她笑道：「我還在擔心妳今日不來呢！」

石飛仙朝容瑕所在的方向看去，容瑕正與陛下說著什麼，並沒有注意到她的到來。她有些失落，轉頭對謝宛諭道：「二殿下真的挺俊俏。」

「妳又來！」謝宛諭臉頰緋紅，「再鬧我可不理妳了！」

「好好好，不鬧了。」石飛仙眼角餘光一直關注著容瑕，可是容瑕除了跟陛下說話，便是與其他大臣說話，從頭到尾都沒有往這邊看過一眼。

「噠噠噠。」一陣馬蹄聲從身後傳來，石飛仙回頭看去，只看到一匹賽雪的駿馬馱著一個紅衣女子朝這邊飛馳過來，雖然這個女人離她還有一段距離，但是石飛仙直覺告訴她，這個女人一定能夠吸引全場多人的注意。

隨著馬兒越來越近，石飛仙認出了來人是誰。

班嫿，竟然是她！

她看著班嫿頭上那頂漂亮精緻的金葉步搖冠，鬼使神差地扭頭朝容瑕望去。這一眼，卻讓她的心猶如被針扎一般，絲絲密密的疼。

「喲，班家的丫頭來了。」雲慶帝聽到馬蹄聲，心裡想著是誰在縱馬，抬頭望了過去，臉上的笑意頓時濃了幾分，「我就知道，除了這丫頭，沒幾個人敢在朕面前這麼做。」

容瑕順著雲慶帝的視線看了過去。

白馬紅衣，朱顏金冠，在一片金色的大地上，顯得格外光彩奪目。

「駕！」看到皇帝一行人，班嫿抽了馬兒一鞭子，加快速度來到皇帝面前，翻身跳下馬，朝皇帝拱手行禮道：「臣女見過陛下。」

「快起來，快起來。」雲慶帝笑著看了眼她身後，「妳父親與妳弟弟呢？」

「他們的騎術比不上我，我急著見陛下，便先過來了。」班嫿笑嘻嘻地往前走了一步，「幾日不見，陛下瞧著又英武不少。」

「妳這丫頭慣會胡說八道！」雲慶帝看著眼前這個鮮活的少女，臉上的笑容更甚，「朕年紀大了，比不得你們年輕人。」

「陛下，您是天下之主，一代明君，跟我這種小女子比什麼？」班嫿從小就深諳拍皇帝馬屁之道，所以儘管她只是皇帝的表侄女，但是在皇帝面前，比那些王府郡主更得臉面。皇帝對她笑的次數，比那些妃嬪生的女兒還多。

「哈哈哈哈！」雲慶帝朗聲大笑，「好好好，這條馬鞭便送給妳這個小女子，希望妳這個小女子多獵好物回來。」

他看著面前這個鮮活豔麗的小姑娘，心裡隱隱有些可惜，若這不是他的表侄女，他肯定要把這樣的尤物納入宮中做寵妃，送她最美麗的珠寶，最華麗的布料，好好地圈養起來。

好在雲慶帝的節操還在及格線上，對班嫿的喜愛維持在了叔侄這條線上，而且他還是一個很清醒的父親，雖然偏寵班嫿，卻絕不會讓自己的兒子娶這樣的女人為妻。

這樣的姑娘當晚輩寵著還好，如果娶回來當兒媳婦，就有些糟心了。

「謝陛下。」班嫿接過馬鞭，在手裡甩了甩，「還是陛下您的鞭子好。」說完，把自己腰間別著的鞭子嫌棄地取下來扔到一邊，然後把雲慶帝給她的馬鞭別在了腰間，「待臣女獵得好東西，就獻給您。」

蔣洛目光落在班嫿白嫩的耳垂以及手腕上，隨後飛快地移開自己的視線，不屑地挑眉。這麼多年了，班嫿拍馬屁的本事還是這麼浮誇又粗暴，偏偏他父皇就愛吃她這一套，有事沒事就愛賞些東西給她，慣得她越發無法無天，猖狂肆意。

想起自己心儀的女子也被班嫿刁難過，蔣洛對她便更加挑剔。

難怪沒有男人敢娶她，這樣的女人……

他的目光從班嫿柔嫩光滑的臉上掃過，這種空有美色的女人，送給他他都不要！

「微臣見過陛下。」班家父子終於吭哧吭哧地趕了上來，班淮二話不說，直接朝雲慶帝請罪，「小女無狀，微臣管教不嚴，求陛下恕罪。」

「恕什麼罪？」雲慶帝臉上的笑意不消，「朕覺得你家姑娘很好，別拘了她。」

「謝皇上。」班淮打蛇隨棍上，站直身體，識趣地拖著兒子混入了群臣中。

「陛下，那臣女也告退啦。」班嫿摸摸腰間的馬鞭，一副迫不及待想要去炫耀的模樣。

「去吧，去吧。」雲慶帝一眼就看出她的用意，揮手讓她自己玩去。他是一個長輩、皇帝、男人，看到長得嬌嬌俏俏的後輩喜歡自己送的東西，還高興地想要去跟人炫耀，這種直白很好地討好了他。

有了班嫿打岔，雲慶帝也忘了剛才兩個兒子給他帶來的不快，他看了眼天色，對身後的眾人道：「準備開始吧。」

狩獵開始前，會有禮部的人擺壇祭天，讓上天保佑大家能夠帶著收穫平安歸來。這種從上古傳來的習俗，已經變成了皇室狩獵前的過場，不過事關皇室與朝廷重臣的平安，沒有誰敢馬虎。

「不就是一條鞭子嗎？瞧她那輕狂樣兒！」謝宛諭見一些眼皮子淺的貴女圍著班嫿奉承討好，便覺得膩味得厲害，轉頭對石飛仙道：「靜亭侯府怎麼就養出了這麼一個女兒？」

石飛仙冷笑道：「草包就是草包，當著這麼多人的面也這副做派，真是粗鄙不堪。」

謝宛諭訝異地看著石飛仙，以前飛仙雖然不太欣賞班嫿的行事做派，但從未用過這種尖利語氣來說她，今天還是第一次。

石飛仙也察覺到自己有些過激，便勉強笑了笑，「走吧，我們找個地方歇一歇，不必跟那些臭男人爭奪獵物。」

「好。」謝宛諭點了點頭，沒有把石飛仙這點異樣放在心裡。

由護衛開道，在雲慶帝獵下一隻獵物後，狩獵活動正式開始了。

「郡君。」一個護衛打馬過來，手裡還拎著一隻血淋淋的兔子，這是班嫿剛剛獵到的。

「傷了皮子，只能用來吃肉了。」班嫿遺憾地搖頭，一拍身下的馬兒，「繼續找，駕！」

「噓……」到了一處密林，班嫿勒緊韁繩，讓馬兒停下，她摸了摸馬兒的脖子，對身後的侍衛道：「別出聲。」

草叢中，一條白色的狐狸尾巴露了出來，班嫿把箭搭在弦上，瞄準以後，拉弦射了出去。

「嗖！」就在班嫿的箭插到白狐後腿上時，另外一枝箭也射了過來，剛好射中了白狐另一條腿。她回頭望去，看到蔣洛帶著幾名護衛出現在她身後，剛才那枝箭應該是他射出去的。

「表妹。」蔣洛懶洋洋地看了眼班嫿，扭頭讓他身邊的護衛去撿獵物。

「二殿下。」班嫿注意到蔣洛的動作，「那隻白狐可是我先獵到的。」

「哦……」蔣洛把手裡的弓扔給身邊的侍衛，雙腿一夾馬腹，離得與班嫿更近了一些，「可是這隻白狐腿上，也有我羽箭標誌。」

「是嗎？」班嫿跳下馬背，從蔣洛的護衛手裡奪過白狐，伸手抽去蔣洛的箭，然後把白狐遞給自己的護衛，「這樣不就沒有了？」

「妳妳妳……」蔣洛氣得手抖，指著一個護衛道：「你，去把狐狸給我搶回來！」

班嫿瞥了眼那個護衛，雙手捂臉，「嗚嗚嗚嗚，二殿下欺負女孩子，搶我的狐狸！」

恰好在此時，不遠處有馬蹄聲傳來，可能是因為聽到這裡有女孩子的哭聲，這行人便朝這邊趕了過來。容瑕與幾個貴族子弟正準備獵兩隻兔子，結果一陣哭聲傳來，兔子撒腿跑了，他們卻不能坐視不管。

長青王聽這哭聲離他們不遠，便道：「我們去看看。」

長青王是先帝的侄兒，也就是當今的堂弟，領的是郡王爵，年紀輕輩分高，所以他在這一行人中，說話很有分量。

等大家走近以後，才看到一個身著紅衣的女子蹲坐在地上哭得傷心，二皇子騎在馬背上對這個女子吼罵著，看樣子是二皇子欺負女孩子了。能來這裡參加狩獵的女眷，身分皆是不凡，就算二皇子身分貴重，也不能這樣對一個女孩子大吼大罵，做得實在太過了些。

容瑕一眼就認出蹲坐在地上的姑娘是班嫿，他看了眼仍舊在吼罵的二皇子，皺了皺眉。

蔣洛活了二十年，從來沒有遇過這麼蠻橫不講理的女人，還沒怎麼樣她，就哭嚎得整片林子都能聽見了。他又急又氣，就忍不住吼了班嫿幾句，哪知道班嫿沒有停止哭泣，反而越哭越來勁兒了。

「班嫿，妳給我適可而止一點，再哭信不信我真的治妳的罪？」

「嗚嗚嗚嗚……」

「妳——」

「殿下，」容瑕下了馬背，走到蔣洛的馬前，朝他行了一個禮，「班郡君不過是一介女子，您大人有大量，何必與她一般見識？於公，您是皇子，她是郡君。於私，您是表哥，班郡君是您的表妹，鬧成這樣，總是不好的。」

「你這是什麼意思？」蔣洛氣得眉頭倒豎，「本皇子是那種會無故欺負女人的男人？」

容瑕又是一揖，「二殿下息怒，微臣不敢。」

蔣洛看著容瑕那張溫潤如玉的臉，只覺得這人哪哪都不順眼，嘴上說著不敢，眼裡卻全是對他的不在意。他覺得自己一點都不息怒，反而怒火旺盛。他伸手指向班嫿，「班嫿，妳來說，我欺負妳了嗎？」

班嫿偷偷從指縫裡看了眼擋在她面前的容瑕，揉了揉眼睛，頂著一雙紅通通的眼睛躲到容瑕身後兩步遠的地方，一副「我很委屈，但我只能忍著的」的表情搖頭，「沒、沒有。」

「阿洛！」長青王看不下去了，「你不要胡鬧，嫿嫿是你的表妹，你不可欺負人。」

蔣洛覺得自己有口說不清，「叔叔，我欺負她幹什麼？誰知她發什麼瘋，又哭又鬧。」

長青王今年二十有三，因為他父親與先皇是親兄弟，所以他與當今皇帝的關係非常親密。儘管他年紀很小，但是輩分高，所以別說是二皇子，就算是太子也要給他幾分顏面。

班嫿才不管蔣洛有多委屈，從小到大，每次她進宮蔣洛就欺負她，可是她從小就懂得一個道理，會哭的孩子有奶吃，所以她愣是沒吃多少虧。後來她長大了，宮裡皇子們大都已經成年，她與皇子們見面的次數便少了很多，除了大場合以外，就很難與蔣洛碰面。

哪知道四五年沒怎麼打交道，他竟然跑來跟她搶東西。也不出去打聽打聽，京城裡誰不知道她班嫿混不吝的名號？

容瑕見班嫿沒有出聲，以為她是被二皇子嚇住了，扭頭看了過去。

他比班嫿高大半個頭，班嫿又低著頭，所以容瑕能看到的只有她腦袋上的那頂金冠。也不知道這頂金冠是怎麼做成的，金葉子栩栩如生，並且薄如蟬翼，微風襲來便輕輕顫動著，有種華貴逼人的美。

就在此刻，原本低著頭的班嫿抬頭望了過來，一雙大眼睛就這麼落入了容瑕的視線。班嫿頭頂的金葉子顫動得更加厲害，她眨了眨眼，對容瑕露出一個感激的微笑。

容瑕想，這個班郡君笑起來的樣子還挺討喜，眼睛彎彎的，像是天上的月牙。

「表侄女，」長青王向來對漂亮小姑娘很寬容，所以對班嫿笑道：「走，妳跟我們一塊兒打獵去。」

「謝表叔。」班嫿朝長青王行禮，然後故作擔憂地看了蔣洛一眼，表情略浮誇。

「別怕，妳表哥就是性子直了些，沒什麼壞心思。」長青王瞪了蔣洛一眼，示意他不要開口說話嚇到班嫿，「剛才妳獵了什麼呀？」

「就是一隻狐狸。」班嫿摸了摸腰間的鞭子，「陛下賜了我一根馬鞭，我就想著獵個好看的小東西回去獻給陛下。」說到這，她漂亮的大眼睛看向蔣洛，又委屈起來。

跟長青王一起過來的幾位貴族子弟眼神怪異地看向二皇子，連姑娘家的獵物都搶，這二皇子也真是別具一格。

這位班郡君雖然行事有些莽撞，但好歹也是德寧大長公主的孫女，陛下當年若不是大長公主護著，能不能登基都是兩說。現在大長公主還活著，二皇子便欺負起人家唯一的孫女來。

蔣洛很久沒有這麼憋屈了，這個女人又不要臉又不講理，真不知道靜亭侯是怎麼教她的。她好歹身上也有部分皇室血脈，怎麼就這麼不端莊呢？

還有其他幾位貴族子弟看他的那個眼神，雖然他們一個字都沒有說，但是二皇子覺得，他們內心已經把他鄙視了一遍。

好生氣！班嫿那個厚顏無恥的小賤人！

「別家小姑娘都在旁邊賞景作詩，偏偏妳跑來這裡狩獵，刀劍無眼，萬一傷到妳怎麼辦？」長青王看了眼班嫿護衛馬背上的獵物，「喲，獵到的東西還不少。」

「我又不愛作詩，不跟她們湊熱鬧。」說話的間隙，班嫿搭弓射了一隻鳥兒。

長青王見狀搖了搖頭，難怪長著這麼一張漂亮臉蛋，偏偏還找不到如意郎君。天下間的男人，大多比較喜歡溫婉些的女子，像他們家嫿嫿這樣的，真是不好辦。

身分高的男人不願意娶她，身分太低的男人又配不上她，高不成低不就，實在傷腦筋。若是她性子收斂一些，嫁到皇家也是可以的，可惜這風風火火的性子，只怕也不適合待在皇家。

姑母……想來也是捨不得的。

看著護衛撿回來的獵物，腹部絨毛被血弄髒了一大片。年輕姑娘們看到可愛的動物，大多是捨不得傷害的，偏偏嫿嫿看到狐狸想到的是皮子，看到野雞想到的是尾羽，看到兔子想到的是烤兔肉。

「嗖！」一枝箭突然飛了出去，插進一隻白毛鹿的脖頸裡。

班嫿猛地回頭，看到的便是成安伯還沒來得及收回去的弓。

「好箭法！」

她還以為像成安伯這樣的翩翩君子，是不喜歡狩獵的，畢竟這些都要沾血。

「郡君過獎，」容瑕把弓遞給護衛，淡然笑道：「不過是湊巧而已。」

「啊！」班嫿突然擊掌，「你快讓人拿東西把鹿血接好，這可是大補之物。」

容瑕聞言一笑，對身後的護衛道：「還愣著做什麼，照郡君的話去做。」

「是。」護衛立刻翻身下馬，取了一個銀壺去接鹿血。

別人願意聽從自己的建議，是讓人開心的事，所以班嫿朝容瑕露出大大的笑臉。

這個笑，看得幾位貴公子有些恍神，心跳都漏了一拍。

「快到午時了。」謝宛諭踮著腳尖朝林子張望著，出去狩獵的人應該快要回來了。

正這麼想著，一行人便從林子裡走了出來。走在最前面的是長青王，與他同行的還有一男一女。謝宛諭一眼便認出，那個風雅貴氣的男人是成安伯，女的……

班嫿？

與成安伯並駕齊驅的女人是班嫿？

成安伯那般俊秀出塵的翩翩君子，怎麼會與班嫿出現在同一個地方？

謝宛諭愣住，半晌才回過神，扭頭擔憂地看向好友石飛仙，果然對方的臉色很難看。

謝宛諭抓住石飛仙的手，「妳別多想，也許他們只是碰巧遇上，便一起回來。」

石飛仙勉強笑了笑，「成安伯與誰關係好，與我何干？」

謝宛諭知道她心裡不好受，咬了咬牙，「妳放心，我總有機會讓她不好受。」

「宛諭，謝謝妳，不過妳別這樣做，若是惹出事來，影響了妳在陛下以及二皇子面前的好印象怎麼辦？」石飛仙忙抓住她，「妳別衝動。」

謝宛諭這才想起，自己是皇家未來的兒媳婦，做事應該端莊，若是去找班嫿的麻煩，萬一鬧大了，對她肯定沒有好處。想到這，她便歇了找班嫿麻煩的心思。

原來自己竟是如此自私的一個人。

謝宛諭越想越愧疚，於是便飄忽著視線，不敢與石飛仙的目光對視。

石飛仙裝作沒有看見謝宛諭的躲避，抓住她的手笑道：「走，等下陛下要設烤肉宴，我們可不要去遲到了。」

「嗯。」看著這樣的好友，謝宛諭內心的愧疚感更濃。

說好要送陛下獵物，那就必須要送，班嫿向來是一個言出必行的女子。

雲慶帝的營帳在正中間的位置上，玄色為帳，上繡騰飛的金龍，便是帝王營帳了。

長青王帶著班嫿等人站在帳外，等候雲慶帝的召見。

雲慶帝也是剛狩獵回來，換了一身乾爽的袍子後，聽到長青王與幾位晚輩到了，當即便宣了他們進來。一番見禮後，雲慶帝見班嫿手裡還拎著一隻活著的狐狸，便笑道：「嫿嫿，妳拿著這隻狐狸做什麼？」

「陛下，我這是來給您獻禮物啊！」班嫿瞪大眼，「臨行前我們不是說好了，獵到好東西便獻給您嗎？」

雲慶帝愣了一下，他之前只以為是這小丫頭說著玩，根本沒把這話放在心上，哪知道她竟然真的獵到了好玩意兒。

「王德，把郡君給朕的獵物收好，朕看這皮子不錯，待天冷便拿來做個圍脖。」雲慶帝龍顏大悅，帶著幾分逗弄的心思道：「妳今天出去這麼久，就獵了這麼一隻狐狸？」

「別的也都獵了些，可都是些雜毛灰兔子，或是小麻雀之類的，臣女實在不好意思拿來汙了您的眼睛，」班嫿有些不好意思，「就這隻白狐勉強配呈獻到您跟前。」

「妳一個年紀輕輕的小姑娘，能獵這麼多東西也不錯了。」雲慶帝反而笑呵呵地安慰了班嫿一番，還賞了她一隻肥碩的兔子、一斤鹿肉。這些都是雲慶帝親手獵來的，意義非同尋常。

長青王、成安伯等人也得了賞賜。雲慶帝要留長青王說話，班嫿等人便都退了出來。

「成安伯，」班嫿手裡捧著捆好的鹿肉與兔子，也不要別人插手，她偏頭看著容瑕，「剛才的事情，謝啦！」

「班郡君言重，」容瑕見她抱著東西開心的樣子，「我不過是剛好路過而已，今日若不是我，也有別人願意為郡君站出來。」

「話雖這麼說，但今日攔在我前面的人是你。」班嫿想了想，從隨行侍衛的手裡取過一隻山雞和一隻灰毛兔子，「謝禮！」

容瑕伸手接過，笑道：「多謝，正好我今天運氣不好，一隻山雞都沒獵到。」

「不用客氣。」班嫿大方地擺了擺手，然後又取了一隻山雞遞給容瑕，「喏，拿去。」

看著這隻血糊糊的山雞，容瑕仍舊笑著接了過去。

「我去找父親跟弟弟了，告辭。」班嫿手裡拿著皇帝賞賜的東西，只能對容瑕行了一個不倫不類的福禮，轉身就往班淮、班恆所在的方向跑去。

「伯爺，小的來拿吧。」容瑕的護衛看著那肚子滴著血，脖子還倔強彎著的山雞，覺得那班郡君好好一個姑娘家，徒手拎這髒兮兮的玩意兒，實在是太不講究了。

「不用了，」容瑕笑得有些怪異，「這還是第一次有小姑娘拿獵物來安慰我。」

因為他沒獵到山雞，便拿自己的山雞送給他。也不想想他一個男人，被女人贈送獵物會不會臉面上掛不住？

「姊，妳拎回來的兔子真肥，等一下烤起來肯定好吃，」班恆一眼就看到了班嫿手裡的肥兔子，立刻叫護衛去處理兔子，「我還帶來了一罐從蠻夷之地傳過來的辣椒醬，待會兒烤的時候肯定入味。」

「這兔子不是我獵的，是陛下送我的。」班嫿把鹿肉也塞給護衛，讓他一併拿去處理，「我獵的東西，分了一部分讓人給母親送去，所以已經不夠吃了。」

班恆湊到班嫿耳邊小聲道：「馬屁精！」

「有本事等會你別吃！」班嫿對他翻了一個好看的白眼。

班恆立刻改口道：「姊，我可是妳親弟。」

「你如果不是我親弟，嘴這麼欠，早活不到今日了。」班嫿一個眼刀飛了過去，「你獵的東西在哪裡？」

班恆：……

哪壺不開提哪壺，明知道他騎射功夫不行還來問他。

女護衛端來清水，班嫿洗去手上的血汙後，又有一名女護衛端來檸檬水。班嫿在水裡泡了一會兒後，把手從檸檬水中拿出來，用帕子擦乾淨手道：「等一下你儘量別飲酒，御醫說過，過早飲酒對身體不好。」

班恆點頭，「放心吧，我不喝，誰也不敢灌我。」

班嫿想了想，點頭道：「那倒也是。」

據說十幾年前，有人灌了父親的酒，父親酒醉以後，便開始發酒瘋，拿到什麼砸什麼，看到什麼就拿什麼砍人，從那以後，便再也沒有誰敢灌父親的酒了。

班嫿一度懷疑，這是她父親借酒裝瘋，故意折騰人。

不過這麼得意的事蹟，以父親的脾性，肯定早就拿出來吹噓了一遍又一遍，可他至今都沒有提過這件事，可見那是真的發酒瘋。

秋獵本就是皇帝與王公大臣們娛樂的活動，所以過了午時後，正中央的空地上便擺了很多烤架，有讓這些貴族們自己動手烤的，也有下人們準備烤好再呈給貴人們的。

班淮雖無實權，但他生母是大長公主，所以班家的燒烤架離皇帝還比較近。

忠平伯府做為皇室未來的親家，所以他家的燒烤架排在班家的下首。

滿朝上下，誰不知道這兩家人不合，現在這兩家的燒烤架竟然擺在一塊兒，讓人不得不懷疑，安排位置的太監辦事不力。不管原因是什麼，皇上已經坐在了上首，下面的人如果為了位置換來換去，對於皇帝來說，那就不太愉快了。

忠平伯與班淮兩看相厭，班淮對護衛道：「把肉都往右邊挪一挪，別壞了味道。」

忠平伯冷笑一聲，一副我不跟你計較的模樣。

班淮見忠平伯明明很生氣，卻偏偏裝作不在意的樣子，就覺得心滿意足。

班嫿作為女眷，並沒有跟他們坐在一塊兒，而是與皇后、公主等人在一起。

她與皇后所出的安樂公主關係最好，其他幾位公主都只是些面子情，甚至連面子情都沒有。這也難怪，她們身為公主，在自己父親面前，卻不如一個表妹得臉面，這讓她們很難對班嫿有太多好感。不過這些公主都是聰明人，知道父皇最敬重皇后，最看重嫡出，所以儘管心裡嫉妒班嫿，面上卻十分親和。

「好辣！」安樂公主連喝好幾口水，才把舌尖的辣味壓下去，「這東西我可受不了！」

班嫿把烤好的一串兔肉遞到她面前，「嘗嘗這個。」

安樂公主用筷子夾起來嘗了一下，烤肉仍舊帶著辣味，不過更多的卻是肉香。

皇后看了眼與安樂說說笑笑的班嫿，又看向坐在另一邊的石飛仙與謝宛諭。

身為母親，她自然懂得兒子的心思，石飛仙出身名門望族，又有做右相的祖父，身分確實比謝宛諭更貴重，可是皇上不願意讓老二娶石飛仙，她說什麼都沒有用。

之前傳出班嫿跟沈鈺婚約解除後，她還擔心皇上會讓老二娶班嫿，幸好皇上還不糊塗，沒打算娶這麼一個皇家兒媳婦回來。

在皇后看來，班嫿確實挺討人喜歡，不過也僅限於此了。

「皇后娘娘，陛下方才親手烤了兔肉，讓奴婢送過來，讓您嘗嘗陛下的手藝。」

王德端著一個盤子過來，裡面放著幾串肉。

班嫿看了一眼，只見那肉紅紅黑黑，賣相實在有些慘不忍睹。看來王德沒有說謊，敢把這種東西送到皇后面前的，也只有陛下了。

皇后看著這賣相噁心的玩意兒，內心是拒絕的，可是外面這麼多人，她不得不給皇帝這個面子，所以她不僅僅連吃了兩串肉，還對皇帝的手藝大加讚賞。

「班郡君，」康寧郡主對班嫿道：「看來妳對這次秋獵果然很期待，連蠻夷之地的辣椒醬都帶來了。」

班嫿看著自己面前的辣椒醬，半晌道：「哦。」

所以重點是什麼？

「聽說從蠻夷之地來的這些人茹毛飲血，十分的野蠻，並且對我們這片繁榮之地虎視眈眈，你們靜亭侯府跟蠻夷人打交道，是不是有些不妥？」康寧沿著嘴角，起身朝班嫿行了一個平輩福禮，「當然，我並沒有其他意思，只是希望你們能夠更加注意而已。」

班嫿歪著頭不解地看向康寧，也不還她的禮，「打交道？」

康寧見班嫿還穩穩坐著，笑著道：「我們這樣的人家，還是不要跟這種人有來往。」

「對啊，我們這樣的人家，要吃什麼只需要動動嘴便有人送上來，難道為了一口吃的，還需要特意跟誰打交道？」班嫿一臉的莫名其妙，「康寧郡主，妳在想什麼呢？」

「嫿嫿說的對，妳們這些小姑娘哪裡需要操心這些事情。」皇后笑道：「康寧，妳這丫頭什麼都好，就是心思太沉了。」

皇后這幾句話，就像是用巴掌打在了康寧郡主臉上。一個未出嫁的小姑娘，被母儀天下的女人說心思太沉，怎麼都不是誇獎。康寧郡主心裡恨得滴血，卻還要對皇后行禮道：「謝謝皇后娘娘教誨。」

偏偏皇后最不喜歡的就是她這副隱忍的做派，因為這讓她想起做太子妃時卻不受先帝重視的日子，康寧的母親在太后那裡也比較得臉，她身為太子妃還不如一個王妃說話有分量，這種恥辱感她一直記在了心裡。

康寧作為這對夫妻的孩子，皇后對她怎麼都喜歡不起來。儘管康寧平日在她面前總是乖巧聽話的模樣，但是在她看來，這都是作戲，就像是她那個擅長作戲的母親一樣。

上樑不正下樑歪。

安樂公主覺得康寧郡主這人有些沒意思，跟班嫿小聲道：「吃個東西她也能說個四五六出來，也不嫌累。」

「妳說……她是不是想要吃辣椒醬，不好意思跟我開口？」班嫿在肉串上刷了一層薄薄的辣油，把辣椒醬往兩人中間藏了藏，「我就這麼半罐子，還是從班恆那裡搶過來的。」

「妳又欺負他了？」安樂公主失笑，「別人家的姊姊都把弟弟當作眼珠子護著，哪有像妳這樣的？」還有這丫頭腦子是怎麼長的，怎麼會以為康寧郡主為難她，就是為了一點辣醬？

班嫿道：「我是身嬌體弱的小姑娘嘛，他就該讓著我一點。」

安樂公主聽了又是羨慕又是黯然，父皇雖然寵愛她，但她卻永遠不可能越過太子跟二弟，甚至當初嫁的那個男人，也不是她自己選的。如果不是這個男人自己作死養外室，她還不能像現在這樣活得自在。

烤肉結束以後，雲慶帝又派了人過來，說是在外面搭建了一個靶場，讓皇后娘娘以及各位貴女去看勇士們比試。

皇后聞言笑道：「好，我們這就過去。」

一行人洗手漱口後，便跟著皇后去了外面的靶場，短短一個時辰內，原本的空地上便多了一排用來比賽射箭的靶子。

班嫿見班恆與幾個平時經常湊在一塊的狐朋狗友待在一起，便沒有過去找他。

「班郡君，」康寧趁機走到班嫿面前，「剛才的事情是我失言，請妳不要放在心上。」

班嫿見她一副委屈又可憐的樣子，眉梢一挑，「妳說的是什麼事？」

「就是……就是……」康寧郡主臉頰緋紅，似乎十分難以啟齒。

「班嫿，妳適可而止一點。」一個穿著藍色騎裝的小姑娘走到康寧身邊，「郡主殿下脾性好，不跟妳一般見識，但妳一個小小的郡君，受得起郡主的禮嗎？」

「妳又是哪位？」班嫿輕飄飄地看了這小姑娘一眼，「這個禮又不是我讓她給我行的，有什麼受不受得起？」

也不知道是怎麼回事，這些閨閣貴女沒事就喜歡玩什麼以退為進，做出一副委屈的樣子讓別人來同情可憐，不知道有什麼意思。別人的同情與可憐就那麼重要，值得自己彎腰屈膝，做不願意做的事？

她若是康寧，絕對不會向郡君行禮，就算別人說她仗勢欺人，她也不會彎一點腰。

藍衣姑娘是上次安樂公主擺賞菊品蟹宴時被班嫿嘲諷說長相普通，從沒有注意過的李小如。自從那次的事情後，李小如被人恥笑了很久，所以這次見班嫿竟然敢受康寧郡主的禮，便忍不住跳了出來。

「班郡君果然是貴人多忘事，我是被妳嘲諷過長相普通的李小如。」李小如冷笑，「怎麼，您又不記得我了嗎？」

班嫿拋給對方一個明知故問的眼神，「李小姐真是料事如神。」

「噗！」

班嫿扭頭看去，不遠處站著一個華服公子，長得與康寧有幾分相似，應該是惠王府世子，康寧的同胞哥哥蔣玉臣。他不是早在三年前出門遊學了嗎？怎麼在這個時候回來了？

「大哥！」康寧見到蔣玉臣，臉上的委屈之色更濃，垂著腦袋不說話。

班嫿皺眉，這是要找哥哥來幫忙了？她抽出馬鞭，朝蔣玉臣拱手道：「見過世子。」

蔣玉臣看班嫿手裡的鞭子不像是凡物，柄首處還纏著金玄兩色的軟綢，就猜到這個馬鞭可能是御用之物，只是不知道怎麼到了這個姑娘手上。不管是什麼原因，這個姑娘應該在皇帝面前很得臉面，不然以他妹妹的性格，不會對她這麼忍耐。

自家妹子是什麼樣的性格，沒人比蔣玉臣更加了解。不過這個姑娘剛才說的話，倒是挺有意思的，他很少見有人說話做事這麼直接的，簡直不給人一點臺階下。

「姑娘客氣，不知舍妹有什麼做得不對的地方開罪於妳，在下代舍妹向妳道歉，請妳見諒。」蔣玉臣朝班嫿一揖。

班嫿覺得惠王府的這對兄妹有些奇怪，沒事就愛向人行禮，簡直就是沒事找事。

「你們在幹什麼？」班恆遠遠瞧著一個藍衣女子瞪著自己的姊姊，擔心他姊被人欺負，當下帶著幾個護衛衝了過去，把班嫿攔在身後，看清來人後，便陰陽怪氣道：「喲，這不是惠王世子殿下嗎？你不是嫌京城這種地方嘈雜俗氣，四處遊學去了，怎麼這會兒又回來了？」

八年前，班恆跟著祖母去某大臣家做客，他人小貪玩，便躲在假山裡等其他人來找他，哪知道卻因此聽見蔣玉臣跟僕人說他父親的壞話。從小就是混世魔王的他，哪裡受得了別人這麼說他父親，當即便把這事嚷了出來。

因為他宣揚出來，事情便鬧大了，陛下不僅下聖旨斥責了惠王教子不嚴，還說蔣玉臣目無尊長，有違君子之道。此事過後，他差點連世子之位都保不住，最後因為祖母心軟，替他在陛下面前說了幾句好話，才讓陛下收回撤銷蔣玉臣世子之位的旨意。

從那以後，蔣玉臣就很少在人前露面，四年前便出京遊學去了，臨行前還說什麼京城汙穢，不是清靜之地云云。可見做人不能把話說得太滿，這才過了幾年，人就灰溜溜地回來了。

「班恆，你閉嘴！」康寧聽到這話，就想起哥哥曾經遭遇的那些事皆因班恆而起，對班家人恨意更濃。

「妳對我弟弟吼什麼？」聽到康寧對自己弟弟又瞪又吼的，班嫿不樂意起來，把蠢弟弟往自己身邊拉，「康寧郡主，這是我班家的世子，不是妳家的僕人，想對他甩臉色還輪不到妳！」

康寧的火氣也被班嫿給激了出來，「不過是個侯府世子，在我哥面前也要乖乖行禮，有什麼好猖狂的？」

「君珀，那邊怎麼吵起來了？」雲慶帝見不遠處隱隱傳來爭執聲，其中一個聲音還有些像班嫿的，於是叫來容瑕，對他小聲道：「你帶人過去看看。」

君珀長得這麼俊俏，那些小姑娘見到他，應該也會收斂兩分火氣。

「班嫿，別以為我不敢動妳。」

「我好怕怕啊！怎麼，現在終於不叫我班郡君了，裝不下去了？」班嫿朝康寧翻了一個大大的白眼，「我家可沒有養出在背後詆毀長輩的正人君子，也沒有抱著世子之位不放，還故作清高說京城是汙穢之地的君子。當年若不是某些人的母親在我祖母面前又哭又求，勉強保住世子之位，這會兒輪得上妳在這裡吼我弟？」

她家弟弟再蠢，那也是她班嫿的弟弟，康寧算什麼牌面的人，敢這麼吼他們班家人？

班家就算要敗落，那也是五年後的事情，可不是現在！

「是，我們家都是偽君子，不像某些人自詡美貌，結果數次被人退婚。全京城誰不知道某人命硬剋夫嫁不出去，且看京城哪個有出息的男人願意娶妳？」康寧被班嫿戳中了痛處，也開始口不擇言起來，「等妳弟弟娶新婦進門，靜亭侯府還有妳囂張的地兒？」

「做得出這種事的只有妳哥，別以為天下男人都像妳家這麼偽君子！」班恆呸了一聲，「我姊以後想怎麼囂張就怎麼囂張，我們全家都樂意寵著，關妳什麼事？再說了，我姊就是美，比妳美十條街，妳嫉妒也沒用！」

這康寧心思真惡毒，竟然挑撥他跟他姊的情誼，他是那種有了媳婦忘了姊的人嗎？

康寧沒想到班恆一個男人竟然也跑來插嘴，頓時氣得眼睛都忘了眨。

這就是靜亭侯府的教養？

這就是靜亭侯府世子的風度？

「班世子，女子之間的小事，你身為男子介入是否有些不太合適？」蔣玉臣皺了皺眉，神情有些不悅。

「有什麼不合適的，反正有我在，誰也不能欺負我姊，我管你是男人還是女人！」班恆嗤了一聲，反正他也沒什麼好名聲，現在被人說得難聽一點也無所謂，債多不怕愁。

一個大老爺們看著自家人被欺負，還要維持所謂的君子風度，那才是腦子有毛病。

什麼是蒸不熟捶不爛響噹噹的銅豌豆，班家姊弟便如是。

「班家果然好教養，辱罵皇室後人，身為男子卻欺負弱女子，真是讓人嘆為觀止。」康寧氣極反笑，「哥，像你這般的正人君子，還是不要這種……」她鄙夷地看著班恆，「不要跟這種人計較。」

「正人君子？」班嫿毫不留情反諷道：「他算個什麼玩意兒的正人君子，人家成安伯從不誇自己君子，但整個京城誰不知道他是君子？就妳家這種虛偽做派，還好意思自稱君子？」

「呸！」班恆應景地呸了一口，用實際行動表達了他對惠王府這對兄妹的不屑。

明明惠王府這對兄妹年齡比靜亭侯府這對姊弟年齡大，而且行事手段也比靜亭侯府姊弟手段高，但是在此刻，容瑕覺得惠王府兄妹被班家姊弟輾壓式的欺負了。

陪著成安伯一道過來的王德，見他站在旁邊沒有繼續往前走，也維持著一張微笑的臉站在成安伯身後。身為陛下身邊得用的太監，他還真沒見識過哪家貴女吵架吵得如此……直白。

看靜亭侯府這對姊弟不像是要吃虧的樣子，他便安心下來。康寧郡主與班郡君在陛下心中孰輕孰重，整個大月宮恐怕沒有誰不清楚。

「你們兩人真是不當人子！」康寧氣得眼睛赤紅，「欺人太甚！」

「你們倆兄妹仗著身分高，欺負我們姊弟二人不算，竟然還倒打一耙！」班嫿不敢置信地看著康寧郡主，「妳還講不講理？」

講理？

最不講理的就是這姊弟倆！

康寧扭頭看向李小如，「李小姐，事情的經過妳也看在眼裡，妳來說句公道話，究竟是誰欺負人？」

「我、我……」李小如小心翼翼地看了眼班嫿，又想起剛才班嫿奚落時，蔣玉臣還嘲笑她，身子晃了晃，兩眼一閉，軟軟地往下倒去。更加巧合的是，她剛好避開兩塊石頭，倒在了厚厚的草上。

暈倒得這麼及時，只差沒明著告訴康寧郡主，她害怕班嫿，不敢再惹她了。

這時候，在旁邊站了有一會兒的容瑕終於願意站出來了，他乾咳一聲，對身後的護衛道：「快去叫兩個嬤嬤過來，把李姑娘扶到營帳裡去休息。」

「成安伯。」蔣玉臣看著眼前這個男人，想起班嫿說他不如容瑕的話，面色不太好看。

「成、成安伯，」康寧手足無措地看了容瑕一眼，朝他行了一個萬福禮。

容瑕朝兩人回了禮，看向班家姊弟，笑著開口：「班郡君、班世子，這是怎麼了？」

班恆看了眼班嫿，想起月前埋銀子被容瑕發現的尷尬，沉默地對他回禮。

「成安伯，」班嫿朝成安伯作揖道：「你跟王公公怎麼來這裡了？」

王德朝班嫿行了一個禮，總算有人注意到他了。

容瑕看了眼惠王府姊弟，十分自然地往班嫿這邊走了一步，「陛下聽到這邊有動靜，所以讓我過來看看。」

「成安伯，班嫿她……」

容瑕笑看著康寧，表情溫柔地打斷了她的話：「康寧郡主，班郡君與班世子乃是大長公主殿下的孫子孫女，妳那句不當人子恐怕略有不妥。」

「我……」康寧心中一陣慌亂，她剛才罵人的樣子，竟被成安伯看進去了嗎？明明她平時不是這樣的，也不會說出如此粗鄙無禮的話，這都怪班嫿與班恆，若不是他們姊弟招惹她，她又怎麼會被氣得失態？

「世子與郡主年長於班郡君，不知是否能看在我的面子上，放下成見？」容瑕笑容更完美，「只是有些話日後就不要再說了，你們都是陛下疼寵的小輩，若是陛下聽到這些話，豈不是讓他擔心難過？」

蔣玉臣聞言在心中冷笑，容瑕話說得客氣，但這話裡話外明顯包庇靜亭侯府這對姊弟。什麼都是皇上疼寵的小輩，不過是在嘲笑他們惠王府地位尷尬罷了。

當真是皇帝的一條好狗，看菜下碟！

「既然成安伯已經這麼說了，在下與舍妹也不是斤斤計較的人。」蔣玉臣語氣有些生硬道：「也希望班郡君日後好自為之。」

站在旁邊的王德抬了抬眼皮，這惠王世子當真不識趣，這話再說下去就沒意思了。

班嫿聽到這話，自然不太樂意，正準備嘲諷回去的時候，容瑕比她先開口了。

「古人言，君子道者三，我無能焉，仁者不憂，知者不惑，勇者不懼。」容瑕把手背在身後，似笑非笑道：「世子，你以為呢？」

「成安伯此話是何意？」

「方才聽到世子與康寧郡主談論君子，便有感而發。」容瑕轉頭朝班嫿行了一個禮，「君子當不憂不懼，不被迷惑，在下只是芸芸眾生中的一個俗人，當不得班郡君誇讚。」

備受讚譽，甚至被陛下親口稱讚過的容瑕，說自己還沒有做到君子之道，而惠王府這個曾經不尊長輩的世子卻自詡君子，這就諷刺了。

班嫿聽出成安伯這是在暗諷蔣玉臣，當下捂著嘴角小聲偷笑，轉頭對上康寧憤怒得幾乎噴火的雙眼，她翻了個白眼回去。

容瑕沒打算跟蔣玉臣一直廢話下去，見蔣玉臣臉青面黑說不出話以後，他便轉頭看向班嫿道：「班郡君、康寧郡主，請往這邊走。」

「有勞成安伯。」康寧壓下心頭的火氣，對容瑕勉強笑了笑。

容瑕對她微微點了一下頭。

王德看了眼康寧郡主，這位與班郡君性格還真不一樣，若是成安伯以這種態度對待班郡君的弟弟，以班郡君這火爆性子，肯定跟成安伯炸起來，哪還能笑得出來。

年紀輕輕的小姑娘心思就這麼沉，出嫁以後的日子該怎麼過？

見他們過來，雲慶帝也沒有問發生了什麼事，只是朝容瑕、班嫿姊弟招了招手，「你們這些年輕人就是貪玩，你們過來看看，這幾位弓箭手誰會贏？」

至於一起跟過來的康寧與蔣玉臣彷彿被他老人家遺忘了，他連看也不看他們一眼。

當今陛下比較小心眼，還喜歡遷怒，所以惠王一家子在他面前，向來都是縮頭過日子。班嫿甚至懷疑，若不是先帝遺詔裡寫明讓陛下好好照顧這位弟弟，他肯定早就弄死這一家了。

「陛下，我可看不出來。」班嫿看著場內穿著整齊劃一騎士裝的武士，搖頭道：「您這不是為難我嗎？」

雲慶就喜歡她這種不知道就直接表現出來的性格，「那妳隨便挑一個。」

有太監端著一個托盤過來，裡面放著一排名籤，正是這些武士的名字。

班嫿看了看，挑了一個人的名籤出來。

「這麼快就挑出來了？」雲慶帝詫異地看著班嫿，不是說不知道選誰嗎？

「他的名字最吉利，選他肯定沒錯。」班嫿笑咪咪地給雲慶帝看了眼名籤，然後把名籤扔進離她不遠的玉瓶中。

「高旺盛……」雲慶帝頓時失笑，這名字著實有些俗氣，不過也的確吉利。

「君珀、恆小子，你們兩個也來押一個。」雲慶帝心情極好，讓班恆與容瑕來挑。

「陛下，您是知道我的，別的不怕，就怕動腦子。」班恆也選了高旺盛的名籤。

「我相信班郡君的慧眼。」容瑕笑了笑，直接拿起高旺盛的名籤放了進去。

雲慶帝很滿意容瑕這一點，知道他喜歡誰不喜歡誰，一言一行雖風度翩翩，卻不清高孤傲，只會讓人感到如沐春風。想到朝堂上那些本事不一定大，嗓門卻一個比一個響亮的大臣，為了芝麻綠豆大小的事吵得天昏地暗，他就恨不得滿朝上下都能像容瑕這樣。

班嫿扭頭看容瑕，容瑕也扭頭看她，她朝他友好一笑。

這種連她自己都不相信自己眼光，別人卻很相信的感覺，實在是太美好了。

康寧看著容瑕對班嫿笑得一臉溫柔的模樣，內心猶如刀割般難受，可是她的臉上卻不敢有半分的不滿，即便皇上視他們兄妹為無物，她也只能站在一邊，維持著笑臉。

「妹妹，」蔣玉臣走到她面前，神情中帶著愧疚，「讓妳受委屈了。」

康寧搖了搖頭，咬著唇角沒有說話。她算什麼委屈呢，至少吃好穿好，哥哥這些年漂泊在外，不知道吃了多少苦頭。

就在這時，場上突然爆發出掌聲、喝彩聲，康寧聽到了靶場太監的敲鑼聲。

「箭術比賽結束，獲勝者，高旺盛！」

康寧苦笑，有些人生來命好，就算隨隨便便說句話，都能成真。

可是憑什麼呢，憑什麼呢？

老天何其不公？

「你就是高旺盛？」雲慶帝看著躬身站在自己面前的弓箭手，此人身材矮瘦，其貌不揚，甚至站在他面前就縮手縮腳，怎麼看都不像是一個能百步穿楊的神射手。

可他就是贏了其他人，成為了最後的勝利者。

「回陛下，末將正是。」

「班丫頭，還是妳的眼光好，這麼多人就挑中了他，」雲慶帝伸手指了指容瑕與班恆，「可見你們都是有眼光的。」

「多謝陛下誇獎。」班恆笑得一臉燦爛，「今年都快過去大半了，陛下，您還是第一個誇獎我的人呢！」

雲慶帝頓時被班恆的話逗笑，他這個表侄平日有多紈絝，他早有所耳聞。不過這孩子雖然紈絝，但還不至於荒唐，所以只要沒有惹出大事，他都睜一隻眼閉一隻眼，裝作什麼都不知道。

班恆這話不僅逗樂了雲慶帝，連皇后與幾位公主都跟著笑了起來。

班恆看似故意逗趣雲慶帝，然而班嫿心裡明白，她弟弟這是在真心實意地感激陛下。

靶場這邊熱鬧，營帳那邊就顯得有些冷清了。李小如抱著被子坐在床上發呆，就連石飛仙走了進來都沒有發現。

石飛仙伸手在她面前晃了晃，「我剛才聽妳身邊伺候的人說妳暈倒了，這是怎麼了？」

李小如想把剛才發生的事情說出來，話已經到了嘴邊，但隨即她又想到了班嫿那不好相處的性子，又把話嚥了下去，搖頭道：「我沒事，就是頭有些暈。」

石飛仙目光在她臉上掃過，隨即笑道：「那妳可要多加小心，馬就不要騎了。」

聽著石飛仙細心的叮囑，李小如心裡有些愧疚，「對了，剛才康寧郡主與班嫿起了爭執，成安伯過去勸架了。」

「成安伯怎麼會管這種事？」石飛仙臉上的笑意略有些僵硬，然後溫柔地替李小如掩好被子，「先躺一會兒，我身邊的護衛獵到了兩隻山雞，我讓人去燉了一隻，等下就給妳送來。」

「怎麼好麻煩妳……」

「我們雖不是姊妹，但情如姊妹，妳若是再說這種話，就外道了。」石飛仙狀似無意道：「就連成安伯都能為兩個不熟悉的女子勸架，我還不能為妳這個好姊妹操一操心？」

「那怎會一樣？成安伯當時還帶著陛下近侍王德。」李小如有些輕蔑道：「若不是陛下的意思，成安伯怎麼可能去插手兩個女人的事情。」

「也許成安伯看班嫿美貌，英雄救美也說不定。」石飛仙臉上的笑意更濃，語氣輕鬆地調侃起來，「常言道，窈窕淑女，君子好逑。」

「她算什麼窈窕淑女！」想到班嫿那張嘴，李小如把後面的吞了回去，只吹捧石飛仙，「窈窕淑女來形容妳還差不多。」

石飛仙被她說得滿面羞紅，匆匆地出了營帳。

一天的狩獵活動結束，班恆陪班嫿回營帳，「姊，我怎麼覺得成安伯今天在幫我們？」

他雖然讀書少，但腦子不蠢，成安伯明顯是在拉偏架。

「他當然要幫我們，」班嫿伸出三根手指，「我可是送了他兩隻山雞、一隻肥兔子。」

說到這，班嫿覺得自己十分有先見之明，頗為自得地抬了抬下巴。

班恆心想，這成安伯還真好收買，兩隻山雞和一隻野兔就搞定了。

「班世子，班郡君。」兩位穿著藍衣的護衛走了過來，他們各自手裡捧著一個托盤，上面放著鹿肉與鹿血。

「在下是成安伯府的護衛，這些東西是伯爺吩咐我們送過來的。」

班恆愣了一下，讓站在營帳旁的護衛接下托盤，道：「有勞二位，請二代我跟家姊向成安伯道謝。」

「世子言重了。」兩個護衛行禮退下，可以看得出成安伯治下有方，規矩森嚴。

「姊，」班恆指了指鹿肉，「這是回禮？」

鹿肉比兔肉、山雞貴很多，這是他們家賺了？

兩個護衛回去後，就把事情報告給了容瑕，包括班家姊弟那段恰巧被他們聽見的對話。

「因為送了我獵物，所以覺得我會幫她？」容瑕輕笑出聲，笑聲顯得有些意味深長。

他揭開面前的湯盅蓋子，一股熱氣從湯盅中冒出，濃郁的山雞肉香很快盈滿整個營帳。山雞肉細嫩，不肥不膩，湯好喝，肉也同樣可以入口。

德寧大長公主府裡，大長公主放下碗，擦去嘴角的藥汁，漱口後道：「陰氏那邊又讓人送東西過來了？」

「可不是嘛，太太孝順，平日裡得了什麼新鮮東西，就愛往這邊送，老奴也曾勸過，可她哪裡願聽。」大長公主身邊最得臉的常嬤嬤笑道：「左右奴婢是沒法子了，不如您去勸勸？」

德寧大長公主笑瞪著常嬤嬤，「瞧瞧妳這嘴……」

「殿下，」管家一臉是笑地走了進來，「郡君與世子派人送東西過來了。」

德寧大長公主看護衛抬進來的東西，是些山雞、野兔、飛鳥等物，東西不稀罕，難得的是這姊弟倆的心意。

德寧大長公主笑著讓人把這些東西收好，對常嬤嬤道：「看來他們在獵場玩得很開心。」

「年輕人都喜歡熱鬧。」常嬤嬤想了想，又補充道：「郡君現在也越來越會疼人了，這段時間隔三差五都要來這裡看您，可見打從心底依賴著您這個祖母呢。」

「這孩子雖然驕縱了些，本性卻是極好的，若是……」德寧大長公主話語一頓，「日後，妳就去嫿嫿那邊去伺候。我膝下就她一個孫女，妳在她身邊，我也能放心些。」

「殿下！」常嬤嬤驚駭地看著大長公主，「您這話讓老奴如何自處？」

她九歲進宮，十三歲時被殿中省分配到大長公主府伺候，二十歲時自梳，在公主府已經伺候了整整三十年。剛才公主府的時候，侯爺才十歲大左右，駙馬爺尚在。

三十年眨眼就過去了，當年容貌傾城的長公主成為了大業朝最尊貴的大長公主，她的孫兒孫女也到了談婚論嫁的年齡。看著大長公主一點一點老去，她都恨不得時光走得慢一點。

「妳這傻姑娘，這輩子為了伺候我，沒有婚嫁，也沒有後人，待我百年過後，妳該怎麼辦？」德寧大長公主猛咳幾聲，「嫿嫿對身邊人最是體貼不過，妳跟在我身邊也看了不少京城的風風雨雨，只有跟著嫿嫿，我才能夠放心她，也放心妳。」

「殿下……」常嬤嬤幾近哽咽，「當今，他欠了您！」

「生在皇家，只論輸贏，不提虧欠，」德寧大長公主諷刺地笑了，「我已經算是有個好下場了，可憐我那些姊妹們……」

幾十年前的奪嫡之爭，皇子們死的死，囚的囚，瘋的瘋，幾位金枝玉葉的公主即使出嫁了，最後也死得不明不白，她姊妹中唯一活到現在的公主，當朝最尊貴的大長公主。

只可惜這大長公主的名號下，有太多見不得人的事，有太多的恨與無奈，年過花甲的她，已經不想再回憶。

「今晚就燉山雞湯。」德寧大長公主道：「我們家嫿嫿獵到的山雞，味道一定不錯。」

「是。」常嬤嬤擦去眼角的淚痕，跟大長公主行了一個禮，挺直背脊退了出去。

京郊皇家圍獵場，帝王與朝臣們已經在這裡待了三天，皇帝盡興了，自然該打道回府。

「班郡君不愧是武將之後，女眷中妳獵得的獵物最多。」雲慶帝看著班嫿，毫不掩飾他對班家人的寵愛，「妳跟朕說說，有沒有什麼想要的？」

班嫿誠實地搖頭，「陛下，臣女現在沒什麼缺的東西。」

「看到妳，朕就想到了當年在戰場上英勇殺敵的姑父。」雲慶帝嘆了一口氣，「朕小時候的箭術還是他教的，沒有想到……」

大長公主的駙馬，是大業朝赫赫有名的武將，或者說班家幾代武將，都曾替蔣家立下汗馬功勞，只可惜……

在場諸位大臣瞥眼看班淮，班家幾代英名，到了班淮這裡就毀了。

班淮察覺到有人看他，把腰肢挺了挺。看什麼看，嫉妒也沒用，他就是有個了不起，註定名垂千古的父親！

眾大臣見班淮毫不羞愧，甚至一臉得意的模樣，都在心裡紛紛搖頭，朽木不可雕也。

「陛下，臣女的箭術也是祖父教的。」班嫿露出一個大大的笑臉，「祖父說，我若是生為男子，肯定能做陛下您麾下的猛將。」

雲慶帝看著眼前嬌嬌俏俏的小姑娘，實在無法把她跟滿臉絡腮鬍的猛將聯繫起來，越想越覺得這個畫面有些好笑，「好好好，當真是巾幗不讓鬚眉，班大將軍教得好。」

在場眾人……

好好一個小姑娘，教得刁蠻任性，說拿鞭子抽人絕對不拿棍子，身上毫無女子溫婉之氣，真是浪費了父母給的一張好臉。

陛下這是誇人還是損人呢？

不管是皇帝有沒有兩層意思，但是被誇的班嫿笑得倒是挺開心，她大大方方地朝雲慶帝行了一個禮，「多謝陛下誇獎，臣女愧不敢當。」

「姑母乃朕敬重之人，班大將軍乃是朕尊崇之人，妳身為他們唯一的孫女，朕每每想到沒有照顧好你們，便覺得愧疚不已。」雲慶帝再度長嘆一聲，「甚至朕還聽聞，有人因為妳爵位不夠高，出言欺諷於妳。朕聽聞此事後，不知日後還有何顏面去見姑母。」

朝臣聽到這話有些不對味兒，這位班郡君連當朝探花都說打就打，還有誰敢得罪她？

王德站在雲慶帝身邊，從頭到尾連表情都沒有換過。身為陛下的近侍，他自然要把看到的事情原原本本地告訴陛下，不能刪減，自然也不能添油加醋。

站在女眷堆裡的康寧郡主聽到雲慶帝這幾句話，只覺得臉頰火辣辣的疼，陛下說的每一個字，彷彿都是抽在她臉上的巴掌。她晃了晃，差點坐到了地上。

「郡主，」石飛仙扶住她，「妳沒事吧？」

康寧勉強笑著搖了搖頭。

石飛仙鬆開手，笑著道：「那就好。」

她看向站在御座前的班嫿，理了理自己的袖襬，一點一點收回了自己的視線。

「陛下……」班嫿猶豫了一下，「並沒有人欺負我，您不要因此難過。」

五年後，就算有人欺負她，也沒人能救得了。

「好孩子！」雲慶帝笑笑，「妳雖是朕的表侄女，但在朕的心中，與朕的女兒無異。」

忠平伯聽到雲慶帝這席話，面上也跟著不自在起來。他們家跟班家的那筆爛帳，到了現在還是京城裡不少人的談資。難怪他們謝家人最近兩年一直在朝上不得重用，只怕皇上心裡也惱了他們。

他實在不明白，從小聽話的兒子怎麼會跟風塵女子私奔，弄得他們家跟班家反目成仇。

直到現在，忠平伯仍舊在想，究竟是娶一個潑辣性奢侈的兒媳婦好，還是如現在這般，兒子名聲掃地、眼睛殘疾，謝家與班家反目成仇，不受皇上重用好。

大概……還是寧可娶一個刁蠻任性的兒媳婦供著好吧。

至少這個兒媳婦有個身分尊貴的祖母，有陛下的寵愛，對他們這種底蘊不足的家族來說，絕對是百利幾害的好事。只恨兒子不爭氣，如今後悔已是無用。

「朕有愧，朕要補償妳。」

朝臣面無表情地看著皇帝，套路那麼多，不就是想給這位刁蠻任性的班郡君升爵位嗎？左右只是一個女人的爵位，高一點低一點也不影響朝政，他們內心毫無波動。

班嫿歪了歪頭，陛下要補償她？

難道是給她找一個相貌英俊的夫君？

「朕之姑父生前乃是國之棟樑，朕之姑母待朕如親子，她的孫女便猶如朕之半女，朕以為，非郡主之位，不配為半女之爵。」雲慶帝敲了敲御座的扶手，「靜亭侯之女，有乃祖母之風，朕之半女，當封郡主，封號福樂。」

班嫿愣了半晌，才想起給雲慶帝謝恩。

不過，陛下說除了郡主之位，其他爵位都配不上她，那她以前的鄉君、郡君封號，都是拿來侮辱她的嗎？

「既然爵位都已經提了，食邑也該提一提。」皇后素來得陛下敬重，所以像這種非朝政場合，她也是能開口的，「不如就食邑一千二百戶，您覺得如何？」

「皇后所言有理。」雲慶帝當下便應了下來。

帝后二人對班嫿的看重，讓無數人側目。當今陛下給爵位向來比較吝嗇，朝中那些郡王的嫡女，爵位最多也就是縣主或是郡君，甚至有些宗室皇眷，連個爵位都沒有，就靠著殿中省每年分的銀兩、糧食、布匹度日。

朝臣雖覺得帝后如此寵愛大長公主的孫女有些過，但又隱隱有種安心的感覺。陛下為什麼如此照顧班家的人，那是因為大長公主曾經幫過他。

跟著一個念舊情的帝王，總是讓人踏實心安。誰願意跟一個鳥盡弓藏的帝王？

參加一次狩獵，班嫿爵位漲了，食邑也漲了，這是件好事，所以回到家的第二天，班家四口人都跑到了大長公主府，告訴了大長公主這件事。

「陛下最近心情很好嗎，竟然給我連升兩次品級，」班嫿站在大長公主身邊，親手給大長公主泡茶，「連食邑都升了。」

「品級升了就是好事。」德寧大長公主接過孫女泡的茶，笑容滿面道：「怎麼近日老往我這裡跑，是我這裡的點心比侯府好吃？」

「孫女想您，所以就來看您了。」班嫿抱住德寧大長公主的胳膊，「要不，您到我們侯府去住幾日吧。」

「我可不敢跟你們這兩隻頑皮猴子住在一起，肯定沒一時半刻的清靜。」德寧大長公主想也不想便拒絕，「公主府裡的下人都很盡心，你們一家人若是想我了，就可以來看看我，左右我們隔得也不遠。」

九年前，駙馬病故以後，她便以懷念亡夫的名義，單獨居在了大長公主府。

她也捨不得兒子，卻不得不這麼做。

當今皇帝是個矛盾的人，他總是希望別人對他好，卻愛起猜忌之心，偏偏又想要天下人誇獎他仁愛。那個孩子是她看著長大的，他自以為他的心思無人能懂，卻不知道她歷經兩代皇位更替，又怎會沒有識人之能。

「母親……」陰氏對德寧大長公主是真心實意的敬重，當年她初嫁給班淮，因為外面流言的影響，一直心懷芥蒂。加上她娘家不太管她，上面又有一個身分尊貴的婆婆，她當時真以為自己這輩子毫無盼頭了。

哪知道婆婆雖身分尊貴，對她卻極好，公公雖是武將，也是十分講理寬厚之人。自從生母病逝，嫁到大長公主府後，她才漸漸感受到生活的樂趣。

公公病逝的那一年，她第一次看到婆婆傷心的樣子，隨後不久婆婆便讓他們搬進了侯府，婆婆單獨住在了大長公主府中。她一直覺得當年的事情另有隱情，可是她不敢提，甚至連想都不敢細想。在女兒做了那個奇怪的夢以後，她竟有種塵埃落定的輕鬆感。

爵位不重要，只要一家人好好的，往後日子應該也不是那麼難熬。

只是婆婆……女兒的夢裡沒有婆婆的出現，但是女兒近來總是往這邊跑，陰氏自己內心，隱隱有種不太好的猜測。

「兒媳婦，這些年水清跟兩個孩子一直都是妳在操心，妳受累了。」德寧大長公主握住陰氏的手，輕輕拍著她的手背，「若不是因為我，妳應該能嫁一個比水清更好的男人。」

「母親，我可是您的親兒子，親生的！」班淮一臉無奈地看著大長公主，別人家母親都是護著兒子，怎麼到了他這，反倒是他成了外人？

「你若不是我的兒子，靈慧這般的好女子，妳這輩子做夢都娶不進門。」德寧大長公主瞪了兒子一眼，「我們女人家說話，你一個男人插什麼嘴？」

旁邊的班恆幸災樂禍地看了父親一眼，做為班家地位最低的兩個男人之一，父親這會兒都還沒看清現實嗎？

「母親，您怎麼能這麼說？侯爺他待我極好，天下好男兒很多，可是又有幾人能惦記著我喜歡吃什麼用什麼？」陰氏心中的不安感更濃，「我生母早逝，您待我如親女，您在我心中不是婆婆，乃是母親。您日後莫再說這般的話，我聽著心裡難受。」

「我沒有女兒，妳嫁進門後，就是我的女兒。」德寧大長公主溫和一笑，「就算我真有一個女兒，只怕也不及妳萬一。」

「好了，我不說這些話讓妳難過了。」德寧大長公主拉著陰氏的手站起來，「走，我們去用午膳，最近來了兩個新廚子，手藝極好，你們也嘗嘗。」

「好。」陰氏展顏笑開，看著德寧大長公主紅潤的臉頰，又覺得是自己想多了。

班家四口在大長公主府住了兩天後，才大包小包地打道回府。

班嫿與陰氏同乘坐在一輛馬車裡，班嫿見母親神情有些恍惚，連坐姿都老實了不少。

「嫿嫿，」陰氏突然開口道：「妳為什麼最近常去大長公主府？」

「啊？」班嫿愣了一下，老老實實搖頭，「不知道，就是想祖母了。」

「那……沒事妳就多來這邊走走。」陰氏笑了笑，「妳祖母一個人待在公主府裡也冷清，妳去了，她老人家肯定會很開心。」

他們住的院子，一直收拾得乾乾淨淨，彷彿這九年時間他們從未離開過一般。當年的大長公主多熱鬧，公公喜歡教孅孅拳腳功夫，爺孫三人總是逗得婆婆開懷大笑。如今公公早已經逝去，他們四人也搬了出去，只餘婆婆獨自一人待在那寬闊寂寥的公主府裡。

「好，」班孅當即點頭，「我把恆弟也帶上。」

「乖孩子。」陰氏笑了笑，沒有再說其他的。自從女兒做了那個奇怪的夢以後，她就擔心女兒心裡受不了，所以現在也不想拘著她學規矩，能快活一天就算一天吧。

「冤枉啊！」

班家的馬車行路到一邊的時候，突然衝出一個身穿孝衣，頭戴孝帕的中年女人，她身後還跟著兩個瘦小可憐的孩子，哭哭啼啼跪作一團。

「怎麼回事？」班淮掀開馬車簾子，看著跪在他馬車前又是喊冤，又是磕頭的一大兩小，頓時覺得頭都大了。侯府的護衛攔在馬車前，不讓這形跡可疑的三人靠近馬車。

「大人，民婦有冤，求大人替民婦伸冤！」

她舉高手裡的狀紙，上面寫著一個大大的冤字，不知道這字是用人血還是畜生血寫的，看起來有些駭人。班淮忍不住往後坐了坐，「這怎麼回事？」

「青天大老爺，求您救救命婦的丈夫，同縣縣令草菅人命，民婦丈夫死得冤枉啊！」

班淮乾咳一聲，招來身邊的隨侍，「同縣在什麼地方？」

「侯爺，同縣在薛州，」隨侍小聲道：「薛州刺史是趙仲。」

「趙仲……」班淮瞇眼想了一會兒，「那不是趙家二郎嗎？」

長隨道：「正是趙家二公子。」

說起來他們家與趙家也頗有淵源，當年與嬸嬸指腹為婚的，便是趙家三郎，只可惜趙家三郎夭折後，這門親事自然就不再提起。這些年，他們班家與趙家仍舊還有來往，只是關係終究不如以往了。

「大人！」中年女人見班淮竟沒有搭理她，哭得更加淒慘，「大人，求您發一發慈悲心，幫一幫民婦！」

「等等！」班淮被這個女人哭得有些頭大，「妳若是有冤屈，當去刑部或是大理寺。」

中年婦人愣了一下，沒有想到對方竟然連客套話都不說，直接就拒絕了她。

「我就是一個閒散侯爺，沒實權，說話不管用，就算我帶妳去衙門，也沒人稀罕搭理我。」班淮擺了擺手，「與其在我這裡浪費時間，不如去大理寺門口敲一敲鳴冤鼓。」說完，也不等中年婦人反應過來，就讓護衛把這三人抬到一邊，乘坐馬車大搖大擺地離去了。

喊冤的婦人……

圍觀的老百姓……

第一次聽到親口說自己沒實權，說話不管用的貴族。

班嫿掀起簾子，看著被護衛架在一邊，看起來像是還沒反應過來的中年婦人，總覺得有哪裡不太對勁。

「在看什麼？」

「看剛才喊冤的那個人。」班嫿想了想，「我覺得她有些奇怪。」

「當然奇怪。」陰氏冷笑，「一個為亡夫喊冤的女人，為了趕到京城，肯定是餐風飲露，神情疲倦。兩個孩子失去父親，必定倉皇又難過，妳覺得他們符合這些？」

班嫿放下簾子，「那她是騙我們的？」

「她做什麼不重要，」陰氏神情顯得很平靜，「重要的是，我們心裡有數。」

「哦。」班嫿一臉受教，再次掀開簾子，看到對面有人騎著馬過來了。

此人面若好女，玉冠束髮，玄衣加身，袍角流光浮動，原來是繡娘暗繡了一朵朵祥雲。

✿　✿　✿

「姊！」班恆一路小跑到班嫿的院子，打斷了女說書先生正在進行的故事，接過丫鬟倒的茶，連喝幾大口後才道：「人我已經查到了。」

班嫿揮手讓無關人員全都退了出去，雙手往茶几上重重一拍，「是誰？」

「忠平伯的長子，謝重錦。」班恆喝完整整一盞茶，才勉強喘過氣來，「就是三年前考中狀元，去外地任職的那個。謝啟臨眼睛摔壞一隻後，他就調職回京了，昨天才剛到京城。」

「姊，妳讓我查他幹什麼？」班恆一屁股坐到椅子上，忽然用一種懷疑的目光看著班嫿，「妳不會是看他長得好，就那什麼什麼吧？」

「你腦子裡能不能想點正常的東西？」班嫿拍開班恆準備拿點心的手，「你姊在你心中，就是這樣？」

班恆茫然，不是這樣是哪樣啊？

班嫿覺得自己有些手癢，差一點就拍在了班恆那張傻兮兮的臉上。不過她還是忍不住了，見他跑得滿頭是汗，把手帕往他手裡一扔，「你說，忠平伯府造反的可能有多大？」

「姊，妳覺得就忠平伯府那個德行，能拿什麼造反？」班恆瞪大眼睛，「我知道妳不待見這一家人，但是這種屎盆子往他家腦袋上扣，對屎盆子是個侮辱。」

「你說的好像也有些道理……」班嫿剝著瓜子，扔掉殼把仁兒放在小銀碗裡，「天下穿黑衣的男人那麼多，也不一定就是他。」

「也許是其他地方的人舉旗造反，一呼百應……」班恆突然頓住，「不太對啊，這要出多大的事情，才會讓四方列強舉旗造反？」

「新帝繼位，地位不穩，民怨沸天。」陰氏走進院子，坐到兄妹二人對面，「如今蔣家的天下，並沒有他們想像中那麼穩當。」

當今皇帝性奢靡，好大喜功，甚至縱容皇后娘家人賣官賣爵，民間早有不滿的聲音出現，只是朝中官員把這些流言都壓了下來。可是能壓得了一時，難道還能壓一輩子？

「母親，您說我們要不要把姊做的夢告訴祖母？」班恆摸了摸頭，「反正我們腦子不好使，不如讓祖母來想想辦法？」

「不行。」陰氏當即反對，「這件事絕對不能告訴你祖母。」

「為什麼？」班恆不解，「我們解決不了的事情，不交給祖母，還交給誰？」

「你祖母不僅僅是你們的祖母，還是蔣家的大長公主。她年紀大了，若是讓她知道蔣家王朝會被人推翻，你讓她老人家如何接受？」陰氏沒好氣道：「你平時多去向你祖母請安，多陪陪她老人家，其他不是你該操心的事情。」

班恆乖乖點頭，「我記住了。」順手把桌上銀碗裡的瓜子仁倒進自己嘴裡。

「班恆！」班嫿見自己剝的瓜子仁沒了，差點沒把裝點心的盤子扣在班恆的腦袋上，「你一個大老爺們兒，還搶我的瓜子仁。」

「我是妳弟，不是大老爺們兒。」班恆從椅子上蹦起來，「再說給我剝幾粒瓜子怎麼了，以後我還要娶個給我剝瓜子兒的媳婦呢！」

「呸！美得你！」班嫿雙手插腰，「我若是找了你這麼一個夫君，肯定天天抽你。」

「那妳想要找什麼樣的夫君，給妳剝瓜子的？」班恆蹦躂著逃開，「妳這才叫做夢！」

陰氏看著這對兒女吵吵鬧鬧的樣子，忍不住搖頭失笑。家裡有下人不用，兩人經常為了這種小事吵吵鬧鬧，真不知道這沒事找事的性子隨了哪個。

大街上，班淮帶著隨時護衛在外面亂晃，這手鐲水色好，給夫人買回去，這髮釵看著漂亮，給女兒買回去，這幾本書寫得好，給兒子捎幾本。由於近來他買東西的時間多，又不以勢壓人，該給多少錢就給多少，不欺負做生意的商販，所以班大侯爺在大業朝奢侈品一條街上，十分受掌櫃與堂倌歡迎，真恨不得他天天來。

「侯爺，這琉璃盞是今年剛到的貨，雖然比不上宮裡的精緻，但也有幾分雅趣。」掌櫃熱情地為班淮介紹一盞星辰琉璃盞，「夜裡點上後，就像是有星星落在了地上，貴府的女眷一定會很喜歡。」

班淮看了眼這琉璃盞，做工還算上乘，便道：「多少錢？」

「侯爺，您是我們的老熟客了，小的要誰的高價，也不敢要您的呀！」掌櫃看了眼四周，小聲道：「別人要肯定是一千兩，如果是您要，我收六百八十八兩，也算是討個吉利。」

「行，等一下你安排人送我的府上。」班淮點了點頭，轉頭看到牆上掛著一幅麻姑賀壽圖，他想起母親向來喜歡字畫古玩，便道：「這幅畫要多少錢？」

「侯爺……這幅畫已經有人定下來了，您看要不要看看別的？」掌櫃陪笑道：「小的這就讓人去取畫，讓您慢慢挑。」

「那就算了。」班淮覺得有些可惜，這幅畫寓意很好，送給母親再合適不過了。

「若是侯爺想要，晚輩便把這幅畫贈予您，」一個男人從外面走了進來，「只要侯爺不嫌棄就好。」

班淮回頭看清來人，「容伯爺。」

容瑕朝班淮行了一個晚輩禮，轉頭對堂倌道：「把畫裝好，送給班侯爺。」

「這怎麼使得？既然此畫是容伯爺挑好的，我又怎麼能奪人所好？」班淮雖然年齡比容瑕大，品級比容瑕高，卻不是喜歡占小輩便宜的人。

「侯爺客氣了。」容瑕再度行了一個晚輩禮，「這幅畫能讓您看中，便是它的緣分，您若是推辭不受，那便是看不起晚輩了。」

論口才，十個班淮也比不上半個容瑕，所以最後班淮還是把這幅畫收下來了。好歹他還記得自己不能白拿人好處，所以決定請這個大方、知禮、俊秀的年輕晚輩去吃飯，去京城裡消費最高的望月樓。

容瑕不僅沒有嫌棄他是個閒散侯爺，反而一路上對他極為尊重，這讓班淮對他的印象從一個很厲害的年輕伯爺到挺討喜的年輕人，最後好感度直達這小子太對我胃口，我家兒子就是渣渣的地步。

望月樓的堂倌跟班淮也很熟，看到他就熱情地招呼兩人到樓上坐。

班淮上樓梯的時候，對引路的堂倌道：「我記得你媳婦快要生孩子了？」

「回侯爺，我家娘子生了，可惜是個丫頭。」堂倌臉上不帶多少喜氣，「勞您問了。」

「丫頭也好。」班淮在兜裡摸了摸，拿出兩顆花生大小的銀葫蘆遞給堂倌，「這個拿給你家丫頭壓枕頭，保佑她長命百歲，無病無災。」

「侯爺，小的哪敢要……」

「沒事，這本就是我拿來送小輩的。」班淮一副「吾家有萬金，行止隨心」的模樣，「放心拿去吧。」

「謝、謝侯爺！」堂倌接過兩粒銀葫蘆，滿臉的感激。

容瑕看著班淮與堂倌之間的往來，臉上笑意更深。

兩人在包廂裡坐下後，容瑕道：「侯爺真心善。」

「倒不是我心善，」班淮喝了口茶道：「我若不開這個口，那個丫頭可能活不了。」

對於他們貴族來說，多養一個女兒不是什麼大事，但是對於普通人，尤其是一心求子卻得了女兒的普通百姓而言，這個女兒便是多餘的。早年他遊手好閒去郊外玩耍時，曾目睹一老婦把死去的親孫女扔到橋下，只為了讓她遭受千人踩萬人踏，這樣才不會有女兒敢再投生到她家。此事過後，他回去嚇得生了一場病，喝了好幾副安神藥才緩過來。

容瑕倒是有想到班淮會說出這麼一句話來，愣了一下，「可見侯爺還是心善的。」

班淮擺了擺手，不欲再談此事。

不一會兒，飯菜上桌，班淮沒喝幾口酒，酒勁兒便上了頭，跟容瑕說著一些漫無邊際的廢話，難得的是，容瑕竟然也能把話接上，不愧是譽滿天下的容公子。

「忠平伯府那群王八蛋，還想讓嫡長子到戶部任職，他想得美！」班淮把酒樽往桌上重重一放，「他們這麼欺負我閨女，還想當事情沒發生，沒門，窗戶都沒有！」

容瑕想起京城的傳聞，班侯爺最是寵愛長女，當初忠平伯嫡次子跟煙花女子私奔後，班侯爺當即去忠平伯府退了婚，還把忠平伯府砸得亂七八糟，甚至連大門都換了。後來謝啟臨找回來以後，還挨了無數次黑打，忠平伯去告御狀，說這是靜亭侯一家人幹的，只可惜沒有證據，皇上又偏心靜亭侯府，這事就不了了之。

「晚輩也覺得謝家長子不適合到戶部。」成安伯給班淮滿上酒，又問：「您覺得他去哪裡任職比較好？」

「任個屁的職，最好賦閒在家！」班淮醉醺醺地道：「讓他抱著他爹回家吃奶去吧！」

班淮雖然沒有學到他武將老爹行兵打仗的本事，不過罵人的本事倒是學去了不少。

班嫿跟班恆鬧過一場以後，就以鍛煉他身體為由，拖著他陪自己去買東西。姊弟兩人剛走到門口，就聽到外面吵吵嚷嚷的，也不知道發生了什麼。

走到門口一看，兩個小廝正扶著他們父親下馬車，父親醉醺醺的，明顯是去喝了酒。

「姊，母親出門了沒有？」班恆往大門後望了一眼，父親這副模樣如果被母親看見也不知道母親會不會生氣。

「沒，母親剛才說要去午睡。」班嫿同情地看了眼班恆，正準備與班恆一起上前扶班淮，馬車裡又走出一個人來。

「郡主，世子。」容瑕整了整衣衫，對姊弟倆歉然道：「方才在下與侯爺用飯食，不小心讓他多飲了幾杯酒，實在抱歉。」

「有勞伯爺把家父送回來。」班嫿覺得這事怪不到容瑕頭上，她父親的酒量有多差，她是知道的。她唯一沒有想到的就是父親竟然能與容伯爺湊在了一塊兒，這就像貓跟天鵝待在一塊兒玩耍，怎麼看怎麼讓人覺得彆扭，「家父不勝酒力，若是有什麼冒犯的地方，請伯爺不要放在心上。」

「郡主言重，侯爺並無冒犯之處。」容瑕看班淮已經被小廝扶進了轎子，便道：「侯爺已經安全送到，在下告辭。」

「伯爺，不如留下用些茶點再走。」班恆走了過來，朝容瑕作揖，「伯爺，請。」

「怎好再叨擾……」

「容伯爺，」坐進轎子裡的班淮從轎窗伸出腦袋，「你這個朋友我交定了！」

「咳！」班恆乾咳一聲，「伯爺，不要客氣，請！」

班嫿捂臉，扭頭示意小廝們盡快把她父親抬進內院去，至於其他的就交給她母親操心。

「那容某便厚顏打擾了。」

容瑕跟著姊弟兩人走進門，這是他第一次進班家大門，班家裡面的樣子與他想像中差不多，又有很多不同的地方。府邸既豪華又精緻，名花異樹，雕樑畫棟。若是要進入二門，還要通過一條九曲迴橋，橋下是清澈的湖泊，金色錦鯉悠閒自在地擺著尾巴，看起來又肥又懶，但是班家的下人卻比他想像中有規矩，不像某幾個與皇室沾親帶故的人家，雖花團錦簇卻連下人都管不好，想來這是侯夫人的功勞了。

據傳當年大長公主十分喜歡靜亭侯夫人，便特意替兒子把人求娶了過來。好在靜亭侯雖一事無成，閒散度日，對夫人卻極好，便是他也聽人說過靜亭侯夫人年輕時有多伶俐有多美。

他看了眼班家姊弟，不過這對姊弟性子可能比較隨靜亭侯？

三人在湖中的觀景亭坐下，班恆最不耐跟人文縐縐地說話，但是跟容瑕沒說幾句話後，他便與容瑕稱兄道弟起來。原因無他，只因為這位說話實在太對胃口了，雖然文采斐然卻不在他面前吊書袋子，脾性也比那些盛名在外的文人才子對人胃口，他總算明白父親為什麼能跟這人坐在一起吃飯喝酒了。

「只恨不能早日與容兄結識。」班恆端起茶杯，「來，我以茶代酒，敬容兄一杯。」

「班兄客氣。」容瑕端起茶杯，與班恆碰了一下杯，仰頭把杯中茶水一飲而盡。

「爽快！我最不耐別人講究喝茶那些破規矩，」班恆道：「口渴了就大口喝，不渴時就慢慢品，哪那麼多破規矩？」

「班兄是爽利人，容某不如。」容瑕端起茶壺，給兩人倒好茶，轉頭見班嫿單手托著下巴不說話，便把她杯子裡涼掉的茶水倒掉，續上溫茶水，「郡主怎麼不說話？」

「說什麼？」班嫿眨了眨眼，擺手道：「我對你們男人的話題沒興趣。」

容瑕忍俊不禁，「郡主對什麼感興趣。」

「珠寶首飾，越漂亮的東西我越喜歡。」班嫿嘆口氣，一臉感慨，「人生苦短，想到天下還有那麼多漂亮的珠寶首飾不屬於我，我就覺得心疼。」

「咳咳咳咳！」班恆連咳好幾聲，我的親姊姊，妳可長點心吧，妳的名聲都差成什麼樣了，還敢明著說自己喜歡珠寶首飾這種俗氣的東西，咱不能裝得高雅一點嗎？

班嫿白了他一眼，把「牛嚼牡丹」這種行為說得這麼理直氣壯的人，沒資格嫌棄她。

容瑕裝作沒有看見姊弟倆之間的小眼神，反而笑道：「郡主美貌傾城，確實只有世間最美麗的珠寶才能配妳。」

班嫿眼睛頓時笑成月牙，這個世間果然還是長得漂亮嘴又甜的男人才討人喜歡。

「容伯爺，這道點心味道不錯，你嘗嘗。」班嫿把擺在自己面前一道淺綠色的糕點推到容瑕面前。這道點心看起來簡單，實際上做起來耗費精力，一盤點心做下來，就要耗費近百兩銀子，只不過因為她喜好這個，所以府裡每個月都要特意做幾次這道點心。

「多謝。」容瑕用銀筷夾了一個放到嘴裡，糕點味道很淡，還帶著淡淡的茶香味以及……春天青草遍地的味道。這種味道容瑕不好形容，但是味道確實非常好。

「很好吃，」容瑕喝了一口茶，擦了擦嘴角，「貴府的廚子手藝實在精湛。」

班嫿看了看盤子中還剩下四塊，用筷子挑走一塊，把盤子又往容瑕面前推了推，「喜歡就吃多一點。」

容瑕看出班嫿眼底那點捨不得，拿著筷子十分享受地把三塊點心都吃了下去。

班嫿的心情很複雜，自己喜歡的東西別人喜歡很高興，可是自己一個月限量供應的點心，就這麼讓人吃掉四塊，她又覺得心口有些疼。

她摸了摸下巴，難道這就是話本裡描述的「痛並快樂著」？

容瑕在靜亭侯府待了整整一個多時辰，回到自己府上時，臉上還笑著的。

「伯爺，您今日是遇到了什麼好事嗎？」他的近身伺候小廝端熱水過來伺候他洗手擦臉，「小的好久不曾看你這麼開心過了。」

「搶了一個小丫頭的點心吃，算不算好事？」容瑕擦乾淨手，拿了一本書躺靠在軟榻上，「去告訴廚房，晚膳少備些。」

「是。」小廝心裡犯疑，他們家伯爺現在是怎麼了，連小姑娘的點心也搶，這要是傳出去，可怎麼辦喲？

大業朝會規矩是三日小朝會，五日大朝會，像靜亭侯這種領了一個閒差，連點卯都不願意去的吃乾飯份子，只有大朝會時，才去朝會上現現身，站在人堆裡湊個人數。不過今日的大朝會他卻格外精神抖擻，不僅頭髮梳得一絲不亂，就連腰板都挺得直直的。

他看到忠平伯以後，朝他飛了一個鄙夷的眼神，轉頭與另外幾位閒散侯爺站在一塊。

忠平伯被靜亭侯這麼瞥了一眼，卻又不能瞥回去，更不能打他，整個人憋屈無比。沒過一會兒，他又看到班淮與幾個朝中蝗蟲嘰嘰咕咕說著什麼，還時不時往他這邊瞅來瞅去，忠平伯心中怒火更甚。這些不事生產，整日遊手好閒的蝗蟲有什麼資格說他的壞話？

「哎，聽說沒有，王大人家的小妾給他生了一個兒子！哎喲，都五十多歲的人了，還這麼不注意身體，嘖嘖嘖！」

「這算什麼，那個李御史前兩天還去逛妓院，被我家小廝看得清清楚楚。」

「你家小廝去那種煙花之地幹什麼？」

「那百花苑的酒好喝，我讓小廝給我買幾罈回來不行？」

「水清啊，聽說你最近入手了不少好東西，尊夫人不管你了？」

「我家夫人最是溫柔不過，什麼時候管過我了？」

幾位閒散侯爺本是在聊一些八卦，但是在忠平伯看來，他們一會兒說一會兒笑的樣子，就是在說他壞話，他把手裡的板笏死死捏著，擔心自己會忍不住衝過去給班淮一板子。

「靜！」一個太監走了進來，擊掌道：「諸位大人，陛下駕臨。」

大堂上頓時安靜下來，諸位朝臣按序排位，再不見剛才的半點閒散。

朝會進行到一半後，站在皇帝身邊的王德道：「有事啟奏，無事退朝。」

班淮一隻腳跨了出去，可是有其他人動作比他更快。

「陛下，臣有事啟奏。」站出來的是那個前幾天去過妓館的李御史。

「臣要參忠平伯長子謝重錦在平州任職期間，徇私舞弊，縱容下屬魚肉百姓，無為官之德，實乃朝中蛀蟲。」

班淮原本不太待見這位李御史，覺得他長得尖嘴猴腮，一副刻薄相。現在聽到他參了謝家人，覺得他那尖下巴是才睿智，那不太好看的腮幫子也是智慧，連整個人都順眼了起來。

「陛下，此事微臣也有所耳聞。身為大業的官員，微臣祈求皇上徹查此事。」

這一次站出來的，是當朝左相嚴暉。

雖然陛下更信任石右相，但是這件事連嚴暉都站了出來，只怕不查也要查了。

班淮搓了搓手，勉強壓制著心底的激動之情。

這可真是一場好戲，既熱鬧又精彩！

參之章 無雙公子

「陛下，犬子雖無經世之才，但也一心為民，絕對不可能做出這等受天下人唾罵之事，請陛下明鑑！」

「你倒是想得美，天下有幾人知道你謝家人的名諱？」班淮陰陽怪氣道：「便是想要天下人都罵你，你還沒那能耐呢！」

「班水清！」忠平伯忍無可忍地怒道：「我已經忍你多時，你不要無理取鬧！」

「我不過是說了一句實話而已，忠平伯不必如此動怒，」班淮嘆口氣，「罷了，我也不願意跟你計較這等小事。謝家大郎譽滿天下，世間無人不知，無人不曉，這就對了吧？」

「你、你……」忠平伯覺得班淮每一句話、每一個表情，都在羞辱他謝家，氣急之下，竟揚起板笏衝了上去。

「忠平伯，使不得！」有個文臣叫了一聲，朝堂上頓時亂了起來，還是其中一個人動作比較快，攔在了班淮面前，只是此人手臂重重挨了一下子。

「天子腳下，你竟敢在朝堂之上動手，究竟有沒有把陛下放在眼裡？」班淮連忙把攔在自己面前的成安伯往後拉了拉，免得忠平伯繼續發瘋傷人。

旁邊站著的武將上前將忠平伯反手一扭，就把他按在了地上。

「忠平伯，得罪了。」

武將看了眼班淮與忠平伯，板著一張臉退回了原位。

「成安伯，你的手臂沒事吧？」班淮見忠平伯已經趴在了地上，轉頭看著容瑕，又是愧疚又是感激，「這事我連累了你，實在是抱歉。」

「侯爺言重。」容瑕看了眼忠平伯，朝他作揖道：「忠平伯，你與靜亭侯同朝為官，有什麼誤會說出來就好。如此動怒，恐傷身心。」

「哼！」坐在上首的雲慶帝沉著臉，重重一拍御座，「以朕看，他這是惱羞成怒，不把朕放在眼裡！」

「陛下，臣無意冒犯天顏，只是靜亭侯實在欺人太甚，整日找微臣的麻煩，微臣實在忍受不了，才一時衝動犯下如此大錯，請陛下明察。」忠平伯被武將往地上一摔，已經清醒過來，聽到陛下動怒，他心中後悔不已，也更加恨整日與他過不去的班淮。

雲慶帝知道兩家的恩怨，在他看來，班嫿是個討人喜歡的晚輩，雖然他不會讓自己兒子去娶，但這並不代表他能看著其他人下了班嫿的面子。班嫿是誰？他的表侄女，大長公主的孫女，與皇家沾親帶故，嫁給謝家嫡次子，那叫低嫁。

哪知道謝家嫡次子竟然跟煙花女子私奔，這不僅是打了班嫿的臉，也打了他的臉。

滿朝上下誰不知道他寵愛班嫿，但是他寵愛的後輩卻被人拋棄了，這是不把他看在眼裡，還是嘲笑他沒眼光，寵愛一個被男人拋棄的小姑娘？

班淮身為班嫿的父親，諷刺他幾句又怎麼了，他兒子逃婚的時候沒見他這麼激動，這會兒聽了幾句閒話，便要當朝毆打一個爵位比他高的侯爺，簡直是藐視朝堂。

雲慶帝不高興了，有小情緒了，所以忠平伯所說的話，在他心裡都成了廢話。

他看也不看忠平伯一眼，對左相嚴暉道：「既如此，便由你徹查此事，大理寺與刑部協助。早案子沒有查出來之前，謝重錦暫時關押進天牢，不得讓人探視。」

「陛下！」忠平伯頹然跪在了大殿上，聲音顫抖道：「陛下，犬子冤枉啊！」

「冤不冤枉，只有等事情查清楚了才知道。」雲慶帝不耐地站起身，「退朝！」

「恭送陛下。」

忠平伯茫然地跪坐在地，早知道會這樣，他便不該把長子調回京城。次子壞了一隻眼睛，長子又要被關押進天牢，他們謝家究竟招惹了哪路邪神？

「忠平伯，你還不走？」

忠平伯從地上爬起來，看了眼跟他說話的武將，茫然地往殿外走去。
他忽然想起什麼，回頭看著這個武將，「如果我沒有記錯，曹將軍似是靜亭公舊部？」
曹將軍摸摸下巴的鬍渣，「末將確實是大長公主駙馬的舊部，忠平伯問這些做什麼？」
「我當你們這些武將對靜亭公有這樣的後人感到失望透頂，沒想到……」忠平伯搖了搖頭，「你們這些武將，倒是有情有義。」
曹將軍莫名其妙地看著忠平伯，「你在說啥？」
忠平伯看他這樣子，忍不住皺了皺眉，難道是他想多了？
「容伯爺，小心臺階。」班淮一路把容瑕送回了成安伯府，等擅長跌打損傷的太醫來了以後，他才長長舒了一口氣。
「侯爺，在下並未受傷。」容瑕把袖子挽起來，上面有一大團淤青，看起來頗嚇人。
「都青了這麼大一塊，還沒受傷？」班淮扭頭看向太醫，「太醫，你快幫著看看，有沒有傷到骨頭？」
據傳容伯爺擅丹青，能夠兩手同時書寫，若真是傷了手，他良心可怎麼過得去？
「班侯爺放心，容伯爺只是皮外傷，擦上藥膏過幾日就能好。」太醫心裡有些驚詫，容伯爺這般驚才絕豔的人物，怎麼跟班侯爺這樣的老紈綺湊在一塊的？
莫不是……
他看了眼班淮，班家千金美貌傾城，難道這兩家要結親？
只是班郡主美則美矣，與容伯爺在一起是不是不太合適？
此時的靜亭侯府中，班嫿正在督促班恆練拳腳功夫，班恆嗷嗷地叫苦，卻不敢往地上坐，他怕他姊手上的鞭子。
「姊，一刻鐘到了沒有？」

「還早著呢！」班嬗盯著他頭上的碗，「你別抖，再抖水就溢出碗了，小心我抽你。」
班恆咬牙道：「姊，我大業第一美人的親姊姊，妳讓我緩口氣好不好，就緩一口？」
班嬗幽幽地看著班恆，「恆弟，你若是不好好鍛煉身體，待日後父母老邁，你想要拿什麼護住他們？」
「你不擅詩詞，日後做不了文人。」
班恆膝蓋軟了軟。
「不擅丹青，賣不了畫。」
班恆膝蓋再軟。
「不擅算術，做不了帳房先生。」
班恆膝蓋軟得不能再軟。
「還不擅騎射，也做不了獵戶。」
班恆快要給他姊跪下了。
「你四體不勤，五穀不分，不會種地，唯一能做的，就是鍛煉出一把力氣，靠著力氣賺錢過日子。就算日後不會這麼清苦，至少你有副好身體，才能讓歹人不敢動你。」
班恆終於撲通一聲跪下了。
「姊，我錯了！」
班嬗拿出手帕擦去他臉上的汗水，滿意地拍了拍他的腦袋，「明白就好，去換身乾衣服，然後回來繼續。」
「是。」班恆慖慖地從地上爬起來，看了眼地上摔碎的碗，開始在腦子計算。等幾年以後，他要在碼頭扛幾袋子貨物，才能買這麼一個細瓷碗？
當天下午，他就去管家那裡打聽了一下，他摔壞的碗由官窯出產，一只碗的價格大約在二十兩左右，夠一戶普通農家一年的花銷還有剩餘。碼頭扛貨工人扛一袋貨可以得到五文錢，這還需要運氣好，遇到的工頭為人厚道。

所以，一兩銀子換一千文，二十兩銀子就是兩萬文，他必須得扛五千袋貨物才能買一個他現在用的碗？

「姊！」班恆鬼哭狼嚎地衝進班嫿的院子，「咱們還是去埋銀子吧！」

「喳喳呼呼的，你幹什麼呢？」班嫿正躺在軟榻上讓丫鬟幫她按摩頭部，班恆這又哭又嚎地衝進來，嚇得這個丫鬟手一重，把班嫿的頭髮揪下幾根來。

「郡主……」小丫鬟嚇得臉色白了，手腳都不知道該怎麼放了。

「妳們都下去吧。」班嫿扭頭看了眼小丫鬟，「沒事，這不怪妳。」

「謝郡主。」小丫鬟跟著其他人退出去的時候，手還在抖。她低頭看著手掌中的幾根頭髮，只覺得自家郡主人美心善，無一缺點。

「玉竹，妳都在郡主身邊伺候一兩年了，膽子怎麼還這麼小？」跟她交好的小丫頭挽住她的手腕，小聲笑道：「看來，等會兒郡主又要跟世子鬥嘴了。」

「妳可別胡說，主人的事情，哪有我們下人私下亂說的理？」玉竹忙扯了扯她的手腕，「若是讓管家聽見了，定會扣妳的月銀。」

小丫頭忙住了嘴，朝四周看了好幾眼，沒有看到管家的身影以後，才放心下來。

院子裡，班嫿從貴妃榻上坐直身子，把披散著的頭髮攏到身後，「上次被容伯爺發現以後，你不是說再也不幹這種傻事了？」

「又不是每次都會被容伯爺發現。」班恆厚著臉皮道：「我說話有幾個時候當真，妳就別放在心上了。姊，我們明天一早就去埋銀子好不好？」

「你自己去。」班嫿趴回貴妃榻，「早上那麼冷，我不想起床。」

「要不……我們晚上去，明天晚上咱們就宿在郊外的別莊裡，不回城了。」班恆想了想，「晚上出門不太安全，我們傍晚去，如果趕不上宵禁，就在別莊住一晚，妳看怎麼樣？」

班嫿沉默片刻，「你去把守在外面的丫鬟給我叫進來。」

「叫她們做什麼？」班恆不解。

「不叫她們，你給我梳頭髮？」班嫿站起身，「我等下去跟母親說一聲。」

「好！」班恆高興地點頭，轉身把丫鬟們叫了進來，「姊，那我去收拾收拾。」

班嫿沒有理他，只是坐在軟塌上，看著自己手腕上的九轉纏繞白玉鐲嘆了口氣，她擔心以她弟的腦子，五年後會忘記自己把東西埋在了哪兒。

丫鬟們魚貫而入，伺候著班嫿梳頭換衣。一件又一件耗費繡娘月餘時間才能做好的裙衫，一支支普通人家一輩子都買不起的髮簪，玉佩、手鐲，珍珠彷彿廢棄不要的石頭隨意放在盒子的角落裡，等待著主人偶爾的臨幸。

班嫿用指腹輕輕地點了口脂在自己的唇上，抿了抿唇，見自己的唇變得豔麗又水潤後，她滿意地站起身，朝主院走去。

雖然連累了成安伯受傷，讓班淮有些愧疚，但總地說來，班淮心情還是很好的。他走進二門，看到嬌俏鮮活的女兒，臉上的笑容頓時又燦爛了幾分，「嫿嫿。」

「父親。」班嫿小跑著走到班淮面前，「您笑得這麼開心，是發生了什麼事？」

班淮在女兒面前向來藏不住什麼話，便把今天在朝上發生的事情一五一十告訴了班嫿，末了還感慨一句：「成安伯真是個厚道人啊！」

「您是說謝重錦被打入了大牢？」班嫿心情有些複雜，難道以後造反的人真是謝重錦，可是他哪來的本事造反？在文人中才名不如容伯爺，在武將中更是沒有多少威望，總不能學前人那般，弄些什麼神跡，說自己是天命所歸，忽悠老百姓跟著他一起打仗吧？

班淮見女兒好半晌沒有說話，不解地看著女兒，「乖女，妳怎麼不說話了？」

「父親，您說……我們要不要弄死他？」班嫿幽幽地看著班淮。

「弄、弄死誰？」班淮被女兒這話嚇了一跳，「乖女，妳跟謝家大郎有仇？」

「沒有。」班嫿小聲道：「我就擔心他是那個人。」

「不能吧？」班淮不敢置信，「就謝金科那個德行，能養出一個幹大事的兒子？」

班嫿無言以對，她敲了敲腦袋，「都怪我，記不住事兒。」

「沒事，妳爹我也記不住事兒，妳這點隨我。」班淮安慰地拍了拍班嫿的頭頂，「走，我們找妳母親去。」

「父親，您回來了。」班恆見班淮進來，從椅子上站起身，「母親正在擔心您怎麼這麼晚還沒回來呢！」

「今天在朝堂上遇到了一些事。」班淮又跟妻兒說了一遍朝上發生的事情，「也怪我不夠謹慎，竟然連累到了成安伯。夫人，妳看我們送些什麼謝禮過去才好？」

陰氏細細思索過後道：「你放心吧，這事交給我來安排。」

成安伯府中，容瑕看著自己青了一大塊的手臂，放下袖子掩蓋住那股濃烈的藥味，用手帕擦了擦嘴角，對面前站著的藍衣護衛道：「明日秋色正好，正是爬山好時節。」

「是。」

容瑕拿起桌上的書，還沒看上一頁，管家疾步走了過來。

「伯爺，靜亭侯府送了謝禮過來。」

「謝禮？」容瑕沒有想到靜亭侯府的人竟然如此客氣，他放下書拿過禮單一看，裡面是各種補品，還有幾盒上好的傷藥，以及……綠芙御前龍井糕一盒？

管家從身後的小廝手裡拿過一個食盒，表情有些微妙，「靜亭侯府派來送禮的人說，這食盒裡的東西不能久放。」

「拿過來我看看。」

管家把食盒端到容瑕面前，容瑕揭開食盒蓋子，裡面放著一個荷葉綠瓷盞，盞內整整齊齊放著十二個淺綠色糕點，糕點淺綠中透著晶瑩，似乎還散發著一股若有若無的清香。

容瑕看到這十二個點心，忍不住輕笑出聲，對管家道：「你去親自謝過送禮過來的人，不要怠慢了。」

「是。」管家覺得這靜亭侯府的人有些不著調，哪家給人送禮送這些小點心的？遇上小心眼的人家，還不得以為他們是在瞧不起人，連一碟點心都用不起了。

這次的點心與上次的味道沒有任何差別，不過可能因為沒人明明捨不得還故作大方地看著自己，容瑕覺得不如上次的美味可口。吃了兩塊，容瑕便放下筷子，轉頭繼續看起書來。

第二天一早，班恆便早早醒來了。他東收收，西揀揀，找了些銀子與值錢卻不占地方的小東西放進偽裝的沙袋裡。多虧了近來他姊每日的折騰，他覺得自己終於能夠一口氣把這兩個加起來有幾十斤重的沙袋扛上山了。

現在扛一次沙袋，可以讓以後少扛很多沙袋，他撐得住！

「郡主，今天上午世子來問了好幾次您有沒有起身。」如意伺候著班嫿洗漱，有些忍俊不禁道：「要不要奴婢這會兒派人告訴世子一聲？」

「不用，」班嫿擦乾淨手，「他的性子也該磨一磨了。」

「是。」如意笑著應下，讓其他丫鬟把水端出去，「您今日梳什麼頭髮？」

「我今日要出門，今晚要與父親宿在別莊，妳與吉祥她們幫我收拾收拾。」班嫿坐到銅鏡前，端詳自己在鏡中的臉。金秋時節，額間花鈿還是描成豔紅色最好。

用過午飯以後，班淮就以帶兒女去郊外別莊玩耍的理由帶班恆與班嫿出了門。

班嬧騎在馬背上，途經一家成衣鋪的時候，與走出鋪子的男人不期而遇。

這個男人長得十分出眾，長身玉立，錦衣加身，一頭青絲用玉冠束好，既端方又精神。美中不足的是男人臉上戴了一個銀色面具，剛好遮住了他的左臉上半部分。

看到班嬧，男人停下了腳步，臉上的表情似躊躇似愧疚，還有些逃避。

一個出眾的戴著面具的男人，在人群中總是顯眼的，班嬧自然也看到了他。

兩人面面相覷，卻沒有什麼話可說。

兩年前他們還是即將成婚的未婚夫妻，但是謝啟臨為了一個煙花柳巷女子逃婚，讓她受盡世人嘲笑，這是班嬧這輩子中最大的恥辱。

哦，當時她是怎麼罵的？

她說：她長得這麼美，這個男人是瞎了眼，才跟一個所謂的花魁頭牌私奔！

看來她兩年前罵的對，這個男人果然瞎眼了。

「駕！」班嬧騎在馬背上，居高臨下地看了眼這個男人，毫不猶豫地騎馬而去。

當初那麼深情，最後為什麼還是為了榮華富貴拋棄了那個可憐的風塵女子？因為受不了世人的唾罵，忍受不了沒有僕婦成群的奢侈生活？可憐那個花魁，以為自己找到了一生的依靠，哪知她找到的不過是個沒有擔當的廢物。

謝啟臨愣愣地站在原地，看著白馬上的紫衣女子，撫了撫臉頰上的面具，閉上了眼。

✿　✿　✿

太陽西沉，夜幕將臨未臨之時，班家三口帶著幾個忠僕爬上了山。這座山離別莊不太遠，但是因為近年這個地方總是鬧鬼，所以到了傍晚時分，便沒有人敢出現在這個地方。

「姊，妳說這裡……」班恆蹭到班嫿身邊，小聲道：「會不會真有不乾淨的東西？」

山上草木茂盛，地面積攢了很多落葉，踩在腳底發出窸窣的聲響。

「姊，我覺得這裡好像開始冷了。」班恆拽住班嫿衣角，「我們明天中午再來吧。」

「這都快要入夜了，肯定會變冷。」班嫿看了眼四周，因為樹木很多，林子看起來有些陰森，時不時還有幾聲不知道什麼品種的鳥鳴聲傳過來。

「往這邊走。」班嫿看了眼縮在自己身後的弟弟，還有時不時左顧右盼的父親，把袖子從班恆手裡拉了出來，對班恆道：「好好走路。」

班恆覺得手裡不拽著點什麼東西，心裡不踏實，最後湊到班淮身邊，拉住他的衣角。

父子兩對看一眼，互相拽住了對方的袖子。

「父親、恆弟，把地方記下來。」找好地方以後，班嫿指使著班恆挖坑，「回去後，我畫一幅圖，以後你們若是記不住了，就照著圖來找。」

「我們記不住不是還有妳嗎？」班恆挖了半天，也只挖出一個不到十寸深的淺坑，「沒錢大家一起過苦日子，有錢也一起花。有個人記住就行了，我跟父親還費這個力氣幹麼？」

「那萬一……萬一我也記不住怎麼辦？」班嫿見班恆半天也沒挖出多少，滿臉嫌棄地拉開他，「你起開，讓我來。」

班恆樂得躲懶，往旁邊讓了讓，「要不，咱們多埋幾個地方，總有個地方能記住。再說了，妳畫畫的那水準，就算讓我對著圖找，我也找不到地兒啊！」

「我畫畫水準怎麼了？」班嫿斜眼看他，「你行你來畫。」

「我也不行。」

「不行就閉嘴，一個大老爺們兒話這麼多，上哪兒討媳婦兒去？」班嫿抖了抖身上的土，把一個成人巴掌大的盒子扔了進去，撒上一層土再埋上幾塊碎石。就這麼一層土一層石頭，最後終於把坑給填平，她還特意挖了一塊草皮放在上面踩了踩。

「姊，不全部埋裡面嗎？」班恆跟在班嫿身後，看她又換了一個地方挖坑，「妳這也著實太費勁兒了。」

「狡兔三窟聽說過沒有？」班嫿喘了幾口氣，「要麼你現在閉嘴，要麼你來挖。」

班恆默默拿了一個小鋤頭，跑到十步開外的地方自己挖，結果挖了沒多久，鋤頭就挖到了一塊巨石，反彈回來的勁兒弄得他一屁股坐在了地上。

「唉……」在另外一個小角落挖坑的班淮見狀，感慨地搖了搖頭，「咱們班家真是一代不如一代啊！」

班恆默默地抹了一把臉，他們家現在有資格說這種話的，唯有祖母一人而已，父親……男人嘛，有點自信也是好的。

天色一點一點暗了下來，班恆與班淮終於挖好了一個坑，各自埋了一盒珠寶與一盒金條進去，轉頭見班嫿已經把剩下的兩個盒子全都埋好了。

「有女如此，為父已無所求。」班淮得意道：「咱們家，你姊才是最像你祖父的人。」

十年前，祖父去世的時候，班恆只有五歲，記憶裡祖父是個十分慈祥的老人，有時候還會把他放在脖子上騎坐著，然後帶著他去逛街，給他買很多新奇的小玩意兒。

不過他印象最深刻的還是祖父沒事就愛帶著他姊練練拳腳，帶著他姊去外面騎小馬。

「好了，」班嫿搬好最後一塊石頭，拍拍手掌的泥土，「天已經黑了，我們下山。」

班家父子看了眼黑漆漆的山頭，收拾東西的速度加快，恨不得長出一對翅膀飛下山頭。

「姊，妳有沒有聽見腳步聲？」忽然，班恆停下手裡的動作，驚惶地往四周張望，「你們仔細聽。」

「我們快走，」班嫿撿起地上的小鋤頭，「還聽什麼聽！」

話本裡早就寫過，但凡發現點響動還好奇去看的人，一般都死得早。

班家三人匆匆往外走，班嫿跑了幾步，想起他們扔在地上的沙袋，於是回頭看了一眼，此時密林裡剛好有幾個人走了出來。

「誰在那裡？」對方的聲音裡帶著肅殺，班嫿還聽到了利刃出鞘的聲音。

「誰在這兒裝神弄鬼地嚇本郡主？」班嫿握緊手裡的鋤頭，「給我站出來！」

夜風起，吹得人手心發涼，班恆與班淮跑回班嫿身邊。班淮把一對兒女擋在身後，班家帶來的幾個死忠護衛也都拔刀出鞘，防備著對方突然發難。

不知道為什麼，在班嫿自稱郡主過後，那邊就再無動靜。似乎聽到班嫿這邊刀劍出了鞘，那邊走出一個人，說話的語氣十分客氣：「請問……是班郡主嗎？在下是成安伯府的護衛杜九，請郡主不要驚慌，我等只是路過。」

可能是為了取信班嫿，那位護衛取下了身上的佩刀，走得離班家人更近了一些，「驚擾到郡主，請郡主見諒。」

「原來是容伯爺的護衛，」班嫿拍了拍胸口，「我還以為真鬧鬼了呢！」

杜九抱拳道：「郡主不要害怕，我等可以護送您下山。」

「那怎麼好意思？」班嫿看了眼四周，臉上有幾分懼意，但還是拒絕了杜九的好意，「我跟父親也帶了護衛來，怎麼好麻煩你們？」

「原來班侯爺也在。」杜九忙朝班淮行了一個禮，「我等剛好也要下山，侯爺與郡主無須客氣，人多也可以熱鬧些。」

「那、那好吧。」班嫿不好意思地一笑，「那就有勞了。」

杜九露出憨厚的笑容，「郡主這話便是折煞我等兄弟了。」

隨著班嫿一行人的離開，山林再度恢復寂靜。容瑕從陰影處走了出來，拉了拉身上的暗色披風，表情有些複雜。

「他們在這裡待了多久？」

「伯爺，屬下無能，並不知道班郡主何時出現在了這裡。」

「不怪你。」容瑕繞著班嫿剛才站的地方走了一圈，「別人家做事尚有跡可循，唯有班家……隨心所欲，做事毫無邏輯可言。」

半個時辰後，杜九帶著護衛回來了。

「伯爺，」杜九的表情一言難盡，「屬下已經打聽到了班家人為什麼出現在這裡了。」

「嗯？」容瑕走到一塊石頭旁邊，微抬下巴，「說。」

「班世子聽說這裡鬧鬼，拉著郡主來這裡埋寶，說是……等有緣人。班侯爺覺得有意思，就跟著一起來了。」杜九覺得這個理由很荒謬，荒謬得他覺得就算撒謊，也不會撒這種謊。

容瑕指了指手邊的一塊石頭，「把這下邊挖開看看。」

……

「伯爺，這邊有一個盒子。」一名護衛把木盒遞到杜九手裡，杜九端詳了半晌，覺得這可能真的只是普通盒子以後，才小心地打開了木盒。

黃燦燦的金餅，整整齊齊疊放了厚厚一層，角落縫隙裡還散落著各色寶石，刺得杜九忍不住多眨了好幾下眼睛。

「伯、伯爺，他們真的是來埋寶的。」杜九從未覺得如此荒謬過，這靜亭侯府的人是不是吃飽了撐著？有錢沒處花，跑到深山老林埋寶玩？

容瑕看著這盒黃金寶石，不知該用什麼言語來形容，臉上有那麼一瞬間的呆滯。

「伯爺，看來他們真沒撒謊，應該是誤闖到這裡……」杜九想了想，「也許是因為上次班世子埋珍寶的時候被您撞見沒能成功，所以這次他們換了個地方。」

只是沒有想到的是，又遇到了他們。

聽說當年大長公主嫁給靜亭公的時候，紅妝十里，引得全城圍觀。有個如此富裕的母親，靜亭侯過得奢侈些也不是什麼稀奇事，但閒得沒事跑出來埋寶，那可真是敗家子了。

他聽說南方有些商人鬥富，就在漲潮水的時候，往水裡扔金葉子銀葉子，引得老百姓跳進水裡打撈，以致於不少人因為搶奪金銀被水淹死。與那些商人相比，靜亭侯這種思想，倒是講究了因果，手段乾淨了不少。

不管怎麼想，這些貴人們的想法，他還是不太懂。

「收起來吧。」容瑕把手背在身後，「既然有緣者得之，我也算是有緣人了。」

杜九看了眼伯爺的表情，確定他不是開玩笑以後，表情甚是微妙。

「伯爺，還有幾個地方的土有動過的痕跡。」護衛看了眼四周，挖的人掩飾手段實在太低，讓人一看就看出哪裡的土動過。

「不用看了。」容瑕伸手從木盒中拿出一塊金餅，金餅的成色很好，單單一個就足以讓普通人十年內衣食無憂，「把這裡收拾乾淨些，不要讓人發現土被翻動過。」

「是。」

容瑕把金餅放回木盒中，從杜九手裡抱過木盒，這盒子看起來不大，倒是挺沉。

看著心情極好的伯爺，杜九總覺得這樣似乎有些不太厚道，可是轉念又想，反正班家埋下的金子是在等有緣人，伯爺發現了金子……那伯爺就是有緣人。

對，沒毛病，他們伯爺絕對不是不要臉！

班家別莊中，班家三口圍坐在圓桌旁大口大口地喝茶。

「剛才真是嚇死我了。」班恆抱著茶杯，一臉的可憐，「姊，妳又拿我撒謊。」

「對不起啦！」每次拿弟弟背鍋，班嫿還是有些愧疚的，她雙手合十，一臉歉然地看著班恆，「不過我當時太緊張，腦子裡就只想到這個了，你別生我的氣，行不行？」

「算了，反正我是個紈絝，這點小事無所謂了。」班恆最怕他姊可憐兮兮地看著自己，只要她這麼一瞅，他就沒什麼立場可言了。

「恆弟，謝謝你。」班嫿給班恆倒滿茶，「我就擔心一點，成安伯知道這件事以後，會不會把東西挖出來拿到他自己家去？」

「怎麼可能？」班恆擺了擺手，「容伯爺不是這種人。」

「對，」班淮跟著點頭，「容伯爺那種正人君子，怎麼可能做出這種事？」

班嫿摸了摸鼻子，看來是她以小人之心度君子之腹了。像容伯爺那樣的人，也不缺銀子花，怎麼看得上他們埋的那點東西。

「夜深了，都回房去睡吧，明天我帶你們回去。」班淮拉了拉衣服背面，他裡面的衣服都被剛才冒出來的冷汗浸透，黏糊糊地貼在後背上難受極了。

……

清晨，整片大地被濃霧包裹著，班嫿繫好披風，翻身騎上馬背，對父親與弟弟道：「今天霧大，等一下不要騎得太快，免得驚了馬。」

班淮與班恆乖乖點頭，在騎術這個問題上，父子二人只有聽班嫿的。

一家三口帶著護衛在官道上沒走多久，聽到後面有馬蹄聲傳來，班淮怕有歹人趁大霧天氣幹壞事，就讓一個護衛到後面看看。

不一會兒，護衛回來了，與他同來的還有一個騎著馬的男人，班家三人都認識，正是昨晚堅持要送他們回來的成安伯護衛杜九。

「杜護衛，」班嫿看了眼杜九身後不遠處，「真巧。」

「見過侯爺、郡主、世子。」杜九從馬背上下來，朝三人抱拳行禮。

「出門在外，不必講究這些。」班嬧笑咪咪地看著杜九，「你們也是回城？」

「回郡主，我等正是護送伯爺回城。」杜九看著坐在馬背上微笑的少女，便是他不是好色之人也難免驚豔，好一個絕色女子。他是粗人，只覺得天下男兒若是誰有幸娶到如此嬌女，就算每日伺候娘子對鏡畫眉應該也都是願意的，真不明白這般絕色竟然會被人退婚。

「原來容伯爺也在。」班嬧抬頭看到濃霧中走出一行人，為首的正是騎著白馬，身著淺月牙色錦袍的容瑕。

兩人四目相對，班嬧向對方露出燦爛的笑容。

容瑕想要下馬向班淮行禮，被班淮攔住了。容瑕注意到班家三人騎馬的順序有些奇怪，身為女子的班嬧走在最前面，倒是班淮與班恆跟在後面，實在有些不合規矩。

不過他不是多管閒事的人，他與班淮寒暄幾句後道：「昨晚在下的護衛驚擾到諸位的雅興，在下替他們向三位賠罪。」

「咳！」班淮乾咳一聲，這種事提出來挺丟人的，還道什麼歉。

「容伯爺，這種事算得上哪門子雅興？」班嬧控制著馬兒的速度，「不過是我們閒得無聊，找樂子玩而已，讓您見笑了。」

「佛家講究因果，今日你們種下善因，明日有人因為你們今日之舉得到幫助，那就是善果，這自然是一件雅事。」容瑕朝班嬧抱拳，「善因有善果，好心有好報，得了寶物的人，一定會感謝你們的。」

班嬧張了張嘴，竟說不出一句反駁的話。讀書人的嘴巴真是厲害，能把一件荒唐的事情說得如此有哲理，就連她都差點跟著相信了，這就是學識的力量啊！

回頭瞥了班恆一眼，看看人家，再看看自己，羞愧不羞愧。

班恆扭頭，非暴力不合作，一副我聽不懂，看不見的樣子。

「郡主，」容瑕驅馬離班嫿半個馬身的距離，「聽聞妳喜歡白狐裘？」

班嫿扭頭看容瑕，長得好看得人總是賞心悅目的，「嗯。」

「在下那裡有幾張完好的狐皮，郡主若是不嫌棄，今天我就讓下人給妳送過去。」容瑕笑了笑，「狐裘配佳人，方才是絕色。」

晨風起，白茫茫的霧打濕了班嫿的眼睫毛，她眨了眨眼，「東西我確實挺喜歡，只是無功不受祿，我怎麼好意思收伯爺的東西？」

「就當是兩天前那碟點心的謝禮可好？」容瑕離班嫿還有小半馬身的距離，「貴府的糕點非常美味，在下府裡的廚子怎麼都做不出這種味道來。」

「你的意思是，讓我拿點心方子跟你換狐裘？」班嫿恍然大悟，一臉大方，「你放心，等一下我回到府裡，就讓下人把方子給你送來。」

容瑕臉上的笑容微僵，隨後笑道：「那就多謝郡主了。」

另一邊的班恆騎著馬蹭到班淮旁邊，對班淮使了一個眼色。

這容伯爺，該不是對他姊有意思吧？

班淮搖了搖頭，這事不大可能。

雖然嫿嫿是他親閨女，但做人要講良心，他家閨女跟容君珀放在一起，確實不太合適。

「郡主拉弓射箭時很有氣勢，若妳是男子，定能成為一位了不起的將軍。」

「那可能不成。」班嫿耿直地搖頭。

「為什麼？」容瑕在班嫿臉上，看不到半點自謙的意思。

「軍營裡多苦啊，我若是男人，那現在就是侯府世子，美婢環繞，高枕軟臥。這麼舒適的日子不過，我做什麼想不通跑去軍營吃苦？」班嫿單手捧臉，水嫩嫩的臉頰看起來十分可愛，「所有願意上戰場的將士都很了不起，但我不想成為他們。」

容瑕沉默片刻，看著眼前這個嬌憨的女子，笑道：「郡主好生坦然。」
「人生短短幾十載，怎麼痛快怎麼來吧。」班嫿笑道：「誰知哪天就沒機會睜開眼。」
容瑕仍舊是笑，「郡主倒是看得通透。」
太陽終於掙脫濃霧，讓陽光灑落在了大地上，儘管沒有多少溫度，但是卻能一點點驅散這無邊無際的濃霧。
班嫿捏著馬鞭指向前方，「城門到了。」
此時的城門處，一輛豪華的馬車正朝外行來，馬車的標誌班嫿認識，是石家的家徽。
想起石飛仙對容瑕芳心暗許，班嫿忍不住看向容瑕。
容瑕卻彷彿沒有看到城門處的馬車一般，只是對她笑了笑，扭頭看向了遠處。
在旭日東昇，朝霧漸漸散開時，能夠得見自己的心上人，是一件讓人愉快的事情，前提是心上人身邊沒有那個讓自己討厭的人。
石飛仙從未發現自己竟然如此討厭班嫿，她們兩個本沒有多少交集，可是班嫿為什麼一次次靠近容伯爺？容伯爺為母守孝三年，又為父守孝三年，再後來唯一的兄長也病逝，偌大的成安伯府便留下了他一個人。
陛下喜他才華，又憐他年紀輕輕便喪盡家人，故沒讓他降等襲爵，仍讓他襲了伯爵位。
石飛仙心疼成安伯這些過往，雖然他平日總是風度翩翩，說話做事讓人如沐春風，但是遇到這麼多的傷心事，又怎麼可能一點都不難過，容伯爺……只是用微笑來掩飾而已。
她經常想，若是能與容伯爺生活在一起，該是多麼美好的一件事，但是這會兒就不那麼美好了。她面無表情地看著不遠處那對騎著馬的男女，儘管兩人之間保持著半個馬身的距離，但是在石飛仙看來，這個距離已經讓她不安了。
「停車。」她掀開簾子，扶著丫鬟的手走了下來。她不相信，她就站在這裡，容伯爺還會看不見她。

朦朧中看美人，美人會顯得更美，班嫿看著嬌嬌弱弱站在那兒的石飛仙，忍不住讓馬兒停了下來，讓自己多欣賞一會兒美人。

見她停下，容瑕笑問：「郡主，妳怎麼忽然停下了？」

「我在賞景。」班嫿眨了眨眼，「翩若驚鴻，宛若仙人。」

容瑕順著她的目光看過去，看到了站在樹下的石飛仙，對方穿著一襲淺綠色裙衫，身上披著一件素銀色披風，看起來有種人不勝衣的美。

「白茫茫一片大霧，美景在哪兒？」容瑕收回視線，淡笑道：「郡主這是戲耍容某？」

班嫿詫異地看著容瑕，這是真不把石飛仙放在眼裡？

可是眼前這個男人笑容溫和，任天下最挑剔的女人來看，也在他身上挑不出任何毛病，她笑了笑，「伯爺真有意思。」

把二皇子迷得神魂顛倒的石飛仙，在容瑕眼裡，竟然跟白茫茫一片大霧沒有什麼差別，這實在是有趣，太有趣了。

兩人正說著話，石飛仙已經帶著丫鬟往這邊走了過來，「容伯爺、班郡主，真巧。」

班嫿覺得，石飛仙看自己的眼神可一點都不像是「好巧」的樣子，更像是「妳這個礙事的怎麼在這」，可她向來不是在乎這些事的人，所以對石飛仙略點一下頭，便沒有說話。

話不投機半句多，她沒興趣在一個美男子面前跟另外一個女人表演姊妹情深，有時間還不如多瞅美男子幾眼。長得好看的男人，總是值得讓人多看兩眼的。

「石小姐。」容瑕騎在馬背上對石飛仙行了一禮，「不知石小姐欲去往何處？」

石飛仙回了容瑕一個萬福禮，「今日兄長陪我去禮佛，不曾想竟在這裡遇到伯爺。」她語氣一頓，目光掃過班嫿，「伯爺與郡主這是出去遊玩過嗎？」

班嫿扭頭對容瑕道：「容伯爺，我等就不打擾你與石小姐聊天了，先行一步，告辭。」

「在下與班郡主只是碰巧遇見。」容瑕拍了拍身下的馬兒，「石小姐，告辭。」

石飛仙勉強笑了笑，「慢走。」

她看著容瑕跟著班嫿一起離開的背影，緊緊地捏著手帕。

「容伯爺，」一個黑衣男子騎在高頭大馬上，對容瑕抱了一下拳，他的目光落到班嫿身上，「班郡主。」

班嫿看著這個男人，歪頭想了一會兒，「石公子？」

最近京城很流行穿玄色錦袍嗎？一個謝崇安還不夠，現在又出現了一個石晉。

石晉緊繃的臉色略有些緩和，「正是在下，班郡主安好。」

「你不是去西北大營了？」班嫿對石晉這個人還有些印象，因為他在一眾貴族子弟中，騎射功夫最為出眾，甚至有人還曾誇他有靜亭之風，所以班嫿記得他。

當然這個靜亭之風不是指她父親，而是她的祖父靜亭公。

「家母有疾，身為人子，豈能在外讓母擔憂？」石晉朝皇宮方向抱了抱拳，「幸得陛下垂憐，在下領了衛尉寺卿一職，得以與家人團聚。」

難怪石飛仙去禮佛，原來是石太太身體不好了。

「原來如此，」班嫿不回禮道：「祝令堂早日康復。」

「多謝郡主。」石晉見班家父子慢悠悠地趕了過來，又對他們兩人行了一禮。

石家與班家就是傳說中的對照組，一個是為朝廷盡心盡力鞠躬盡瘁死而後已的典範，一個是遊手好閒招貓逗狗的貴族，所以兩家之間並無多少來往。

班淮雖然在朝中領了一個差事，但那是光拿俸祿不幹事的閒差，而班恆更是連一個閒差都沒有，因而三人之間沒什麼話可說，互相見禮後便大眼瞪小眼了。

石晉忍不住又看向了班嫿，她身著鵝黃色騎裝，外披杏黃披風，頭髮梳作男子髮髻的模樣，卻用一頂極其華麗的金冠束著，額間描著一朵豔紅的五瓣花，整個人看起來鮮活極了。

「兩年多時間不見，郡主風姿更勝往年。」這句話說出口以後，他驚覺有些唐突，當即便轉開話題道：「晨霧陰冷，請郡主早些回府，在下告辭。」

「石大人真是宅心仁厚。」容瑕微笑著對石晉抱拳道：「石大人請。」

「靜亭侯請，成安伯請，郡主、世子請。」石晉騎著馬兒退後半步，示意對方先過。

看到他這番動作，容瑕臉上的笑意便未有過變化，「石大人告辭。」

他轉頭看向班嫿，「郡主，走吧。」

班嫿點了點頭，對石晉笑了笑，雙腿一夾馬腹，馬兒便小跑起來。

「兄長，」石飛仙坐在馬車裡，掀開窗簾看向旁邊騎馬前行的石晉，猶豫了一下道：「你跟班郡主很熟嗎？」

兄長向來寡言，剛才竟與班嫿說了好幾句話，難道世間男子看到容顏豔麗的女子，都會變得不像自己嗎？兄長如此，連……容伯爺也是如此。

石晉略搖了一下頭，「我見她與妳同齡，想來日後來往的時間多，便多說了幾句。」

石飛仙想說自己一點都不喜歡班嫿那個女人，也不會跟她有什麼來往，可是又怕這話說出來，兄長會覺得她失禮，便把這話嚥了回去。

成安伯府與靜亭侯府相隔著一段距離，大家同行一段路以後，便各自回了府。

當天剛吃過午飯，班嫿就聽到下人來報，成安伯府上來了人，還送了好些東西過來。班嫿趕過去一看，發現院子裡擺著好幾箱上好的皮子，火狐皮，白狐皮，每一張皮子都完好無缺，更沒有一絲雜色。

「姊，這些皮子可是花錢都買不到的，」班恆湊到班嫿身邊，「成安伯太大方了。」

「是啊，連人家成安伯都這麼大方，你什麼時候買個值錢的東西送給我？」班嫿對班恆翻了一個白眼，「你可是我親弟。」

「我要不是妳親弟，妳能拿銀子給我花嗎？」班恆腆著臉笑，「我這不是沒錢嗎？」身為侯府世子，平時跟幾個朋友出去玩，時不時還要到他姊這裡打秋風，這是即便說出去也沒有人相信的心酸。

班嫿打開一口放在最上面的小箱子，裡面放著一整套紅寶石首飾。她拿起盒子裡的便簽看過以後，便把盒子收了起來。

「姊，成安伯這麼大方，我心裡有點不踏實。」班恆看著那一盒紅寶石頭面，總覺得有哪裡不對勁。成安伯打著給他送禮的名號，送的東西卻全是給他姊用的，這心思是不是……

「知道這套首飾原本是準備送給誰的嗎？」

「誰？」

班嫿把便簽放到班恆手裡，「自己看。」

班恆看完以後，才唏噓了一把。這成安伯也不容易，十五歲喪母，十九歲喪父、喪兄，大嫂也改嫁了。這套頭面本是他準備送給兄嫂的，結果父兄沒了，大嫂回娘家改嫁，這套頭面也就放著了。

話說得好聽，叫寶石配佳人，怕是不想看到這些傷心之物，便一起送了過來。

晚飯前容瑕收到靜亭侯府的回禮，一張點心方子、兩盒點心，以及……一匣子書。

據說已經失傳的《東海記》手抄本，抄書人是一百年前非常有名的大才子。

失傳已久的《西行起居注》孤本。

傳說中看完整本書便猶如行了萬里路的《北旅記》孤本。

還有……《南柯夢》？

天下才子做夢都想看一眼的《南柯夢》？

容瑕拿著這四本書，覺得自己彷彿捧著一座金山。

朝上那些瞧不起靜亭侯的文臣們，知道……靜亭侯府的藏書如此豐富嗎？

「伯爺……」廚房的管事一臉苦相地站在容瑕面前，「那道點心，小的們一時半會兒只怕做不出來。」

「嗯？」容瑕正在看《北旅記》，聽到管事這話，抬頭看向他，「為何？」

「做這點心需要用無塵雪水泡御前龍井和麵，用玫瑰蜜調味，和麵的用具需要特製，還有蒸籠必須用新長出的湘妃竹編製，蒸點心的水要加上半勺晨花露，點心快要起鍋時，需要燒一小截檀香木。這道點心做下來，費錢費功夫是小事，只怕東西一時半會兒收集不齊全。」

廚房管事在心裡暗暗叫苦，伯爺向來不重口腹之欲，這次難得讓他們廚房做一道點心，他們竟然還做不出來，實在是無顏站在伯爺面前。也不知道這道點心方子是從哪家拿出來的，這吃的不是點心，是白花花的銀子啊。

「竟如此複雜。」容瑕有些明白為何班嫿會如此捨不得一道點心了，這麼費功夫的東西，只怕靜亭侯府也不是日日都做的，「既然如此，便先放……」

他話音稍頓，隨後道：「先把東西收齊，慢慢琢磨去。」

見伯爺並沒有馬上讓他們做出來的意思，管事鬆了一口氣。從昨天晚上到今天，廚房裡的人想了各種法子，但做出來就不是那個味兒，看來那些燒錢的東西真不能省。

管事甚至懷疑給這個方子的人別有用心，想要帶壞伯爺。

等管事退出去以後，容瑕合上手裡的《北旅記》，一時間不知道該怎麼處理這四本書。實際上他大可以把手抄本傳出去，贏得天下讀書人的讚譽，可是……

利益易得，真心難求，像靜亭侯府這種想法簡單的人家，他有種不想辜負的感覺。

容瑕撫平書的卷角，既然這些年靜亭侯府從未對外說出這幾本書的存在，那麼他也只作不知。這顏如玉黃金屋，就讓它們安安靜靜地躺這兒吧。

送出一座黃金屋的班家人很忙，因為德寧大長公主的大壽即將來臨，班家人忙著核對賓客名單，忙著核對宴席各色菜餚，還有下面管事送來的各種適合的戲班子、雜耍班子。

生辰八字不好的不要，相貌不夠喜慶的不要，傳出過負面話題的不要，一層層篩選下來，屬相相剋的不要。這些管事們已經篩選過一遍，但他們仍舊要過目一次。

德寧大長公主倒是捨不得他們如此忙碌，可是班家四口卻不這麼覺得，只要不超過規制的物品，他們也不心疼金銀，該花的花，該用的用，引得京城不少老太太很是嫉妒。年紀大了，內心裡誰都想家裡人重視自己，弄得熱熱鬧鬧的，只是表面上還要教育後輩，不可奢靡，不可過於張揚，所以她們既羨慕大長公主，又覺得班家人有些太胡鬧，不過是個壽辰而已，弄出如此大的動靜，也太過了些。

不管其他人怎麼看，班家人自己倒是挺樂呵，一天三四趟地往大長公主府跑，逗得德寧大長公主整日笑容不斷，整座公主府都沉浸在歡聲笑語中。

「蟹肉用最好的，好茶沒有了我就去皇上那裡要。」班淮很光棍，臉皮也很厚，經常跑到皇帝那裡蹭好茶好水，就連家裡用來做點心的雨前龍井他也經常去皇宮討，所以這種茶又諧音御前龍井。

「要，不要白不要。」陰氏在茶葉後面標了一個十二兩，「他要名，我們就要利，我們不去要，他指不定還不高興呢。」

「十二兩？」班恆看了一眼，「母親，您要這麼多茶葉，拿來煮茶葉蛋嗎？」

「我沒要他一斤就算好的。」陰氏把單子塞給班嫿，「妳跟妳父親一塊兒去。」在討人喜歡這一點上，她的女兒比她夫君做得好。皇帝這人好大喜功，最喜歡別人吹捧他。

班嫿看了眼單子，上面除了十二兩御前龍井外，還有熏香、御廚之類，她把單子往身上一揣，「放心，保證完成任務。」

班淮看了眼天色還早，便對班嫿道：「乖女，咱們收拾收拾進宮。」

午膳過後的一個半時辰，向來是雲慶帝聽聽曲、喝喝茶、散散步的悠閒時間，當聽到太監來報，說是靜亭侯與福樂郡主求見以後，他一摸鬍子，就猜到了父女兩的來意。

「宣。」

父女倆進殿以後，規規矩矩地行了禮，落了座。

果然三五句過後，班淮就開始哭窮，大意是他這個做兒子的無能，母親過壽也不能給她準備好東西，求陛下給他一個肥缺，他要好好幹活，爭取明年能讓他母親面上有光，揚眉吐氣。

雲慶帝差點沒把手裡的茶潑到班淮臉上。要換個實差，還要比較肥的那種，這話除了他這個好表弟，還有誰敢當著他的面這麼說？

「水清啊，如今姑母年紀大了，朕知道你向來孝順，領實差倒不如多陪陪姑母，你那裡缺什麼儘管告訴朕，朕這個表兄幫你想辦法。」雲慶帝一臉真誠地看著班淮，「姑母是朕的長輩，朕也想她老人家過一個風風光光的大壽。」

班嫿當下便鼓著手掌道：「父親，女兒覺得陛下說的對，您何必如此辛苦地去當差，我們還有陛下呢！」說完，她起身朝皇帝一福身，「臣女謝陛下恩典。」

「妳這丫頭，自家人說什麼謝？」雲慶帝十分享受晚輩這種崇拜信任的目光，大手一揮，又賞了班嫿一堆前段時間附屬國上貢的東西。

大月宮外，太子走至門前，見王德站在外面，便道：「王總管，我有事求見父皇，請王總管代為通傳。」

「奴婢見過太子殿下，」王德見到太子，行禮後解釋道：「這會兒，靜亭侯與福樂郡主正在覲見陛下。」

「表妹也來了嗎？」蔣涵倒是挺喜歡班嫿的，因為班嫿小時候長得太過可愛，以致於他看宮裡那些妹妹都挑剔了起來，這個公主眼睛不如班嫿表妹好看，那個公主皮膚沒有表妹柔嫩，好在他性格仁和，從未表現出來，對待這些嬪妃所出的公主也一視同仁，才沒給班嫿在宮裡拉一波仇恨。

「是的。」王德不敢亂接話，宮裡的人最擅長捕風捉影，本是沒影的事情，太子隨口問了一句，萬一過幾日就變成太子對福樂郡主有意思，那可就糟糕了。

太子妃乃右相嫡長女，端莊賢淑，頗有未來國母風範。福樂郡主身分高貴，乃大長公主親孫女，自然不會給太子做側妃。這中間要傳出過什麼，太子與福樂郡主倒是沒什麼事，他們這些在場的下人只怕保不住命了。

正這麼想著，班家父女便走了出來，一看福樂郡主笑容滿面的樣子，王德就知道，定是皇上又賞賜這位郡主了。

「太子殿下。」班嫿見到太子，對他行了一個萬福禮。

「表叔與表妹不必多禮。」蔣涵虛扶了一把，「上次秋獵也沒多少時間與表叔表妹好好說會兒話，表妹若是有時間，便到東宮坐一坐。」

班嫿笑著稱是，心裡卻有些不以為然。她是瘋了才去東宮晃悠，東宮的那幾個女人防她跟防賊似的，也不知道是什麼毛病。

蔣涵急著去見皇帝，所以說了沒幾句話，兩邊便互相告別，然後班嫿就見到了一個不那麼待見的人，二皇子蔣洛。

「班嫿。」蔣洛一看到班嫿，就覺得自己全身都不舒坦。上次在京郊狩獵，班嫿裝瘋賣傻，害得他吃了一個悶虧，這口氣他一直沒嚥下去，現在看到班嫿那張喜笑顏開的臉，他便覺得胸口的火氣蹭蹭往上冒。

「二殿下。」班淮見蔣洛的表情不太對，攔在班嫿面前，朝蔣洛行了一個禮。

「靜亭侯。」蔣洛嗤笑一聲，看向班淮的眼神帶著不屑，「聽說靜亭公在世時，箭術可百步穿楊，本殿下心中十分嚮往，不知道靜亭侯可否指點一二。」

四周的宮人齊齊噤聲，滿朝誰不知道靜亭侯不善騎射，二皇子這幾乎是明著嘲諷靜亭侯無能了。他們只恨自己為什麼要長耳朵，為什麼今天剛好在這裡伺候。

「二殿下莫拿微臣開玩笑，整個京城誰不知道微臣肩不能挑，手不能扛，既不能文也不能武，您讓微臣指點您吃喝玩樂還好，箭術還是免了。」班淮活到這個年紀，不是沒有聽過別人的奚落，甚至比二皇子更刻薄的話他都聽過，所以二皇子這點嘲諷人的功底完全不能打擊到他，「不過二殿下若是真喜歡箭術，犬女頗有家父之風，您問她比問微臣有用處。」

別人謙稱自己的兒子叫犬子，班淮偏偏別出心裁稱女兒為「犬女」，只差沒直白地說，我家閨女雖是女兒家，但是指導你這個皇子的箭術，還是綽綽有餘的。

蔣洛冷笑，「福樂郡主自然是巾幗不讓鬚眉，讓天下男子自愧不如，退避三舍。」

這是拿班嫿被人退婚說事了，但班嫿是吃虧的性子嗎？

實際上班嫿也挺佩服二皇子的，每次都在她手上吃虧，但每次都學不乖，還要跑到她面前嘴欠，這次更過分，竟然還嘲諷了她的父親，這能忍？

那必須是不能忍！

「二殿下，我知道您素來不喜我，您拿別人退婚的事情來奚落嘲笑我亦無異議，但您為何要出言侮辱家父？」班嫿一把拽住蔣洛的袖子，聲音顫抖，神情委屈，眼眶發紅，「俗話說，君辱臣死，父辱子過，便是小女子有萬般不是，小女子向您認罪便是，您為何如此對待家父？」

「妳給我放手，拉拉扯扯幹什麼？」蔣洛掙了一下袖子，沒拉開，再掙，還是紋絲不動。他心裡暗暗吃驚，這班嫿瞧著千嬌百媚的樣子，為什麼力氣這麼大，她吃什麼長大的？

「我不與您說，您與我到陛下跟前評評理去！」班嫿手一拽，蔣洛踉蹌一步，便被班嫿拖進了宮門。

「乖女，不可啊！」班淮彷彿才反應過來，轉身想要拉住班嫿，哪知道他腳下一晃，人摔倒在了地上，等宮人們七手八腳扶起他以後，哪還能看到福樂郡主與二皇子的身影。

蔣洛被班嫿拖進殿門以後才反應過來，他低聲喝斥道：「班嫿，妳瘋了！」說完，手一推，班嫿就踉蹌著往後倒去，撞倒一個細瓷長頸瓶後，班嫿趴在了地上。

不對，他根本沒有用這麼大的力……

秋獵時的憋屈感再次湧上心頭，他抬頭望去，果然看到父皇與他那好大哥臉色不對勁。

「表妹！」蔣涵愣了一下，想要去扶班嫿，又想起男女授受不親，好在殿裡的太監與宮女機靈，匆匆上前扶起了班嫿，就連地上的碎瓷片也收拾得乾乾淨淨。

班嫿皮膚柔嫩，向來指甲輕輕刮一下就能起一條紅痕，她手臂撞倒花瓶，左臂頓時紅腫了一大塊，看起來十分駭人。

雲慶帝與蔣涵不好盯著小姑娘的手臂看，但只掃一眼，已足以讓他們覺得傷勢嚇人。

「還愣著做什麼，快去請太醫。」雲慶帝瞪了一眼屋子的太監，看也不看蔣洛，「嫿丫頭，妳先坐著，手臂不要動，萬一傷著骨頭就不好了。」

「父皇、大哥，這是她自己撞上去的，跟我沒關係。」蔣洛覺得整個大殿上的人看他的眼神都不太對，儘管這些宮女太監都規規矩矩地低著頭，但他就是能感覺得到，這些宮女太監對他的態度，與對他大哥的態度截然不同。

「你給我閉嘴！」雲慶帝再偏寵兒子，也接受不了自己兒子性格如此暴虐。若是個宮女便罷了，這是他的表妹，他姑祖母的親孫女。

他親封的郡主，在他大月宮受了傷，動手的還是他的兒子，這話傳出去，朝臣怎麼看待皇室，文人怎麼評價他？

雲慶帝本就對大長公主心懷愧疚，加之這些年大長公主也從未對他提出過什麼過分要求，班淮這個表弟雖然紈絝卻沒有給他找過什麼大麻煩，至於班嫿這個表侄女他是真心有幾分喜愛，見她傷成這樣，他是真心疼了。

「父皇，她、她……」蔣洛這會兒渾身是嘴都說不清了，所有人都看到是他推班嫿的，「請您相信兒臣，兒臣真的沒有這麼用力推她，是她自己撞上去的。」

「二弟！」蔣涵見班嫿垂著腦袋，強忍著不哭的模樣，對蔣洛的語氣也嚴厲起來，「表妹是一介女子，你怎能如此待她？」

「我怎麼她了我？」蔣洛一口氣差點喘不上來，冷哼道：「你別在我面前擺東宮的架子，用不著你來教育我！」

雲慶帝聽到這話正想發怒，班淮從外面跑了進來。

「陛下！」班淮進門後埋頭就向雲慶帝請罪，「陛下，微臣教女不嚴，讓她驚擾到陛下，請陛下恕罪。」

見班淮驚慌失措又愧疚的模樣，雲慶帝與太子面上都有些尷尬，他們家的人把人家嬌滴滴的小姑娘推傷了，人家父親進來還進來請罪，這事實在是……

雲慶帝很久不曾這麼尷尬過了，轉頭瞅見班嫿正眨著大眼睛看他，他這股尷尬便化為怒火衝向了蔣洛，「你這些年的禮儀道德都學到狗肚子裡去了嗎？還不快向嫿嫿道歉！」

如果此時可以說髒話，蔣洛一定能夠出口成髒，但是顯然不能，所以他只能梗著脖子，惡狠狠地盯著班嫿不說話。

「哎喲，乖女，妳的手怎麼了？」班淮看到班嫿手腕又紅又青，腫了一大塊，聲音都變了，「疼不疼，傷到骨頭沒有？」

雲慶帝瞥了眼蔣涵，蔣涵走向圍著表妹打轉的班淮，「此事怪我，沒有攔住二弟……」

「二殿下？」班淮扭頭盯著蔣洛，臉上的把表情不斷變換，最後兩肩垮了下來，對雲慶帝道：「陛下，微臣無能，自幼文武不成，丟盡了皇室顏面，二殿下對微臣父女倆不喜，錯在微臣，與二殿下無關。小女走路不小心，撞到了手臂，微臣這就帶她回去醫治。」

雲慶帝知道班淮說這話，是為了維護老二的名聲，這讓他不由得想起了小時候。有一年他不小心打碎了父皇喜歡的東西，那時候父皇本就有廢太子的心思，所以他非常害怕，沒想到班淮這個表弟站出來替他背了這個黑鍋。

後來他向班淮道謝，班淮卻說自己被訓斥幾句也沒事，只要他這個太子沒事就好。

這麼多年過去了，班淮從不提過往那些事，而他漸漸地也忘記了，但是今天聽到班淮說這話，他突然又想起了班淮替他背黑鍋的那個下午。

「表弟你不怪他，朕卻不得不罰他。」雲慶帝沉下臉對二皇子道：「既然你禮儀沒學好，便回宮裡抄書去，年節前就不要出宮了。」

身為一個成年皇子，卻要抄書學禮儀德行，這對一個皇子來說，簡直就是照著他的臉抽。蔣洛差點沒被氣瘋，他跟班嫿究竟誰才是父皇的孩子？

班家父女頂著皇帝與太子愧疚的眼神出了宮，等回了班家以後，班嫿才甩了甩手臂，一掃之前的委屈與可憐，喝著班恆親手倒的茶道：「蔣洛這廝若不是皇子，我定找人給他套上麻袋，揍死他。」

陰氏拿了一盒藥膏過來，一邊幫班嫿擦藥一邊道：「手臂都青了，還想著這事。」

也不知道這丫頭一身的肌膚隨了誰，又白又嫩，輕輕碰一下便留下痕跡。若是就這般千嬌萬寵養著還好，待五年後可怎麼辦才好。

「不對啊，父親、姊，你們兩個鬧了這麼一場，怎麼還幫蔣洛掩飾？」班恆不解地看著班嫿，以他姊這種有仇報仇，不能報仇就記仇的個性，不像是做得出這種以德報怨行為的人。

「皇宮裡面沒有祕密。」陰氏放下藥膏，諷笑道：「除非把整個大月宮的宮人都滅口，不然事情早晚會傳出去。」

二皇子近來越來越鬧騰，支持太子的人早就坐不住了，怎麼可能錯過這麼好的把柄。

在權力面前，皇室的同胞兄弟又算得什麼？

班恆倒吸一口涼氣，「那皇上不會懷疑是我們幹的吧？」

「我們剛才請御醫的時候不是說過你姊不小心摔了嗎？」陰氏雲淡風輕道：「既然我們這邊是不小心，那其他的就跟我們無關了。」

成安伯府，管家給容瑕換了一盞茶，想著伯爺已經看了很久的書，便道：「伯爺，剛才屬下在外面聽到了一個與二皇子有關的傳言。」

「什麼傳言？」容瑕頭也不抬，這位皇子向來不太消停，傳出什麼消息也不奇怪。

「據說二皇子在大月宮殿門口，摔斷了福樂郡主的手臂。」

流言向來秉持著「看熱鬧不嫌事大」的風格，傳得越誇張越好。原本傳出來的消息是「福樂郡主與二皇子在大月宮前起了爭執」，但是傳來傳去，就變成「二皇子當著陛下的面，對福樂郡主言行無狀，並且摔斷了福樂郡主的手臂，惹得陛下大怒」。

言行無狀？

之前獵場上二皇子搶福樂郡主獵物這件事，實際上也有消息傳出來，但大家都沒當一回事，年輕男女脾氣不好，有些口角也是正常的，但是堂堂一個皇子，竟然真的對當朝郡主動手，還害人受傷，這就不是一句年輕氣盛可以解釋的了。

大業朝男女之風雖然開放，但也講究一個君子之風，當朝皇子毆打郡主，跟大街上粗魯漢子欺負柔弱姑娘有什麼差別？

再過兩日便是大長公主的壽辰，二皇子做出這等事來，這是不給大長公主顏面？

消息傳到忠平伯府時，謝宛諭心情又是高興又是擔憂，二皇子是知道她與班嫿關係不好的，難道他是因為她才會特意去為難班嫿？可是想到二皇子因為這件事被別人說閒話，還被陛下關了禁閉，謝宛諭又忍不住擔心他因為這事吃苦頭。

「妹妹，」謝啟臨走進院子，見謝宛諭坐立不安的模樣，知道她在擔心二皇子，便道：「妳放心吧，二皇子是陛下與皇后的孩子，宮裡沒有誰敢慢待他的。」

「二哥，」謝宛諭在八仙桌旁坐下，不好意思地笑了笑，「二皇子真的沒事？」

「真是女大不中留，這還沒嫁出去呢，就開始關心未來夫君了。」謝啟臨臉上帶著一絲化不開的鬱氣，笑起來也沒有以往爽朗，「放心吧，皇上就算再寵愛班嫿，她也只是外人，在皇上心中，自然是親兒子更重要。」

「嗯。」謝宛諭特意看了眼謝啟臨的表情，見他提起班嫿似乎並沒有多少特別的情緒，忍不住在心裡鬆了一口氣，「二哥，前幾日母親為你說的那門親事，你覺得如何？」

因為之前二哥跟煙花柳巷的女子私奔，加上傷了一隻眼睛，想要再找一個門當戶對的女子就很難了，母親挑來挑去最後選中了一個四品小官的女兒，這家人門第雖然不顯，但是家人省心，這個姑娘性格也溫和，日後嫁到謝家，肯定能夠好好照顧二哥。

謝啟臨聽到妹妹提起他的婚事，伸手扶著臉頰上的面具，淡淡地道：「我如今這個樣子，又何必拖累別人？」

「二哥，你何必這麼說？」謝宛諭又急又氣，「天下想要嫁你的好女兒多的是，你豈可說出如此喪氣話？」

謝啟臨表情仍是淡然，「若是真有人願意嫁給我，那便娶吧。」

謝宛諭聽到這話，心裡一陣陣的疼。她耀眼完美的好二哥，如今竟變成一口了無生氣的死井，老天真是無言，就連班恆那樣的紈絝都能過得好，憑什麼她二哥會遇到這樣的事？

「都怪班嫿那個小賤人剋了你，如果不是她，你又怎麼會遇到這種事？」謝宛諭罵道：「我看她這輩子都嫁不出去了！」

謝啟臨聽妹妹說著抱怨的話，表情木然地站起身，「宛諭，我出去走走。」

謝宛諭怕自己說太多讓二哥心情不好，忙點頭道：「好。」

謝啟臨出了內院，腦子裡想的卻是妹妹剛才說的那些話。就連他們謝家人都這麼說班嫿，那麼外面那些人呢？那時候他年輕氣盛，實際上並不是真正的討厭班嫿，只是不想家裡人就那麼給他定下親事而已。

四年前，他跟班嫿訂親過後，聽到過一些不太好的傳言。有人說他們謝家為了討好大長公主，連兒子都可以犧牲掉。還有人說，那班嫿空有美貌，行事荒誕，笑他是個只看容貌不重內涵的庸人，日後只怕被戴了綠帽也不敢說話。

經常聽到這種話，他漸漸對靜亭侯府有了厭惡感，甚至覺得每次去班府都是對自己人格的侮辱。他跟花魁私奔，並不是因為他真的喜歡那個花魁，只是想要別人知道，他謝啟臨不是為了權勢委身於女人的男人，他寧可與一個花魁在一起，也看不上班嫿。

後來他回到了家，聽著京城那些嘲笑班嫿的話，他才清醒過來，自己選擇了一個最糟糕的方式來解決這樁親事。從那以後，他幾乎從不在班嫿面前出現，也沒臉出現在她面前。

前幾天在街頭看到她，才發現當初那個還略帶青澀的小姑娘，已經變成了豔麗的明珠，只要她站在那便不能讓人忽視她。

喧鬧的街頭，唯有她鮮活得就像是灰色世界中的火焰，刺目得讓他無顏面對她。

銀色面具遮住了他壞掉的眼睛，騎在高頭大馬上，他仍舊是別人眼中的翩翩公子，但是只有他自己知道，缺了一隻眼睛的世界，就像是變小了一半，黯淡了起來。

「謝二公子，」石飛仙坐在馬車裡，掀開簾子看著騎在馬上的謝啟臨，臉上露出既複雜又愧疚的神情，「你近來可好？」

謝啟臨朝石飛仙行了一個禮，表情平靜道：「多謝石小姐，在下很好。」

石飛仙捏著簾子的手微微一顫，「對不起，我……」

「喲，這不是謝二公子嗎？」班恆騎在馬背上晃晃悠悠地過來，嘲諷地瞥了兩人一眼，「謝二公子不是向來喜歡煙花柳巷的女人嗎？怎麼今日……」

「班世子，」謝啟臨打斷班恆的話，「你我兩家的仇怨，不要牽扯到他人。」

班恆瞥了眼石飛仙，白眼都快要飛到天上去了，當他沒看出這兩人之間有貓膩，「我跟妳有什麼仇有什麼怨啊，別什麼兩家兩家的，我家可沒有徇私舞弊，包庇下屬，魚肉百姓的人。」

旁邊不知道的老百姓聽到這話，忍不住高看了班恆一眼，這家人肯定家風極好。

石飛仙從未見過像班恆這麼不要臉的人，什麼叫自家沒有徇私舞弊的人，說難聽一點，他家有人領實差嗎？

她以為謝啟臨會反駁班恆，讓她意外的是，謝啟臨竟然沒有多大的反應。

「班世子，請你慎言。」謝啟臨想要跟班恆爭執，可是現在大哥還被關押在牢中，案子也沒有查清楚，他根本不敢得罪班家人。班家人雖荒唐，可是他們在皇上面前說得上話，他不敢得罪班恆，也得罪不起。

「哼！」班恆一拍馬屁股，冷笑道：「做了事就要承擔後果，也不要怕人說。天理昭昭，朗朗乾坤，陛下定會還天下百姓一個公道。」

「好！」旁邊的幾個百姓鼓起掌來。

「公子說的好！」

「陛下是個明君啊，必不會包庇這些為非作歹的官員！」

對於普通老百姓來說，他們不知道誰是好人，誰是壞人，但是他們天性裡就對貪官充滿了厭惡，現在有個人站出來大罵貪官，看起來身分還不簡單，他們自然敢跟在此人身後鼓掌。

就算不能把貪官怎麼樣，但是跟著罵一罵，鼓一鼓掌，也是很解氣的。

石飛仙被這顛倒黑白的場面驚呆了，班恆這個遊手好閒的紈綺子弟，也好意思說謝家人做得不好？她剛想要反唇譏諷班恆，可是還沒開口，班嫿的聲音就傳了過來。

「恆弟，不是讓你去給祖母送東西？」班嫿騎在馬背上，但是左手臂不自然地蜷縮著，看起來像是受了傷，「怎麼還在這裡跟無關人等說話？」

謝啟臨面色露出一絲尷尬，他翻身下馬朝班嫿作揖道：「見過郡主。」

班嫿垂下眼瞼看了他一眼，「還是別見的好，一見你，我就沒好心情。」說完，也不管謝啟臨的反應，便騎著馬兒離開了。

班恆見狀立馬屁顛跟上，一副「我姊說什麼就是什麼，你這個男人就是渣渣」的模樣，顯得十分欠揍，十分可氣。

百姓們見沒有熱鬧可看，也三三兩兩走開了，只剩下石飛仙與謝啟臨留在此地，維持著彼此間尷尬的氣氛。

「石小姐，在下告辭。」謝啟臨摸著馬兒脖頸上的毛，聲音輕飄飄傳進石飛仙的耳中。

「過往謝某已經放下了，祝石小姐覓得如意郎君，恩愛不離。」

石飛仙心頭一震，看著謝啟臨離去的背影，咬著唇角沒有說話。

「小姐？」伺候她的丫鬟見她很久沒有說話，擔心地問：「您怎麼了？」

「沒事。」她放下簾子，小聲道：「回府吧。」

街邊茶坊二樓，長青王對身邊的人道：「這齣戲真有意思。」

容瑕喝了一口茶，視線落在街道盡頭沒有說話。

大長公主府中，已經被下人裡裡外外打掃了好幾遍，但管事們還是不敢太放心，不斷在各個角落檢查，連一隻蟲子都不放過。

班嫿與班恆到的時候，公主府已經檢查過三四遍了，姊弟倆找到德寧大長公主，把公主府的下人誇了一遍。

「我說為什麼你們每次來他們都這麼高興，合著你們專來給他們說好聽話的。」大長公主頭上戴著抹額，整個人顯得慈祥又福態，「嫿嫿，快把手臂給我瞧瞧，傷得怎麼樣了？」

德寧大長公主撩開袖子一看，上面只有很淡的一團淤青，如果不是因為班嫿皮膚白，幾乎都看不出來。

看到這，德寧大長公主哪還有什麼不懂的，這肯定又是他們家嫿嫿使壞了。放下袖子，蓋住班嫿的手臂，德寧大長公主無奈笑道：「妳呀……」

「誰叫他說話難聽，教訓了好幾次都還不識趣，那我只能教他什麼叫做倒楣了。」班嫿伸手抱住德寧大長公主，「他若是不招惹我，我才懶得跟他計較。」

德寧大長公主在宮中有眼線，對事情的前因後果了解得很清楚，自然也知道班嫿為什麼要這麼做。她心疼地摸了摸班嫿的頭，「妳這丫頭，真是一點虧都不能吃，也不知道以後誰能受得了妳的脾氣。」

是她把孩子教得平庸無能，現在聽到一個晚輩如此嘲諷她的孩子，她又怎麼可能無動於衷，只是有些事情小輩能做，她卻不能做。

「沒人受得了，那我就不嫁人。」班嫿靠著大長公主，「不嫁人也挺好。」

德寧大長公主摩挲著她的髮頂，沒有繼續說讓她嫁人的話，只是笑得一臉溫柔。

姊弟兩人本來是給大長公主送茶葉，送宴席單子和賓客名單的，哪知道中午吃過飯以後，照舊是大包小包地出了大長公主府。

「姊，妳說我們是來送東西的，還是來拿東西的？」班恆想起剛才祖母塞到自己手裡的銀票，笑咪咪道：「不過祖母果然是最大方的。」

「拿來。」班嫿把手伸到他面前。

「幹、幹麼？」班恆防備地盯著班嫿，捂著自己的胸口，「這是祖母給我的！」

「要麼你自己留著，以後都別想從我這裡拿走一兩銀子，要麼把銀票乖乖交給我，我幫你看著。」班嫿慢悠悠地開口，「我不逼你。」

班恆看了看他姊，又摸了摸身上的銀票，磨蹭了好半晌，才把銀票往班嫿手裡一塞，扭頭不看他即將被沒收的銀票，「拿去，拿去！」

「這就對了，」班嫿笑嘻嘻地把銀票收了起來，「小小年紀，身上揣那麼多銀票幹什麼，可別學壞了。」

班恆很不高興，不想說話。

「你上次不是說想要個什麼扇子嗎？」班嫿騎上馬背，「走，姊陪你買去。」

班恆頓時喜笑顏開，哪還管什麼銀票，當即上馬跟在班嫿後面乖乖走了，一路上小意殷勤，就怕班嫿改變主意不給他買了。

最近圈子裡流行玩扇子，越是名貴的扇子越有面子，他手裡的扇子雖然不少，但是用來顯擺的東西，誰還嫌少？

「真不明白你們這些人怎麼想的，大秋天玩扇子，是顯得你們很有風度還是很傻？」班嫿略嫌棄京城最近的流行趨勢，「怎麼就沒見你們什麼時候流行過考狀元呢？」

「姊，我們都是一群紈絝，要那麼聰明幹什麼？」班恆理直氣壯道：「國家大事有那些國之棟樑操心，我們不去拖後腿就是為大業做貢獻了。」

說到這，班恆小聲道：「妳跟我不也一樣嗎？」

班嫿瞥了他一眼，他立刻消音不再說話。

姊弟倆快到店門口時，聽到一個女人和一個小孩的哭聲，不遠處一個大漢對著女人又打又罵，女人小心翼翼護著懷裡的女兒，男人的拳頭全都落在了她的身上。

「這是怎麼回事？」班嫿皺了皺眉，眼中帶了一絲厭惡。

「貴人您別動怒，小的這就去趕走他們。」店裡的堂倌見狀，就要帶人去把人趕走。

「等一下！」班嫿叫住堂倌，「他一個大老爺們欺負女人小孩，沒人管嗎？」

「貴人，您有所不知，這是一家三口，他婆娘生不出兒子，娘家人還經常上王屠戶家打秋風，這女人腰桿哪裡伸得直。」堂倌搖了搖頭，「小的們這就把人趕走，不會饒了您的雅興。」

遇上一個不體貼的男人便罷，娘家人也如此沒出息，這女人這輩子也就這樣了。

班嫿看著那個凶神惡煞的屠戶在見到堂倌後，頓時點頭哈腰不敢再叫罵，也不知道堂倌對他說了什麼，他朝班嫿所在的方向看了一眼，就不敢再繼續看，而是彎腰把地上的女人拉了起來。女人也不敢反抗，牽著哭哭啼啼的女兒，任由丈夫拖走了。

班嫿給班恆買了想要的扇子後，發現班恆臉上沒有多少喜悅之情，不解地問：「這是怎麼了？你前幾日不是說想要這個扇子，怎麼這會兒買了又不高興了？」

「姊，」班恆嚴肅地看著班嫿，「回去後我就開始練習拳腳功夫，妳好好監督我。」

「這是怎麼了？」班嫿把裝著扇子的盒子塞到班恆手裡，「行了，東西都已經到手了，你不用說好聽的話來哄我。」

「我是認真的，」班恆捏緊盒子，「回去就好好練！」

班嫿拍了拍他的肩，「嗯嗯，好，回去就練。」

「喲，這不是我的表侄與表侄女嗎？」長青王看到站在店門口的兄妹二人，「你們可是買什麼好東西了？」

「見過王爺。」兄妹二人向長青王行了一個禮，班嫿看到長青王身後的容瑕，對他眨了眨眼。容瑕注意到她這個小動作，忍不住露出了笑容。

「自家人不必這麼客氣。」長青王看向班嫿，「聽說妳手摔傷了，可要緊？」

「沒什麼大礙。」班嫿笑得一臉的嬌憨，「太醫說沒有傷到骨頭，只需要按時擦藥，多休息幾天就好。」

「那我就放心了。」長青王看了眼天色，「走，時辰還早，去我府上坐一坐，有好東西給你們看。」

長青王也算得上是京城裡文雅派的紈絝，因為他能作詩繪畫，所以聽起來名聲比班恆要好聽一些，但事實上仍舊只是一個遊手好閒的紈絝。

聽到這話，班恆臉上露出懷疑之色，「不會是什麼名家真跡孤本之類的吧？」這種東西再稀罕，他們姊弟倆也不想看啊！

「放心吧，哪是那麼無趣的東西。」長青王招手，「走走走，絕對有意思。」

於是班家姊弟就這麼被長青王拐走了。

長青王府府邸修建在東城的街巷裡，與靜亭侯相隔不到兩條街道。不過兩家來往不多，所以班家姊弟與長青王這個表叔實際上不是那麼熟。

進了王府大門，班嫿發現長青王府的婢女長得格外美貌，尤其是能到主子跟前伺候的婢女或是小廝，那張臉就跟精挑細選過似的，想找個長相普通一點的都很難。

幾人落座，班嫿嘗了一口點心後就沒有再動。

容瑕注意到她這個小動作，心裡想，真是個嬌寵大的小姑娘，不知平日在吃食上有多講究。心裡雖然這麼想，他卻把自己面前的點心與班嫿面前的點心換了個位置。

算了，還是個小姑娘呢！

「嗯？」班嫿睜大眼看著容瑕。

「要嘗嘗嗎？」容瑕微笑著看她，潔白修長的手指端著茶杯。

如此美色，他若不是伯爺，她定把他養在府裡，沒事就看幾眼，肯定很下飯。

班嫿拿起一塊點心嘗了一口。

「怎麼樣？」容瑕小聲問。

「還好。」班嫿舔了舔嘴，點心一般，但秀色可餐。

容瑕看了眼她水潤的唇，移開視線，低頭喝了一口水。

沒過一會兒，小廝提了一個鳥籠上來，裡面關著一隻醜醜的八哥。

班恆懷疑地看著長青王，這就是有意思的東西？

「這小東西我花兩百兩銀子買回來的，不僅會說話，還會念詩，」長青王用了一粒鳥食逗八哥，「來，多福，說句話。」

「參見王爺！參見王爺！」

「來，念首詩。」

「鵝鵝鵝，曲項向天歌……」

長青王把八哥的技能炫耀完，一臉得意地看著班家姊弟，「怎麼樣？」

「太醜了，」班嫿耿直地搖頭，「不喜歡。」

「醜是醜了點，但是聰明，」長青王仔細看了幾眼八哥，也覺得牠有些醜，「留著逗趣兒還不錯的。」

班家姊弟對視了一眼，這是一個還沒脫離低級趣味，不懂得發明創新的紈絝啊！

「陛下宮裡養了一隻鸚鵡，比牠好看，還會唱曲兒。」班嫿這句話不知道哪個字刺激到了八哥，牠忽然在籠子裡撲騰起來。

「長青王萬歲！」

「長青王萬歲！」

整個屋子的人頓時面色大變，長青王打開鳥籠子，伸手捏住八哥的脖頸，手一扭，這個八哥便再也發不出聲音來。

八哥沒了聲響，整個屋子死一般寂靜。

「好手段，真是好手段！」長青王把鳥籠打翻在地，面沉如墨。

今天如果不是他心血來潮，逗弄表侄表侄女來玩，只怕還不知道這隻八哥有問題。整個大業，唯一敢稱萬歲的，就只有皇帝。一個皇帝的堂弟，光有輩分卻無實權的郡王被稱為萬歲，那簡直就是要命。

「表侄女，今日這個人情，表叔我就欠下了。」長青王扭頭對班嫿道：「本來還想請你們用晚飯，只怕現在也不能了。」

「您是要進宮嗎？」班嫿看著地上的鳥籠，覺得這兩百兩銀子花得有些虧。

「去宮裡幹什麼？」長青王看著班嫿，不太懂她這話的意思。

「陛下是您的堂兄，您最大的靠山不就是他嗎？」班嫿理直氣壯地道：「所以，您當然是要去宮裡告狀啊！」

長青王覺得自己有些不太懂表侄女的想法，這種事藏著掖著都還來不及，哪有跑到皇上面前自投羅網的？再看表侄的表情，也是這副理所當然的模樣，他瞬間有種說不出話的感覺。

皇上如此偏寵班家人，是因為他們……蠢得讓人放心？

「王爺，郡主說的有道理。」容瑕放下茶杯，「您被人冤枉，總是要讓陛下知道的。」

長青王莫名其妙地看著容瑕，這位腦子也不好使了，還有道理？

當今的心眼比針尖大不了多少，一句話不謹慎，都會被他忌諱很久，更別說這種事。他瞥了眼容瑕，又看了眼班嫿，這是美色上頭，理智全無？

還真看不出，容瑕跟他有一樣的愛好啊！

聽到容瑕贊同自己說法後，班嫿就覺得容瑕這人是越看越順眼，不僅長得好看，腦子還聰明，最重要的還是他很有眼光。

這已經不是班嫿第一次發現容瑕這個優點了。

長青王越看越覺得這三個人糟心，擺了擺手，「你們回去吧，我就不招待你們了。」

班家姊弟向來心寬，見長青王對這個建議不感興趣，拍了拍屁股就走人，全然沒有目睹皇室暗算現場的緊張刺激感。

「我就知道買這些會說話的小玩意兒回家，鐵定鬧點事出來。」班恆一臉「過來人」的表情，對一同出來的容瑕道：「我小時候買了一隻鸚鵡回來，誰知道那扁毛畜生竟然說市井下流話，氣得母親恨恨地收拾了我一頓。」

容瑕聞言笑道：「那也挺有意思的。」

他小時候沒有時間玩這些東西，家裡也不允許他玩物喪志，這種調皮搗蛋的經歷，他還從未經歷過。

「班世子！」街對面幾個穿著紅紅紫紫的紈絝公子朝班恆招著手，見班嫿也在，這幾個年輕人還拿出扇子搖了搖，做出一副風流倜儻的模樣。

班嫿差點沒忍住笑出聲，她朝班恆揮了揮手，「你的朋友叫你，你自己過去。」

班恆聞言便樂滋滋地跑了過去，看得出他確實跟這幾個紈絝關係不錯。

「郡主，」容瑕看著班嫿的手臂，「前幾日聽說了一些傳言，不知妳的傷怎麼樣了？」

「傳言？」班嫿眨了眨眼，表情顯得格外無辜，「你說二皇子摔斷我手臂這事？」

容瑕確實擔心過這件事，秋獵的時候，他就看出二皇子與班嫿之間不太對盤，這兩人又都是不吃虧的性子，就算別人說這兩個人在皇帝面前打了起來，他也不會感到意外。

這小胳膊小腿的，哪裡受得了男人的一拳頭。

班嫿想撩起袖子給容瑕看一眼，又覺得不太合適，便用手比了一個面積，「沒事，就傷到了這麼一小塊。」

她的手指白皙柔嫩，就像是剝去外皮，洗得乾乾淨淨的小蔥根，白嫩得可愛。兩根手指比了一個他三指寬的距離，水潤的眼睛就像是毛茸茸的小動物，有些可愛，又有些可憐。

「日後遇到二皇子那樣的……妳且離他遠些。」容瑕想了想，「好漢不吃眼前虧，忍一時之氣，把帳記著日後再報，最重要的是，不要讓自己受傷。」

班嫿腳尖在地上輕輕踩著，移開視線，不與容瑕的目光對上，她不好意思說這是她故意算計蔣洛的，「他嘲笑我被人退婚幾次便罷了，還嘲笑父親平庸無用，我自然忍不下這口氣。」

容瑕想說，人生在世不稱意，沒有誰能一帆風順，無憂無慮，可是看著眼前這個小姑娘撲閃撲閃的大眼睛，他又把話嚥了下去，「收拾一個人的方法有很多。」

「可是我懶得想其他方法，」班嫿十分坦然，「費腦子。」

容瑕啞然失笑，這話……確實像是班嫿說得出來的話。

「那萬一這個人妳打不過，地位又比妳高怎麼辦？」

「我暫時還沒遇到，」班嫿認真地想了想，「等我遇到了，我再告訴你。」

容瑕：他真不該跟一個受寵的郡主談論這種問題。

「姊。」班恆跑了回來，對班嫿道：「我跟朋友去看一會兒鬥雞，妳自己回去。」

「你小心些。」班嫿在身上掏出兩張銀票，一張面額兩百兩，一張面額一百兩，她看了幾眼後，把兩百兩銀票給了班恆，「拿去。」

「姊，妳真好！」班恆拿著銀票，滿足地騎上馬，跟著其他公子哥們走了。

容瑕看著班恆歡快的背影，覺得自己對班家人有了一個新的認識，能夠在地裡埋一堆黃金寶石，出門玩卻只能在身上帶兩百兩銀子，還特別興高采烈，這家人他是真的看不懂。

「容伯爺，」班嫿朝容瑕行了一禮，「那我也告辭了。」

「郡主，在下送妳一程。」容瑕騎上馬背，笑著對班嫿道：「希望郡主不嫌棄在下。」

「嫌棄倒是不嫌棄，不過這裡離我家不遠，我又帶了護衛，一般人也不敢動我。」班嫿歪頭想了想，「你一個人回家挺無聊的，要不，我先送你回去？」

容瑕臉上的笑容僵了僵，隨後對班嫿作揖道：「有勞郡主了。」

班家與成安伯府的護衛齊齊看了容瑕一眼，氣氛頓時變得一言難盡。

班嫿沒有注意到護衛們的表情有什麼不對，她騎到馬背上，對容瑕道：「你長得這麼好看，我真擔心哪個土匪把你搶去當壓寨夫君了。」

容瑕聞言輕笑出聲，「郡主是在跟容某說笑嗎？」

班嫿摸了摸馬兒的頭，馬兒開始前行，「我這是在誇獎你，君子如玉，秀色可餐。」

容瑕覺得這個天可能聊不下去了，面對班嫿，他竟感到詞窮。

「郡主容貌傾城，」容瑕騎著馬，仍舊與班嫿保持著半個馬身的距離，「有妳在的地方，其他東西便黯然失色了。」

「這話別人也這麼誇過我，」班嫿一臉淡然，「不過沒多久以後，他就跟一個煙花柳巷的女子私奔了。」

容瑕沉默片刻，他看著表情沒有多少變化的班嫿，不知道她是真的不在乎過往那些事情，還是借用淡然來掩飾情緒。

「妳說的是……謝二郎？」容瑕還是把這句話問出了口。

「小心！」班嫿伸手拉了容瑕袖子一把，容瑕在馬背上歪了歪身子，一根撐窗戶的小棍兒貼著他的臉砸在了馬兒身上，馬兒吃痛發出了嘶鳴聲。

班嫿抬頭朝樓上望去，只看到一個年輕女子匆忙關窗的側影，這道側影有些眼熟。

容瑕忙安撫好馬兒的情緒，對班嫿道：「多謝郡主。」

「客氣啦。」班嫿盯著容瑕的容貌，這要是被毀了容，不知有多少女子會心碎？

成安伯府的護衛想要上樓查探，容瑕攔下了他們，「不必了，想來也只是不小心，幸好有郡主在，才讓容某免遭此劫。」

「小事一樁，不足掛齒。」班嫿豪邁地擺手，「容伯爺太客氣了。」

容瑕笑了笑，後面一段路上，果然不再跟班嫿說謝這個字，反而跟班嫿講一些通俗易懂的民間傳說，引得班嫿聽得入了神，連連追問後面發生了什麼。

「郡主，在下到了。」容瑕家中沒有其他女性，不好單獨邀請班嫿到家中做客，只好道：「希望日後郡主與世子能夠常到鄙府玩。鄙府人少冷清，若是世子與郡主有時間前來，容某定掃榻以待。」

「日後定來叨擾伯爺。」班嫿掏出一張燙金請帖，「兩日後乃是家中祖母大壽，請伯爺到大長公主府喝一杯薄酒。」

「多謝郡主相邀，那兩日後容某便打擾了。」容瑕下了馬，對班嫿作揖道：「有勞郡主送在下回府。」

班嫿想了想，在馬背上彎下腰看著容瑕，「那你告訴我，那個讀書人後來怎麼樣了？」

「後來那個讀書人被公主發現他背信棄義，公主大怒，不僅與他和離，還讓皇上奪去他的功名，永世不在錄用。」

「這個結局好，」班嫿鼓掌笑道：「我喜歡！」

容瑕看著她燦爛的笑臉，不自覺也跟著露出笑，「郡主喜歡就好。」

「那我走了。」班嫿聽到想要的結局，心情很好，一拍馬兒，馬兒便小跑著離開。
容瑕站在原地，看著班嫿與她帶來的護衛越行越遠，直到再也看不見以後，才轉頭走進大門。進了內院以後，他收斂起笑容，對杜九道：「馬上去查剛才那戶人，還有長青王那裡……罷了，他那裡暫時不要管。」
「是！」杜九一抱拳，轉身就往外走去。
等書房只剩下容瑕一個人以後，他終於忍不住笑出聲來。
這是他第一次讓一個女人送回家，這實在是……有趣。
「妳竟然送容伯爺回府？」班恆回到家，聽說班嫿竟然送容伯爺回家，目瞪口呆道：「姊，妳這是好心還是看不起人呢？」
「這話是怎麼說的？」班嫿莫名其妙，「我送他回家，怎麼就看不起他了？」
「堂堂七尺男兒，被妳一個女人又是誇好看，又是送回府，人家沒對妳擺臉色，那是他氣度好。」班恆搖頭嘆息，「姊，妳不懂男人，男人是很看重面子的。」
「我這麼一個大美人送他回去，他怎麼沒面子了？」
「再美妳也是一個女人，」班恆擺了擺手指，「懂不懂？」
對於男人來說，誰能夠接受自己變成女人保護的對象？
「你平時找我幫你解決麻煩的時候，怎麼不說這話？」班嫿翻個白眼，「你們這些男人怎麼毛病這麼多，矯情不矯情？」
班恆道：「自家人跟外人能一樣嗎？」

肆之章 ✿ 桃花飄香

京城的深秋夜裡寒氣很重，芸娘坐在冰涼的木凳上，全身控制不住地顫抖。

「姑娘，請不要緊張。」杜九放了一杯熱茶在芸娘面前，「在下今日來，只是想要問一問妳，今天為什麼會把窗戶叉桿扔下來，若是不小心傷到人怎麼辦？」

「對、對不起，奴家並非有意。」芸娘不敢去喝那杯冒著熱氣的茶，她抖著肩膀，連聲音都在打顫，「我剛來京城不久，此處是我昨日租來的房屋，求大人饒恕我。」

「既然姑娘不是有意的，那在下也就放心了。」杜九掃視了一遍屋子，屋子擺設散亂，角落還放著一個箱籠，妝檯上擺著幾樣脂粉，但擺放得不整齊，可見她是真的剛搬進來，「看姑娘也是知禮之人，為何今天差點傷了人之後，竟是慌張地關窗戶，而不是下來道歉？」

「我……」芸娘把膝蓋上的布料捏得起了皺，「非小女子不願承擔責任，只是小女子不敢見到班鄉君。」

杜九轉著手裡的茶杯，「妳說的是今日與伯爺在一起的福樂郡主？」

「原來她竟是郡主了嗎？」芸娘恍然，繼而笑道：「也是，她那般討喜的女子，郡主之尊也配得她。」

杜九見這個自稱芸娘的女子身上帶著風塵氣，不像是良家子，這樣一個女人怎麼會認識福樂郡主？他放下茶杯，起身道：「原來姑娘竟是福樂郡主舊人，在下得罪了。」

芸娘苦笑，「我這種牌面上的人，哪是郡主的舊人？當年我與謝公子私奔，害得郡主顏面大失，她追上我們時，沒有責怪我，反而給了奴家一百兩銀子，說是這個男人不一定靠得住，但她給的銀子卻是靠得住。」

哪知道這位郡主一語成讖，謝公子與她離開京城不久後，便受不了外面的苦日子，在某天夜裡留給她一封信、一張銀票，便消失無影無蹤。

他在信裡說，取得家人原諒後就會來接她。她知道他不會回來了，可還是等了他兩年，這次她回到京城，只是想要問他一句，她在他心中究竟算什麼？

是他給了她希望，為什麼又無情拋棄她，難道她們這樣的女子就該被棄如敝屣嗎？

「妳就是那個跟謝二郎私奔的花魁？」杜九看著眼前這個女人，身如柳枝，貌若芙蓉，確實有幾分姿色，但是與福樂郡主相比，就是螢火之輝與月光的差別，他不太懂謝二郎欣賞女人的眼光，或者說不太懂這些讀書人的眼光。

聽到「花魁」二字，芸娘面色有些不自在，不過仍舊點了點頭。

「誤會說清楚就好，天色不早，我等告辭了。」杜九與幾名護衛走出了屋子，芸娘起身去關門的時候，才發現自己腳軟得厲害，明明來人氣質溫和，待她客氣有禮，但她仍舊覺得，自己就像是被蛇盯住了。

或許……是夜太涼的緣故吧。

「你是說，謝啟臨與花魁私奔那日，被班嫿發現了？」容瑕把玩著手裡一枚玉棋子，「竟還有這麼一段過往。」

「屬下瞧著，那個芸娘容色並不如福樂郡主半分，真不知道謝二郎怎麼想的，放著一個國色天香的郡主不娶，去跟一個風塵女子私奔，鬧得兩家都難看不說，還把人家扔半路上了。」杜九搖了搖頭，「瞧著不像是男人幹的事。」

「這樣的男人，班嫿不嫁給他倒是好事。」容瑕把棋子扔進棋簍裡，「不下了。」

杜九見伯爺似乎心情不佳，便收起棋盤上的棋子來。

十月初二，當朝最尊貴的公主德寧大長公主大壽。天剛亮，大長公主府便大開中門，用清水潑街，等待貴客們的到來。

班家四口作為大長公主的子孫是最先到的，德寧大長公主一看到自家打扮得漂漂亮亮的孫女，心裡就止不住地高興，伸手拉她在自己身邊坐下，「嫿嫿，妳別去忙，這些事有下人操心，妳坐著就好。」

「嗯。」班嫿乖乖聽話，蹭在德寧大長公主身邊吃吃點心喝喝茶，有客人來了，便維持著笑臉聽著這些人誇獎她。班嫿心裡清楚，別看這些夫人小姐陪著笑臉誇她，指不定在背後說了她多少壞話，不過也只敢在背後說說了，當著她的面，這些人一個比一個小意殷勤。

「郡主這鐲子水頭真好，」某戶部官員夫人笑道，「不過這顏色一般人壓不住，就郡主戴起來好看。」

班嫿掃了眼在座眾人，有人悄悄拉了一下袖子，似乎是想把手臂遮住。

「妳可別誇她，這都是我那不成器的孩子慣著這丫頭。」德寧大長公主笑著開口道：「說什麼女兒家就該金尊玉貴地養著，不能受委屈。」

在座一些未出閣的貴女在心中冷笑，可不是金尊玉貴嗎？就這位郡主的脾性，有幾個人敢去招惹？不過心裡又有些羨慕，若是她們的父親願意這麼養著她們，該是多麼的愜意？

「成安伯到！」

男男女女齊齊望向外面，只見一個身著藍色錦袍，頭戴玉冠的男人朝裡走來。他的出現，吸引了很多女眷的注目。

「晚輩容瑕拜見大長公主，祝公主福如東海，壽比南山。」容瑕走到大長公主面前，一揖到底，「願郡主壽與山齊，家泰身康。」

「快快請坐。」德寧大長公主笑著請成安伯坐下，「你近來可好？」

「勞殿下問詢，晚輩一切都好。」容瑕微微躬身答道：「殿下可還好？」

「好好好，」德寧大長公主見容瑕今日穿的衣服也帶有吉祥之意，心裡更是高興。這是個細心的晚輩，只是……命苦了些。

容家那些過往，她是知道一二的，只是身為皇家人，她只能是瞎子聾子，甚至與這位成安伯也沒有什麼來往。這一次他能來給自己賀壽，德寧大長公主是有些意外的。

班嫿坐在德寧大長公主身邊，小幅度地對容瑕招了招手。容瑕注意到她的小動作，嘴角上揚的弧度大了些。

德寧大長公主注意到兩個小輩的動作，不過只當作沒看見，讓身邊的太監領著容瑕去男賓客那邊落座後，她見好些小媳婦未出閣千金都有些深思不屬，忍不住在心底嘆息了一聲，世人都說女子長得太好是禍水，豈不知兒郎太好看，也是作孽呢！

「太子殿下到！」

聽到這些傳報，就連德寧大長公主都從椅子上站了起來，其他賓客更是心思浮動。前些日子，二皇子傷了班嫿手臂，被陛下責令抄書，還關了禁閉，這會兒太子都親自來賀壽了，可見德寧大長公主這個姑母在陛下心中十分有地位，不然也不會做到這一步。

「見過姑祖母。」蔣涵走到德寧大長公主面前時，便行了一個晚輩大禮，「祝姑祖母松鶴長春，日月昌明。」

「太子請起。」德寧大長公主親自伸手去扶蔣涵，「我們自家人，不必如此客氣。」

「表妹。」蔣涵對班嫿作揖，班嫿向他回了一個福禮。

「出宮之前，父皇多次囑咐我，要好好孝順姑祖母。」蔣涵抬手讓太監把從宮裡帶出的賀禮抬上來，「這些是父皇與母后的一些心意，請姑祖母一定要收下。」

「陛下仁德，我心甚是感動。」德寧大長公主眼眶發紅，一臉的動容，她就像是最和善的長輩，拉著太子的手問著皇上身體怎麼樣，胃口怎麼樣。若是別人這麼問，未免有窺視帝蹤之嫌，可是大長公主這樣，卻是心繫帝王，只會讓皇帝覺得她好，不會有其他想法。

蔣涵自然是回答皇上一切都好，吃得好睡得好，就是擔心大長公主這個姑母云云，在眾人面前很是上演了一把皇室深情，引得眾人紛紛誇讚後，太子方才落座。

男客這邊，見到太子到來，也是紛紛向他行禮。太子不是愛擺架子的人，免了眾人的禮以後，便在上首坐下了。班淮雖然騎射讀書不行，但是想要把一個人哄得開心還是很容易，不一會兒太子便被他哄得笑容不消，當著眾人的面也是一口一個表叔。

眾人見狀，忍不住感慨，看太子對班家這種親近態度，待太子繼位以後，班家恐怕還要風光個幾十年，他們還是不要得罪的好。

容瑕聽著四周眾人討好太子的聲音，目光穿過帷幔，落到了對面的女眷身上。

今日的班嫿穿著一身水紅色宮裙，露出了細白的脖頸，梳著百合髻，整個人看起來水嫩至極，容瑕總是在抬首側目間不自覺便注意到了她。

「君珀，」蔣涵見容瑕不說話，便主動開口道：「我有一空白扇面，不知可有機會求得君珀墨寶一幅？」

「這是微臣的榮幸。」容瑕朝太子作揖道：「太子若有需要，隨時傳喚微臣便是。」

蔣涵素來欣賞容瑕的才華，便與他探討了一些詩詞上的問題，正在興頭上，忽然女眷那邊傳來喧譁聲，似乎還有盤碟摔碎的聲音傳了過來。

蔣涵忙招來一個太監道：「快去看看那邊發生了什麼事？」

不一會兒，太監回來了，對太子道：「太子殿下，大長公主殿下那邊並無什麼大事，只是一位女客不小心打碎了杯盞。」

蔣涵鬆了口氣，「那便好。」

女眷這邊，康寧郡主看著自己裙子上的茶水，深吸了幾口氣，才勉強壓下怒火來。

「嫿嫿，帶康寧郡主去後院換身衣服。」德寧大長公主淡淡一笑，盡顯公主威儀。

康寧跟著班嫿來到一個小院，這個小院修建得很精緻，裡面栽種著奇花異草，看得出是個女兒家住的地方。但是大長公主府就只有她一個人居住，為什麼會有這麼個地方？

「這個院子是我歇腳的地方，裡面有我沒上過身的衣服。」

大長公主府的下人打開房間門，康寧看到屋子裡打掃得很乾淨，擺設用具一應俱全，比她在王府住的屋子還要講究，這竟然只是拿來給班嫿歇腳的地方？

「班嫿，」康寧叫住了準備轉身離開的班嫿，「剛才那個把茶水潑在我身上的丫鬟，是不是妳安排的？」

「下次妳出門摔個跤，是不是還要懷疑我在妳在門口挖了一個坑？」班嫿覺得康寧郡主的想法有些奇怪，「今天是我祖母的壽宴，我讓丫鬟在妳身上潑水，對我有什麼好處？」

「因為妳想我在眾人面前出醜，」康寧郡主早就看透了班嫿的本性，冷笑道：「就算妳現在是郡主又怎麼樣，妳終究不姓蔣，而是姓班，我才是真正的皇親國戚。」

班嫿忍不住翻個白眼，這個康寧究竟是怎麼回事，腦子裡能不能想點好的？再說了，現在皇親國戚姓蔣，再過幾年，姓什麼還不知道呢！

懶得跟她爭執，班嫿轉身就走，她不想跟腦子不清楚的人說話。

「班嫿！」

「康寧郡主，」大長公主府的嬤嬤保持著笑容，對康寧道：「請隨奴婢來。」

康寧郡主看著這位嬤嬤臉上幾乎沒有多少溫度的笑容，心裡說不出的難受。她的父親因為大長公主的緣故，未能成為太子，自然也與皇位無緣，而現在他們全家卻不得不盛裝前來向大長公主賀壽，而且態度要比其他人更熱情，姿態放得更低。

成王敗寇，成王敗寇！

若她是公主，班嫿這個小賤人又算得什麼？

「康寧郡主，不知您喜歡什麼樣的衣衫？」

康寧轉頭朝屋內看去，屋子裡有長長一排衣櫃，裡面掛著各色華麗宮裝，每一件繡工都十分不凡，她愣了愣，看著為首的嬤嬤，不知她是什麼意思。

「這些都是我們家郡主沒有上身的衣服，平日裡都是老奴在看管。」嬤嬤看了眼康寧，從櫃子裡找出一套紫色宮裝，「您皮膚白皙，氣質不凡，這一套勉強能夠配襯您。」

這條宮裙很漂亮，裙尾用暗紋繡著騰飛的孔雀，流光溢彩，十分華麗。

康寧有些心動，可是她知道自己不能穿。

整個京城的人都知道惠王崇尚節儉，信奉佛教，妻妾子女從不用過於華麗的東西。

「不了，」康寧移開視線，指著一件素色襦裙道：「我喜歡簡單一些的。」

嬤嬤依言取了衣服來給康寧換上，但裙子上身的那一刻，康寧就意識到不妙，這裙子看似普通，布料卻是附屬國上貢而來的雪緞，因為製作不易，所以量很少，僅供陛下、太后皇后使用，沒有想到大長公主府竟然用這樣的料子做裙衫。

「好一個出塵仙人！」嬤嬤眼帶讚嘆，「郡主好眼光，這裙子果然才是最配襯您的！」

康寧站在一人高的銅鏡前，看著自己曼妙的身姿，說不出換下來的話，這裙子……是大長公主府上的人讓她換上的，她不算是不遵父規了吧？

走出院子的時候，康寧覺得所有人都用驚豔的眼光在看著自己，坐下喝茶的時候，她忍不住想，成安伯有沒有注意到她呢？

「容伯爺高見！」

「這話說得妙！」

與班恆關係比較不錯的紈絝子弟身分都不低，大長公主大壽，他們自然也要來賀壽。原本他們覺得像容瑕這樣的人，定然是滿口之乎者也，規矩禮儀，沒先到這次聊過以後，才發現對方是真正的君子，而不是那種整日規矩不離口的酸儒，頓時便於容瑕親近起來。

能與班恆交好的都是心思不壞，但不太幹正事的人。他們覺得容瑕不錯，便把他當作兄弟看待，順便還顯擺了一下自家的霸氣鬥雞將軍王，勇猛鬥蛐蛐大元帥。

這一幕落在其他人眼裡，只覺得容伯爺真是好修養，即便是面對這些紈絝子弟也能耐心以對，而不是一味的嫌棄與不耐煩。君子不愧是君子，做事就是如此面面俱到。

雖然紈絝派與上進派的看法存在差異，但結局還是好的。

宴席開桌以後，容瑕恰好與蔣玉臣同桌。自從上次容瑕在獵場偏幫班嫿以後，蔣玉臣與容瑕便沒有在私下的場合裡交談過。這會兒兩人坐在一張桌子上，蔣玉臣臉色有些不太好。

容瑕彷彿忘記當天的過節，與同桌之人相處融洽，唯有蔣玉臣有些談不來。他這幾年不在京城，年少時那些好友與他也疏遠了，見面以後頗有相顧無言的尷尬氣氛。

「世子，這些年見識了京城外的風土人情，不知有什麼比較有意思的事？」容瑕拿起酒壺，在蔣玉臣杯中倒滿酒，「也給我們講一講，讓我們開開眼界。」

「成安伯見多識廣，飽覽群書，天下還有你不知道的事情？」蔣玉臣把酒一飲而盡，「我還是不要貽笑大方的好。」

同桌人原本還想跟著容瑕一起問兩句，聽蔣玉臣這話，便都閉上了嘴，不去討沒趣。

成安伯似乎沒有察覺到蔣玉臣語氣中的不客氣，笑著再次幫他滿上酒以後，才轉頭與右側的人小聲交談著。但凡目睹了這一幕的人，都覺得蔣玉臣個性倨傲，目中無人。

實際上當年蔣玉臣離開京城前說的那些話，已經得罪了不少人，京城是汙穢之地，他們這些留在京城裡的人又算什麼？就你出淤泥而不染，就你品行高潔，那你還回來幹什麼，哭著求著保住世子之位幹什麼？有本事就別回來。

吃了吐，還好意思嫌棄別人汙穢，臉有天這麼大！

原本大家對蔣玉臣只處於有點看著不太爽的狀態，可是看到蔣玉臣對京城眾人頗受推崇的容伯爺都如此態度後，他們這種不爽就化為了憤怒，連容伯爺這等君子你都如此，那他們這些人在他眼裡，又是什麼地位？

王府世子算什麼，他們在座諸人，誰不是貴族出身？再說了，惠王當年幹的那些事，滿朝上下誰不知道，不然他不會擺出一副誠心信佛，節儉低調的模樣。

都是千年的狐狸，誰不知道誰，當年的惠王可不比現在那位鬧騰的二皇子好到哪兒去。

蔣玉臣很快就感受到了同桌之人對他的冷淡，偏偏從禮節上挑不出半點錯誤，他目光掃過這些道貌岸然的正人君子們，臉上露出嘲諷的笑意。

容瑕摩挲著手邊的酒杯，笑容更加溫和，讓旁人看了，只覺得成安伯果然好氣度，遇到如此無禮的行為，卻不與之計較。

德寧大長公主的壽宴辦得很熱鬧，有宮裡送來的賀禮，有太子親自過來賀壽，更是彰顯了她在皇家的地位。加上太子對班家人親近的態度，所以在壽宴結束以後，眾人向班家人提出告辭時，臉上的笑容客氣了幾分，殷切了幾分。

康寧穿著雪緞製成的襦裙出現在大門口的時候，確實吸引了不少人的注目。她往院子裡掃了一眼，看到了朝這邊走來的成安伯，原本踏出的步子頓了頓，剛想開口說話，卻見成安伯朝另外一個人走去。

班嫿！

「郡主，」成安伯對班嫿作揖道：「多謝郡主相邀，今日在下十分盡興。」

「賓主盡歡就是好事，」班嫿回了一個福禮，「伯爺不必客氣。」

「這是一朵牡丹花？」容瑕突然問了一句。

「啊？」班嫿愣了一下，指著自己的額頭，「你說這個？」

容瑕也沒有想到自己竟然會問出這種問題，他面上的笑容微頓，隨即變得更加燦爛，「是很漂亮。」

「對，」班嫿笑咪咪地點頭，整張臉都變得明豔起來，「就是牡丹。」人間富貴花……

這般絕色豔麗的女子，倒也只有這種花配得她。

容瑕拜別大長公主與班淮等人，轉身走出了公主府大門。

「容伯爺。」

容瑕回頭，看到一個身著雪色繡紅梅襦裙的女子，裙子很美，但髮釵與額黃壓不住這件衣服，著實可惜了。

「康寧郡主，告辭。」他朝對方一揖，翻身上馬，頭也不回地離去。

康寧看著他離去的背影，愣愣地坐上了回去的馬車。她靠著車壁，撫著身上柔軟絲滑的襦裙，一點一點地捏緊了手。若她是公主便好了，那她就可以招成安伯為駙馬，與他過著對鏡畫眉，臨窗作畫的美好日子。

然而回到王府，等待她的只有父親的憤怒，以及母親的哭泣聲。

「妳竟如此不小心，我不是早跟妳說過，不可著華衣，不可奢侈，妳是把本王的話忘在了腦後？」惠王雙目赤紅看著康寧身上的雪緞襦裙，「去給我換掉！」

「為什麼？」康寧委屈地看著惠王，「班嫿一個侯府嫡女都敢過得那般奢侈，我是堂堂王府千金，難道還不如她嗎？我才是皇室郡主，她是個什麼東西？」

「啪！」一個耳光打在了她的臉上。

「妳這是嫌棄為父無能嗎？」惠王收回顫抖的手，痛心疾首道：「如今人為刀俎我為魚肉，妳便是不甘也好，心生妄想也好，都要給我乖乖忍著！」

「王爺！」王妃見惠王氣得厲害，走過去扶住他的手臂，抹淚勸道：「寧兒她還小，不懂事，您別氣壞了身體。十多歲的姑娘，誰不愛花兒粉兒，再說這衣服也只是因為意外換上的，想來是不會有什麼事的。」

惠王頹然地坐到半舊不新的椅子上，「難道我就願意讓你們過這種委屈日子嗎？」當年父皇在世時，一直十分寵愛他，甚至覺得太子氣量狹小，不堪為帝，於是想要廢了他。若不是德寧大長公主從中周旋，這天下早就是他的了。

「父親，」蔣玉臣扶著蔣康寧坐下，語氣凝重道：「難道我們要這麼忍一輩子嗎？我們的下一代、下下一代，都要這麼忍下去？」

「可若是我們不忍，你就沒有機會有下一代了。」惠王喝了一口茶，壓下心頭的無奈與苦澀，「你的婚事，我跟你母親已經商量好了。」

「父親？」蔣玉臣驚訝地看著惠王，「您不是說……」

「今時不比往日，」惠王看了眼康寧，「班家的姑娘太張揚，性子太烈，你駕馭不了他。我們家與班家過往又有嫌隙，以班家人的性格，他們寧願班嫿一輩子不嫁人，也不會讓她嫁到我們家裡來。」

蔣玉臣聞言點點頭道：「兒子也沒有想過要娶這麼一個女人回來，兒子還是喜歡溫婉一些的賢慧女人。」

「吾兒果真聰慧。」惠王感到十分欣慰，女兒近來雖有些不爭氣，好在兒子是個明白人，「你能這樣想，為父便放心了。」

說到這，他又感慨了一番：「班嫿確實是個美人，不過這種當作侍妾寵一寵還好。男人娶回家做正妻的，還是要能持家賢慧，端莊大度的。」

旁邊的王妃面色微閃，想到後院那些小妾，到底沒有開口。

班家四口回到家，四人齊齊坐在太師椅上，癱著不想動。

班嫿就著貼身丫鬟的手喝了半杯花露茶，才覺得自己活過來一半，「好累。」

「姊，妳知道今天會很累，為什麼還要穿那雙縫了寶石的鞋子，就不覺得沉嗎？」班恆也不用丫鬟伺候，自己捧起一碗茶便大口喝了下去。

「在這種重要的場合，我寧可累一點，也不能接受我不美。」班嫿指了指肩膀，「好如意，快給我捏一捏肩膀。」

如意笑著走到她身後，替她輕輕捏了起來。

班恆豔羨地看了班嫿，這個世道對男人不公平，他若是讓婢女給他這麼捏就是貪花好色，到了她姊這裡，就一點毛病都沒有了。

「都去泡個澡，早些休息吧。」陰氏看兩個孩子面帶疲色，很是心疼，也就免了一家人要在一起用餐的規矩，各回各院了。

班嫿趴在浴桶裡，整個人被熱水熏得暈暈陶陶，長長的青絲飄蕩在水中，就像是濃墨在水中緩緩化開，美顏萬分。

「郡主，要奴婢進來伺候嗎？」

「不用。」班嫿摸了摸自己的手臂，上面的淤青已經徹底看不出來了，反而因為在熱水裡泡著，帶著一層淺淺的粉色。

站在屏風外的如意見班嫿不叫人伺候，又怕她一個人在裡面害怕，便開始想著一些逗趣的事情講給班嫿聽：「郡主，奴婢今天在大長公主府發現了一件趣事。」

「什麼事？」班嫿趴在浴桶邊，懶洋洋地閉目養神。

「康寧郡主身邊的婢女與石姑娘身邊的婢女不太合，奴婢今天聽到這兩人鬥嘴呢！」如意想了想，「好像是為了成安伯的事情。」

「世人皆有愛美之心，成安伯長得如此出眾，又風度翩翩，怎能不惹人喜歡？」提到容瑕，班嫿對此人印象極好，當然重點還是因為這個人長得好，「他若不是伯爵，恐怕這會兒早被人養到府中去了。」

如意聽到這話，想起安樂公主別莊裡那些才華各異長相出眾的面首，忍不住臉頰微紅。

「拿衣服來，我起了。」

婢女們魚貫而入，伺候著班嫿擦身更衣。如意上前把郡主一頭青絲理到身後，手指不小心碰觸到對方脖頸上的肌膚，她有些恍惚地想，天下男兒再俊美，也不及郡主這一身如雪的肌膚讓人移不開眼。

她若是貴族男子，定要求取郡主，日日寵著她，只求她日日展顏。偏偏京城那些偽君子，明明每次見到郡主便移不開眼睛，扭頭又說什麼石姑娘才是真正的美人。

那為什麼郡主與石姑娘同時出現的時候，他們的眼珠子都黏在郡主身上，眼瞎嗎？

還不等婢女把頭髮擦乾，班嫿便已經趴在床上睡沉了過去。直到第二天一大早，宮裡來人說陛下要宣她跟班恆兩人，班嫿才起床臨鏡梳妝。

班嫿也不知道陛下宣她幹什麼，不過當她與班恆走進大月宮正殿，看到哭得傷心欲絕肝腸寸斷的長青王後，就大致猜到了一點。

「臣女見過陛下。」

雲慶帝看著離自己三四步遠的小丫頭，她的眼睛還時不時往長青王身上晃悠，便道：「嫿嫿，妳看什麼呢？」

「陛下，長青王怎麼了？」班嫿看了看長青王，又看了看雲慶帝，「您罵他了？」

「朕哪兒捨得罵他，還不是一些心思陰險之輩，來壞我兄弟二人的感情。」雲慶帝狀似無意道：「當日妳也在場，說說那八哥是怎麼回事？」

「八哥？」班嫿一副恍然大悟的模樣，「臣女也不太清楚，那天長青王興沖沖地帶著臣女跟弟弟看八哥，哪知道這隻八哥長得醜，臣女就說了句沒有陛下您這兒的鸚鵡好看，那八哥就莫名其妙叫起長青王萬歲了。」

雲慶帝低頭喝茶，「嗯，後來呢？」

「後來我就回家了。」班嫿往皇帝面前走了一步，「陛下，您可得好好查一查，辦這種事的人心眼太壞了。我前段時間見您這裡的鸚鵡有些眼饞，還想買一隻來養著玩，哪知道出了這種事，那我還是不養了。」

「為什麼不養？」雲慶帝見她憤憤不平，心情便好了幾分，「難道又是月錢不夠了。」

「陛下，您怎麼還提這事呢？」班嫿嘴一噘，「這都幾年前的事了，長青王跟王公公還在呢，您給臣女留點面子唄！」

「好好好，不說不說。」雲慶帝看向王德，王德臉上掛著無奈的笑，往後退了兩步。

「那妳說說，為什麼不敢養鸚鵡了？」

「這也要怪您。」班嫿抬頭看雲慶帝，「您總是給臣賞東西升爵位，嫉妒臣女的人可多了，萬一哪天有人暗算臣女，讓臣女買回一隻回說福樂郡主萬歲的鸚鵡，那臣女得多冤枉。明明天下的萬歲只有您一個，臣女這輩子就讓陛下您愛護著就好。」

「這又是什麼說法？等妳以後嫁了人，愛護妳的就是妳夫君，朕可不做插手小夫妻家事的惹人嫌長輩。」

「陛下，您可是我的娘家人，要幫我撐腰的。」

「陛下，成安伯到了。」一個藍衣太監走了進來。

「宣。」雲慶帝讓太監退下，對班嫿笑道：「妳呀，整日就想著讓朕幫妳欺負人。」

「您是臣女最大的靠山，不找您找誰啊？」班嫿小聲嘀咕，聲音不大，卻剛好夠雲慶帝聽見，頓時惹得雲慶帝大聲笑了起來。

站在角落裡的王德看了眼走進來的成安伯，往左後方移了一小步，頭微微埋了下去。

長青王查到賣鳥人的時候，賣鳥人已經死了，死亡原因是喝多了酒，掉進河溝裡淹死的。與他親近的人都說，那隻八哥是他養的，平時十分稀罕，都不讓旁人碰一下摸一下。

一個普通的賣鳥人，怎麼會教八哥說「長青王萬歲」這種可能給他招來殺身之禍的話？

他在家裡苦苦思索了兩天，思前想後才發現，竟然是班嫿所說的「告狀」最保險。當今十分多疑，像他這種身分的人，家裡必定安插了眼線，這件事若是瞞過去了還好，若是瞞不過去，那他以後的日子就不好過。

所以今天一大早，他就抱著鳥籠子及查到的那些東西，跑到宮裡來訴委屈了。

一番見禮之後，雲慶帝又問了一遍成安伯當天的事情經過，見與班嫿所說的無誤以後，便對長青王道：「朕看這些人是因為朕信重你，才會想出如此陰毒的法子離間我們堂兄弟之間的感情。你且放心，朕會派人徹查此事，為你討回公道。」

雲慶帝雖然多疑，但是他有一個特點，那便是他認定了一件事後，就不會再往其他方面想，所以當他寵愛一個人的時候，就給盡好處，比如說班嫿。可他若是不喜一個人，那對方做什麼，他都會覺得不那麼順眼，並且還會覺得對方別有用心，比如說惠王府一家。

長青王在他心裡，屬於勉強可信且比較老實的堂弟，所以這件事洗清嫌疑後，他並沒有對長青王有什麼負面看法，相反還賜了一堆東西讓他帶回去，以示自己對他的信任。

實際上，他又相信誰呢？皇室的親王郡王，全都被關在京城這個巴掌大的地方，空有食邑卻沒有封地治理權，都是些富貴閒人罷了。

「對了，」雲慶帝抬頭看向站在班恆身邊的容瑕，「容卿今年二十有三了吧，你年前就出了孝期，婚事也該考慮了，可有心儀的女子？」

容瑕愣了一下，他沒想到皇帝會突然問自己這個問題，他忍不住看向了皇帝，眼角餘光掃過了班嫿。她臉上帶著事不關己的微笑，一雙眼睛還好奇地看著他，似乎在等待他的回答。

「陛下，微臣……尚無心婚事。」容瑕作揖道：「這種事，不可強求。」

「朕可聽聞，京城中又不少心繫你的女子，難道沒有誰讓你動心？」雲慶帝十分不明白，以容瑕的容貌身分地位，想要娶妻應該很容易。他像容瑕這麼大的時候，長公主都出生了。

容瑕長揖到底，沒有說話。

見他似乎沒有想要娶妻的樣子，雲慶帝不想做討人嫌的事情，但又不忍心看重的臣子就做個沒人關心冷暖的單身漢，「等你看上哪家姑娘了就來告訴朕，朕給你作媒。」

「微臣謝陛下。」

有了前朝的前車之鑑，大業朝的皇帝吸取了一個教訓，那就是沒事別瞎賜婚。

前朝失去天下的導火線，就是因為閒得沒事的皇帝賜了一個婚，哪知道新婦進門以後，丈夫寵妾滅妻，竟然把正妻折磨致死。正妻娘家人勢大，見皇帝竟然沒有處置男方的人，一氣之下聯合封地王爺造反，鬧得天下大亂，最後讓他們蔣家撿了這個便宜。

前史之鑑，後事之師，雲慶帝很理智地按捺住了自己的想法。事實上，他是想讓容瑕娶石家姑娘，與太子成為連襟。容瑕有才有能，是他為太子挑好的良臣，若是兩人是連襟，日後容瑕對太子必定會更加忠心。

太子妃的那個妹妹他見過，是個才貌全雙的女子，配容瑕正好，兩人日後在一起，必定會琴瑟和鳴，志趣相投。

只可惜他想得很好，容瑕卻不熱衷男女之情，加上老二似乎對石二姑娘有些不太正常的心思，他反倒開不了開口。石家出了一個太子妃，絕對不能再出一個王妃，所以這石飛仙絕對不能嫁給老二，這也是他為老二定下謝家姑娘的原因。

罷了罷了，幸而容瑕是個正人君子，便是不用聯姻關係綁住他，待太子登基，他也會盡心輔佐太子的。

走出大月宮，容瑕回頭看向跟在自己身後的班家姊弟，「郡主、世子，相聚便是有緣，一起到百味館用飯可好？」

班恆看班嫿，班嫿點頭以後，班恆便道：「那就多謝伯爺了。」

出了宮門，等引路太監離開以後，班嫿才小聲道：「陛下今天叫我們來，就是為了長青王家裡的那件事？」

「郡主，今日的事情出了宮門以後，就不要再跟任何人提起，」容瑕語重心長道：「這不是什麼好事。」

班恆與班嫿齊齊點頭，班恆回頭看了眼高高的宮牆，搖頭嘆息道：「真不明白，這高牆深宮之後有什麼意思。」

班嫿倒是覺得這不是什麼難以理解的事情，「這裡有財富美人，還有別人做夢都想像不到的權勢，怎麼會沒意思？」若是真沒意思，為什麼那麼多人想要坐上那個位置？

在她看來，人都是貪婪的，有人貪花好色，有人愛財，還有人沉迷權勢，有人貪圖青史留名，說得再好聽，實際上也是為了自己。

容瑕注意到班嫿神情中的不以為然，心頭一動，「郡主怎麼會這麼想？」

「就算是萬歲，那也只是一個人。」班嫿不解地看著容瑕，「人活著就會有私心，沒有私心的是觀廟裡的神仙。」

「郡主是個難得的通透之人，」容瑕笑道：「此言甚是有理。」難怪皇帝會如此寵愛她，她的身分、她的年齡，還有她的行為，剛好就討好到了皇帝。

班嫿：她說了什麼振聾發聵的話嗎，為什麼容瑕與班嫿露出這樣的表情？

「我覺得好像少了點什麼，」班恆看著容瑕與班嫿，「有點怪怪的。」

「少了什麼？」班嫿四處看了一眼，「長青王去哪兒了？」

「他去向太后請安了。」容瑕與姊弟兩人上了馬，「我們不用等他。」長青王既然決定告狀，那麼一定不會錯過太后那裡。太后心軟，長青王父母在世時，也幫過先帝與太后不少，所以太后絕對不會任由長青王被算計。到時候不管皇上是真打算查清楚，還是口頭上安慰，這件事都不可能重重提起，輕輕放下。

至少長青王會藉由此事讓皇帝相信他的忠心，並且還讓其他人知道，他長青王與當今皇上雖然只是堂兄弟，皇室一樣很重視他。

歷經兩朝混亂，還活得如此滋潤的長青王父子，可不是僅僅好美色這麼簡單。

當然也有可能真的只是好美色而已，上一代的長青王就是死在美人肚皮上的，這樣的死法，怎麼想怎麼不光彩。

「成安伯、福樂郡主、班世子。」石晉打馬經過時，看到班嫿等三人，於是減緩馬速，向三人行禮。

「石大人。」容瑕拍了拍馬兒的脖子，安撫著馬兒的情緒，馬兒嘶鳴兩聲後，踢著馬蹄側身擋住了班嫿的馬，班嫿見狀往後退了一步。

石晉往容瑕身後看了一眼，「不知三位去哪兒？」

「我們正準備去用飯。」容瑕面帶微笑看著石晉，但是絕口不提邀請的話。

石晉捏著韁繩的手緊了緊，拱手對容瑕道：「用飯是大事，在下便不打擾了。」說完，他又道：「福樂郡主，幾日後在下與妹妹將在別苑設宴玩耍，屆時請郡主、伯爺與世子賞臉前來。」

「我？」班嫿拍了拍馬屁股，上前幾步讓石晉看到自己，「又是詩會？」

石晉解釋道：「詩會只是湊趣的小事，更多的還是大家湊在一起熱鬧熱鬧，打一場馬球活動活動筋骨。」

「馬球？」班嫿來了些興趣，可她對石飛仙卻沒有多少興趣，便道：「多謝石公子相邀，若到時候有時間，我定前往。」

石晉露出笑容，「屆時在下恭候郡主大駕。」

班嫿補充一句：「恭候倒是不用了，我也不一定去。」

「咳！」容瑕臉上露出笑，對石晉道：「石公子請便，我等告辭。」

石晉收斂起臉上的表情，對容瑕拱手道：「慢走。」

等石晉走遠了，班嫿小聲對容瑕道：「你們兩個合不來啊？」

容瑕的笑容一僵，「郡主何出此言？」

「不要小瞧女人的觀察力，」班嫿驕傲地道：「我在你們兩人的眼神裡看到了飛刀。」

容瑕輕聲笑了，「妳看錯了。」

「嘖！」班嫿搖了搖頭，「我就知道你們男人說話就是不爽快，跟我弟一樣。」

班恆莫名其妙地看班嫿，「姊，怎麼又說我？」

「因為跟我最熟的年輕男人只有你一個人，」班嫿理所當然道：「不拿你舉例拿誰？」

班恆：……

三人來到百味館，剛到門口，裡面走出一個紫衣公子哥，看到班恆與班嫿有些驚訝。

「你們倆怎麼還在這兒？」公子哥與班恆也是勾肩搭背的狐朋狗友，見到班恆也懶得見禮，直接道：「剛才不是有人去你家提親了嗎？」

「提親？」班恆愣了愣，扭頭看向班嫿，「誰？」

「我就說你們倆怎麼還有心思出來吃飯，」公子哥朝容瑕拱了拱手，繼續對班恆道：「就是那個嚴甄啊！」

他一把拉過班恆，兩人走到角落裡，公子哥小聲道：「別說哥哥沒跟你通氣，據說那位嚴公子自從在秋獵場上看到你姊的英姿後便魂牽夢繞，茶飯不思，整個人都瘦了一圈。」

「他一個書呆子跑來參加秋獵幹什麼，還剛好就瞅見我姊了？」班恆連連搖頭，「不成不成，這樣的書呆子整日滿口之乎者也，我姊哪受得了這個。」說著，他就要準備回去。

「哎哎哎，你別急啊！」公子哥忙伸手拉住班恆，「其實我覺得吧，這嚴甄也挺不錯的，正直上進，看起來也不像是貪花好色之人，而且他又這麼迷戀你姊，你姊嫁過去肯定是不會受什麼委屈的。」

「不貪花好色能看上我姊嗎？」班恆沒好氣道：「就我姊那破脾氣，難不成嚴甄還能喜歡上她的內在？」

公子哥一時間竟無言以對，這話聽起來好像沒問題，但好像哪裡都是問題。

不對，哪有人這麼說自家姊姊的？

「周常簫，你老實交代，是不是來幫嚴甄做說客的？」班恆十分懷疑地看著公子哥，「我記得你哥娶的是嚴家大小姐吧？」

「咱們做好兄弟這麼久，我會在這事上坑你？」公子哥把胸口拍得拍得啪啪作響，「你姊就是我姊，我會害我們自家姊姊嗎？」

「呸，我姊可沒你這麼個弟弟！」班恆懶得跟他再說，轉頭走向班嫿，語氣不太好道：「走，我們去樓上吃飯去！」

「嚴甄是誰？」班嫿見周常簫追著弟弟跑過來，歪頭想了很久，對此人沒半分印象。

班恆臉色一沉，沒有說話。

周常簫顛顛地擠過來，對她殷切小道：「就是嚴左相的幼子嚴甄，為人正直有才華。」

「長得好看嗎？」

周常簫愣住，看了班嫿身邊的容瑕一眼，「還、還成。」

本來他還想說長得面如冠玉，可是看到容伯爺，他覺得這話說出來自己會心虛。

「還成？」班嫿懷疑地看向周常簫，京城裡長得比較好看的男人，她不可能沒有印象，所以這個「還成」是有水分囉？

「是真的還成。」周常簫怕班嫿不相信，指了指自己的臉，「他比我長得好看。」

班嫿反問：「京城裡長得比你好看的人很少嗎？」

被班嫿嫌棄不好看，周常簫也不生氣，反正對他而言，能與美人搭上話就是好事，「那我也是五官端正嘛！」

見他這樣，班嫿忍不住笑著指身邊的容瑕，「嚴家郎君與容伯爺比之如何？」

周常簫覺得今天最大的失策就是遇到了成安伯，放眼整個京城，能有幾個男人比得上成安伯的容貌？嚴甄對於他們這些紈絝子弟而言，那確實是百裡挑一，可是放到成安伯面前，那簡直就是不能比。

風度也好，容貌才華也罷，就沒有一樣是比得過成安伯的。

他還能說什麼？

「不及。」周常簫雖然混不吝，不過他這人很誠實，尤其是對待朋友時特別耿直，「容伯爺風度翩翩，才德兼備，京城少有兒郎能及之。」

但是妳為什麼要拿成安伯來比，成安伯又不會娶妳！

周常簫內心在咆哮，卻不敢說，怕轉頭回去班恆就揍他一頓。

班嫿點了點頭，她就猜到這個嚴甄相貌肯定不及容瑕。全京城長得好看的男人，她都特意找機會去看過，比拉比去，還真沒比容瑕更出眾的。

實際上在沈鈺退婚以後，就有不少人家來探聽消息，有意與班家結親。不過由於班嫿沒有看上眼的，所以這些人最後只能不了了之。

皇帝的女兒不愁嫁，長公主的孫女也不缺郎君，門第稍低或者家風不好的，班家根本不考慮。對於班家人而言，若是遇到不靠譜的人家，還不如一輩子不嫁。自家的女兒自己疼，何必為了外面那些人的風言風語，就急急地把孩子嫁出去，讓她在人生大事上受盡委屈。

陰氏坐在椅子上，沉默地聽著冰人滔滔不絕地誇獎嚴左相家的公子，面上並沒有多少與相爺家結親的喜悅。

冰人見她這個表情，又看靜亭侯一副魂遊天外的模樣，就知道班家兒女的婚事恐怕要由侯夫人做主，便對陰氏道：「嚴公子自小敏而好學，這些年一直在書院念書，所以並不常出現在人前。不過請二位放心，這位公子長相俊俏，身邊也沒有不乾不淨的丫頭陪侍，又有個疼人的性子，若是郡主願意下嫁到他們家，定不會受半點委屈。」

陰氏抬了抬手，示意丫鬟給冰人添茶。

陪同冰人一塊兒來的還有尚書令夫人周太太，周家與班家關係不錯，所以今天嚴相爺請了她來做陪客。

周太太與陰氏來往較多，見陰氏這個表情，便知道兩家的婚事只怕不能成，她本就是礙於人情才幫著嚴家跑這一趟，所以沒說惹陰氏不高興的話，只是時不時聊些趣事來緩和氣氛。

「侯爺與夫人意下如何？」冰人喝了三盞茶，說得喉嚨都快要冒煙，能誇的全誇了，再誇下去，她都快找不到詞了。

「能得嚴夫人厚愛，班家十分感激，亦是小女榮幸，只是小女頑劣，自幼脾性不好，只怕不能好好照顧嚴公子。」陰氏放下茶杯，她身邊的婢女送上了一個荷包給冰人，「勞妳走這一趟了。」

冰人心裡暗暗叫苦，嚴家小公子她去看過了，整個人瘦了一大圈，就想著娶這位福樂郡主，現在班家人不願意接這個話，她該怎麼給左相家人交代？

想到這，她忍不住偏頭去看周太太，希望她能幫著說說話。

「姊姊，」周太太性格溫婉，說起來話也軟軟柔柔的，「我覺得這事倒不用急，聽聞幾日後石相爺家要在別苑設宴，到時候讓他們見上一面，成與不成，讓嫿嫿見了再說。」

在她看來，嚴甄是個值得託付終身的男兒，只不過班家人疼愛女兒的架勢她也見過，所以這事成與不成，還真要看班嫿的意思。

現在她跟冰人說的再多，都沒有意義。

「妹妹說的對，」陰氏點頭，「不過這些東西妳們先拿回去，留在我們這裡不合適。」

「這……」冰人的話還沒出口，便被周太太打斷了。

「還是姊姊想得周道，就是要這樣做才妥貼。」周太太笑道：「我讓人把東西抬回去。」

這些禮物是按說親規矩的上門禮，連上門禮都不願收，可見陰氏對與嚴家結親態度相當冷淡，所以才會拒絕得如此徹底。

以班家的底蘊，就算把嚴家的整個家底抬過來，班家人的態度也不會軟化。嚴家現在雖然比較得勢，但真要細算起來，這門親事是嚴家高攀了。

「我管他是相爺還是王爺，」班恆把酒杯往桌上一擱，語氣硬梆梆道：「只要我姊不喜歡，我就不讓她嫁。」

班嫿把手帕扔給他，「擦擦手，你輕點，別把杯子摔碎了。」

班恆頓時洩氣，他這是為誰氣成這樣啊？

周常簫給他倒滿酒，陪笑道：「班兄，班大哥，你別氣了，我下次絕對不在你面前提這件事了，成不成？」

班恆見他伏低做小的模樣，心頭的氣兒稍順，「我想到……」

想到有個男人天天惦記著他姊，還什麼茶飯不思，身形消瘦，就覺得犯噁心。可是這話他不能當著他姊的面說，怕噁心到他姊。

秋獵過去了將近一個月，嚴甄若是對她姊有意思，有很多辦法來解決問題，可他偏偏要做出一副為伊消得人憔悴的模樣，是因為覺得他姊配不上他，要用這種方法逼著父母請人來說親？他有沒有想過，這件事若是傳出去，別人會怎麼看他姊？

紅顏禍水？禍國殃民？

他這會兒要死要活的，是想逼著班家答應他還是怎麼的？

要死就死遠一點，別來噁心到他姊。

「嚴公子此舉怕是有些不妥。」從頭到尾幾乎沒怎麼開過口的容瑕看著班嫿，「只怕這次的事情，又要委屈郡主了。」

班嫿伸手拿走班恆手裡的酒杯，給他換上一碗暖呼呼的湯，滿不在乎道：「對我而言，不重要的事情就委屈不到我。」

五年後她連命都有可能保不住，哪管世人怎麼看她。

容瑕察覺到自己心頭似乎被什麼刺了一下，輕輕的不太疼，就是有種難言的酸麻感。

用過飯過後，容瑕騎在馬背上，對班嫿道：「郡主，石家別苑宴會，妳會去嗎？」

班嫿搖頭，「我不知道，或許會去。」

「我明白了。」容瑕點了點頭，「上次郡主送在下回府，今日讓在下也送一次佳人可好？剛好最近我又聽到一個新奇的故事，不知郡主是否想聽？」

「好啊。」班嫿想也沒想地答應下來，「你快跟我說說。」

「班兄，」周常簫拉住要跟上去的班恆，指指容瑕，「成安伯是不是……心儀你姊？」

「不能吧？」班恆狐疑地搖頭，兩個時辰前陛下還問過容伯爺有沒有心儀之人，他可沒瞧出容伯爺對他姊有半分心思，「他這是找顏面呢。」

「什麼顏面？」周常簫不太明白，哪家郎君用送佳人回家的方式來找顏面？

班恆四下看了一眼，見四周沒什麼人經過，便跳下馬把他姊送容瑕回家的事情說了，「這事你可別說出去。」

「放心，我嘴嚴，肯定說不出去。」周常簫感慨道：「咱姊真是女中豪傑，成安伯確實……好氣度。」

班恆知道他嘴嚴，不然也不會把事情告訴他，「行了，嚴家這門親事，我們家多半不會同意。你回去告訴嚴甄，早點死心吧。」

周常簫搖頭苦笑，實際上他也不明白嚴甄為什麼會鬧這麼一場，也不想想這事就算成了，班嫿嫁進嚴家後，能受婆婆待見嗎？他這種紈絝子弟都能想到的事情，嚴甄就沒考慮過？

嚴家的氣氛確實不太好，早在兒子參加完秋獵回來，說要娶班家那個不省心的郡主後，嚴夫人的心裡就不太暢快。原本她是怎麼也不同意，哪知道這個孩子死心眼，為了班嫿這個女人茶飯不思日夜不眠。她和老爺心疼孩子，只能請冰人與周夫人幫著說和，若是班家同意，他們就請人正式上門提親。

可是想到班嫿那種奢靡成性、囂張跋扈、相貌妖嬈的女人要做自己的兒媳婦，嚴夫人就覺得胸口的氣怎麼都嚥不下去，她的兒子自小飽覽群書，知書達理，怎麼會看上這麼一個女人？

早知道他會變成這樣，她早年就不該把他管得這麼嚴，不讓他近女色，以致於他見了班嫿這樣的女人便失了心魂。

「夫人，周夫人來了。」

「快請。」嚴夫人整了整衣衫，掛起和善的微笑，扶著丫鬟的手走出院子。剛走至最正廳外，她聽到身後傳來匆忙的腳步聲，回頭一看，不是家裡的小孽障又是誰。

「母親，周太太來了嗎？」嚴甄身體有些虛弱，這麼一段路匆匆走來，氣喘吁吁。

嚴夫人笑道：「你這孩子，見到周太太可不能這樣，還不快整理好衣衫？」

嚴甄這才注意到自己失了態，忙整理了一番衣袍後才跟著嚴夫人身後走了進去，自然也就沒有看到嚴夫人眼底的怒意。

嚴夫人一進大廳，看著自家準備的拜訪禮被原封不動地送了回來，心裡便知道這事壞了。回頭看小兒子，他果然面色慘白，神色倉皇，若不是丫鬟扶著，只怕連身子都站不住了。

看著最疼愛的小兒子這般模樣，她心裡又疼又急，便想讓丫鬟把人扶下去。

「母親，我沒事。」嚴甄推開丫鬟，朝周太太行了一個晚輩禮。

周太太暗暗點頭，是個懂禮貌的孩子，笑著道：「好一個俊秀的郎君，快快坐下。」

嚴甄坐下以後，便道：「周夫人，不知侯府……」

他不看地上那些送回來的拜訪禮，只看著周太太，似乎想在她那尋找一絲希望。

「班家向來寵愛嬌女，想來你們也是聽說過的。」周太太避開嚴甄灼灼的眼神，「班家倒也沒有明確拒絕的意思，只是要看看兩個小輩的意思。」

明面上說是兩個小輩的意思，但是嚴甄死活想要娶班嫿，所以這話的意思就是看班嫿願不願答應。周太太有意給嚴家留臉面，所以什麼話都沒有說得太透，好在大家都是聰明人，不會聽不明白。

聽聞班家竟然沒有多少與嚴家結親的心思，嚴夫人內心十分矛盾，既高興兒子不用娶這樣一個女人，又覺得班家人實在可惡，整個京城多少人想要搭上他們嚴家的門路，連那些皇親國戚都要對她客氣幾分，班家做事未免也太不客氣了些。

「周夫人，」嚴甄看著周太太，「您的意思是說，只要福樂郡主願意嫁給我，侯爺與侯夫人便會同意這門親事嗎？」

周太太笑了笑，「嚴公子，您大多時候都在專心讀書，不知道班家人對女兒有多看重。對於大多父母而言，兒女終身幸福才是大事，你若是能得郡主青睞，何愁不能娶到佳人？」

「話雖是這麼說，但按祖宗規矩，理當是父母之命媒妁之言。」嚴夫人皺了皺眉，覺得班家的家教太過隨意了些，「便是再嬌慣女兒，也要有個章法。」

周太太笑而不語，心下卻想，既然講究父母之命媒妁之言，那你家現在就趕緊歇了心思，給你兒子好好物色其他女子去，何必還眼巴巴去求娶班家姑娘。是妳家想求著人家嫁，不是人家求著嫁到妳家。

若不是看在自家老爺與嚴左相是多年好友的分上，周太太是真不願意跑這一趟。她與嚴夫人之間的交情不算太好，嚴夫人這人最愛的就是教條規矩，不僅對下人嚴格，對自己家人也同樣如此，整個人嚴苛得失去了活性兒。

「兩日後是石家在別莊舉辦宴席，據說福樂郡主也要前往。」周太太站起身，「話已經帶到，我也該告辭了。」

嚴夫人再三留她用飯，周夫人推辭不受，堅持離開了。出了嚴家大門以後，周太太搖了搖頭，有這麼一個母親，嚴家小郎君只怕心願難成了。

坐進馬車裡，周夫人越想越覺得這事很難成，嘆息著搖了搖頭。

她掀開簾子，看到前方一對男女騎著馬一前一後走著，兩人之間隔著一段距離，並且還有侍衛跟隨，瞧著不像是互訴衷腸的男女，但似又比普通男女之間略親密了些。又或者說是這位郎君臉上溫和的笑容，讓她有了這種錯覺。

成安伯與福樂郡主竟然是熟識的嗎？

周夫人沒有聽說過這件事，略想了想後，對馬車外的僕人道：「改道走。」

「不對，那個老太太為什麼不喜歡她的兒媳？」班嫿不解地追問容瑕講的故事，「兒媳不是他們家求娶來的嗎？」

「或許在她的心中，兒媳是奪走她兒子的罪魁禍首。」容瑕想了想，歉然道：「抱歉，我回答不了妳這個問題。」

班嫿想到容瑕家中只剩下他一個人，覺得自己這個問題確實有些強人所難，「也對，你也沒給人當過婆婆。」她的祖母與母親關係很好，甚至很多時候父親還常常抱怨，祖母與母親才是親母女，他是家裡招贅進來的。

她幾乎很少去想與一個陌生男人成親後，如何跟他的母親相處，她過不了伏低做小委屈隱忍的日子。

「據說嚴左相的夫人出自世家名門，其父是有名的大儒，」容瑕笑了笑，「想來是個十分優雅好相處的長輩。」

聽到「大儒」這兩個字，班嫿就想到了那些滿口禮儀規矩，女子當如何的酸儒們。他們古板，對家中女子格外嚴苛，甚至覺得女人就不該出門，她們身上每一寸在未出嫁前屬於父母，出嫁後屬於未來的夫君，若是有誰敢在外拋頭露面，那便是丟人現眼，有辱門楣。

京城這邊的風氣還好，班嫿聽人講過，南邊一些讀書人家，甚至以女子為夫殉葬、為亡夫守寡為榮，若是有哪個女人敢改嫁，就會受盡讀書人謾罵與羞辱。

更可笑的是，這些讀書人口口聲聲要女人這樣那樣，但是他們寫出來的話本裡面，那些狐仙、千金小姐，總是美豔多金，並且主動獻身於窮酸書生，寧可為婢為妾也要跟著他們。好事都讓他們給占盡了，這麼不要臉，這麼會幻想，還考什麼科舉，躺在自家破草屋裡整日做白日夢便夠了。

受到這些事情的影響，現在聽容瑕說嚴夫人竟是大儒的女兒，班嫿還沒有見過那位嚴家公子，便已經對他們家失去了興趣。她堂堂郡主，金銀珠寶無數，何必去過那種連頭都抬不起來的日子，她又沒有患腦疾。

談笑間，兩人已經到了靜亭侯府門口，容瑕看著侯府大門口上的牌匾，對班嫿拱手道：「郡主，在下告辭。」

「等一等，」班嫿叫住容瑕，「兒媳婦自殺以後，那個婆婆得到報應了嗎？」

容瑕目光掃過班嫿雲鬢間的金步搖，搖頭嘆息道：「書生平步青雲，後來娶了一位高官的女兒，他的母親也因此封了誥命，頤養天年。」

班嫿撇了撇嘴，「這個故事不好玩，還是上次的故事有意思。」

「郡主既然不喜歡，我便去打聽一些妳感興趣的故事來。」容瑕道：「在下也覺得這個故事的結局不夠好。」

見容瑕看法與自己相同，班嫿心情好了很多，只是內心對嚴家卻更加排斥起來。

「伯爺，」離開班家大門以後，杜九小聲道：「您記錯了。」

「什麼錯了？」

「那個老太婆沒有被封誥命，她因為迫害兒媳至死，被判了大牢，她的兒子因此仕途不順，整日借酒澆愁，還渾渾噩噩過著日子。」杜九乾咳一聲，「屬下覺得，福樂郡主可能更喜歡這個故事原本的結局。」

「是嗎？」容瑕似笑非笑地摸了摸馬兒的頭，動作輕柔極了，「我覺得這樣就很好。」

三日後，班嫿坐在鏡前精心打扮著，班恆坐在她身後的桌邊把玩著一盒子珍珠，「姊，妳今天不是去拒絕那個嚴甄嗎？不如把自己弄得寒磣一點，他也能更快對妳死心。」

「拒絕他是我的事，死不死心是他的事，我怎麼能因為一個不重要的男人，把自己變得黯然失色？」班嫿小心地用指腹把口脂點到自己的唇上，讓唇變得紅潤豔麗以後，才用帕子擦乾淨手指，「女人美好的光陰比黃金更珍貴，一個連印象都沒讓我留下的男人，不值得讓我浪費這麼多黃金。」

「我怕嚴甄對妳因愛生恨。」班恆最受不了他姊死愛美的習慣，天底下除了他們家沒人知道，他姊愛美到連睡覺時穿的裙衫都要繡上繁複柔軟的花紋，美其名曰這樣的睡衫才能讓她做美夢。可睡覺時就算美若天仙又有什麼用，美給誰看？美給誰看？

「嗤！」班嫿從鏡子前站起身，華貴的裙衫就像是夜色中的皎月，美得讓人移不開目光，「整個京城恨我的男男女女多著呢，他若是要恨，就去後面慢慢排隊吧。」

反正五年後她可能連命都保不住，她會管這些人怎麼想？

班恆恍惚地看著自家姊姊，看慣了她的美色，他以後娶媳婦可怎麼辦？

「發什麼呆？」班嫿整了整寬大的袖袍，「走了。」

「不對，姊，妳不是想去打馬球嗎，穿這一身怎麼打？」班恆彎腰小心提起班嫿的裙襬，亦步亦趨跟在班嫿後面。

「我的傻弟弟，」班嫿伸手輕輕點了點班恆的額頭，「我跟石飛仙關係素來冷淡，就算要打馬球，也不會跟她們玩到一塊。」

「那妳的意思是，今天不打啦？」班恆晃了晃腦袋，「不過跟石家姑娘交好的那幾個千金小姐，看起來確實嬌滴滴的，我還怕妳跟她們打球把人給打哭。」

「做任何事都要志同道合才有意思。」與班嫿交好的千金大都是武將家的閨女，只可惜與她關係最好的幾個，有些隨家人到外地上任去了，有些已經嫁作人婦。

身為郡主，班嫿有屬於自己規制的馬車，僕役馬匹都由殿中省提供。即便同是郡主，受寵的與不受寵的，乘坐的馬車細節上差別也很大，過慣了奢侈生活的貴族一眼就能看出來。

比如說班嫿所乘坐的馬車，由六匹駿馬拉著，每匹馬都威風健壯，可見是殿中省精心挑選過的。馬車製作精美，顏色雖沒有超過郡主規制，但是用料與精細程度，幾乎快要趕得上公主所乘坐的八駿馬香寶車了。

即便做到這個程度，殿中省仍舊擔心班嫿不滿意，還特意在車內壁上鑲嵌了一些華麗的寶石，鋪上了最柔軟的墊子，只求能得到班嫿一句讚賞的話。

同為郡主，康寧乘坐的馬車規制與班嫿相同，但是當兩邊馬車一東一西同時出現在石家別莊大門口以後，兩位郡主誰更尊貴便顯出來了。

便是石家的下人，在班嫿面前也顯得更加恭敬，更加畏懼。

所有人都知道，這是一位當街鞭笞探花郎，最後探花郎被貶官，她卻因此升了爵位的郡主，他們這些做下人的，哪敢得罪這種硬碴？

班嫿不喜歡對那些對她心存畏懼的人太過嚴苛，這讓她有種欺負弱者的感覺。見石家這些下人對她如此敬畏，班嫿也沒懶得擺架子，讓身邊的婢女賞了這些下人一把碎銀子後，便扶著丫鬟的手往院門裡走。

康寧見到班嫿後，便有意地退讓了一步，等班嫿下車，她才慢慢地走下馬車。她冷眼看著門口那些下人，眾星拱月般把班嫿迎接了進去，面上沒有多少表情。

看門的下人得了賞，心頭正高興著，轉頭發現他們康寧郡主竟已經站在了門口，心裡都有些害怕，忙把碎銀子塞進荷包裡，迎到了康寧面前，「小的們見過郡主，宴席就設在內院，郡主請隨小的來。」

「你們不用急，今日客多。」見他們忙亂的模樣，康寧淡笑道：「此處我來過幾次，無須爾等帶路，我自己進去便是。」

為首的嬤嬤哪敢真的讓康寧單獨進去，忙一邊賠罪，一邊引著康寧往裡走。

見到嬤嬤恭敬的態度，康寧想到的是剛才這些下人們圍著班嫿，視她如無物的情景。

是啊，一個是受皇上寵愛的郡主，一個是全家都被皇上猜忌的郡主，孰輕孰重，連大臣別莊的下人都知道，更別提京城裡這些貴族們。

忠平侯府的女兒即將嫁給二皇子，可是謝家大郎仍舊被押入了大牢，理由是縱容下屬魚肉百姓。這個罪往大了說可以砍頭，往小了說可以只治罪魚肉百姓的下屬，然而皇上卻把這事一直拖著，謝家大郎也沒能從牢中出來。

或許一部分原因是皇上想藉此打壓二皇子，還有部分原因恐怕是班家在從中作梗。

石飛仙的姊姊是太子妃，未來的皇后，可是石飛仙同樣不敢對班嫿不敬，為什麼？

因為皇上與皇后偏寵班嫿，因為太子對班家人十分親近，太子妃若是不想與太子離了心，就必須對班嫿好，連石家對班家都要客客氣氣，不要讓人覺得太子妃娘家不喜歡班家人。

她聽說過東宮太子妃不喜班嫿的傳聞，卻從未見太子妃在班嫿面前做過失禮的行為。太子妃是個聰明人，至少在她成為皇后之前，她不僅不能對班嫿有半點不滿，甚至還要好好地對待她，不能讓人挑出錯處。

說來說去，還是「權勢」二字最動人心。

石家與嚴家關係略有些微妙，一個是左相，一個是右相，要說關係能親密到哪兒去，那不太可能，如果兩人真是好友，陛下也不會任用他們為左右相。

平時小輩們的聚會，石嚴兩家雖然會出席，但來往並不會太多，都是個面子情。不過今天的狀況有些奇怪，石家舉辦的聚會，嚴相爺家最寵愛的小公子一大早便盛裝出現在大門口，這熱情地態度，把石家晚輩們都嚇了一跳。

不過人既然來了，他們就要好好接待，好茶好點心端上來，還安排了專人陪客，免得傳出去說他們石家不懂禮數。

「大哥回來了！」當陪客的二房郎君見到大堂哥石晉出現，大大鬆了一口氣，忙起身朝他行禮道：「嚴公子到了。」

石晉解下身上的佩劍交給身後的小廝，走進廳內與嚴甄互相見了禮。兩人坐在一起沒說幾句話，他就發現嚴甄有些心神不寧，還時不時往外看，好像是在等什麼人的出現。

「嚴公子，」石晉往門外看了兩眼，「你是在等待哪位貴客嗎？」

嚴甄面頰一紅，見屋子裡除了下人也沒有其他人，朝石晉揖了一禮，「讓石大人見笑了，在下確實在等一位客人。」

石晉見他面含期待，又略帶羞意，就猜到他等的是一個女子。為免毀了女兒家的名節，石晉沒有問嚴甄想等的人是誰，溫和道：「嚴公子，院子外有一座涼亭，坐在涼亭處喝杯淡茶，賞一賞景，最是宜人。」

嚴甄對他感激一笑，「那就有勞石大人了。」

石晉見嚴甄如此急切，忍不住想，不知是何等驚才絕豔的佳人才能引得嚴甄如此做派。兩人來到院外的涼亭，這裡正對著外面大門，若是有人過來，第一眼就能看到。

兩人坐下後不久，便陸陸續續有客來，很快這個院子便變得熱鬧起來。石晉見嚴甄仍舊不住地往外張望，就知道他想等的人還沒來。

隨著京城有名的才女佳人一個個出現，石晉對嚴甄的心上人更加好奇，便也跟著嚴甄一起等了起來。

「容伯爺到了。」

「容兄。」

「趙兄。」

石晉見到容瑕出現，心裡暗暗稱奇，今天是什麼好日子，嚴家小郎君一大早便趕了過來，這會兒連平時不湊這種熱鬧的成安伯也來了，他們石家的臉面有這麼大嗎？

「容伯爺。」

「石大人。」

兩人互相見了一個禮，與四周眾人招呼過後，容瑕在石晉右手邊坐下，「嚴公子瞧著，似乎瘦了些？」

「是、是嗎？」嚴甄不好意思地拉了拉外袍，擔心自己今天穿的這身衣服不夠合身，「前些日子身體有些不適，讓容伯爺見笑了。」

「嚴公子此言不妥，誰生來不患病，有什麼可見笑的。」容瑕垂下眼瞼，端起桌上的茶杯喝了一口道：「在下只是見嚴公子神色不如往日好看，才多問幾句，嚴公子不嫌在下多事便好。」

嚴甄忍不住摸了一下自己的臉，有些慌張。他臉色真的沒有往日好看麼，等一下福樂郡主過來，見自己臉色不好，不投她眼緣可怎生是好？

石飛仙走到後院，發現成安伯竟然坐在大哥身邊，腳步不由得快了幾分，到了人多的地方，才勉強壓住心底的激動，維持著正常步調走到了石晉面前，徐徐一福，「見過哥哥，見過諸位公子小姐。」

又是一陣互相見禮，你來我往，十分熱鬧，以致於門口有人來，大家沒注意到。

「砰！」嚴甄匆忙地站起身，連手邊的茶倒了，潑到他的袍子上，他也沒有任何反應，只是直愣愣地看著門口，眼中再無其他。

他動作這麼大，引起了石晉的好奇，回頭朝門口看了過去。

纖纖作細步，精妙世無雙。

以往他不懂何為精妙世無雙，可是今日此時，卻覺得唯有這一句能夠形容那個朝這邊走來的女子。

「喀！」容瑕的茶杯放到石桌上，發出了清脆的聲響。他朝眾人拱手，歉然笑道：「抱歉，容某手滑，驚擾到了各位。」

失神的眾人這才反應過來，轉頭各自說笑，極力證明他們並不是好美色的俗人，剛才……剛才只是不小心多看了一眼而已。

容伯爺果真是好人，藉此讓他們免於失態。

「福樂郡主。」嚴甄愣愣地迎上前，走到班嫿與班恆面前，朝班嫿一揖到底。

班嫿看著這個莫名其妙冒出來的年輕郎君，他身穿紫袍，身材有些偏瘦，容貌還算能入眼，瞧著像是從鴨群裡衝出來的呆頭鵝。被一個不熟悉的人行這麼一個大禮，班嫿只能回了一個平輩禮，往後退了兩步，「不知公子是？」

嚴甄愣住，原來她竟連自己是誰都不知道嗎？

「姊，小心腳下。」班恆倒是認識嚴甄，不過他可不想讓人在眾目睽睽之下，對他姊做出一副深情模樣。

「嗯。」班嫿伸出手讓班恆扶著，越過嚴甄，從他身邊走過，來到了眾人中間。

「郡主，」石晉站起身，「請上座。」

「石大人不必客氣。」班嫿目光在眾人身上掃過，最後坐在了離李小茹不遠的地方。李小如對班嫿有種發自內心的恐懼，見到她過來，她腰挺得更直，腿併得更攏了。

「李小姐。」班嫿對李小如微微一頷首。

「郡、郡主。」李小如從椅子上起身，對班嫿行了一個屈膝福禮，臉上還帶著幾分激動。被這位郡主接連兩次問她是誰，這次終於被認出來了，李小如的內心竟莫名有些感動。

想要討好班嫿的人並不少，儘管很多女眷不喜歡她，但有她在的地方，就不會冷場。

嚴甄見班嫿從頭到尾都沒有多看自己一眼，有些失魂落魄地坐回原位，連別人說了什麼，也沒心思繼續聽下去了。

容瑕也沒有理這位嚴公子，看雜耍的時候，該鼓掌鼓掌，該笑就笑。

午宴過後，一些人去打馬球，一些人舉辦詩會，驚豔了全場的班嫿也心滿意足地準備向主人家告辭，哪知道竟然被一個人叫住了。

「郡主。」

班嫿回頭，又是那個穿著紫衣的呆頭鵝？她歪了歪頭，鬢邊的步搖跟著輕輕晃了晃。

「郡主，在下嚴甄，唐突了郡主，請郡主恕罪。」嚴甄只覺得班嫿歪頭的動作也美得傾城，忍不住面紅耳赤，手足無措，「我、我就是……」

「你就是嚴甄？」班嫿瞧著對方這瘦瘦弱弱的小身板，看來這人真在家鬧絕食了。

見班嫿竟然知道自己的名字，嚴甄萬分激動，「正是在下，郡主知道在下？」

「略有所耳聞。」班嫿覺得自己說話還是挺委婉的，「嚴公子有什麼事嗎？」

嚴公子看著眼前這個美得宛如洛神的女子，心中有萬千情意，竟不知道該如何開口。

「抱歉，我打擾到二位了嗎？」

容瑕站在九曲迴廊下，身子斜靠在紅柱上，面帶微笑。金色陽光灑落在他身上，秋風驟起，盡顯風流。

班嫿回頭看向了迴廊下的男人。

有匪君子，如切如磋，如琢如磨。

有匪君子，充耳琇瑩，會弁如星。

有匪君子，如金如錫，如圭如璧。

向來不愛讀書的班嫿，腦子裡竟閃現出這三句話，出處、著作人是誰她已經記不得了，唯有這三句話在看到容瑕時，突然從腦子裡冒了出來。

她微笑著偏了偏頭，看來她也是能念一兩句詩的，只是沒有找到適合她念詩的環境。

美色當前，任何人都能變成博覽群書的有才之人，比如說……她。

見班嫿注意到自己，容瑕站直身體，走到班嫿與嚴甄面前，「二位這是打算回去了？」

嚴甄沒有想到自己特意挑了一個其他人去吟詩作畫、騎馬打球的時間來找班郡主說話，也會有人過來打擾他們。他看到容瑕徑直朝這邊走過來，愣了半晌才反應過來與容瑕見禮。

「容伯爺。」嚴甄很想讓容瑕走開，然而這話他開不了口，也沒法開口。

「嚴公子。」容瑕回了一個禮，轉頭對班嫿道：「郡主，不再繼續玩一會兒？」

班嫿搖了搖頭，「天色不早，我該回去了。」

嚴甄看了眼天色，午時過去還不到一個時辰，陽光最是暖和的時候，怎麼會是天色不早呢？他恍然明白過來，福樂郡主只怕是覺得有些無聊了，忙開口道：「附近有個地方景致很好，郡主若是不嫌棄，在下陪妳走一走吧。」

容瑕覺得今天的太陽曬得人有些不舒服，讓他心裡躁得慌。他把手背在身後，視線落在班嫿的裙襬上。裙後擺繡著孔雀尾，在陽光下反射出華麗的光彩，站在陽光下的她，恍惚真的變成了一隻驕傲美麗的孔雀，全身都在發光。

「不用了，」班嫿整理了一下裙衫，微笑道：「我今日穿的衣服，不宜走得太遠。」

嚴甄看著微笑的班嫿，整個人都呆住了，「妳、妳這樣很美。」

「謝謝。」班嫿扶了一下鬢邊的髮釵，毫不謙虛地接下了這句讚美。

「我，那個……」嚴甄的臉頓時紅得快要滴血，「我沒有撒謊。」

「嗯。」沒有哪個女人會討厭別人誇自己美，班嫿對嚴甄笑道：「嚴公子，你還有什麼話想對我說嗎？」

「我……」嚴甄扭頭看向容瑕，對他作揖道：「容伯爺，在下與郡主有些話想說。」能不能請你走遠一點？

「抱歉。」容瑕對嚴甄笑了笑，對班嫿道：「郡主，在下就在不遠處。」

班嫿回他一個笑臉，容瑕是擔心她與嚴甄私下在一起出什麼問題，所以特意說明嗎？外面果然說的沒錯，容公子是一個難得的君子。

班嫿沒有讓隨身伺候的婢女退下，待容瑕走開後，她便開口道：「嚴公子請講。」

「郡主，上次皇家狩獵場一別，郡主芳姿在下便再不能忘，」嚴公子對班嫿作揖道：「不知前幾日，周太太所說一事，郡主意下如何？」

班嫿往旁邊移了一步，避開了嚴甄這個禮，「嚴公子，您這話略唐突了些。」這真是一個讀書讀傻了，誰會忽然跑到一個異性面前說，我上次看到妳後就想娶妳，妳願不願意嫁給我？

「在下也知此舉甚是冒犯，」嚴甄苦笑，「只是情不知所起，記在心底便再不能忘。」

「若能求娶到郡主，我定好好待郡主，不納小妾通房，一生一世必不慢待郡主。」嚴公子還是很堅持一生一世一雙人的，「請郡主考慮在下。」

這段告白已經是十分大膽的了，以嚴家的家教，若是得知兒子對姑娘說如此露骨的話，只怕會押著嚴甄跪祖宗牌位。他知道自己這樣太過荒唐，可是他心裡害怕，害怕今日不說出心意，福樂郡主就不會多看他一眼，班家也不會考慮兩家的婚事。

聽完嚴甄的話，班嫿卻莫名想起了容伯爺前幾天送她回府時講的那個故事。那個書生求娶千金小姐時，也曾說過要一輩子善待這位小姐，可是這位小姐因為生不出兒子，最後被婆婆磋磨而死，書生娶了大官之女，婆婆反封了誥命。

由此可見，男人的誓言是作不得準的。

「嚴公子這話我有些不明白，」班嫿扶著丫鬟如意的手，緩緩走向一座涼亭，那裡離容瑕所站的地方更近，「我與你從未來往過，你怎麼就認定我能與你相守一生？」

「郡主或許不知，當妳身穿紅衣，騎著馬兒出現在獵場時，整個獵場因為妳的出現而變得黯然失色。若能求得郡主下嫁，在下萬死無憾。」跟在班嫿身後，繼續傾訴著衷腸。

你都死了，我嫁給你做什麼，當寡婦嗎？

班嫿抬起寶石繡花鞋踩在漢白玉階上，走到了亭中坐下，單手托腮，看向了九曲迴廊拐角處的容瑕，容瑕遙遙向她拱了拱手。班嫿笑著收回視線，轉頭見嚴甄還雙目灼灼看著自己，便道：「若是令堂不喜歡我，堅持讓你納妾，你又怎麼辦？」

「母親不會這麼做，」嚴甄搖頭，「她向來疼愛我。」

「萬一我生不出孩子，她堅持要這麼做呢？」班嫿問：「那到時候我怎麼辦？」

嚴甄仍舊搖頭，「不，她不會的。」

班嫿輕笑一聲，「我以為嚴公子會說，你會護著我，必不讓我受半分委屈。」

嚴甄愣住，他從未想過自己的娘子會與母親之間會有矛盾，母親那麼溫柔大度，身邊的下人也都規規矩矩，小心伺候主子，郡主為什麼會想這種不可能發生的事情？

見他似乎根本沒有想過這些，班嫿覺得這個嚴甄很可愛，像小孩子一樣可愛。

「嚴公子可能不太了解我。」班嫿露出懶散的笑容，「我自小就穿家裡最好的布料，家裡養著十餘個廚子，全都是為了我養著。華服美食僕婦成群是我的愛好，什麼詩詞歌賦、賢良淑德、持家有道，都與我沒什麼關係。」

嚴甄身邊全是賢德的女子，哪見過如此離經叛道的女子？他看著班嫿慵懶的模樣，心口撲通撲通直跳。他神情恍惚地想，這般美人，便是讓他跪下來給她脫鞋襪，他也是願意的。

華服美食、金銀珠寶，這樣的女兒家，本該金尊玉貴養著，不能受半點委屈。

只要她願意多看他一眼，他願意為她送上自己的一切。

「我願意的，」嚴甄急急地開口，「我真的願意。」

班嫿看著眼前這個面紅如血，說話結結巴巴的男人，或者說是少年，忽然掩著嘴笑了起來，「謝謝，不過很抱歉，我想我們可能不太合適。」

「為什麼？」嚴甄急切地問道：「我可以努力做到妳的要求，我真的願意為妳去做。」

「我知道。」班嫿知道此刻的嚴甄說的是真心話，但也只是此刻而已，這個男人出生於禮教嚴苛的家庭，他甚至不近女色，一心讀書，成為了父母眼中上進踏實的好孩子。

她與他認知中的那些女孩子不一樣，所以他被吸引了，並且對她念念不忘。就像是吃慣了米飯的人，突然有一天吃到了從西域傳來的烤肉，頓時覺得它是無上美味，其他的飯食都不如這塊烤肉。

但是吃慣了米飯的人，就算一時迷戀烤肉，總會有一天會膩，開始懷念米飯的味道。烤肉於他，是感官上的刺激，而米飯才是刻入他骨子裡的習慣。

「嚴公子，你可能還不太明白我的話。」班嫿站起身，對嚴甄徐徐一福，「終有一天你會明白，你喜歡的不是我，而是我給你帶來的新奇感。若我沒有這張臉，又或者我與其他女子一樣恪守禮教，那麼你也不會注意到我。」

「聞君有此意，小女子甚是感激，但恕我不能接受。」班嫿笑了笑，「祝君找到志同道合，琴瑟和鳴的好姑娘。」

聽到這話，嚴甄心口像是被人塞進了一團亂麻，又疼又澀。他想告訴她，他不會喜歡別的女子，在他眼裡，天下所有女人都不及她，可是她看他的眼神是陌生的，甚至連笑容都客氣得厲害。她不喜歡他，一點都不喜歡。

「告辭。」班嫿從嚴甄身邊走過，走下臺階撞上了朝這邊走來的石家兄妹。

「福樂郡主？」石飛仙看了眼班嫿，又看了眼涼亭裡站著的嚴甄，面上露出幾分了然。

「石大人，石小姐。」班嫿對兩人點了點頭，「多謝貴府招待，小女子告辭了。」

「不再坐一會兒嗎？」石飛仙視線時不時落到嚴甄身上，轉頭對班嫿笑道：「還是我們招待不周，怠慢了郡主？」

班嫿搖頭，「不了。」

「那在下送郡主出門，」石晉對班嫿笑道：「請隨我來。」

石飛仙看到兄長對待班嫿的態度，眼底露出疑色。

「不用了，我跟郡主同路，就不麻煩石大人了。」容瑕不知何時走了過來，他臉上的笑容仍舊溫和有禮。

「那怎麼行，郡主乃鄙府貴客，豈能怠慢？」

「貴府客人眾多，又怎能有因為我與郡主二人怠慢其他人？」容瑕轉頭看班嫿，「郡主，妳說是不是？」

「啊？」班嫿愣愣地點頭，「對，容伯爺所言有理。」

「男女授受不親，我擔心伯爺與郡主單獨出去，別人會說閒話，」石飛仙笑盈盈道：「還是我陪郡主一道出去吧。」

「石姑娘說笑了，」容瑕面上笑容消失，「女子名節如此重要，容某又豈會如此不小心？我與郡主非獨處，還有班世子同行，請石姑娘莫要誤會。」

石飛仙勉強笑道：「是我想岔了。」

班嫿轉身準備要走，見石飛仙笑得臉都僵住了，忍不住瞥了容瑕一眼，發現容瑕正在看自己，她挑了挑眉，伸出一根水嫩白皙的食指指了指門口，走？

「告辭。」容瑕含笑與石家兄妹告辭。

「郡主！」嚴甄從亭中跑了出來，他馬馬虎虎地朝石家兄妹拱了拱手，就朝容瑕與班嫿離開的方向追了過去，倒像極了話本中陷入熱戀中的正經書生。書不念了，規矩不要了，只求迷戀的女子能夠多看他一眼。

石飛仙冷眼看著嚴甄拋去臉面追一個女人，冷聲道：「什麼讀書人，什麼正人君子，不過是個看到美人就走不動道的俗物。」

「妳說嚴甄還是容瑕？」石晉看著妹妹，「身為名門貴女，妳在容瑕面前失了分寸。」

「他算個什麼東西，能與容伯爺比？」被兄長戳穿心思，石飛仙面上有些不太好看，但是內心彷彿又鬆了一口氣，至少她不用再在兄長面前刻意掩飾了，「容伯爺難道不是一個很好的婚嫁對象嗎？」

「他不適合妳。」石晉想說，容瑕眼裡根本沒有她，可是看到妹妹眼底的情意，石晉又心軟了，「妹妹，妳值得更好的男人。」

「更好的男人？」石飛仙聽到這話，諷笑一聲，「這天底下年輕的郎君，唯有哥哥與容伯爺稱得上是青年才俊，其他人都不過是俗不可耐的男人，你覺得我能嫁給誰？」

最可笑的是，家裡為了讓左相徹徹底底支持太子，有意讓她嫁給嚴甄，沒想到人家竟然看上了一個退婚三次的女人。她不明白班嫿究竟有什麼好，能把嚴左相家的公子迷成這樣。

「我該慶幸全京城還無人知道我們家曾有意與嚴家聯姻嗎？」想到自己差一點要嫁的男人，竟然追著其他女人不放，石飛仙就覺得難堪，「反正我生來就是為了大姊犧牲的。」

「日後若是大姊生不出兒子，我是不是還要去做太子側室，幫大姊生孩子？」石飛仙心裡一直有個疙瘩，那便是全家總是圍著做了太子妃的大姊打轉，什麼都是太子、太子妃，她這個二女兒又算什麼呢？

她比大姊有才華，比大姊更漂亮，若不是因為比她晚出生幾年，她又怎麼會因為大姊而連自己的婚事都無法做主。

「飛仙！」石晉聽石飛仙越說越不像話，沉下臉道：「大姊嫁到東宮也不容易，若是我們自家人都說這種話，讓大姊如何自處？」

「她不容易，難道我就應該為了她尊榮的一生而犧牲嗎？」石飛仙眼眶微紅，「我也是石家的女兒！」

石晉見妹妹這個樣子，嘆息一聲，溫言勸道：「妳放心，我不會讓妳嫁給嚴甄的。」

「人家現在心裡只有美若天仙的福樂郡主，便是你們願意嫁，人家也不願意娶，」石飛仙負氣道：「誰叫我沒有一張傾國傾城的臉。」

「胡說！」石晉伸手摸了摸她的頭，「我們家飛仙可是京城第一美人，想要娶妳的男人從城頭都能排到城尾，嚴甄那樣的書呆子，哪裡知道什麼是真正的美人。」

「在大哥心裡，我跟福樂郡主誰美？」石飛仙看著石晉，「嗯？」

「在哥哥心中，自然是妳最美，」石晉拍了拍她的肩膀，轉過身道：「走吧，不要讓其他客人等久了。」

石飛仙對他甜甜一笑，隨後道：「對不起，大哥，我剛才不該對你發脾氣。」

「我是妳大哥，妳不用跟我說對不起。」石晉輕輕摸了一下妹妹的髮頂，眨了眨眼，把眼底最後一絲悵然掩藏得無影無蹤。

伍之章 ✿ 暗潮洶湧

「可算是出來了。」班恆走出別莊大門，看了眼那些對著他點頭鞠躬的下人，對小廝道：「去，小爺我今天高興，賞他們一把碎銀子。」

「是。」知道自家世子有高興了就賞銀子的習慣，所以跟在他身邊伺候的小廝都會隨身攜帶一些碎銀子跟銅板。世子若是說賞，小廝便抓一把出去，時間久了，他們這幾個近身伺候的小廝便在府裡得了一個名號：善財童子。

實際上郡主身邊那幾個貼身大丫頭也有一個善財童女的名號，但是全府上下都知道郡主十分受寵，也沒人敢這麼叫郡主身邊的人，怕被責罰。

「什麼事這麼高興？」班嫿提著裙角，踩著凳子準備進馬車，見弟弟撒錢賞下人，便好奇地停下腳步，回頭望向班恆。

「也沒什麼事，」班恆笑嘻嘻地湊到班嫿面前，小聲道：「看到那些自詡正人君子的書呆子時不時偷看妳，我就覺得解氣。」

「我是物品嗎？任由他們看來看去還解氣。」班嫿伸出手指彈了一下他的額頭，「好了，快去跟容伯爺說一聲，我進馬車了。」

「妳小心點。」班恆捧起班嫿的裙襬，嘴裡念叨道：「這身衣服好看是好看，但是走起路來也太麻煩了，妳們女人就是喜歡折騰。」

雖然已經看過無數次他姊為了美折騰，但他仍舊無數次抱怨。

「你懂什麼？」班嫿爬上馬車，把裙襬一甩，笑咪咪道：「只要美，那就值得。」

班恆乖乖地替班嫿放下簾子，轉身跳下馬車，對容瑕道：「容伯爺，請。」

「請。」容瑕看了眼遮得嚴嚴實實的馬車，爬上馬背，拉起韁繩，馬兒調轉了身子。

「班世子，」嚴甄小跑著追了出來，身後跟了一串的小廝，「請等一等。」

班恆看清來人以後，皺了皺眉，想裝作沒有聽見繼續走，哪知道這個嚴甄十分堅持，竟然追到了他的馬前，他就算是想要裝沒看見都不行了。

「嚴公子，請問還有什麼事嗎？」班恆拽著馬鞭的手緊了緊，這要不是左相家的公子，他就照他臉上抽過去了。不是說嚴氏一組家風嚴嗎？怎麼就教出一個追女人馬車的登徒子？

「在下還有一句話想對郡主說，請郡主與在下一見。」嚴甄走到馬車前，作揖到底，「郡主，嚴某不善言辭，也從未與女子相處過，但剛才一席話在下絕無欺瞞之處，請郡主三思。」

「嚴公子請回吧。」班嫿的聲音從馬車裡傳出，嚴甄見簾子沒有動，眼神黯淡下來。

他知道，她不會見他了。

「世上很多事難求完美，嚴公子如此才俊，定會找到心儀之人，小女子並非公子良配，請公子不必再提此事，告辭。」

「嚴公子，請讓一讓。」班家的護衛把嚴甄客氣地請到一邊。嚴甄眼睜睜地看著馬車從他面前經過，隨著叮叮噹當的銅鈴聲遠去，他覺得自己的心也被這輛馬車帶走了。

他不知道自己在這裡站了多久，直到身後有人叫他，他才恍恍惚惚地回過神來。

「嚴公子？」康寧郡主見嚴甄在發呆，便笑著道：「秋風甚涼，你站在這裡做什麼？」

「康寧郡主，」嚴甄對康寧行了一個禮，「告辭。」

康寧被嚴甄弄得滿頭霧水，扭頭見門口幾個下人的臉色也不太對，便對其中一人道：「剛才發生什麼事了？」

被康寧叫住的下人忙低下頭道：「請郡主恕罪，小的剛過來，不知道有什麼事。」

嚴左相之子心繫靜亭侯府那個被退婚三次的福樂郡主，還被這個郡主拒絕了！

這件事實在是太讓人震驚了，他受到的衝擊很大，卻不敢對外多說一個字。

康寧見這個下人不願意說真話，心裡有些不高興，可這不是惠王府的下人，她就算有不滿也不能表露出來，「既然如此，就找一個知情的人來說。」

門口的下人齊齊低下頭，一言不發。

氣氛頓時變得尷尬起來，康寧勉強笑了笑，「既然你們都不知道，那便罷了吧。」

她進了馬車以後，才沉下臉來。整個京城的人都看不起她，就連石家的下人也一樣。

這些狗仗人勢，狗眼看人低的東西。

早晚有一天，早晚有一天……

她從馬車抽屜裡抓出一疊脆餅，把它們全部都捏成粉末，才覺得心裡好受了些。

班嫿的馬車在靜亭侯府門口停下，她走出馬車的時候，見容瑕竟然還在，便對他露出一個燦爛的笑臉。

容瑕見到她的笑臉，忍不住也回了一個笑，「郡主，在下告辭。」

「等一下。」班嫿忽然想到了什麼，重新爬回馬車裡，一陣翻箱倒櫃的聲音傳出來後，班嫿又爬了出來，然後一撩裙襬，單手撐著車轅跳了下來，「這個送給你。」

容瑕接過班嫿遞來的東西，面色微變，「這……」

「噓……」班嫿朝他眨了眨眼，「這些東西留在我們家也沒有用，俗話說寶劍配英雄，好書配才子，是不是這個理？」

容瑕看著眼前這個笑咪咪的女子，把書放進懷裡，對班嫿拱手，「多謝郡主厚愛。」

「客氣。」班嫿往大門走了兩步，回頭見容瑕還在原地，便鬆開一隻拎裙襬的手，對容瑕搖了搖，然後走進了班家大門裡。

「告辭。」班恆對容瑕草草行了一禮，追著他姊跑過去，邊跑邊彎腰替班嫿提裙襬。

很快姊弟兩人便消失在班家大門後。

容瑕拿出懷裡的東西看了一眼，一點一點把它攥緊，再次放回了懷裡。

「姊，妳把什麼給容伯爺了？」班恆跟在班嫿身後，「我見他的臉色好像不對勁。」

「讀書人嘛，最稀罕的肯定是書。」班嫿道：「就是那個《中誠論》的手抄本，裡面除了行兵打仗有些意思，其他的我也看不進去。物盡其用，投其所好，反正孤本還在我們家。」

班家乃武將世家，當年跟著蔣家開國皇帝打天下的時候，得了不少的好東西。據說班家這位先祖行兵打仗一流，但是手氣不太好，每次大家抓鬮分好東西的時候，別人總是得金銀珠寶，班家先祖就只能得一些大家不要的書籍字畫。或許因為財場失意，官場得意，其他陪蔣家開國皇帝打天下的將領家族漸漸沒落，唯獨留下班家還維持著當年的榮光。

不過這份榮光大概也要消失了，班家最終會像其他開國將領一樣，漸漸地沒落，成為歷史記錄上的寥寥一筆。

「那倒也是，反正留在我們家也沒用，萬一真那啥……」班恆乾咳幾聲，「東西送給看得順眼的人，總比被人搶走了好。」

「對。」班嫿輕拍手掌，「古有幽王烽火戲諸侯為哄寵妃一笑，我今日用手抄本哄美人一樂，也是件雅事。」

班恆愣了半晌，才感慨道：「姊，幸而妳未生成男子。」

班嫿不解地回頭看他。

「妳若是兒郎，定是個處處留情的風流人，」班恆搖頭，「那可不好，不好。」

幸好容伯爺沒有聽到他姊這些話，若是聽見了，那可真是要好事變壞事了。

《中誠論》是前朝名相告老還鄉以後，與天下名士一同所著，內含為臣之道、為君之道、為將之道，是前朝無數有識之士的見識總結。據說前朝覆滅以後，這本書也因為戰亂遺失，若是有人能得到一篇殘卷，都會受到無數人追捧，愛若珍寶，沒想到……這本書竟然在班家。

班家先祖當年到底幹了什麼，為什麼不聲不響積攢下這麼多珍貴書籍？

容瑕洗乾淨手，小心翼翼地翻開這本書，僅僅看了一段內容，便忍不住拍手稱妙，真是每一句都是精華，每段話都暗含人生處事之哲理，不愧是集無數大家之大成，讓人為之心醉。

班家幾乎每一輩都會出現名將，不知是否與這本書有關？然而當他發現這本書裡竟然還帶著點心屑，甚至還有頑劣小童畫的小烏龜以後，這本被無數讀書人奉為神作的《中誠論》瞬間變得不那麼神祕起來。

最讓他想不明白的是，班嫿竟然就這麼輕輕鬆鬆把這本書給了他，就像是順手給了他一塊石子、一朵花，態度隨便得讓他有些懷疑人生，這真的是《中誠論》？

容瑕家中收藏著這本書的殘卷，所以儘管班家的態度讓人覺得這不是真本，然而他卻不得不承認，這是真的。

一本頁面縫隙裡畫著醜陋小烏龜的珍藏手抄本！

容瑕獨自在屋子裡待了整整一天，就連飯都是在書房吃的，這讓幾個貼身伺候的護衛與小廝十分擔心。

「杜公子，伯爺這是怎麼了？」小廝見端進去的飯菜幾乎沒怎麼動過，擔心地找到杜九，「今日的飯食都沒怎麼用過。」

杜九想起伯爺與福樂郡主分別前，福樂郡主好像給了伯爺什麼東西，難道是兩人互生情愫，所以互寫詩詞以表心意？可整個京城誰不知道，福樂郡主不好詩詞，她能寫出什麼來？

「伯爺自有主意，你不必擔心。」杜九想了想，「放心吧。」

小廝見杜九這麼說，按捺住心底的擔憂，端著飯菜退下了。

當天晚上，書房的燈盞亮了很久，直到二更以後，書房裡的人才吹滅了燭火。

杜九站在樹下，看著書房終於變得漆黑一遍，轉身回了自己的屋子。伯爺不愛在夜裡看書，因為他覺得夜裡看書十分傷眼，是不愛惜自己身體的行為，但是今日卻破了先例。

福樂郡主到底對伯爺幹了什麼？

這一晚，同樣無心睡眠的還有嚴家人。

嚴夫人發現小兒子自從去了石家別莊回來以後，整個人都變得失魂落魄起來。若是之前的小兒子還有幾分活氣，現在的他就像是一段朽木，沒有絲毫的生機。

她一晚上輾轉反側，根本就睡不踏實，惹得與她同床的嚴暉也跟著受折騰。

「夫人，妳究竟有何心事，竟憂心至此？」嚴暉又一次被嚴夫人折騰醒以後，覺得自己不能再裝睡下去了，「有什麼事可有跟為夫說一說，俗話說一人計短，兩人計長，妳無須如此。」

嚴夫人見自己吵醒了夫君，有些過意不去，便把自己擔心的事情說了出來。

「我沒有想到這孩子竟會如此看重班家的姑娘。」嚴夫人心裡發苦，「我本以為班家姑娘被退婚三次，我們家託人去說親事，班家應該會同意的，哪知……」

哪知班家竟拒絕得如此乾脆，似乎壓根兒沒想過跟嚴家結親這回事。

她的孩子相貌俊秀，飽覽群書，品行端正，不知多少人家動了心思，想與他們家結親，班家竟還如此不識趣，害得她兒如此難過，實在是……

「夫人，班家雖無實權，但是班郡主身上流著一部分皇家血脈，身分尊貴，即便被人退婚無數次，也有無數兒郎想與之結親。一家好女百家求，班郡主雖不是好女，卻是貴女。」嚴暉倒是想得很清楚，「班家不願意讓郡主嫁給仲甄，那便是他們兩人沒有緣分，不必過於強求。」

「我倒是不想強求，可是你沒瞧見仲甄那孩子……」嚴夫人滿嘴苦澀，「我怕這孩子走不出心裡這個坎兒，熬壞了身子。」

「我嚴家的兒郎，怎麼能因為女色失去鬥志？」嚴暉不以為然道：「好兒郎何患無妻，不至於如此。」

嚴夫人見他這種態度，懶得再跟他多說，轉身背對著嚴暉，對他不理不睬。

嚴暉無奈嘆息，「妳看看妳，妳也別急，明天是大朝會，我再探探班水清的口風去。」為人父母者，總是希望孩子開心的，更何況班家雖然荒唐了些，但也不是一個太壞的聯姻對象。

至少……比石家好。

天色剛剛露出魚肚白，杜九站在大門口，見伯爺精神飽滿地走了出來，上前對他拱了拱手，「伯爺，馬匹已經準備好了。」

「嗯。」容瑕對杜九點了點頭，整了整身上的披風，朝外走去。杜九察覺到伯爺心情似乎很好，好奇地挑了挑眉，忙跟了上去。

金鑾殿上所有門大開，朝臣們從側門進殿，各自維持著含蓄的笑意，倒是看不出私底下有什麼恩怨。不過文臣與武將之間似乎天然帶著距離感，彼此間涇渭分明，各說各的，大有井水不犯河水的架勢。

班淮的身分比較尷尬，他襲的是武將爹爵位，領的閒職卻是閒職，與武將沒有什麼關係，所以他所處的圈子與文官武將都不一樣，而是朝堂上的第三集團，遊手好閒紈綺貴族小團體。

文官們對這個小團體感官相當複雜，有點瞧不上他們，又不太敢得罪他們，因為這群人與皇家沾親帶故臉皮還厚，他們拿這群人沒辦法。

「靜亭侯，」嚴暉在朝臣中找到了班淮的身影，主動跟他說話，「近來可好？」

正在跟同僚說著誰家的盆景頗有野趣的班淮愣住，有些不敢置信地看了嚴暉一眼，這是要發生什麼大事了，堂堂嚴左相竟然主動跟他攀談起來。

其他幾位紈綺遊手好閒派見狀，齊齊往旁邊挪了好幾步，他們並不想跟嚴暉這種正經大臣說太多，怕會露怯。

班淮身邊一下空了起來，他朝嚴暉拱了拱手，「嚴相爺，請問有事？」

別問我好不好，有什麼目的直接說吧，我一個紈綺不懂你們這些文臣的說話套路。

嚴暉沒有想到才剛開口，這聊天氣氛就變得尷尬，他不自在地理了理衣襟，「不知侯爺下朝後有沒有空閒，嚴某邀侯爺喝杯淡茶。」

班淮……

總覺得有種不太好的預感。

「喝茶就不用了，」班淮耿直地擺手，「嚴相爺有什麼話直說就好，班某不是講究人，也不講究那些虛禮。」

不，你不講究，我很講究。

嚴暉無言以對，他並不想當著其他人的面說，我兒子迷戀你家女兒，你究竟要怎樣才願意把女兒嫁給我兒子這種話，這實在是太不講究，太失禮了！

兩人面面相覷，班淮好像看到了對方眼底的掙扎與堅持，於是心中的疑雲更深。這要多大的事，才能讓當朝左相對他這個紈絝好言好語說這麼多話。

咦，想一想就好可怕！

容瑕走進大殿，目光在眾人身上掃過，就看到了站在角落裡的嚴暉與班淮。

嚴暉與班淮什麼時候有交情了？

他眉頭微皺，忽然想到了什麼，腳步一頓，不自覺就朝班淮走了過去。

「侯爺，」容瑕面上帶笑走到班淮面前，行了一個晚輩禮，「多謝侯爺贈予晚輩的點心方子，果真美味無比。」

班淮見容瑕這個討喜的年輕人過來，暗暗鬆了口氣，「容伯爺客氣了，不過是小事。」

容瑕笑了笑，然後彎腰向嚴暉行禮，「見過嚴相。」

「容伯爺，」嚴暉回了一個禮，轉頭對班淮道：「散朝後，在下再與侯爺慢慢商談。」

班淮面上僵笑，內心卻十分抗拒：不，我並不想跟你談！

嚴暉離開以後，班淮頂著一臉僵硬的笑臉對容瑕道：「多謝容伯爺。」

他雖然不愛動腦子，但不會傻到看不出容瑕這是特意來為他解圍的。他飛速地看了眼四周，小聲對容瑕道：「他這是惦記我家閨女呢！」

他一開始沒有反應過來，但是見嚴暉執意要與他單獨交談後，他就明白了過來。

但是這種事跟他說有什麼用，這事又不是他做主。

涉及到家中私事，他沒好意思跟容瑕提，只是高深莫測地對容瑕搖了搖頭，表示自家閨女精貴著，就算是當朝比較有實權的左相來為兒子求娶，他也不為所動。

在這一刻，班淮覺得自己的形象就像是話本中說的，不顯山露水、品行正直的高人，堅決不為五斗米折腰。

夫人早跟他提過，嚴暉的夫人是個不太好相與的長輩，女兒嫁過去被婆婆嫌棄怎辦？

到時候女兒吃了虧，他就算再荒唐，也不能帶人去揍女兒婆婆一頓。若真鬧出這種事，連皇上都不會幫他。

嫁漢嫁漢，穿衣吃飯，若是有個不好相處的婆婆，乖女可要吃大虧，僅僅孝道二字壓下來，就能壓得人喘不過氣來。他媳婦嫁到班家以後，他都捨不得讓媳婦吃這種苦，又怎麼捨得自己女兒嫁到嚴家受這種委屈？

容瑕見班淮明顯很不願意答應這門婚事的模樣，便道：「伯爺，晚輩覺得您下朝以後，應該跟左相談談，至少要把事情說清楚，以免造成不必要的誤會。」

「你說的對，」班淮點了點頭，「我早點說清楚，他們家也早點死心。」

你家想娶，別人就一定要嫁，想得倒是挺美。

容瑕笑了笑，轉身走到了自己的位置上站定，甚至還有閒暇時間與其他朝臣互相見禮，當真是風度翩翩，氣度無可挑剔。

皇帝來了以後，大朝會進行得很順利，唯有最後一位御史提起謝重錦瀆職一事時，朝上眾臣的火藥味又起來了。

「陛下，微臣以為，謝大人雖然有監察不力之嫌，但是罪不至此，請陛下三思。」這個官員是二皇子的人，他現在為謝重錦說話，也是為了幫未來二皇子妃一把，增強二皇子妻族的權力。

「陛下，若是我朝官員皆對下屬所做之事不聞不問，那他又怎麼能做到心繫百姓？」一位御史言辭犀利道：「當官不為民做主，不如回家孝敬老母。」這位御史的語言風格，略有些放蕩不羈。

「臣附議！」

「陛下！」

「陛下！」

雲慶帝被朝臣們吵得腦仁一陣陣發疼，他有些不耐道：「謝重錦監察不力，放縱下屬魚肉百姓，罪不可恕，但念在他並未參與其中，並受下人蒙蔽，情有可原。今日起便革去他的職位，讓他回家休養身體，免除其他責罰。」

這是要把謝重錦一擼到底了？

「陛下，」忠平伯頹然地跪在了地上，向雲慶帝行了大禮，「陛下，犬子是冤枉的，求陛下從輕發落。」

「謝卿，朕已經是輕饒了他。」雲慶帝不耐地擺手，「你不必再說，若非你乃朕的親家，謝大郎之罪，本該發配邊疆，五年不得召回。」

忠平伯瞬間面色慘白，半晌才朝雲慶帝磕了一個頭，「微臣……謝陛下恩典。」

陛下這是半點面子都不給他留，日後女兒嫁到二皇子府上，不知還要受多少委屈。

大業的朝臣，若不是大事是不必行跪禮的，忠平伯現在當著滿朝上下給雲慶帝行跪禮，已是無奈之舉，但是顯然他的臉面不夠，皇上並沒有因此減輕對謝重錦的責罰。

散朝過後，忠平伯徑直朝班淮走來，他臉色潮紅，面帶恨意，「班淮，你今日欺人太甚，謝家記下你這份大禮了。」

還未走遠的朝臣見到有熱鬧可看，都忍不住減緩了腳步，用眼角餘光瞅著二人，用比較含蓄的姿態看笑話。

「真是可笑，你家大郎獲罪與本侯有什麼關係？」班淮見忠平伯這副模樣，不懼反惱，「查案子的不是我，彈劾他的不是我，你偏偏向我發火，不就是見我沒有實權，好欺負嗎？」

眾位朝臣一聽這話，差點沒笑出聲，這種話都能說出口，這班侯爺真是不打算要臉了。

忠平伯沒有想到班淮竟然說出這種話來，他臉憋得通紅，「班淮，你不要強詞奪理！」

「從早朝到現在，我一句話都沒有說，你偏偏跑來找我麻煩，不是欺軟怕硬還是什麼？」班淮彈了彈身上不存在的灰，「剛才那位御史大人說的好，當官不為民做主，做這個官有什麼用，難道你家大郎真沒有錯處？」

班淮抬了抬下巴，「別以為你家將與皇家結親，便不把百姓當一回事。要知道陛下乃是千年難得一見的明君，又怎麼會因為這層關係而縱容你們亂來？你謝家想錯了，大錯特錯！」

說完這些慷慨激昂的話語，班淮一甩袖子，昂首挺胸走出了大殿。

剛才當朝批評過謝重錦的御史，見自己被班淮單獨拎出來誇獎了一番，心情有些複雜。雖然被人誇獎並且贊同很高興，但是贊同他的卻是朝中有名的紈絝，這真是……

不過這位靜亭侯其實還是很有是非觀的嘛。

「姊，」熱鬧的大街上，班恆指著前方，「妳看那是不是父親與嚴左相，他們兩個去茶樓做什麼？」忽然他面色一變，扭頭對班嫿道：「父親該不會是跟嚴相爺商討妳跟嚴甄的婚事吧？」

嚴甄那樣的書呆子，怎麼配得上他姊？本來今天出門，是為了陪他姊出來買東西，沒有想到會遇到這事。

「走，我們跟上去聽一聽。」

班恆心裡忍不住擔心，嚴暉能做到當朝左相一職，腦子肯定很聰明，萬一他說來說去把父親繞暈頭，真的答應把姊姊嫁到嚴家怎麼辦？

「有什麼好聽的？」班嫿倒是半點不緊張，「父親不會捨得我嫁到嚴家的。」

「我知道他捨不得，但是嚴相爺擅謀略，我擔心的是父親會中他的計。」班恆對自家父親的聰明程度抱著深刻的懷疑，但是身為人子，這話他無法說出口，「姊，妳快跟我來。」

於是守在茶樓門口的班家護衛，只能眼睜睜地看著自家世子郡主偷偷摸摸溜進茶樓，而且還要裝作什麼也沒有看見。

班恆讓堂倌帶他們姊弟倆去了隔壁隔間，開始了偷聽這件重要的大事。

班嫿覺得班恆此舉有點無聊，但是作為一個寵愛弟弟的好姊姊，她只能縱容他的胡鬧，並且學著班恆的模樣，把耳朵貼在了屏風上。

嚴暉與班淮還不知道有兩個晚輩就在旁邊偷聽，兩人說過場面話，就進入了正題。

「侯爺，犬子與令千金……」

「相爺，犬女是未出閣的小姑娘，與令公子恐怕沒有什麼關係。」班淮喝了一口茶，搖頭道：「相爺有所不知，犬女被她母親寵壞了，實在不配為嚴家婦，還請相爺不要再提此事。」

「侯爺是覺得犬子不能好好待令千金嗎？」嚴暉聽到這話，一時間有些無法接受，想到幼子那失魂落魄的模樣，只能厚著臉皮道：「嚴某可以保證，只要侯爺願意讓令千金下嫁鄙府，鄙府上下絕對不會怠慢令千金半分。」

「這不是怠慢不怠慢的問題，」班淮為難地嘆口氣，「相爺，婚事講究你情我願，犬女既與令郎無緣，那便不再強求了。」

嚴暉沒有想到班淮拒絕得如此不客氣，連一點餘地都沒有留，這話等於直白地告訴他，我家閨女沒有看上你兒子，所以我家女兒不嫁給你兒子，呵呵呵。

若是其他人這麼跟他說話，他這口氣恐怕嚥不下去，偏偏說這話的人是班淮，京城有名的荒唐人。實際上，嚴暉覺得幼子非福樂郡主不娶，就已經是一件十分荒唐的事情了。

這個天聊不下去了，嚴暉的笑容再也掛不住，起身對班淮道：「既如此，嚴某告辭。」

為什麼這麼荒唐的人竟然會生出那般美豔的女兒，這不是禍害京城的好兒郎嗎？

「慢走。」班淮起身嬉皮笑臉地向嚴暉回了一個禮，彷彿沒有看出嚴暉心有不快。

等嚴暉離開以後，班淮輕聲哼著小曲，哧溜一口把杯子裡的茶喝下去大半。

這些文人就是講究，喝個茶偏用拇指大小的茶杯，連隻螞蟻都淹不死，不知有什麼用。

「父親。」門從外面被拉開，班恆與班嫿擠了進來，坐在了他的對面。

「你們兩個怎麼在這裡？」班淮放下茶杯，捧起茶壺對著嘴連喝了幾大口，早上吃的肉餅太乾，他早就想大口喝水了。

「剛才碰巧見您跟嚴相爺來這邊，我跟姊姊就跟了過來。」班恆把面前的小茶杯移到一旁，「您剛才拒絕嚴相爺的話，我跟姊姊都聽見了，您是這個。」

班恆狗腿地向班淮豎起一根大拇指。

「哼哼。」班淮得意地挺了挺腰桿，轉頭對班嫿道：「放心吧，乖女，父親不會逼著妳嫁任何妳不願意嫁的男人。」

班嫿對班淮甜甜一笑。

她就知道，父親與母親不會隨隨便便讓她嫁給誰的。

因為被班淮拒絕得太徹底，嚴暉走出茶樓的時候，面色難免難看。他正準備坐進轎子，見容瑕打馬而來，便站直身子，等著他過來。

「嚴相爺，」容瑕跳下馬背，對嚴暉行禮，「您不是與班侯爺有事相談，怎麼……」

「話不投機半句多，」嚴暉語氣不太好，「沒有什麼好談的。」

容瑕聞言微笑著站在旁邊，不接嚴暉這句話。

嚴暉也意識到自己不該對著不相干的人擺臉色，草草向容瑕拱手，彎腰坐進了轎子。

「嚴相慢走。」容瑕往後退了一步，恭恭敬敬地對著轎子行了一個禮。

嚴暉坐在轎子裡，掀起簾子看了眼態度恭敬的容瑕，心氣兒頓時順了不少。這個京城還是多些像容伯爺這樣的人才好，至於班淮那般紈絝……哼！

杜九見伯爺騎上馬就準備走，小聲道：「伯爺，您不喝茶了嗎？」

「不用喝了，回府。」

容瑕抬頭看了眼茶樓的二樓，一拉韁繩，馬兒掉頭往伯府方向走去。

「王爺。」容瑕看著這位不速之客，把茶推到他面前，「王爺登門，寒舍蓬蓽生輝。」

「呵……」長青王意味不明地笑了一聲，端起茶杯喝了一口，「我還以為你會嫌棄我這個不速之客。」

「王爺說笑了。」容瑕見他杯中茶水少了一半，又幫他續好了茶。

容瑕的手很白，骨節分明，這是一雙養尊處優的手，只要他願意拿起筆做出一幅畫，必能引得無數人趨之若鶩，撒千金不悔。

長青王與容瑕有好幾年交情，關係卻算不上特別親密。對於長青王來說，他可以交友廣闊，卻不能有密友，所以他即便欣賞容瑕，也僅僅是欣賞而已。

「你跟靜亭侯府的關係好像還不錯？」長青王打開扇子，有一下沒一下地搖著。

「嗯？」容瑕放下茶壺，淡笑道：「在下有幸能在侯爺跟前說得上幾句話。」

「我還以為你跟那位郡主……」長青王注意到容瑕抬頭看了他一眼，笑了笑，「說笑呢，別當真啊！」

「王爺，還是不要拿女兒家的終身大事說笑好。」容瑕收回目光，端起茶杯放在鼻尖輕輕嗅了一下，轉動著杯子沒有喝。

「我們京城何時講過這些男女大防？」長青王合上扇子，把扇子扔到桌上，「再說現在京城裡有關福樂郡主與左相家嫡幼子的事，可算是傳得沸沸揚揚，我這個玩笑可不算什麼。」

容瑕茶杯的水面輕輕一晃，他放下茶杯沒有說話。

長青王知道容瑕對這些男女之間的雞毛蒜皮不感興趣，但這並不影響他聊八卦的興致，一邊喝茶一邊說道。

「也不知道嚴家怎麼教的兒子，一看到美人就走不動道了，非要娶班嫿那個丫頭。」長青王想到班嫿的容貌，面上流露出幾分欣賞，「不過這丫頭確實長得美貌，若我不是她表叔，也想……咳咳。」

容瑕喝了一口茶，仍舊沒有說話。

「本來也不是什麼大事，」長青王搖頭嘆息，「只可惜襄王有夢，神女無心，嚴甄對班郡主情根深種，班郡主對嚴甄卻無愛慕之意，嚴甄回去後就病了，據說這會兒藥石無用，左相府愁雲慘霧，就差求著班家把閨女嫁到他們家了。」

「嚴甄病了？」容瑕挑眉，「前幾日在石家別莊的時候，不是還好好的？」

「石家別莊有意思嗎？」長青王搖頭，「石家人就跟他們的姓一樣，沒什麼意思。不過那個石晉，看起來倒像是個人才。」

容瑕皺了皺眉，懶得再搭理他。

「對了，我剛才說到嚴甄生病，」長青又把話題拉了回來，「嚴家把御醫都請了來，結果御醫說這是心病，吃藥不管用。」

「可憐福樂郡主好好一個美人，不過是長得美了些，便招來這種禍事。天下婚事講究個你情我願，嚴甄鬧成這樣，簡直就是把班家架在了火上烤。」長青王對嚴甄這種書呆子沒什麼好感，「所以說老子最煩這種書呆子，整天搖頭晃腦死讀書，真見到美人便什麼都顧不上了，什麼禮義廉恥、孝道仁德全部拋在了一邊，害得好好的姑娘受他連累。」

講八卦的人最討厭自己興致勃勃地說，而別人一點反應也沒有，長青王見容瑕一直是那副淡淡的模樣，越說越沒興趣，最後只能起身告辭。

出了成安伯府，長青王諷笑一聲，他還以為容瑕對那位福樂郡主有幾分心思，現在看來一切都是他多想了。但凡正常男人，若是聽到自己感興趣的女人被別人惦記，怎麼可能是這反應？可憐傾國傾城貌的班郡主，因為一個沉迷她的男人，又陷入了流言之中。

長青王說得並不誇張，嚴家此刻確實是愁雲慘霧。嚴夫人看著出氣多進氣少的兒子，差點哭啞了。她嘴裡雖是罵兒子不爭氣，心裡恨的卻是班嫿，長著一張禍水臉，勾引了她的兒子，只是她從小到大的教養讓她把這些話嚥進了肚子裡。

嚴甄的大哥與大嫂小聲勸著嚴夫人，又要擔心弟弟的身體，忙得焦頭爛額。

嚴家大哥嚴茗如今在戶部當值，因為家裡出了事，他只能向上峰告假。他離開戶部的時候，那些同僚看他的眼神非常不對勁，他只能裝作不知，匆匆趕了回來。

這種事說出去，最丟人的便是他們嚴家，如今整個京城，不知道有多少人看他們的笑話。好好一個兒郎，因為女人尋死覓活，這不是笑話是什麼？

嚴茗雖然恨弟弟不爭氣，可是看到弟弟面色慘白，連參湯都吞不下去的模樣，心又軟了下來。這是自己看著長大的弟弟，他怎麼能眼睜睜看著他一天天虛弱下去。

「御醫也沒有辦法嗎？」嚴茗沉思良久，「不如……我們再去求求班家，若是能娶到班郡主，弟弟的身體定能好起來。」

「可是班家不同意這門婚事，若不是那個班郡主拒絕，你弟弟又怎麼會變成這樣？」嚴夫人擦著眼角的淚，「這不省心的孽障，待他好了，我定要打斷他的腿。天下漂亮的女人那麼多，為何偏偏要執著於一個郡主不放？」

嚴家大少奶奶陳氏站在丈夫身邊沒有說話，她與婆婆關係不太好，可是身為兒媳婦，她只能忍受婆婆的嚴苛與挑剔，但是內心對嚴夫人是沒有多少感情的。聽婆婆這麼說班郡主，她頗不以為然，全天下美人確實不少，可是有幾人能及班郡主耀眼？

便是她看到班郡主，也忍不住有些晃神，更別提小叔這個讀書讀傻了的。

班郡主多符合詩文中的那些絕色女子啊，身分高貴，容貌傾城，服飾華麗，身姿曼妙，拋去她的性格不談，她就是詩文中精妙世無雙的神仙妃子。

小叔這一見，不就被勾了魂兒嗎？別說小叔，只怕京城不少男人都被班郡主驚豔過，不然為什麼會有那麼多的女人不喜班郡主？

身為女子，又有幾人喜歡自己的夫君或是心上人被其他女人勾走心神？或許她們心裡清楚，錯的是好色的男人，但是她們心繫這個男人，那麼恨的只有把他們勾走魂兒的女人。

「不如再去請人說和？」嚴茗不忍心弟弟這個樣子，「班家改變主意也是有可能的。」

「誰也不准去！」嚴暉從外面走了進來，恨鐵不成鋼地看著床上的小兒子，「你們嫌嚴家還不夠丟人是不是？」

「丟人，丟人，你只想著丟人，孩子怎麼辦？」嚴夫人終於繃不住情緒，「難道你想眼睜睜看著他去死嗎？」

「他自己不爭氣，又能怪誰？」嚴暉又氣又擔憂，滿嘴苦澀，「人家班家根本不想把女兒嫁給我們，我們這會兒求上門，與以死相逼又有什麼不同？」

「我就以死相逼又怎麼樣？」嚴夫人擦了擦眼睛，厲聲道：「我便是求也要求班家把女兒嫁過來，老爺若是攔我，我便死在你面前！」

「妳……」嚴暉捂著胸口，氣得面色慘白，「妳今日若是敢出這個門，我便休了妳！」

「父親！」嚴茗扶住嚴暉，忙勸道：「您先坐下，別氣壞了身子。」

陳氏也過去勸婆婆，卻被嚴夫人一把推開，她躲閃不及，竟撞在了旁邊的盆景上。

「大奶奶！」陳氏的丫鬟嚇得上前扶起她。

「我沒事。」陳氏撫著隱隱作疼的小腹，看著嚴夫人怒氣衝衝的背影，扭頭看了眼陪坐在公爹身邊的丈夫，語氣平靜到冷淡，「去叫大夫。」

「大奶奶您怎麼了？」丫鬟嚇得臉色都變了，大奶奶月事遲了十多日，該不會是……

「沒什麼大事，或許是小產了。」陳氏感覺到小腹處有什麼流了出來。

聽著四周丫鬟傳出的驚呼聲，陳氏竟有種解脫感。她看到匆匆朝自己走來的丈夫，一點一點揚起手，使出了全身力氣，打在了這個男人的臉上。

「啪！」清脆的耳光聲響起，陳氏被血染紅的下裙散發出濃濃的腥味。

班家幾口人聽到下人來報，說左相夫人來了時，竟沒有絲毫的意外。

班恆扭頭去看姊姊，姊姊染著丹蔻的手裡正捧著一隻雪白的細瓷茶盞，整個人看起來美得有些驚人。左相夫人的到來，似乎沒有影響到她，她甚至還饒有興致地吃了一塊點心。

陰氏冷笑，「他家養出一個窩囊廢，還想要我寶貝閨女嫁過去，他們家算什麼東西。」

「我去讓人把她趕走，免得鬧心。」班淮一拍桌子，就要喚下人進來。

「慌什麼？」坐在上首的老婦人終於開口了，她端起茶杯，用蓋子輕輕刮著茶盞，「有本宮在，我看誰敢要死要活地逼本宮的孫女嫁人。」

德寧大長公主把茶盞往桌上輕輕一放，茶盞發出喀的聲響。

她這句話就像是定海神針，讓班家所有人都安靜下來。

「嫿嫿是本宮的親孫女，身上流著一半的皇家血脈，嚴家人配不上她。」德寧大長公主面色淡淡，用絹帕輕輕擦拭著嘴角，「他嚴家人尋死覓活，與我們何干？要死就死遠一些，別礙了本宮的眼。」

德寧大長公主冷淡的嗓音裡，帶著冰寒的殺意。

嚴夫人走進班家大門的時候，還沒有察覺到班家下人的臉色不對，只覺得班家太過安靜了些，可是直到她在下人的帶領下，直接去了靜亭侯府正院正廳，才察覺到不對勁。

正廳大門前掛著一個牌匾，上寫福禧堂三字，由先帝親手書寫，還用了先帝的私印。據說德寧大長公主雖沒有與兒子同住，班家卻把正堂留了出來，以示對母親的尊重。現在下人卻把她往正堂引，難道是……

嚴夫人手心微微發顫，甚至有了幾分汗意。踏進正堂大門那一刻，她看到了坐在正堂上首的老婦人。老婦人身著金紫鳳紋宮袍，頭戴鳳銜東珠釵，端坐在上方，臉上沒有多少表情，卻不怒而威。

嚴夫人失去的理智猶如潮水般湧了回來，她想起二十年前自己還是一個小小的五品命婦時，曾經恭恭敬敬站在大長公主面前，當時的她連頭都不敢抬。

如今過去了二十年，她再次體會到了當年的那種恐懼感。

「臣婦拜見大長公主。」嚴夫人感覺到自己額頭冒出細細密密的汗，她不敢去擦，甚至不敢去看大長公主一眼。

「喀！」這是茶杯被打翻的聲音。

滴滴答答。她聽到茶水從桌子上濺落到地，寒風從門後竄進屋子，整個正堂冷極了，嚴夫人忍不住打了一個寒噤。

「魏氏，」德寧大長公主聲音帶著幾分冷意，「妳今日來，是向本宮孫女來賠罪的？」

「殿下，臣婦……」嚴夫人想起臥病在床的兒子，鼓起勇氣抬起頭，但是在對上德寧大長公主雙眼的那一瞬間，她喉嚨裡像是被塞入了一大團棉花，一個字也說不出來。

「都說嚴氏一族家風嚴謹，沒想到竟然教出這種窺視閨中閨女的浪蕩子！本宮瞧著，你們家的兒郎也不過是沽名釣譽之輩！」德寧大長公主猛地站起身，把茶杯往嚴氏腳邊一砸，「你們家怎麼教的兒郎，竟如此荒唐，可你們自己荒唐便罷了，何苦還連累無辜的女兒家？」

嚴氏身子一顫，差點就跪在了大長公主面前。

「無恥之尤，貪花好色！」

德寧大長公主聲帶寒針，刺得嚴夫人臉上心口冷颼颼地作疼。她晃了晃身體，終於沒有忍住，雙膝一軟，跪在了德寧大長公主面前，「殿下，臣婦無能，沒有教好孩子，可是臣婦膝下僅有這兩個孩子，他們都是臣婦的命啊，臣婦也是沒有辦法！」

「您也是母親，您當年為了侯爺求娶了侯夫人，不也是因為一片拳拳愛子之心嗎？」嚴夫人帶著哭腔道：「臣婦亦是母親，唯求大長公主成全。」

「嚴夫人，妳這話可就錯了。」陰氏冷笑道：「當年我願意嫁給侯爺，是因為婆母慈和，我嫁到大長公主府亦屬於高嫁，妳嚴家占了哪一條？」

「還是妳覺得，嚴左相如今權勢滔天，已經不必把我們這些皇室親戚看在眼裡，皇家郡主可以隨妳嚴家挑選？」陰氏當著嚴夫人的臉，毫不客氣地啐了一口，「呸，瞧妳嚴家多大的顏面，竟然也敢逼堂堂郡主下嫁。若妳嚴家兒郎瞧上了當朝公主，是不是也要求娶回去，娶不著便要死要活？」

「妳家兒郎死了便死了，干我家何事？」

「滾回去吧。」德寧大長公主懶得跟嚴夫人多說，「魏氏，本宮今日便把話跟妳說清楚，本宮孫女不可能嫁到你們嚴家。妳死也好，活也罷，都與本宮無關。」

「殿下！」

「出去！」德寧大長公主冷冷地看了他一眼，「從今日過後，大長公主府、班家不可放嚴家人進門！毀人名譽，逼人下嫁，此仇不共戴天！」

嚴夫人腦袋裡最後一根弦斷了，她不敢置信地看著德寧大長公主，她家可是相府，大長公主竟然說與她家不共戴天？

最後嚴夫人是大長公主身邊的嬤嬤請出去的，又或者說是架著手臂拖出去的。

「癡心妄想！」

「什麼玩意兒，也想吃天鵝肉！」

身邊不時有班家下人的聲音傳來，嚴夫人想要掙開嬤嬤的手臂，卻半分都動彈不得。

「老奴勸相爺夫人省些力氣，」一位穿著深色褙子的嬤嬤冷笑道：「老奴們做慣了粗活，若是不小心扭壞了您的手臂，就不太好了。」

嚴夫人冷道：「大長公主當真不把嚴家放在眼裡了嗎？」

嬤嬤把嚴夫人推出班家大門外，對她行了一個福禮，小聲驚訝道：「相爺夫人，您這話是什麼意思？不是您瞧不起班家，逼著班郡主下嫁，把大長公主氣得暈過去了嗎？」

「我什麼……」

「來人啊，大長公主殿下暈倒了，快去請御醫！」

「嚴夫人，您欺人太甚了！」

靜亭侯府所在的這一條街，住的全是朝上有身分的人，聽到這邊的動靜，好幾座府上的門房都好奇的跑來這邊打聽消息。

一瞧班家門口鬧哄哄，刻著嚴相爺家徽章的馬車還停在外面，眾人頓時腦補出一幕幕愛恨情仇，都遠遠站著，饒有興趣地看起熱鬧來。雖然他們很想湊近一點，但大家都是有臉面的人家，即便是想看熱鬧，也不能表現得太過直白。

「嚴夫人！」一身紅衣的班嫿走出來，她站在班家大門口，疾言厲色道：「小女子不知做了什麼孽，才有幸被您的家人惦記上，但今日您的侮辱之語，氣暈祖母之言行，小女子銘記在心！今日我在此起誓，即便天下再無男兒，即便世間無人願娶我，我寧可削髮為尼，也絕不嫁作嚴家婦！」

圍觀眾人：嚴家人也忒過了，竟然逼著人家堂堂郡主下嫁，還把大長公主氣暈。這福樂郡主倒是個有血性女子，為了大長公主把話說到這個分上，可見本性是純孝的。

他們倒沒有想過班家人在撒謊，青天白日下，班郡主當著相爺夫人面說出口的話，怎麼也不會是假的吧。

半個時辰後，左相夫人逼班郡主下嫁，氣得大長公主吐血暈倒的消息便傳遍整個京城。

嚴暉這些年順風順水，晉升極快，惹了不少人的嫉妒，所以說什麼的都有。有人說班家人心冷如鐵，嚴公子癡心一片，他們家竟然寧可眼睜睜看著人病死，也不願意讓女兒嫁過去，這事做得太無情。嚴家的家風嚴謹，又是純孝之家，這樣的人家嫁過去不是正好？上次與靜亭侯府退婚的沈鈺，家世還不如嚴家，班家不也同意了嗎？

也有人覺得嚴家這事做得有些不要臉，哪有以死相逼讓人下嫁的。說得難聽一些，不就是看著班家沒有實權，仗勢欺人嗎？班郡主如此美貌，迷戀她的男人又不止嚴甄一人，為何別人家沒敢開這個口，偏偏就他們嚴家就這麼做了？

不就因為嚴暉是左相，才敢仗著這一點做出這般不要顏面的事情。

不少讀書人也為了這件事引經據典爭論不休，直到容瑕開口說起了此事。

「福樂郡主純孝，有此舉並不為過。嚴小公子以死相逼，實為不仁不孝。可惜福樂郡主因貌若天仙，便得來如此一場無妄之災，若天下兒郎看上哪家女子，便不吃不喝要逼著人下嫁，那還何談君子之風，何談禮儀之度？」

這句話是容瑕參加詩社時，當著無數才子說出來的話。

才子們紛紛附和，又讚容瑕不畏權貴，寧可得罪當朝左相，也要堅持說出自己的看法。

在正常人看來，成安伯怎麼都不會幫著班家荒唐人說話，可是他卻站在公正道義的立場上說了。儘管說出這種話以後，他會得罪嚴家，甚至會因此在朝中受到嚴黨排擠。

這是什麼樣的精神？

這是公正的大無畏精神，真正的君子之風，才子名士的榜樣。

不偏聽偏信，不畏懼權貴，做君子者，當如容君。

很快，京城裡的輿論就像是狂風吹過一般，統一了口徑。無數人誇福樂郡主純孝，美若天仙，至於禍水一說，竟是漸漸消失了。倒是嚴家的名聲一落千丈，好像他們家的兒郎都成了好色之輩，無恥之徒。

就在大家以為這事應該就這樣收場時，嚴家又出了大事。

嚴家的親家陳氏一族，帶著人打了嚴家大郎一頓，而且還是蹲守在戶部大門口打的。陳家大哥打完人，哭得一把鼻涕一把淚，述說著自家妹子被左相夫人磋磨，甚至弄得小產。

世人雖然講究孝順，但也講究慈悲二字，晚輩孝順，長輩卻嚴苛，甚至把人弄流產，這不是惡婆婆是什麼？

陳家人打完嚴家大郎以後，又跑去嚴家大門鬧了一場，最後一家人帶著家丁闖進了嚴家，把面色蒼白，身材消瘦的陳氏從嚴家搶了出來。

隨後傳出消息，陳家要與嚴家和離。

陳家與嚴家鬧出這種事，看熱鬧的群眾已經沒有心思再去關心班家與嚴家恩怨了，大家每天看著陳家派人去嚴家門口大罵，潑汙水，竟多了好幾項閒暇之餘的談資。

陳家也算是京城望族，與京城很多人家都交好，所以兩家鬧起來以後，一時半會兒竟沒有傳到雲慶帝耳中去。

大月宮，王德走到伏案看奏章的雲慶帝身邊，小聲道：「陛下，成安伯求見。」

雲慶帝揉了揉眼睛，「宣。」

他近來心情不太好，因為自己比較看重的臣子一家，竟然逼著他的表侄女下嫁，因此還氣暈了姑母。雖說手心手背都是肉，但也有肉多肉少之分，更何況還牽涉到皇家顏面，那就不能當作沒有發生過。

殿內很安靜，靜得連一根針都能聽見。

雲慶帝看著容瑕，容瑕恭恭敬敬地站在原地，任由皇帝打量。

「君珀啊，」雲慶帝沉默半晌後，終於開口了，「朕就知道你不會讓朕失望。」

嚴暉是他一手抬起來的，可是他發現近幾年嚴暉越來越不聽他的話了，縱容族人圈地，甚至還有人賣官賣爵，但他不想讓右相一家獨大，所以只能睜隻眼閉隻眼，可這並不代表他能忍受嚴暉插手皇室的事情。

太子雖有些優柔寡斷，但是品性仁厚，日後繼承帝位，必能善待兄弟姊妹，嚴暉卻鼓動太子對付二皇子，對付他的同胞親兄弟。身為帝王，他無法忍受這種事，儘管他自己並不是一個友愛兄弟的人。

「只可惜你太過年輕，不然這左相的位置，讓你來坐朕才放心。」

容瑕語氣平靜：「為陛下做事，為天下百姓做事，是臣的追求，什麼職位都不重要。」

「你啊，」雲慶帝低聲笑了，「不好女色，不慕權勢，這日子與苦行僧有何異？」

「陛下，微臣著華服，僕役成群，可不是苦行僧的日子能與之相比的，」容瑕想了想，「微臣可做不到高僧那般出塵。」

「人活著本該有所求。」雲慶帝欣慰，「愛卿雖非朕之子，於朕而言，如朕之半子。」

容瑕長揖到底，「陛下折煞微臣了。」

角落裡的王德低頭看著鞋尖，默默無言。陛下看著順眼的年輕男女都恨不得是自家孩子，這是對自己孩子有多不滿意，才總是發出這樣的感慨？

「有什麼折煞的？」雲慶帝拍了拍他的肩膀，「走，陪朕出去走走，透透氣。」

容瑕跟在皇帝身後，來到了御花園。御花園他陪皇帝走過很多次，對於他來說，這個地方並沒有特別的地方，也沒有外面話本中寫的那般神奇。

「朕年紀大了，這些朝臣也越發不省心了。」雲慶帝站在荷花池邊，面無表情地看著水波蕩漾的湖面，「如今朕尚在他們便如此，若朕百年過後，這朝中又會變成何等模樣？」

秋末的荷花池沒有什麼可看的，宮裡的太監早就撈乾淨了殘荷敗葉，此時荷花池裡除了水什麼都沒有，看起來冷清極了。

「陛下正值壯年，怎會這麼想？」容瑕神奇又驚又駭地看著陛下，「微臣惶恐。」

「人總會有這麼一日，」雲慶帝皺眉，「不是別人稱呼為萬歲，就真的萬年不死。」

「陛下，」容瑕往後退了一步，朝雲慶帝行了一個大禮，「請陛下不要說這種話，微臣聽了心裡難受。微臣父母早逝，這些年一直是陛下照顧著微臣，說句大不敬的話，於微臣而言，陛下是微臣的天，亦是微臣的大樹，在微臣心中，您亦君亦父，微臣自知身分低微，不敢妄想，但求陛下身體康健，無病無災。」

雲慶帝聞言心有觸動，他記起前兩年曾有人告訴過他，成安伯在長生觀給誰立了一個長生碑，後來他讓人查看後才得知，那長生碑上竟是他的名諱。或許是身為臣子寫下帝王的名諱是乃大不敬，所以成安伯做得十分小心，不敢讓任何人發現。

今日若是別人對他說這種話，他只會覺得別人是在討好他，但是容瑕不一樣，他知道這個孩子是真的把他當成至親長輩關心。

後來他又聽到密探來報，說成安伯因為一個書生說了對他不敬的話，愣是與對方連鬥十場詩詞，讓那個書生名聲掃地，從此無顏再出現在京城。只要自己吩咐他的事情，他都會認真完成，就算受傷了也從不到他面前討賞。

朝中能臣不少，但是能像容瑕這樣，一心一意為他做事，卻從不討好賣乖的朝臣，卻是屈指可數。再次伸手拍了拍容瑕的肩膀，雲慶帝心情漸漸變好：「行，朕不說這些。」

容瑕神情略有放鬆，見他這樣，雲慶帝反而起了幾分玩笑的心思，「據說，你前兩日當著諸多讀書人的面，說了嚴左相的壞話？」

「陛下，微臣不過是實話實說而已。」容瑕皺了皺眉，「福樂郡主乃是您看重的表侄女，怎麼能讓外人欺負了？」

這話聽到雲慶帝耳中，意思就變成了：你的人，微臣怎麼能讓別人欺負？

雲慶帝聽到這個解釋，頓時通體舒泰，當下便笑道：「沒有想到嚴暉竟然做出這麼糊塗的事，你那些話說的對，朕的表侄女長得美，那是上天的恩賜，嚴家這麼哭著鬧著讓郡主下嫁，實在過了些。」

他回頭看了眼容瑕，笑意變得更加明顯，「只可惜你對福樂郡主無意，不然以你的穩重性子，娶了嬿嬿倒也不錯。」

容瑕沉默片刻，抬頭看向雲慶帝，「福樂郡主美若神仙妃子，出身高貴，靈動敏秀，微臣配不上她。」他一字一句說得極慢，不像是在推諉，像是在陳述事實。

不過雲慶帝本就沒把這事放在心上，說笑幾句後，便把此事揭過去了。

倒是站在雲慶帝身後的王德，略動了一下步子，彷彿聽到了什麼了不得的話。

「秋夜漫漫，姊，妳無心睡眠便罷了，把我拉到這裡幹什麼？」班恆裹了裹身上的厚實披風，恨不得把腦袋也縮進衣服裡。

「賞月啊！」班嫿看了眼天上皎潔的月色，在鋪了軟墊的石凳上坐下，「我一個人又無聊，只能叫你陪我了。」

「這麼冷的天，賞什麼月？」班恆伸手探了探班嫿的額頭，「妳腦子沒問題吧？」

「你有問題，我都不會有問題。」班嫿拍開他的手，「我下午睡久了，現在睡不著。」

班恆想到班嫿這幾日一直待在府裡，連大門都沒有出，又有些同情她，「那好吧，我陪妳坐一會兒。」

兩人都不是什麼講究風雅的人，盯著月亮傻看了一會兒後，班嫿指著月亮道：「恆弟，你說嫦娥都穿什麼衣服，梳什麼髮髻？」

「不就是裙子？」班恆對女人穿什麼衣服不感興趣，他更關心吳剛、后羿、嫦娥之間的關係，「廣寒宮很冷的話，那怎麼喝茶，怎麼做飯，想一想都覺得這日子不太好過。」

「神仙還用吃東西嗎？」班嫿瞥了班恆一眼，「廣寒宮如果沒有其他人，穿漂亮的衣服，該跟誰炫耀呢？」

「姊，咱們能別老說裙子嗎？」班恆無語，「也不知道妳們女人怎麼折騰出那麼多花樣，也不嫌累得慌。」

班嫿哼了一聲，不再搭理他。

見姊姊似乎生氣了，班恆只好陪著笑臉去哄，「姊，外面那些讀書人都在誇妳呢，說妳孝順，說妳容貌傾城，有血性什麼的，妳不好奇這是怎麼一回事嗎？」

「怎麼一回事？」班嫿有些驚訝，「我還以為外面那些人都會罵我紅顏禍水呢！」

「一開始他們確實是這麼罵的，」班恆見班嫿瞪著自己，不好意思地摸了摸鼻子，「不過容伯爺誇過妳以後，外面的說法就變了。」

「容伯爺？」班嫿驚訝，「他幫我說話了？」

「他不僅幫妳說話了，還批評了嚴左相。」班恆感慨，「容伯爺這人真是厚道，講義氣，是讀書人中難得的清流。」

「嗯，能當著讀書人的面誇我們，確實挺清流的，一般人都幹不出來。」班嫿點了點頭，平時她可沒聽哪個讀書人誇過她，也只有容瑕對讀書人有這麼大的影響力，讓他們對班家「拋棄成見」，幫著班家說話。

「容伯爺長得那麼好看，應該不會被穿小鞋吧？」班恆不太肯定地道：「要不……我讓人幫著打聽打聽？」

「他不怕得罪左相？」班嫿想起關鍵，「他在朝中有實職，左相會不會給他穿小鞋？」

「行，你明天讓人去打聽一下。」班嫿喝了一口丫鬟端來的熱茶，「看來投其所好送禮是明智之舉啊，連容伯爺這樣的正人君子，也因為拿人手短幫我說話了。」

「啊？」班恆不解地看著班嫿，「姊，妳還幹了什麼？」

「上次父親給成安伯送謝禮的時候，我放了幾本書在裡面，因為《中誠論》一時半會兒沒有找到，才拖到前幾天給他。」班嫿嘆口氣，「反正我們家早晚也要被抄，東西讓別人抄走，還不如送給我看得順眼的美人兒。」

「就是那東南西北中？」班恆記不住那五本書的名字，唯一記得的就是這五本書湊在一塊，剛好就是東南西北中。從這一點上來看，班恆覺得前朝的才子們比本朝才子們有本事，至少他們給書取的名字好記，連他這種紈絝都有印象。

「不過……容伯爺不是那種收了禮就幫人說話的偽君子吧？」班恆對容瑕的人品還是很相信的，「妳這叫以女子之心度君子之腹。」

「嗯？」班嫿摸了摸自己的臉頰，「難道是他看上了我的美色？」

班恆沉默片刻，「大概……真的是因為妳給他送了禮？」

伸手擰住班恆的耳朵，班嫿氣笑了，「臭小子，你知不知道男人不會說話會挨揍？」

班嫿用的勁兒不大，但是班恆依舊做出一副吃痛的表情，「姊，我錯了，錯了，我其實想說的是，容伯爺不是那種貪花好色之人，不是說妳不夠美。」

班嫿鬆開手，豪邁地拍桌子，「沒關係，反正我也只是欣賞他的美色而已。」

姊弟倆在亭子坐了大半個時辰，班恆忍不住道：「姊，我們回去吧，這裡太冷了。」

夜風吹在臉上，簡直就像是刀子在刮一般。

「好，回去。」班嫿見班恆縮頭縮腦，不由笑出聲，「回去吧。」

班恆迫不及待地站起身，準備離開的時候，見班嫿還坐著不動，猶豫地看著她：「姊，妳是不是心情不太好？」

班嫿斜眼看他，「你哪隻眼睛看到我心情不好了？」

班恆又坐了回去，抱著暖呼呼的茶杯道：「那我再陪妳坐一會兒？」

「行啦，我也要回院子了。」班嫿站起身，拍了拍弟弟的腦袋，「你也回去。」

「那我回啦！」班恆跑了兩步，又轉頭看班嫿，「我真的回啦？」

班嫿忍無可忍地在他屁股上輕輕踹了一下，「還不走，留在這吹冷風啊？」

班恆拍了拍屁股，笑嘻嘻地竄了出去，就像是一隻解開了韁繩的大狗，手跟腿都在撒著歡兒。班嫿看著他的背影，忍不住笑著搖了搖頭。

這麼傻的弟弟……

唯願她的那個夢是真的，她穿著狐裘死得美美的，而家人也會因此受到照顧，不然這麼蠢的弟弟，以後可怎麼辦？

第二天一早，當班恆知道他姊昨晚不睡覺的原因是晚飯吃的太多以後，就覺得自己昨天晚上因為擔心得睡不著覺的行為有些蠢。出門與平日幾個好友見面的時候，好友們見他神情疲倦，都懷疑他晚上幹了什麼。

「昨晚月色這麼好，班兄肯定是與佳人紅袖添香，或者是把盞賞月了。」周常簫勾住班恆的脖頸，「我說的對不對？」

班恆嫌棄地拍開他，「把盞賞月倒是真的，可惜不是陪佳人，是陪我姊。」

「我若是能陪嫿姊賞月，便是讓我整夜不睡都行。」周常簫臉上露出幾分嚮往之色，「朦朧月色下，神著華服的佳人，那便是月下仙娥，世間最美的景致。」

「閉嘴！」班恆不愛拿他姊說笑，「我今天來找你，是有事想要拜託你。」

「何事？」周常簫與另外幾個紈絝都來了精神，「是套謝啟臨麻袋，還是教訓沈鈺？」

班恆……

「之前容伯爺不是幫著我們家說了幾句話嗎？」班恆有些不好意思，「我擔心他得罪嚴左相，在朝上被穿小鞋，所以想讓你們幫我打聽打聽。」

「你還不知道？」周常簫驚訝地看著班恆，「嚴家如今已經自顧不暇，哪還有精力去給容伯爺穿小鞋。」

「嚴家怎麼了？」班恆不解地看向周常簫，發現幾個密友都用看傻子的眼神看著他。

「嚴家犯了事，惹得陛下大怒，嚴左相這會兒稱病在家閉門思過。」

嚴暉不是稱病，他是真的病了，在夫人魏氏跑去靜亭侯，最後卻被大長公主身邊的僕人趕出來以後，他就因為憂慮過度病了。如果不是陳氏突然流產，他早就派人攔住了魏氏，只可惜……

他能走到這一步，靠的是謹小慎微，陛下是什麼樣的人，他心裡比誰都清楚。多疑，記仇，愛欲其生，恨欲其死。

他為了讓陛下信任自己，付出了無數的努力與精力，可現在鬧出這件事，必然會引起陛下的猜忌與不滿。陳氏與大兒子和離，小兒子昏迷不醒，他又遭了皇上厭棄，嚴家……嚴家日後如何，他不敢去想。

「大郎，」嚴暉靠坐在床頭，「你拿為父的帖子去大長公主府拜見，負荊請罪也罷，長跪不起也好，一定要讓大長公主願意見你。」

「父親，你安心休養身體，兒子一定去向大長公主請罪。」嚴茗語帶哽咽。

「是為父沒有教好你們。」嚴暉重重喘息幾聲，抓住嚴茗的手道：「記住，不管大長公主說什麼，你都要誠心誠意去道歉，這事是我們家做錯了。為父不是叫你去作戲，而是真心實意地道歉，懂不懂？」

嚴茗這幾日瘦了很多，衣服就像是空蕩蕩地掛在他的身上，可是現在他不能倒下。

「若是大長公主不願意見你，你便去靜亭侯府，去向福樂郡主請罪。」嚴暉咳得喉嚨裡帶出了血，「班家人重情，又看重子嗣，若是福樂郡主願意原諒我們嚴家，那麼必然事半功倍。」

「福樂郡主？」嚴茗猶豫道：「她只是一介女流，又是晚輩……」

「你知道為什麼當初我不願意你母親去求福樂郡主下嫁嗎？就是因為班家人十分看重這個女兒。」嚴暉說話的聲音越來越小，「世人都說班郡主刁蠻任性，可若她真是半分頭腦都沒有的小姑娘，又怎麼讓皇室的人如此偏寵她？」

嚴暉合上眼睛，緩緩道：「與皇家沾親帶故，還活得有滋有味的人，沒有誰是傻子。」

「郡主，您嘗嘗這個？」

「不想吃。」班嫿擺了擺手，有氣無力地趴在桌上。作為一個習慣了玩耍的皇家紈絝女來說，連續好幾天都待在家裡，連門都不能出，這簡直就是難得一見的奇事。

可是她現在跟祖母一樣，被嚴家人氣病了，氣病了自然不能四處亂跑。

「這可是您最愛的點心，」如意把點心放到班嫿面前，「您真的不吃嗎？」

班嫿扭臉，「不吃，拿去送人！」

「您準備拿去送誰啊？」如意笑咪咪地哄著她，「奴婢這就安排人送過去。」

「送去成安伯府，就說是世子送的。」班嫿想起容瑕幫過她這麼大一個忙，她都沒有跟人說句謝字，便站起身道：「等一下，我去書房拿點東西，叫護衛一起送過去。」

班家最不缺珍稀的書籍字畫，這次班嫿送的是一卷畫，據說是幾百年前某位著名書畫家的真跡。是不是真跡他們不清楚，反正畫很好看，字也寫得龍飛鳳舞的，就是不太好認，她到現在都沒認出這上面寫的是什麼。

「伯爺，」杜九把一封信放到容瑕面前，「這是邊關傳來的消息。」

容瑕拿起信封，拆開看過以後，放在燭火上燒掉，「嚴家那邊有什麼動作？」

「一個時辰前，嚴茗到大長公主府負荊請罪，不過大長公主沒有見他。」杜九想了想，「嚴家這事辦得真是……面子裡子都沒有了。」

「我若是嚴茗，第一要見的不是大長公主，而是福樂郡主。」容瑕看著信紙一點一點燃燒成灰燼，冷淡道：「福樂郡主才是這件事的繫鈴人。大長公主也好，靜亭侯府也罷，都因為福樂郡主才動了這麼大的肝火，他去求大長公主有什麼用？」

「這……」杜九猶豫道：「德寧大長公主才是班家真正能夠做主的人，去求大長公主不是應該的嗎？」

容瑕沒有說話，若他不曾與班家打過交道，恐怕也會像嚴家這樣認為，可是見識過班家的行事風格後，他可以確定一件事，與這家人打交道，不能按照常理來。

「伯爺，靜亭侯府管事求見，說是侯世子之命，給您送謝禮過來。」

容瑕吹滅燭火，起身打開窗戶，點頭道：「讓他進來。」

班家派來的管事長得五官端正，穿著乾淨整潔的管事衣服，打眼看過去，還真不太像是府裡的下人。

「見過成安伯。」

「不必多禮。」容瑕看了眼這個管事，「不知世子為何給在下送謝禮？」

「伯爺為郡主仗義執言，侯爺與夫人還有世子都很感謝。世子知道您乃是當世之君子，不喜金銀等俗物，所以只備下薄禮，請伯爺不要嫌棄。」管事轉身從家丁手裡取過一個食盒和一個畫筒，遞給了杜九。

「世子客氣了，容某不過是說出事實，擔不起一個謝字。」

「天下很多人都知道事實，但不是每一個人都敢說出來。」管事對容瑕行了一個大禮，「不敢擾伯爺清靜，在下告辭。」

等管事離開以後，杜九把這兩樣東西擺在了容瑕面前。

都說班家財大氣粗，給人送禮，就送這麼兩樣，這確實太薄了些。

容瑕打開食盒，裡面放著兩盤點心，淡綠色的點心看起來十分誘人，他忍不住笑了。用盒子裡放著的銀筷，夾了一個放進嘴裡。

「伯爺！」杜九嚇了一跳，伯爺怎麼能直接吃下這些東西，萬一有毒怎麼辦？

容瑕朝他擺了擺手，放下筷子去拆畫筒。

杜九：剛吃了點心又去看畫，伯爺，您這是被沒規矩的班家人影響了？

老祖宗都說，近墨者黑，看來這話是有道理的。

打開畫筒蓋子，容瑕小心翼翼地拿出這卷有些泛黃的畫，然後慢慢展開這幅畫。

「寒山望月圖？」

杜九驚駭地看著這幅畫，差點破了嗓音，這可是《寒山望月圖》啊！

《寒山望月圖》是幾百年前著名的書畫大家趙必琮所作，據說這幅作品是他生前最後一幅畫，飽含了他所有的感情以及對亡妻的思念。

傳說前朝皇帝為了討好愛名畫的寵妃，四處派人打聽這幅畫，也沒有找到真跡。

所以重點來了，這幅畫怎麼在這裡？

不對，應該說，班家為什麼會把畫送給他們伯爺？

他不該嫌棄班家人摳門，這家人不是摳門，是太大方，大方得有些腦子不正常了。這種拿來當傳家寶的東西，誰會傻得拿出來送人，是不是傻？

雖然不是班家人，但是在這個瞬間，杜九還是為班家人感到心疼，「不愧是紈綺子弟班世子，這禮送得真是……」

容瑕看著這幅畫，臉上的笑容越來越大，「不是他。」

「天涯地角有窮時，只有相思無盡處……」

杜九在心裡念完這首詩，表情微妙地看著容瑕，這詩句……挺有意思。

容瑕家中收藏著一幅趙必琮的真跡，所以這幅畫他打開後幾乎就能肯定，這確實乃趙必琮所作，而且還就是傳說中趙必琮生前最後一幅作品。

秋山明月葬花魂，寂寞相思無處存，這幅畫既帶著一股孤寂，又帶著幾分期待，期待著死亡，期待著與亡妻相見。對於年老體衰，告老還鄉的趙必琮來說，死亡反而是他最好的歸宿。

只是不知道他還念的是亡妻，還是年輕時的意氣風發？

「伯爺，」杜九見容瑕盯著這幅畫不放，小聲提醒道：「這畫不是班世子送的，難道是……郡主送的？」

男未婚，女未嫁，隨手就送出如此珍貴的畫卷，畫卷上的詩句還如此的曖昧，難道班郡主對伯爺有男女之情，不然誰捨得送出這麼大的禮？

他有些相信班郡主在班家十分有地位了，不然誰家姑娘敢送這麼稀罕的東西給一個非親非故的男子？

「誰送的並不重要。」容瑕收起畫卷，重新放回了畫筒，「之前的事情你做得很好。」

「伯爺，屬下想起了一件事。」杜九忽然道：「前段日子有一婦人帶小孩攔住了靜亭侯的車架，自稱從薛州同縣而來，其丈夫被判了冤案。」

「攔靜亭侯車駕？」容瑕把畫筒放進多寶閣靠上的位置，似笑非笑道：「大理寺與刑部她不去，為何偏偏去攔一個侯爺的車？」

杜九搖頭，「屬下不知，只不過靜亭侯並沒有理會此人，直言自己在朝中毫無實權，幫不上她的忙。」

說句實話，在聽到靜亭侯說這種話的時候，杜九覺得班家的想法有些異於常人。

老子毫不顧忌地說自己沒有實權，兒子沒事喜歡遍山埋金銀珠寶，女兒給男人送禮，一送就是有錢都買不到的珍品，這一家子用實際行動詮釋了什麼叫做非常態紈絝敗家子。

別家紈絝都是好美色好賭兼仗勢欺人，這家人吃穿上雖然講究，但是堂堂侯爺受侯夫人管制，身邊通房侍妾一個也無；世子雖也遊手好閒，但是從未見他去調戲民女或者現身賭坊，每日帶著幾個護衛招搖過市，幹的卻是鬥蛐蛐鬥雞這檔事，看見調戲民女的浪蕩子還要伸張一下正義，唯一愛欺負的對象還是謝家二郎，不過這兩家有舊怨，也算不上欺負或者被欺負了。

表面上來看，這一家子都沒個正形，好像不太討喜，可是細想下來，這一家人揮霍的也是自家祖上積攢下來的財產，雖然不幹正事，但也從未幹過壞事，與某人表面君子，內裡手上沾血的家族相比，反而是這家人品性最好。

可是為什麼所有人想到班家，腦子基本上都是他們懶散奢靡的形象呢？

不對，他們家好像確實也挺懶散奢靡。

如果不是因為伯爺與班家有了來往，恐怕他從不會在意班家人，因為這家人確實沒有什麼好在意，但是當他因為各種巧合，開始注意起班家人以後，就發現這家人其實也不是那麼令人討厭，甚至還有討喜的地方。

大概這就是伯爺願意跟班家人來往的原因吧？

「世子送來的禮實在太過貴重，」容瑕看著窗外的陽光，心情甚好道：「我也該送些回禮過去才對。」

伯府管家聽到伯爺要開庫房以後，便匆匆與另外幾位管事趕了過來，各自掏出鑰匙打開了一層又一層的庫門。

容氏一族，祖上數代顯赫，到了容瑕祖父一輩，容家在大業朝的名聲幾乎達到了頂峰。當今陛下年幼時，容瑕祖父便是太子太師，雖然陛下登基後不久，祖父便病逝，但是陛下仍舊追尊其為帝師。

容氏庫房中，堆滿了歷代容氏族人留下來的財產。容瑕從架子上拿下一個烏木盒，擦去上面的灰塵，打開了盒蓋。

盒子裡擺了一套血玉製成的首飾，髮釵、耳墜、手環、臂釧、額墜、玉佩，每一樣都殷紅如血，卻又帶著難言的美感。

容氏祖上曾有人任過前朝的大官，並且還娶到了前朝的公主，所以容瑕這一脈細論起來，身上還有前朝皇室的血統。只是先祖娶公主的時候，尚是前朝鼎盛時期，前朝覆滅的時候，容氏已無人在朝中為官，所以新朝建立建立以後，就算容家人再度進入朝廷為官，也從未有人懷疑過容家人的忠心，反而覺得容家人血脈高貴。

這一套血玉首飾，據說便是那位公主的嫁妝之一。容家人喜詩書，不好享樂，所以這些華貴的東西，便都封存在了庫房中。

很小的時候，容瑕跟著母親進庫房時，便覺得這套首飾美極了，可是從未見家中哪位女眷戴過，那時候他還偷偷失落過，只是怕父親責罰，從不敢把這件事說出口。

蓋上烏木盒蓋，容瑕順手另一邊架子上取了一個硯臺，便抱著盒子出了內庫。

靜亭侯府，班淮見了嚴茗。

嚴茗以為班家人也會像大長公主一樣，說什麼都不會見他，可是他沒有想到的是，班家人不僅很快見了他，還給他奉上了熱茶。這在往日只是最基本的禮貌，但是對此刻的嚴茗而言，他竟感動至極。

「小嚴大人，」班淮坐在上首，表情看起來十分嚴肅，「請問今日來，有何貴幹？」

「晚輩是來向貴府致歉的，舍弟與家母莽撞，給貴府與郡主帶來麻煩，嚴氏一族很是愧疚，只是家父病重，無力起身，便由晚輩代家人來向貴府致歉。」嚴茗放下茶杯，走到屋中央，一撩衣袍單膝跪了下去，「女兒家名節何其可貴，我嚴家行事不當，當向郡主行禮賠罪。」

男兒膝下有黃金，跪天跪地跪父母，若是向無關人等跪下，無異於天大的屈辱。嚴茗作為嚴家的嫡長子，嚴家未來的繼承人，卻當著班淮的面跪下了，姿態可謂是低到了塵埃。

班淮看著規規矩矩跪在自己面前的嚴茗，扭頭看裝作認真喝茶的班恆。

班恆側了側身，沒有出聲。班淮瞪了他一眼，他放下茶杯走到嚴茗身邊伸手去扶嚴茗。

「嚴大人不必行如此大禮，」班恆最近一段時間跟著班嫿鍛煉身體，身體雖然沒有強壯多少，力氣卻變大了一些，嚴茗這個手無縛雞之力的書生沒有扭過他，被他從地上拔了起來，「有話坐著好好說。」

嚴茗這幾日一直沒有休息好，整個人看起來彷彿老了好幾歲，再不見往日的風度翩翩，他被班恆從地上拖起來後，看起來更加頹然。

「請侯爺讓晚輩見郡主一面，讓晚輩親自向郡主致歉。」

班淮淡淡道：「恐怕……沒這個必要了。」

「晚輩知道，如今說再多的道歉之語，都不能彌補郡主受到的委屈，鄙府也不敢奢求郡主真的原諒我們，」嚴茗苦笑，「只求能見郡主一面，述說我們的歉意，晚輩便足矣。」

班嫿站在門外，聽著嚴茗帶著倦意的聲音從屋內傳出，帶著婢女走了進去。

「小嚴大人見小女子，不知有何貴幹？」

嚴茗回頭，整個人有些晃神。只見一個穿著血色繡紅梅裙，頭戴紅玉珠額墜的絕色女子從外走了進來。她的出現，讓門外所有的人物與精緻都變得黯淡失色起來。

她身後跟著好幾個美婢，猶如眾星拱月般進了屋子，似乎還能聞到她身上淡淡的香味。這是陌垞香，附屬國進貢的香料，因為量稀少，能得到陛下賞賜的女眷也非常少。

「在下見過福樂郡主。」嚴茗規規矩矩地向班嫿行了一個禮，這個禮行得極為標準，看不出有半點不情願或是敷衍。

「小嚴大人不必客氣。」班嫿垂下眼瞼，接過婢女端來的茶盞，染著丹蔻的手端著茶杯，只略沾了沾唇便放了下來。嚴茗看到她的手上捏了一塊錦帕，然後用錦帕擦了擦潤澤的唇。

他收回視線，把頭埋得更低，「在下今日來，是向郡主致歉的。」

「致歉？」班嫿歪了歪頭，似乎這個時候才用正眼去看嚴茗，「我早說過了，我與你們嚴家不共戴天，你不必向我道歉，我也不在意這些。」

嚴茗心底一沉，對著班嫿深深一揖，「嚴某自知此事錯得徹底，不敢奢求郡主寬恕。願郡主身體康泰，青春永駐，美如天上皎月，餘生歡喜無憂。」

班嫿聞言輕笑出聲，單手托腮看著嚴茗，「小嚴大人竟如此會說話，只可惜我這個人有些奇怪，最不愛聽別人說漂亮話。」

班恆抬了抬眼皮，不愛挺漂亮話？

這嚴家人真有意思，做的事情前後矛盾，真不知道他們聰明還是愚蠢。這個嚴茗這麼會說話，卻不會好好哄自己的夫人陳氏，陳氏被婆母弄得流產，恐怕也是傷心到了極點，所以才下定了決心與這個男人和離。

同床共枕好幾年，好不容易懷上的孩子卻掉了，對於陳氏來說，不知是多大的痛苦。

班嫿很慶幸自己是個郡主，不用在嚴家的威逼利誘下嫁進門。陳氏那般溫婉的女人，尚不能在嚴家過上好日子，又何況是她呢？

美麗的女人，無論做什麼動作都是迷人的，即便她的表情裡帶著諷刺，即便她的語氣也不溫柔，但是天下間沒有多少男人在這樣的美人面前能夠真正的發怒。

當然，二皇子那種腦內有疾的人例外。

嚴茗正欲開口說話，班家的管家走了進來。

「侯爺，成安伯府護衛求見。」

班恆往門口望了望，成安伯府這個時候派人過來幹什麼？嚴家大郎到他們家來賠禮道歉這件事，恐怕已傳遍京城，成安伯這個時候派人過來，不怕嚴家人以為他是故意來看笑話的？

杜九跟在管事身後，一路進了正廳，他似乎沒有料到嚴茗也在，給班家人見過禮以後，還向嚴茗行了一個大禮。

杜九是容瑕身邊的近衛，京城裡只要熟悉容瑕的人都認識杜九。嚴茗看到杜九，心裡比班家人更吃驚，不過他首先想到的不是容瑕來看嚴家笑話，而是驚訝於容瑕與班家竟然有來往。

「杜護衛請坐。」班恆看了眼杜九手裡捧著的兩個盒子，盒子不大不小，看起來有些像是用來裝書籍或是筆墨紙硯這類東西的。

早上他姊用他的名義給成安伯送了禮，這會兒該不是送回禮來的？早上才送過去，這會兒就回禮，是不是略急了些？

想到裡面可能裝的是筆墨紙硯等物，班恆瞬間沒了興趣，他們一家子人，除了祖母與母親通詩文，誰還是讀書寫字的料啊。

「在下不敢。」杜九見嚴茗這個相府公子都站著，他一個小小的護衛自然不會坐下，「世子送來的謝禮過於貴重，伯爺心中既喜又不安，多謝世子割愛。這是伯爺給世子備下的薄禮，請世子不要嫌棄。」

「容伯爺太客氣了，不過是不值錢的小玩意兒而已，還送什麼回禮？」班恆擺了擺手，滿不在乎道：「伯爺這般，就太過生分了。」

杜九捧著盒子的手抖了抖，不值錢的小玩意兒？

那可是《寒山望月圖》，還是真跡！

誰家不值錢的小玩意兒會這麼珍貴？自小被容家收養以後，杜九便一直待在容瑕身邊，自認見識過不少好東西，但還從未見過像班家這般不拘小節的。

「若是世子不收，才是生分了。」杜九笑道：「世子送來的畫，伯爺愛不釋手，直言是千金不換的好東西。」

「咳，客氣客氣。」班恆斜眼看班嫿，他姊打著他的名義給容瑕送什麼了？

班嫿不搭理班恆，反而做主讓管家把杜九送來的禮收下了。

杜九見狀，越發覺得那幅圖是班郡主特意讓人送來的。

杜九送了回禮後便立刻告辭。在嚴茗看來，杜九真的只是來送回禮，兩家的私交看起來似乎也並不是特別好，班家為什麼送謝禮給容瑕？

嚴茗想起了前幾日容瑕當著眾多讀書人的面誇班嫿的那些話。就是因為容瑕這席話，才讓嚴家徹底毀了名聲。一開始他對此十分憤怒，可是在短短幾日內，父親重病在家，容瑕職位升遷，他忽然明白了過來。容瑕不是幫班家說話，而是幫著陛下說話，他們家到底是受到陛下猜忌了。如若不然，近幾日朝上的動靜為何如此大，很多與嚴家交好的官員都被貶到了苦寒之地，甚至連好幾個支持太子的官員，也受到了責罰。

他們家一直都是偷偷在背後支持太子，就連石家人都不知道，皇上為何會知情？

最可怕的是，容瑕恐怕也知道他們家暗中支持太子的事情，所以才會在這個時候寧可得罪他們家，也要站出來保住班郡主的名聲。可笑世人都認為容瑕是個光明磊落的君子，豈知他的骨子裡也不過是個汲汲營營的小人罷了。

「小嚴大人，」班嫿看向嚴茗，「你道歉的話我聽完了，你請回吧。」

嚴茗嘴角動了動，看著這個美豔逼人的女子，想起臥病在床的弟弟，朝她深深一揖，「在下告辭了。」

「慢走不送。」

走出靜亭侯府，嚴茗騎在馬背上，看著四周來來往往的百姓，內心有些惶然，受到陛下猜忌的嚴家，日後該何去何從？

往前走了一段路，他與陳家大郎不期而遇。此人在幾日前還是他的大舅兄，現在兩家卻已經從親家變成了仇家，大舅兄看他的眼神，就像是在看世間最可惡的人。

「兄長……」

「請嚴大人不要亂攀親戚關係，陳家乃小門小戶，在下擔不起你一聲兄長。」陳家大郎面色十分難看，連話都不想跟嚴茗多說半句，轉身就要走。

「陳兄，令妹……身體如何了？」嚴茗想起陳氏，忍不住問了出來。

「呵，」陳家大郎冷笑，「與你何干？」

嚴茗愣愣地看著陳家大郎的背影，只覺得這天地之大，竟沒有他覺得輕鬆之處了。

班恆把成安伯送來的兩個盒子擺在班嫿面前，一個盒子裡擺著一方硯臺，一個盒子裡擺著滿滿當當的血玉首飾。不知道這些血玉是從哪兒找到的，竟然沒有絲毫的雜質，豔麗得像是殷紅的血液，美得妖冶。

「成安伯……也挺大方的。」他想了半天，只能用這個詞語來形容了，因為這盒血玉是有錢都買不到的好東西，而且做工十分精細，不像是民間的東西。

「好漂亮！」班嫿取出一支手鐲戴上，殷紅的血玉把她的手襯托得更白更水潤。

班恆嫌棄地撥弄了一下那方硯臺，「這方硯臺是他隨便拿來湊數的吧。」

兩人都打著他的旗號送東西，結果就給了他一方硯臺，他又不喜歡寫字，給他這玩意兒幹麼使？身為侯府的世子，班恆覺得自己的尊嚴受到了挑戰。

好生氣哦，但他不敢抱怨。

「你上次不是想買什麼無敵大元帥？」班嫿得了這麼漂亮的首飾，心情特別好，當下便給了班恆五百兩銀子，讓他去買心儀的大元帥。

無敵大元帥，一隻戰鬥力十分強悍的大公雞。

班恆頓時開心起來，也不管這方硯臺了，逮著她姊就一頓誇，這裡美，那裡漂亮，哄得班嫿最後又給他多加了一百兩。

至於這方被班家姊弟忽略的硯臺，在外面要價至少在八百兩以上，只可惜它遇上了不識貨的姊弟兩人，只能變得一文不值。

五日後，陳家大郎得以升遷，填補的正是某個被貶走的嚴黨留下來的空缺。接下來的大半個月裡，諸多嚴黨受到了打壓，空出來的職位很快被人填補上了，唯有嚴暉的左相之位沒有受到影響。在嚴茗親自到班家請罪後的第三天，皇帝甚至還賞了一些東西到嚴家，說了一些勉勵的話。就在誰也摸不清陛下的用意時，嚴暉拖著病體上朝了，並且向陛下提出了辭官。

雲慶帝沒有同意，並且對嚴暉更加關切。最後嚴暉終究沒有辭掉左相一職，只是曾經在京城中頗有影響力的嚴黨就這麼被打散，從此以後嚴家的威望一落千丈，所有的風光都被石家取代。朝中諸臣稱石崇海為石相，中間的那個右字被眾人有意無意地忘卻了。

陸之章　泣血紅蓮

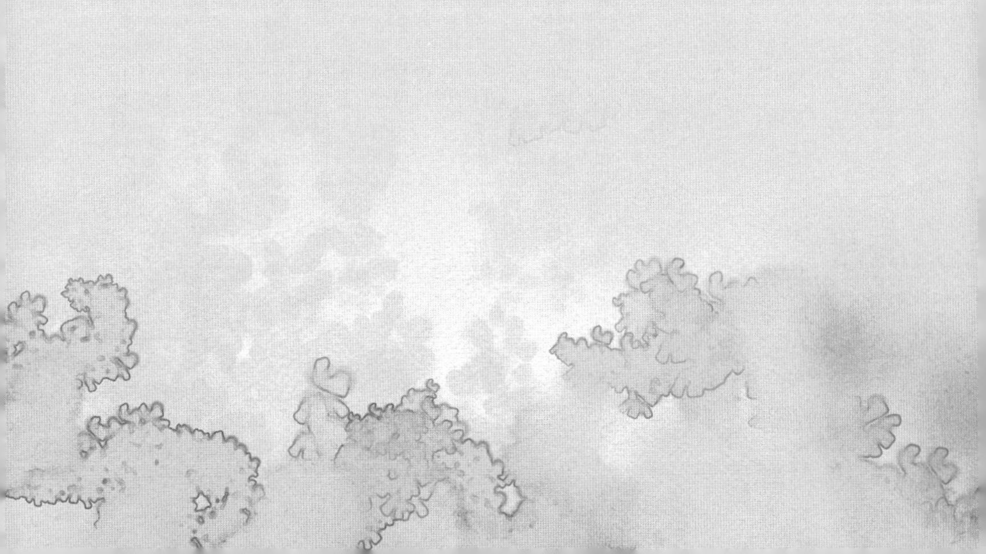

第一場雪紛紛揚揚地飄落了下來，整個京城變成了一片白茫茫的世界。

班嫿心情很好，因為她讓人做的狐裘終於派上用場了。

素色繡紅牡丹宮裙、雪狐裘，再戴上成安伯送來的血玉首飾，她坐在銅鏡前，攬鏡自照陷入了自我沉醉中，世間為什麼有如此美的女子？

「姊！」班恆門外大叫道：「外面雪大，我們再不走，就要遲了！」

班嫿摸了摸紅豔豔的額墜，又在額心處描了一朵盛開的紅蓮。這額墜就像是從紅蓮中長出來的紅珠，美麗妖冶。

臘月初六，當今聖上萬壽，朝中重臣、三品以上的誥命女眷，皆要進宮為皇上賀壽，這一天同樣也是官員公開給陛下送禮的好日子。

各地官員為了討好雲慶帝，四處紛紛開始出現神跡，什麼嘉禾，什麼奇石，什麼神龍現身，什麼異獸，手段層出不窮，故事一個比一個離奇。

不過對於每年都要聽各種神奇故事的雲慶帝來說，這些所謂的神跡，他已經不看在眼裡了，因為他自己心裡也清楚，這是地方官員討好他的謊言，誰的故事編得好，他就意思意思笑一下，編得不夠生動離奇的，他連聽都懶得聽下去。

這些編故事的大臣不膩，他這個聽故事的都已經膩了。

「陛下，瑞雪兆豐年，今天是個好日子。」王德看了眼外面的天色，今天下這麼大的雪，所有人都站在殿內殿外等著給陛下見禮，這日子恐怕有些不好受。

「嗯。」雲慶帝看著外面的天色，點頭道：「走，出去看看。」

「陛下起駕。」

作為深受皇上寵愛的郡主，班嫿不管在哪裡都會受到眾星拱月般的待遇。她乘坐的郡主車駕經過宮門時，護衛一見車上的家徽，連攔也未攔，恭敬行禮後讓她通過了。

馬車進了宮門以後，再往前行了一段路，便停了下來，宮裡派來的接引嬤嬤早已經在外面等候，「奴婢見過福樂郡主。」

兩個接引嬤嬤是從皇后宮派過來的人，以示皇后對福樂郡主的看重。在這個宮裡，接引誰，由誰來接引，那都是臉面。

「有勞兩位嬤嬤。」班嫿的貼身婢女見兩位嬤嬤肩頭髮間都落著碎雪，朝兩人福了福身以後，雙手奉給兩位嬤嬤每人一個荷包，「勞兩位嬤嬤久等了。」

「哪裡，哪裡。」兩個嬤嬤不敢拿大，回了一禮以後，躬身上前去掀馬車簾子，準備扶郡主下馬車。簾子掀開的瞬間，兩個嬤嬤都倒吸了一口氣。

這是何等的美人，雪衣紅釵，尤其是那眉間的紅蓮，竟如烈火般絢爛。

便如那雪中紅梅，世間再無甚能與之比美。

班嫿喜歡別人用驚豔的眼神看自己，那是對自己最好的誇獎。

她把自己一雙精心保養過的手遞給嬤嬤，踩著朱紅漆木凳走下馬車，對向她行禮的宮人點了點頭，對引路嬤嬤道：「今年陛下的萬壽，仍是在昭陽殿舉辦嗎？」

「是的。」嬤嬤鬆開手，躬身退到一邊，「奴婢等奉皇后娘娘之命，前來接郡主。」

「皇后娘娘總是對我這麼好。」班嫿面上露出幾分親近之意，「那我們快些走，我也想要見娘娘了。」

即使天上下著再大的雪，宮裡貴人們經過的地方，也都擦得乾乾淨淨。班嫿長長的裙襬撒在地上，身後跟著的婢女們皆垂首噤聲，威儀逼人。祖母曾說過，威儀這種東西，看不見摸不著，但是僕人、華服美食，會讓其他人自動拜服。

沒有誰在乎妳是不是好相處，只要讓他們明白，妳是得罪不起的，威儀自然便來了。

宮道上的太監宮門看到班嫿出現，紛紛避讓，無人敢直視其容貌。

「嗯？」班嫿突然停下腳步，看向站在廊外的一個小太監，他身上穿著灰色的宮侍袍，整個人瘦瘦小小的，恭敬垂在小腹前的手烏紅腫大，跟他乾瘦細小的手腕極不相稱。

「郡主，這是宮裡的粗使太監。」嬤嬤補充了一句，「都是家中犯了事，以罪人身分罰入宮廷的。」

班嫿想起五年後的班家，垂下眼瞼道：「看起來像是個孩子。」

嬤嬤陪笑道：「郡主說的是。」

就在嬤嬤以為這位郡主會大發善心，擺主子威儀讓這個小太監回去休息時，沒有想到郡主竟然沒有提這件事，而是向小太監招了招手。

「小孩兒，你過來。」

小太監可能凍得厲害，所以站在那兒的時候，雙腿不住地顫抖，聽到有位主子叫自己，他差點摔在雪地裡。用盡全身的力氣壓抑著恐懼的心理，他跌跌撞撞走到這位貴人面前，大腦一片空白。是他礙了貴人的眼，還是哪裡做得不好？

「抬起頭給我瞧瞧。」

他覺得自己抖得連牙齒都在打架，可是他不敢違抗，露出一張算不上乾淨的臉。

「你這孩子長得真可愛。」班嫿對引路嬤嬤道：「你看他的臉再胖一點像什麼？」

嬤嬤仔細看了兩眼，搖了搖頭，「奴婢不知。」

「像陛下鳥房裡那隻叫圓圓的鶯歌，若是臉再胖些就更像了。」似乎想起了什麼，班嫿面色一黯，看起來有些不高興。

引路嬤嬤忽然想起，三年前陛下鳥房裡確實有一隻叫圓圓的鶯歌，十分招福樂郡主喜愛，當時連皇后都念叨過這件事，說是準備把這隻鶯歌送到靜亭侯府去，哪知道後來這隻鳥犯了病死了，從那以後，郡主去鳥房的次數就變少了。

那隻鳥長什麼樣，接引嬤嬤哪裡還記得，更何況陛下的鳥房也不是誰都能進的，這個小太監像不像那隻鶯哥不重要，重要的是郡主說他像，那他必須是像的。

接引嬤嬤一臉恍然地道：「郡主不提，奴婢還沒想起來。仔細瞧著，確實有幾分像，就是臉瘦了些。」

「是吧，我就覺得像。」班嫿又高興起來，隨手取了一個暖手爐遞給這個小太監，「回去把自己養好些，過段時間我再來瞧瞧。」

那只暖手爐上沒有多少花紋，像是郡主身邊下人用的東西。接引嬤嬤見郡主因為這個小太監相貌露出笑容，便道：「奴婢瞧這個小太監跟那隻鶯歌有緣，不如調他去鳥房幹些粗使活，沒準兒鳥房的鳥兒能長得更好。」

小太監捧著暖爐，覺得自己四肢百骸彷彿都活了過來。

這個貴人真美，比宮裡那些娘娘都還要美。不知道哪家的貴女，竟然連皇后娘娘身邊的人都對她如此客氣。他們這些最下等的太監，想要活下去的第一點，就是眼睛要利索，這位貴人身邊的兩個嬤嬤，穿的是皇后宮裡才能穿的衣服。

他垂首站著，只看到對方身上雪白的斗篷，以及斗篷下紅豔的牡丹花。

「恭送貴人。」

這位貴人走的時候，他後退一步，朝這行人行了一個大禮。

等這行人再也看不見以後，他捧著手裡的暖爐，轉身看向身後的雪地，想要把暖爐放在地上去掃地，又有些捨不得，苦想之下，正打算把暖爐塞進懷裡的時候，管事走了過來。

他以為自己又要被責罰，哪知管事只是笑咪咪地讓他回房休息。

「你小子走運了啊！」

他聽到管事如是說。

「郡主請往這邊走。」接引嬤嬤站在臺階下，「奴婢身分低微，不能去上面，您請。」

「有勞了。」班嫿對兩人笑了笑，拾階而上。

「恭送郡主。」兩個嬤嬤看著玉階上的華服女子，恍惚間有種……尊貴無限的錯覺。

班嫿早就計算過，昭陽殿外的玉階是白色，她身上的紅白搭配走在玉階上時，一定會很好看。雪花飄灑，白茫茫中幾簇紅，最是豔麗。

石晉站在玉階之上，看著從玉階下一步一步往上走的女人，握佩刀的手緊了緊。幾粒雪花落進他的眼中，他眨了眨眼，眼底仍舊有些模糊，但是那玉階上的女子卻異常清晰。

她宮裙上的花是牡丹嗎？

牡丹是大俗大雅之花，很少有貴女用牡丹花做裙上的花紋，即便有人這麼做了，也是俗大於雅，根本壓不住牡丹過於豔麗的美。

石晉沒有想到世間竟然有如此適合牡丹花的女子，尊貴、明豔、美麗。

他往前走了一步，玉階上的女子剛好也抬起了頭來。

石晉沉默地往後退了一步，低下頭朝她躬身作揖。

腳步聲緩緩靠近，他看到了她腳上的鞋子，上面鑲著紅寶石，精緻小巧，很配她。

腳步聲在他面前停下，他看清了她裙襬上的牡丹花紋，牡丹繡得極美，就像是真的牡丹盛開在了她的裙上，紅得刺進了他的心底。他聽到了風起的聲音，聽到了雪花飄落的聲音，還聽到了自己的心跳聲。

「石大人。」

他抬頭，目光躲過她的唇，落在了她額際的花鈿上。紅蓮如火，不知是因為皮膚白讓蓮花這麼紅，還是因為蓮花這麼紅讓皮膚顯得如此白皙。

「在下見過福樂郡主。」他的聲音很平靜，就像是地上的積雪，看不見半點波瀾。

「你升官啦？」班嫿記得石晉一開始是衛尉寺卿，現在穿著銀甲，看來是升官了。

「承蒙皇上厚愛，在下現領禁衛軍副統領一職。」

班嫿眨了眨眼，在腦子裡計算禁衛軍副統領是幾品。她瞥了眼石晉，身姿挺拔，面若好女，再配上這身銀甲，好看得不得了，她忍不住又多看了兩眼。

「郡主，」石晉見她站在殿外不進去，以為她緊張，便小聲道：「大長公主、侯爺、侯夫人、世子都已經到了。」想了想，他又補充一句，「時辰快到了。」

朝中勳貴已經來得差不多，她到得已是有些晚了。

「謝謝。」班嫿知道他是在提醒自己，福了福身，「殿外寒氣重，石大人也請注意。」

石晉無聲地對班嫿抱了抱拳，直到班嫿走開以後，他才又抬起了頭，看到的只有那一截裙襬晃過殿門的樣子。

牡丹盛開得十分燦爛，就像是……她剛才笑起來的模樣。

「你姊怎麼還沒來？」班淮小聲對班恆道：「你們不是一起進宮的嗎？」

「剛才接姊姊的是皇后宮裡的嬤嬤，應該不會有事吧？」班恆往殿門口探頭張望，無奈道：「她今天穿那麼繁複的宮裙，能走快才怪。」

「來了。」班淮看著出現在殿門口的女兒，笑咪咪地想，不愧是他閨女，真漂亮。

身為一個父親，班淮覺得自己的女兒那就是天下無敵美，其他誰家姑娘都趕不上自家閨女，便是連皇室公主，在自家女兒面前也是不夠看的。

從小他就愛對著班嫿說，自家閨女真美真可愛，整個京城無人能及，以致於班嫿長大以後，也是如此的……自信。

班恆總覺得，他姊有自戀這個毛病，都是父親害得。

「芙蓉不及美人妝，水殿風來珠翠香……」

容瑕聽到身邊某個公子突然開始念詩，還是如此……不加掩飾的詩句，面上帶笑地朝這個公子看去，卻見他癡癡呆呆地看著門口，似乎被迷惑住了心神，

他好奇地朝門口看過去，看到了殿門處那個華服女子。

紅玉珠，美華服，纖纖作細步。

容瑕臉上的笑容變得有些恍惚起來，他看著這個徐徐往殿中走來的女子，腦子裡被這紅與白的絕美驚豔了。

他曾經設想過無數次這套血玉首飾被人戴在身上的樣子，可是不管怎麼想，總是想不起世間有哪一張臉能與這套血玉首飾相配。

原來，是她。也唯有她，才配得上如此豔麗張揚的首飾。

容瑕覺得自己心裡似乎有什麼填補了進去，就像是小時候心心念念卻不曾得到過的東西，終於有一天得到了手，然後發現這樣東西比自己想像中還要美好。

殿中說話聲更大了些，就連方才失態念出一首顯得過於輕浮詩詞的公子，也彷彿沒有看見從殿門走進的女子，藉著喝酒的姿勢，掩飾了他剛才的失態。

他們眼裡沒有看她，但是心裡卻看了無數次。

容瑕端起酒杯，朝班嫿遙遙一敬，仰頭喝了下去。

班嫿停下腳步，對他露出了一個笑。

人都有七情六欲，嫉妒也是負面情緒之一。

石飛仙看到容瑕對班嫿舉杯遙敬時，胃裡就像是喝下了一罈醋，酸澀得難受。坐在她身邊的石夫人輕輕拍了一下她的手背，「飛仙，妳怎麼了？」

「母親，我沒事。」石飛仙往殿外看了一眼，「又開始下雪了，不知兄長會不會冷？」

「能為皇上做事，是我們石氏一族的榮幸。」石夫人見女兒擔心兄長，便笑著道：「妳不必

擔心，我讓人給妳兄長做了貼身保暖的衣物，應該不會太冷。」

石飛仙勉強笑了笑，「那就好。」

過來討好石夫人的人很多，石夫人也沒有察覺女兒的異樣，轉頭與鄰座的夫人說起話。

班嫿走到陰氏身邊坐下，把手放進陰氏暖和的掌心，蹭著陰氏身上的溫度。

「手怎麼這麼涼？」陰氏摸了摸班嫿身上的宮裝，把她的手捧在掌心，「妳這個丫頭，為了美連冷都不怕了。」

「本來是不冷的，半路上見一個小太監有些可憐，便順手幫了他一把。」班嫿朝陰氏身邊擠了擠，「母親身上好暖和。」

「因為我比妳穿得厚實。」陰氏又好氣又好笑，只好無奈道：「都是妳父親慣的！」

班嫿也不辯解，只朝陰氏討好一笑，顯得乖巧極了。

「太子到，太子妃到！」

陰氏與班嫿理了理衣衫，站起身迎接太子與太子妃的到來。

太子妃石氏，未出嫁前便頗有仁孝謙恭之美名，嫁入東宮成為太子妃以後，更是賢德之名在外。她容貌與才華雖不及妹妹石飛仙，但仍舊是京城裡有名的女子。

她與太子也算得上是舉案齊眉，唯一不太好的一點就是，她與太子成婚四年，至今沒能誕下一子。太子雖未因此對她有所怨言，但是隨著二皇子即將成婚，她內心便越來越焦急。

走進大殿前，蔣涵握住了她的手，對她笑了笑。

她看了眼四周，小聲道：「殿下，這不合規矩。」說完，她把手從太子的掌心抽了出來。

蔣涵無奈一笑，與她並肩進了內殿，她卻落後了他半步。

「見過太子、太子妃。」

地毯很柔軟，太子妃看著四周眾人垂下的腦袋，露出滿意的微笑。

走過班嫿身邊時，她腳步微微一頓，目光落到班嫿髮間的血玉釵上，紅得有些刺眼。

蔣涵乃未來的帝王，他的座位低於帝王，但又高於眾臣，直到夫妻二人落座，眾人才再度抬起頭來。

「諸位大人請落座。」蔣涵起身道：「今日乃父皇萬壽，普天同慶之日，諸位大人不必如此多禮。」

太子仁德，性子溫和，在朝臣中十分有聲望，倒是二皇子總是胡鬧，不太得臣心。蔣洛看著太子夫婦在上面裝模作樣，冷笑一聲，也不管其他人怎麼想，行禮後便坐下了，連表面功夫都懶得做。

班嫿所坐的位置在蔣洛對面下方，她注意到蔣洛的動作，在心裡暗暗罵了一句傻子。連基本的作戲都不會，你這是要上天啊？太子乃是他的長兄，還是同母兄弟，他在外人面前連這點面子都不給太子，待日後太子登基，就算要收拾你這個弟弟，別人也只會覺得，是他這個弟弟太寒長兄的心。

班嫿覺得自己就挺會作的，但是與蔣洛比起來，她就是委婉派的。

蔣洛心裡正憋氣，見班嫿在看自己，他狠狠瞪了她一眼。看什麼看，沒見過男人嗎？

班嫿翻了一個白眼。嘖，性格沒有太子表哥好便罷，長得還沒太子好看！

不知道為什麼，蔣洛覺得自己一看到班嫿，心裡的火氣就更大。想到自己這些日子被圈在宮裡的日子，他便恨不得生撕了她，但是……他不敢。

班嫿這個女人實在邪性又不要臉，在父皇面前也敢作戲撒謊，偏偏父皇還吃她這一套。這次因為父皇萬壽禮他才得以出宮，他不想剛出來又被關進去，這次暫且饒了這個小賤人。

坐在蔣洛身邊的人見蔣洛盯著班嫿不放，頓時恍然大悟。果然英雄難過美人關，都傳二皇子不喜福樂郡主，但是看他盯著福樂郡主眼珠子都不轉，似乎也不是真的討厭。

在皇帝的萬壽禮上，沒有誰敢鬧出一點不開心的事情，就算家裡死了嬌妻美妾，臉上也要擠出笑來，所以當雲慶帝與皇后出現在大殿上時，看到的便是一張比一張燦爛的笑臉。有些人長得一般，偏偏還笑成了菊花，帝后二人不由移開眼睛，在人群中找一些相貌出眾的人看幾眼，才覺得眼睛好受一點。

這家兒郎長得不錯，那家的閨女也漂亮。再扭頭，兒郎裡還是容君珀長得最好看，就這麼簡簡單單地站著，就比其他男人好看。皇后摸了摸手鐲，只可惜她沒有適齡的女兒，不然招來做駙馬多好。

宮裡公主有好幾個，但對於皇后來說，這樣的好男人，不能便宜那些妃妾的女兒，這是她身為皇后的驕傲與任性。

福樂郡主今天這身打扮真美，比其他貴女都要亮眼，這若是自家閨女，她肯定天天給她打扮得美美的，沒事就找一大排男人任她挑選，看誰敢說一個不字。

皇后對班嫿笑了笑，班嫿回了她一個親暱燦爛的笑。

年紀一大，就喜歡這種鮮活漂亮討喜的小姑娘，至於那些講規矩的才女，反而不是那麼招她喜歡。自家老二也不知怎麼想的，這般漂亮的小姑娘，也能把人手臂摔傷，這要是自家閨女，敢有人這麼對她，她不弄死他才怪。

皇后端莊地坐在了鳳座之上，她不是一個特別愛笑的人，所以後宮嬪妃都十分敬畏她，覺得她深不可測。同樣這麼想的，還有朝中命婦，她們在皇后面前，總是擺著最尊重的姿態，唯恐引得她發怒。

帝后面前，行叩拜大禮，慶陛下萬壽之喜。

照舊是各種歌功頌德，照舊是附屬國使臣獻禮。班嫿單手托腮，聽著附屬國使臣蹩腳的大業朝官話，時不時喝一口茶，以保證自己不要打哈欠。

這些附屬國也挺有意思，拍馬屁的話比大業朝的官員們還要不要臉，每年班嫿都能在他們身上學到不少拍馬屁的精髓。

「皇王，您乃藍天上的雄鷹，引領著我族走向輝煌。」

班嫿在陰氏耳邊小聲道：「這個國家上次來的時候，是不是說雄鹿？」

陰氏差點沒繃住笑出聲，忙在桌子下捏了她一把，「別鬧！」

「皇后，」等這個附屬國退下以後，雲慶帝在皇后耳邊輕聲道：「這國家上個使臣好像誇朕是雄獅？」

「陛下，」皇后唇角微動，臉上的表情沒有多少變化，「上次使臣誇的是老虎。」

「是嗎？」雲慶帝皺了皺眉，誇他的人是實在太多，還有誇他是什麼月光下的什麼花，他也記不住了。

皇后斬釘截鐵地點頭，「是的。」

帝后身邊的王德微微動了一下。

不，上次誇的是雄鹿！

雲慶帝這個萬壽禮過得很熱鬧，中午用過宴席以後，下午諸臣與使臣們又看了各種歌舞表演，有大業的，也有附屬國們帶來的表演團，倒也有幾分意思。

「陛下，」一位附屬國王子道：「鄙國聽聞貴國有一位容貌傾城，驚才絕豔的女子，心中十分嚮往，不知小王可否求娶這位女子為正妃？」

雲慶帝面色一僵，容貌傾城……

該不是姑母的孫女吧？

「不知王子說的是哪位女子？」雲慶帝腦子飛速轉動，想著該以何種委婉的方式拒絕。

「據說這位女子姓石，擅詩詞會作畫，是極聰慧的女子。」這位附屬國王子一臉嚮往道：

「小王十分喜愛貴國的文化，願意留在大業學習貴國的禮儀文化，並求娶這位美麗聰慧的姑娘。」

雲慶帝頓時鬆了一口氣，原來說的是太子妃的妹妹，不是嬅嬅啊。不過這附屬國也不過是彈丸之地，當朝相爺之女怎麼能嫁給蠻夷之人？

他看了眼面色不太好的石崇海，笑著道：「王子殿下，我大業有句話叫窈窕淑女君子好逑，你心儀石姑娘，便要以男人的方式贏得她的芳心，你覺得呢？」

附屬國王子聞言便道：「陛下所言甚是，不知石姑娘怎樣才能答應本王的求婚。」

大業朝諸位大臣打量一下這位附屬國王子，相貌倒是很不錯，只是皮膚黑了點，略粗莽了點。再看一看離他不遠的容瑕，眾人瞬間在心底齊齊搖頭。

怎樣也不可能答應你的求婚啊！

石崇海的臉色很難看，班嫿相信，說這話的如果不是附屬國的王子，這位石相爺大概會衝過去給這個王子啪啪兩耳光。不過相爺不愧是相爺，儘管面前這個外族王子在惦記他的女兒，他還是維持了當朝右相的風度。

「王子殿下，今日乃是陛下萬壽，此事只怕不宜在這個時候細談。」石崇海微笑道：「臺上舞姿曼妙，王子豈可辜負？」

「你說的對，」王子點了點頭，「我明日再到貴府細談。」

班嫿敢肯定，石相爺的表情僵硬了一瞬間，只是他掩飾得極好，幾乎無人能發現。

「姊，」班恆貓著腰湊到班嫿身邊，小聲道：「妳還是把妳的臉遮住，萬一這個王子看上妳怎麼辦？」

「不過是彈丸之地的王子，難不成還想我大業貴女隨他挑揀？」陰氏喝了一口茶，「放心吧，他連石家的女兒都娶不到，更別說你姊。」

班恆聞言心中大定，回自己座位前，又拍了班嫿一個馬屁。

「她沒有妳美，容貌傾城這個詞語不太適合她。」

皇宮在某個時候很大，但某些時候又很小。

班嫿下午因為喝了太多茶水，不得不去後殿解決出恭的問題。出來沒走多遠，便遇到了容瑕。她順口便道：「容伯爺，你也是來出恭的？」

這話說出口以後，班嫿覺得自己腦子有毛病，這話問出來太尷尬了。

「是啊，真巧。」容瑕輕笑一聲，彷彿班嫿剛才說的是「天氣真好」一樣，「外面在表演雜耍，郡主不感興趣？」

「家裡養著幾個雜耍藝人，看多了也就那麼個意思。」班嫿見容瑕神情如此自然，自己心裡那點不自在也消失了，「本來是想來湊個熱鬧，哪知道今天的氣氛會這麼尷尬。」

自從那個附屬國王子求婚以後，女眷這邊的氣氛有些彆扭，尤其是石飛仙，一張臉冷得都快掉冰渣了。儘管班嫿不太喜歡石飛仙，不過那個王子確實配不上這位佳人，也難怪石家人面色會那麼難看。

她偷眼去瞧容瑕，這位真不知道石飛仙心儀他？連她都看出石飛仙對容瑕有幾分心思，容瑕不可能沒有半點察覺。

「若是這個王子真能與大業女子聯姻，並且自願留在大業生活，對大業來說是件好事。」容瑕注意到班嫿在偷偷看自己，臉上的笑容更加溫和，「不過這個人選不宜是石姑娘。」

當朝右相的女兒，怎麼也不可能嫁給一個外族人，除非皇帝不願意重用這一家人。

容瑕猜測班嫿可能不會對這種話題感興趣，所以他也沒有繼續說下去，而是突然道：「郡主今日很漂亮，妳出現在殿門時，容某差一點失了神。」

班嫿聞言笑瞇了眼，「是你送的這套首飾漂亮。」

「美玉配佳人，若沒有郡主，它們又怎能美到極致？」容瑕目光落到班嫿耳垂上的，嗓音中帶著笑意，「真正的美，是郡主賦予它的。」

班嫿聽過不少誇她美的話，但是像容瑕誇得這麼認真的，除了她父親、弟弟，就沒有第三個男人了。

「你們這些滿腹詩書的才子，都這麼會說話嗎？」班嫿想要掩嘴笑，又擔心弄花自己剛才弄的口脂，便抿了抿嘴。

「容某並不會說話，只是把心中所想說出來。」容瑕見風吹了起來，擔心樹枝上的雪落下來砸在班嫿身上，伸手擋在班嫿頭頂，待走得離這棵樹遠了些以後，他收回手對班嫿抱了抱拳，「冒犯了。」

班嫿見他手背上有一團從樹上掉下來的積雪，不好意思地指了指，「要不要擦一擦？」

「沒事。」容瑕甩了甩手，仍舊與班嫿保持著一個極安全的距離，彷彿他剛才替班嫿遮住頭頂只是出於君子風度，沒有絲毫曖昧之情。

班嫿更不會多想，她現在腦子裡想得更多的是，連容瑕都誇她今天這身打扮很漂亮，看來她一大早就起床梳妝，是值得的。受京城裡這麼多人推崇的男人，審美應該很不錯的。

謝宛諭站在廊角下，看著在雪地裡行走的一對男女，幾乎不敢相信自己的眼睛。

她捏緊手裡的帕子，有些心虛地往後退了幾步，下意識不想那兩個人看到自己，雖然連她自己都不明白為什麼要躲。

「姑娘？」她身後的丫鬟小聲道：「您怎麼了？」

「沒什麼。」謝宛諭搖了搖頭，轉身匆匆往園子裡跑。那裡搭著表演的檯子，很多人都待在那裡。

「宛諭，妳怎麼走這麼急？」石飛仙見到謝宛諭回來，把一個暖手爐遞給她，「妳這丟三落四的毛病什麼時候才好，手冷不冷？」

「不冷。」謝宛諭搖頭，她的手心甚至還滲出一層薄汗，可是不知為什麼，看著石飛仙笑盈盈的模樣，又想起剛才大殿上二皇子看石飛仙的眼神，她便沒有把剛才看到的事情說出來。

「看來妳是真的不冷，連額頭上都冒汗了。」石飛仙伸手用帕子去給謝宛諭擦額頭，謝宛諭微微偏頭躲開了她的手。

「我沒事，臺上在演什麼？」謝宛諭端起茶喝了一口，茶水略有些涼，但她的心卻一點一點平靜下來，「倒是挺有意思。」

石飛仙回頭往臺上看了一眼，上面一個老生在咿咿呀呀唱曲，她記得謝宛諭從不愛看老生戲。瞥了眼那盞沒有多少熱氣的茶，石飛仙笑了笑，轉身讓宮人給謝宛諭換了一杯熱茶，安安靜靜陪著謝宛諭聽起來。

天色一點點暗下來，儘管身邊擺了很多火盆，但是坐在外面看表演的眾人仍舊覺得冷，偏偏還不能讓人看出自家冷。

當聽到有人來說，晚宴開始後，眾人都齊齊鬆了一口氣。也不知道是怎麼回事，今年的冬天似乎格外冷，即便穿著厚厚的裘衣，寒氣仍舊穿透衣物，鑽進骨頭裡肆無忌憚地作亂。

下午在外面吹了一肚子風，晚宴時大家的胃口比午宴時好，就連講究儀態的貴夫人們也多動了幾筷子。為了保證食物的溫度與味道不受影響，御膳房的人想出了很多法子，反正不管他們是怎麼做的，至少東西送到班嫿面前時，都是冒著滾燙的熱氣，讓人看著便食指大動，唯一不太好的就是量少。

也不講究食不過三，喜歡吃的班嫿便多動筷子，不愛吃的她連嘗都不嘗。

「嫿嫿這孩子，吃東西還是這般挑嘴。」皇后對自己右下首的德寧大長公主道：「不過人倒是一年比一年水靈了。」

「都是她父母給她慣壞了，」德寧大長公主笑道：「就連皇上與娘娘也愛慣著她，才養成了她這般無法無天的性子。」

「勳貴人家，女兒家就是要隨性些好。」皇后倒沒有反駁德寧大長公主說她慣著班嫿的話，「她乃姑母唯一的孫女，便是怎麼寵也是不為過的。」

「娘娘這話就偏頗了。」德寧大長公主笑著搖頭，「她那不叫隨性，叫沒有規矩，也不知道這性子隨了誰。」

皇后想說，定是隨了靜亭公的性子，可是想到靜亭公與德寧大長公主感情甚篤，並且已經逝了十年，現在再提此人，只會惹得德寧大長公主心裡難受，便把這話嚥了回去，「嫿嫿身上帶著我們皇家與武將世家的血脈，身分尊貴，性子自然隨了兩邊的老祖宗。」

德寧大長公主端起茶杯，對皇后一敬，「您這又是在偏寵她了。」喝下一口茶以後，德寧大長公主擦了擦嘴角，壓住湧到喉頭的咳嗽癢意，臉頰紅潤得猶如一個二三十歲的年輕婦人。

晚宴結束，皇宮燃放了漂亮的焰火，班嫿站在大殿上，與陰氏站在一眾女眷中，向帝后再次行了大禮以後，才扶著陰氏的手走出溫暖的大殿。

走出大殿的瞬間，冷風撲面而來，她拉了拉身上的斗篷，對陰氏小聲道：「我真想回家泡一泡熱水澡。」

在大殿裡烤了這麼久的地龍，她感覺自己整個人都被烤乾了。

陰氏失笑道：「放心吧，早就讓府裡的下人備好熱水了。」

班嫿往陰氏身上蹭了蹭，撒嬌起來的模樣，就像是七八歲的小孩兒。

「石小姐，請留步！」

「石小姐，請您留步！」

班嫿聽到身後傳來口音有些奇怪的聲音，好奇地往四周望了望，她剛才出殿的時候，石飛仙不是還在裡面嗎，這麼快就走到前面來了？

「石小姐！」

一個皮膚偏黑，頭髮捲成了圓圈圈的年輕男人忽然擋在了她的面前，單手放在胸前對她鞠躬道：「石小姐，在下不懂大業的風俗習慣，中午說話時有失禮的地方，請石小姐原諒在下。」

四周原本還在竊竊私語的眾人彷彿見到了什麼超自然的神奇現象，齊齊停下腳步，用一種微妙地眼神看著班嫿與站在她面前的附屬國王子。

附屬國王子見面前的絕美女子沒有說話，以為她還在生自己的氣，忙解釋道：「在下姓塗博爾，名阿克齊，乃艾頗國的二王子，不過來大業前，父王賜予了在下一個大業名字，小姐可以叫我塗阿齊。」

班嫿打量著這位認錯人的王子，其實這個年輕人長得還不錯，雙眼深邃，眼珠子明亮得像是珍貴的藍寶石，唯一缺點就是膚色不夠白。一黑遮百帥，班嫿更喜歡長得白一點的男人。

「阿克齊王子，」王德笑咪咪地走過來，解釋道：「您認錯人了，這位並不是石小姐。」

「什麼？」阿克齊驚訝地瞪大眼，這般美貌的女子都不算是大業第一美人，那石小姐該如何的美貌？

「不知石小姐是哪位佳人？」阿克齊是個耿直的好青年，見自己認錯人以後，對班嫿行了一個艾頗國的大禮，然後看向王德，希望他能帶自己找到真正的石小姐。

王德微笑著轉身，走到石飛仙面前行了一個禮，「老奴見過石小姐。」

「王公公太客氣了。」石飛仙不敢得罪皇上跟前最受信任的太監，微笑地回了半個禮。

不過她從頭到尾都沒有看阿克齊王子一眼，彷彿她不知道阿克齊在找她，也不知道阿克齊認錯了人。

石飛仙是個美人，是個不折不扣的大美人，青絲白膚，柳腰金蓮足，任誰都不能說她不美，可是她算不上真正的大業第一美人，即便她有著第一美人的名號。

所有人都知道阿克齊為什麼會認錯人，於是所有人都沉默了。

阿克齊看了看站在王德面前的出塵女子，又看了看離自己不遠，美得如火焰般的姑娘，也跟著沉默了。

父王，沒有想到我來到大業要糾正的第一個問題就是審美觀。

大業真是天朝上國，連審美都如此不一樣。

他要學習的地方，還有很多啊！

氣氛一度變得非常尷尬，旁邊看熱鬧的人都替石飛仙感到尷尬。

石飛仙走到阿克齊面前，朝他微微一笑，「王子殿下連小女子真容都未見過，只聽過旁人幾句話便來求婚，怕是草率了些。」

阿克齊見自己認錯了人，這位石小姐也沒有動怒，手腳頓時有些不知道往哪兒放，「在下仰慕小姐才名，求小姐給在下一個機會。」

才名？

石飛仙輕笑一聲，對阿克齊福了福身，不疾不徐道：「王子殿下說笑了。」說完，也不等阿克齊反應，扶著丫鬟的手走下了臺階。她的步伐略有些快，卻相當的優雅，每一步都不大不小，端莊極了。

阿克齊乾笑著摸了摸臉，據說大業女子喜歡面如冠玉的兒郎，他進宮前還特意把自己引以為傲的鬍子刮了，不過看那位石小姐的反應，似乎他刮了鬍子的臉並不太吸引她。

他不解地看向班嫿，這位石小姐究竟是生氣了還是沒生氣？

身為一個無辜被捲進來的路人，班嫿秉持著大業朝人民看熱鬧的優良作風，那就是能好好吃瓜看戲，就絕不胡說八道。面對這位王子疑惑的小眼神，班嫿露出一個高深莫測的笑容，朝他福了福身，同樣轉身就走，甩給阿克齊一個美美的背影。

從頭到尾，她都沒有跟這位王子說過一句話。

阿克齊揉了揉眼睛，明明……還是這位神祕的姑娘更美啊！他今天特意觀察過很久了，整個大殿上就這位姑娘最美，就連那些大業年輕男人，也有好些忍不住偷偷看她，她怎麼就不是第一美人了？

他苦惱地摸了摸光溜溜的下巴，看來還是他眼睛有問題。

班嫿坐進馬車以後，再也忍不住捶著坐墊笑起來。

容瑕騎馬靠近班嫿馬車時，聽到馬車裡隱隱約約傳來笑聲，看了眼後面騎馬朝這邊走來的石晉與其他幾家公子，單手握拳在嘴邊咳嗽了幾聲，「在下容瑕，打擾郡主了。」

馬車裡突然安靜下來，過了一會兒，馬車窗簾從裡面掀開，露出一張猶帶笑意的臉。容瑕甚至注意到，她的雙眼格外水潤，就是不知道是剛哭過，還是……笑出了眼淚？

「容伯爺？」班嫿不解地看著容瑕，「不知您有何貴幹？」

「無事。」容瑕聽到身後馬蹄聲越來越近，微笑著小聲道：「夜裡雪大，請郡主車駕緩行，注意安全。」

夜風拂過，夾雜著飄灑的雪花，一片片飄落在的肩頭，很快便蒙上了一層雪花。

「多謝伯爺關心。」班嫿見容瑕頭頂飄著雪，便道：「你的護衛沒有帶傘嗎？」

容瑕看了眼身後的杜九，「並未，不過有斗篷足矣。」

班嫿把手伸出窗，很快掌心便飄落好幾片鵝毛大的雪花。她扭頭看了眼容瑕那張俊美的臉頰，轉身從馬車裡遞出一把傘，「容伯爺不嫌棄的話，就用我的吧。」

這麼大的雪，把這張美人臉凍壞了怎麼辦？

容瑕拍了拍身下的馬兒，讓他離班嫿更近了一些。玉瓷般的手伸出去，接住了這把傘，「多謝郡主。」

「不客氣。」班嫿的目光掃過容瑕的手，滿足地收回視線，「容伯爺慢走。」

「郡主慢走。」容瑕笑了笑，騎著馬兒往後退了退，讓班嫿先行。

噠噠噠的馬蹄聲漸漸遠去，容瑕撐開手裡的細綢傘，看到扇面上描畫著的仕女簪花圖，忍不住笑出了聲。

「伯爺，屬下帶了傘，要不要……」換一換？

這傘很精美，傘柄上甚至還掛著紅寶石墜兒，做工幾乎稱得上是巧奪天工，但是它再美，也不能掩飾它是一把女人用的傘，一把非常花哨的傘。

「不用了，」容瑕聞著傘柄上的淡淡幽香，「這把傘就很好。」

杜九：哦，您若覺得好，那便是真的好。

「容伯爺。」石晉騎在馬背上，目光掃過撐在容瑕頭頂的那把花傘，朝他抱了抱拳。

「石大人，」容瑕彷彿才發現他一般，偏頭看向他，抱著傘朝石晉拱了拱手，「真巧。」

「不算巧，」石晉收回視線，「這裡是出宮必經之路。」

容瑕笑而不語，只是撐傘的手換了一隻，顯得很是淡然，儘管他手裡拿著一把女人用的傘，也不折損他半分氣質。

「容伯爺不愧是翩翩君子，」石晉看著這把傘，語氣似笑似促狹，「倒是讓人羨慕。」

容瑕聞言笑了笑，「石大人謙虛了。」

與石晉同行的幾位公子哥見兩人寒暄，以為兩人交情還不錯，便沒有多想。他們只是有些好奇剛才離去的那輛馬車裡坐著的佳人是誰，竟然送容伯爺這樣一把傘。

若是別的男人打這種傘，定會顯得不倫不類，可是這把傘由容瑕拿著，便又顯得別有風味，可見長得好看的男人，就算舉著荷葉，也比別人好看。

「石大人，告辭。」容瑕微微一笑，「風雪甚大，石大人還是撐一把傘好。」

「多謝容伯爺關心，在下乃是武將，不必講究這些。」石晉目光落到傘柄掛著的紅寶石墜兒上，不知道想到了什麼，面色略沉了沉。

班嫿的馬車行到半路時，受不了寒冷的班恆就厚著臉皮擠上了馬車。車裡放著上等的銀絲炭爐，還有可口的點心，馬車裡很寬大，甚至能讓人舒舒服服地躺窩下來。

班恆坐在地毯上，抱著班嫿用的暖手爐，小聲道：「剛才那個阿克齊王子對妳說了什麼，我看石家姑娘出來的時候，臉都綠了。」

「綠了？」班嫿挑眉，「她走出去的時候，還是笑著的。」

「可不是綠了嗎？」班恆幸災樂禍道：「她下玉階的時候，我剛好跟周常簫說笑，轉頭就見她鐵青著一張臉。不過也就是一瞬間，後來她就恢復了笑臉，如果不是我速度快，就不能發現這一點了。」

「其實也沒什麼，」班嫿乾咳一聲，「他就是對著我叫石小姐而已。」

班恆愣了一下，隨後反應過來這是什麼意思，頓時再也忍不住大笑起來。

「哈哈哈哈哈，石小姐，大業第一美人！」

剛才已經笑夠了的班嫿摸了摸下巴，笑咪咪道：「那個捲毛小王子，挺有意思。」

班恆心想，可不是有意思嗎？以為他姊是第一美人，就眼巴巴湊上來說話，這簡直就是一巴掌打在了石飛仙的臉上。

「小姐……」石飛仙身邊的丫鬟擔憂地看著她。

「妳們都出去吧。」石飛仙幾乎從不當著下人的面發怒，她知道自己現在怒火熊熊，卻仍舊不願意露出自己醜陋的一面。

直到房門關上，所有人都退出去以後，她才終於繃不住心底的情緒，砸碎了桌上的茶具，妝檯上的脂粉、釵環首飾掉了一地，石飛仙氣喘吁吁地坐在地上，看到落在地上手柄鏡中自己猙獰的臉。

她扔掉手柄鏡，慌張地摸了摸自己的臉，直到面上的表情恢復正常以後，她才敢再度看著鏡中的自己。明明她這麼美，為什麼京城還會有班嫿那樣的女人？

想到容瑕遙敬班嫿的畫面，想到艾頗國王子竟然把班嫿認成了她，認為班嫿才是第一美人，她便覺得自己又羞又恨，只覺得那個王子簡直讓她丟盡了顏面。

「蠻夷之地的蠢物，又怎麼懂得風姿儀態，不過是看一副臭皮囊罷了！」石飛仙深深吸了一口氣，把手柄鏡扔掉，起身拍了拍衣衫，「來人，進來收拾屋子。」

房門打開，進來的不是丫鬟，而是她的大哥石晉。

「大哥……」石飛仙沒想讓家人看到自己這一面，見石晉進來，面上有些不太自在。

「飛仙，」石晉目光掃過一片狼藉的屋子，略皺了皺眉，「今日妳太浮躁了些。」

石飛仙低著頭沒有說話。

「不過那艾頗國王子實乃魯莽之人，妳不必理會他，我不會讓妳嫁給這樣的男人。」

「大哥……」石飛仙看著石晉，忍不住道：「你說，容伯爺有沒有可能喜歡班嫿？」

班嫿？

石晉想起玉階上徐徐向自己走來的女子，又想起容瑕握在手中的那柄綢傘，面無異色道：「妳為何有這般想法？」

「大哥，你說……我真的不適合嫁給容瑕嗎？」石飛仙雙目灼灼地看著石晉，「容伯爺在才子中十分有聲望，又受陛下器重，如果我嫁給他，對我們石家一定會有很大的好處。」

「飛仙，」石晉眉頭皺起來，「容瑕此人深不可測，容氏一族人丁零落，他非妳良配。」

家族非常重要，可是容氏一族現如今只餘容瑕一人，他即便是再受皇上重視，也只是一個人，怎麼比得上家族繁盛的人家？

「為什麼？」石飛仙道：「你們之前說嚴甄是良配，可結果是什麼樣，你們都看見了。」

石晉嘆口氣，「好，就算我們願意讓妳嫁給容瑕，可是他願意娶妳嗎？」

石飛仙心裡發慌，咬著唇角不願意說話。

她不知道容瑕願不願意娶她，可是她知道，若是她不堅持，那她肯定就不能嫁給容瑕。

「俗話說，一家好女百家求，如今京城上下想要娶妳的兒郎猶如過江之鯽。若容瑕真對妳有幾分心思，為什麼他不願意讓人來我們家提親？」

石飛仙嘴硬道：「或許……他只是未從家人接連過世的傷痛中走出來。」

石晉想說，妳口中這個未從傷痛中走出來的男人，在今晚接受了一位貴族女子贈予的綢傘。可是看著妹妹這般執拗的眼神，他沒有說出口。

短短一個月內，這是妹妹第二次提出想要嫁給容瑕了。

他看著黑漆漆的窗外，聲音平靜道：「我幫妳去問問父親的意思。」

終究是他的妹妹，罷了。

✿　✿　✿

「殿下，」常嬤嬤站在德寧大長公主身邊，神情猶豫道：「您為何不把事情告訴侯爺？」

「上一輩的恩怨了結在我這一輩就好。」德寧大長公主看著昏黃的燭火，接過常嬤嬤遞來的藥丸吃下，「我和駙馬對不起他，沒有教他長進，沒有教他文才武功，我也不想教會他仇恨。」

「殿下，」常嬤嬤手心空蕩蕩的，屋子裡放著暖爐，但是她卻覺得心裡涼透了，「侯爺會明白您的苦心的，他也從未怪過您。」

「他是個好孩子。」德寧大長公主笑了，這個時候她不是皇室的大長公主，而是一個普通的母親，「我這一生為皇室奉獻了半輩子，唯一的快活日子便是與駙馬在一起的那段時光，還有陪伴孩子的時候。」

「殿下，」常嬤嬤跪在大長公主面前，顫抖著嗓音道：「您要好好保重身體，侯爺與夫人那般孝順，郡主與世子也大了，您還沒有看到他們成親生子，您……」

「阿常，」德寧大長公主忽然打斷常嬤嬤的話，「妳說，我的這幾個晚輩中，誰最像我？」

常嬤嬤握住德寧大長公主的手，紅著眼眶道：「夫人秀外慧中，有殿下您的幾分魄力。」

「非也。」德寧大長公主緩緩搖了搖頭，「班家最像我的，是嫿嫿。」

常嬤嬤驚愕地看著德寧大長公主，在她看來，郡主明明更像駙馬，怎麼會像公主？

外面寒風呼嘯，卻沒有一絲寒風吹進屋子裡。

「本宮年少之時，是父皇所有子女中長得最好看的，也正因為此，所有公主中，父皇最偏愛我。」德寧大長公主撫了撫身上華麗地袍子，「華服美食，金銀玉器，無上的偏愛，讓其他公主恨極了本宮，甚至使出了暗算的手段。本宮最愛看她們絞盡腦汁用盡手段的模樣，可是偏偏卻撼動不了本宮半分。」

「先帝作為本宮的同胞兄長，卻不太受父皇喜愛，父皇甚至曾親口言明，若不是擔心其他皇子不會帶我好，他最後或許不會選兄長做太子。」德寧大長公主閉上眼，回憶起年少時的歲月，「那時候的大業朝，誰見了本宮也要禮讓三分。」

鮮衣怒馬，權勢尊崇，再後來嫁給駙馬，她仍舊是當朝最尊貴的公主，只是護著她的父皇駕鶴西歸，坐在帝位上的是她的同胞兄長。

兄長能坐穩帝王之位，也全靠駙馬兵權在握，幫他穩住了朝臣。只可惜飛鳥盡，良弓藏，兄長最終與其他帝王一樣，做了卸磨殺驢的帝王。好在他還念著兄妹情誼，雖讓人在戰場上算計了駙馬，卻沒有要他的命。

他以為自己算無遺策，卻忘記世上有一句話叫「若要人不知，除非己莫為」。得知對自己無比體貼的丈夫，遭受了同胞兄長的暗算，她在屋子裡枯坐了一整天。

「她像年輕時的我。」德寧大長公主咳了幾聲，常嬤嬤忙把一杯蜜水端到她的面前

「不用了，」德寧大長公主推開杯子，「本宮生在大業皇室，死也應該死在那裡。」常嬤嬤手一抖，那杯蜜水潑灑了幾滴濺在了她的手背，最終滑入地毯中消失不見。

風雪整整下了一夜也沒有停，班嫿第二天早上起床的時候，看到院子外的下人正在往地上撒鹽，一張臉被凍得通紅，她對身邊的丫鬟道：「如意，外面的雪不用管，等雪停了再掃。」

「是。」如意笑盈盈地出去跟這些下人說了，下人喜不自勝，朝如意連連道謝，又念郡主慈悲云云，感恩戴德地退下了。

「就知道郡主您心疼這些人。」如意與幾個丫鬟伺候著班嫿穿好衣服，小聲道：「這雪只怕還有得下呢！」

「都是人生父母養的，凍壞了也可憐。」班嫿洗乾淨臉手，又淨了牙以後才道：「今年的雪，似乎格外的大。」

如意看著窗外紛飛的大雪，點了點頭，「似乎確實比往年大一些。」

雪一大，街上就沒有多少行人，富貴之家還好，家中地庫裡儲滿了各種肉菜，貧寒家庭日子就有些難過了。雖說朝廷每年都要發一筆銀兩下來，讓當地衙門幫著老百姓度過寒冷冬天，然而經過層層剝削，真正用到百姓身上的，連零頭都沒有。

可是即便有人凍死餓死，當地官員也不會往上報，在繁華的京城裡，所有人都歡天喜地迎接除夕的到來，他們並不知道朝廷分撥下去的錢款根本就沒有用到老百姓頭上。

「伯爺，」杜九走進容瑕書房的時候，見書房角落裡還擺放著那把過於豔麗的傘，隨口便問道：「您不去還傘嗎？」

容瑕挑了挑眉，不明白他為何怎麼說。

「屬下聽聞，傘的諧音不太吉利，所以借了別人的傘，一定要還回去。」杜九見伯爺臉色沒有變化，立馬補充道：「當然，這是民間無知婦人的傳言，沒什麼意義，這傘也挺……」

「杜九。」

「請問有什麼吩咐，伯爺。」

「我讓你查的消息怎麼樣了？」容瑕放下手裡的信件，語氣有些微妙，「大長公主身體，是不是真的不行了？」

「大長公主府的人辦事很小心，大長公主府大多數時候服用的都是丸藥，就算真有藥渣，也不會讓普通下人插手，而是由大長公主身邊得用的下人親自處理。」杜九皺了皺眉，「大長公主平日的生活習慣也沒有多大的改變，但是屬下仍舊覺得這裡面有什麼不對勁。」

若真的沒有什麼問題，為什麼會如此小心，甚至連藥渣都不願意讓其他人發現？

書房裡一片寂靜，容瑕看著角落裡那把仕女簪花傘，半晌後道：「你送一份我親自書寫的拜帖到大長公主府上，我要拜見大長公主。」

杜九愣了愣，抱拳退下。

等杜九退下以後，容瑕走到角落，彎腰拿起這把傘。

啪！傘被撐開，傘面上華服盛裝女子頭簪牡丹花，笑得一臉的明豔。

德寧大長公主病故，靜亭侯府又該何去何從？

容瑕盯著這把傘看了很久，久到書房門外傳來腳步聲，他才緩緩收回神。

「伯爺，您要的畫紙、顏料都已經備好。」管家聲音傳了進來，「您現在用嗎？」

「拿進來。」容瑕走回書桌旁，把桌上的《中誠論》收了起來。

管家讓小廝站在門外，自己親手把東西一樣一樣拿了進來，最後他關書房門的時候，目光掃過那把沒有收起來的傘，隨即飛快地收起目光，躬身退了出去。

很多人都知道容瑕書畫雙絕，精通詩詞，又有濟世之才，年少時便才名遠播，但是很多人也知道，容瑕從未畫過人。他畫過花鳥魚蟲，山水草木，唯獨沒有人見過他描畫人物。

有人說他不擅畫人物，也有人說世間沒有人能讓容瑕動筆，但是不管真相如何，至少容瑕從不畫人物是諸多才子公認的。

大雪、紅牡丹，執傘人，奢華的大殿，每一樣都是美景，可是當這四景合在一處，又該是奇怪的。

人在殿中何須打傘，寒冷的大雪天，又怎麼可能有牡丹盛開？還有那背對著大殿，只能看見背影卻不見真容的女子，僅僅是背影便足以讓人浮想聯翩，渾然忘記這幅畫中的怪異之處。

一口氣作完這幅畫，容瑕從筆架上挑選了一枝毛筆，在留白處題了兩句詩。

唯有牡丹真國色，花開時節動京城。

擱下筆，容瑕收起傘，解下了傘上的紅寶石墜。

紅寶石被磨成了水滴狀，成色極好，就像是年華正好的女子，散發著它最美的時刻。

他輕笑了一聲，把寶石放進了自己懷中。

「姊？」班恆敲了敲門，沒聽到班嫿拒絕的聲音，便推門走了進來，一臉無奈道：「今天來了三家說親的冰人了。」

班嫿躺在鋪著狐皮的貴妃榻上，懶洋洋地打了個哈欠，伸手去拿旁邊的點心，露出半截白嫩的手臂。

班恆替她把袖子拉下來，遮住手臂後道：「陳家、王家，還有……陰家。」

「陳家那種書香世家，也瞧得上我這樣的？」班嫿擦了擦嘴角，不太滿意地皺了皺眉，「還有那王家兒郎，長得跟個歪瓜似的，也跑來湊什麼熱鬧？」

班恆無語，「那陳家公子好像長得還不錯？」

「這種書香世家嫁過去不好玩，而且……」班嫿撇嘴，「別看這種人家滿口的仁義道德，待我們家失了勢，變臉最快的就是他們。」

班恆仔細想了想，認真道：「姊，要不，咱還是不嫁了？」誰知道那些夫家是什麼樣的人，還不如待在自己家裡過五年舒舒服服的日子，也不算白來這世上一遭。

「好呀，」班嫿點頭道：「反正嫁給誰，日子也不會比在家裡好過。」

「陰家也好意思派人來我們家提親，」班恆對陰家人沒有絲毫的好感，雖然是他們的外祖家，「就陰灃那個德行，他也配？」

「陰家？」班嫿嗤笑道：「母親理會他們了嗎？」

「母親那樣的性子，妳還不知道？」班恆乾咳一聲，「陰家請來的冰人已經灰溜溜回去了。」就算母親能忍，他也不能忍這家人。

班恆覺得京城裡某些讀書人真有意思，比如說那個陳家公子，還曾說過他姊過於奢靡之類的話，現在他家又請冰人來說媒，也不知道是怎麼想的。

難道讀書人的出爾反爾，就不叫出爾反爾了嗎？

雪接連了下了兩三日，終於停了。

容瑕坐在鋪著團福字軟墊的椅子上，靜靜地任由德寧大長公主打量。

「貴客登門，不知容伯爺有何貴幹？」大長公主手邊的茶水冒著熱氣，她端端正正地坐著，紅潤的臉頰上，帶著幾分禮貌的笑意，唯獨沒有親近之意。

「晚輩今日來，只是想向殿下請安。」容瑕抿了一口茶，茶是最好的皇家專用茶，每年總產出不到兩斤。

「有勞容伯爺了，」大長公主淡淡一笑，「本宮很好。」

「殿下鳳體康泰，晚輩便也放心了。」容瑕把茶杯放到茶几上，「據說這種茶對內腹不好，殿下少飲為妙。」

德寧大長公主的眼神頓時變得凌厲起來，她的目光在容瑕身上停留了片刻，臉上的笑意一點點消失，「容伯爺倒是個操心的性子。」

「晚輩父母早亡，兄長早去，沒有人操心晚輩，索性晚輩便養成了自己操心的性子。」容瑕垂下眼瞼，微微垂首，態度顯得極為恭敬。

德寧大長公主見他這樣，不由輕笑一聲，「都說愛操心的人，性子沉穩，不知道容伯爺穩不穩得住？」

容瑕朝大長公主抱了抱拳，「晚輩自然也如此。」

「說吧，」德寧大長公主淡淡道：「伯爺今日來，究竟所為何事？」

「殿下，晚輩想知道家父家母因何而死。」

陽光透過窗欞照射進屋內，德寧大長公主眼瞼微微一顫，隨即擦了擦嘴角，「本宮不知你這話是何意。」

「晚輩以為，殿下應該明白。」容瑕看著德寧大長公主，寸步不讓。

德寧大長公主看著眼前這個出色的年輕人，神情有些恍惚，似乎看到了幾十年前同樣這般看著自己的林氏。林氏的生母乃後宮才人所生，也就是她的妹妹，出嫁後因為捲入皇位爭奪被貶為了庶人，後來便自殺了。

林氏在林家過得並不好，因為所有人都知道先帝不喜歡那些曾經幫過其他兄弟的大臣或是公主，所以林家並不曾因為她身上有皇室血脈而厚待她，但是林氏生得貌美，並且極擅書畫，最後被上一輩的成安伯求娶回去。

論理，她本是林氏的姨母，可林氏生母早已經被逐出皇室，貶為庶人，所以林氏在她面前，只能敬稱她一聲大長公主。

不過幸而她的生母不受先帝待見，所以她的兒子現在才能受當今陛下重用。沒有誰比德寧大長公主更清楚，當今對先帝並沒有所謂的父子親情，更多的是恨意，所以他登基以後，才會為先帝責罰過的一些人平反，落得一個仁德的美名。

容瑕此刻在她面前自稱晚輩，只怕也是想提醒她，他的外祖母是她的異母妹妹，即便這個妹妹已經從皇家族譜中剔除。

屋子裡安靜了很久，直到德寧大長公主再也忍不住連咳了好幾聲，才打破了屋子裡死一般的寂靜。

「殿下……」常嬤嬤擔憂地走了進來。

「退下。」德寧大長公主擦了擦嘴角，她的嘴唇此刻紅得猶如滴血。常嬤嬤看了眼容瑕，見公主態度堅決，只好無奈退下。

「林氏死於相思豆。」德寧大長公主語氣平靜道：「紅豆生相思，相思斷人腸。」

容瑕眼瞼抖了抖，「是誰？」

德寧大長公主反問：「本宮以為你心中明白。」

容瑕沉默片刻，道：「既然如此，為什麼又留下我？」

德寧大長公主目光在容瑕身上緩緩掃過，忽然笑道：「當今陛下是我看著長大的，他這個人面慈心狠，但是卻有一個不知是好還是壞的愛好，或者說這是蔣家皇族大多數都有的毛病，那就是愛美。」

「無論是男人還是女人，只要是長得好看的，都能引起他那難得的慈悲之心。」德寧大長公主笑容裡帶著絲絲嘲諷，「你能活下來，因為你有才華，你很聰明，以及……你長得好。」
在德寧大長公主看來，容瑕確實長得很好，放眼整個京城，幾乎無人能及。
「殿下，」容瑕忽然看著她，「您後悔過嗎？」
「生在皇家的人，沒有資格說這個字。」德寧大長公主端起茶杯，不在乎自己能不能飲茶，低頭喝了一口，「當年本宮若不步步為營，那麼本宮的下場就跟你外祖母一樣。」
德寧大長公主的眼神滄桑平靜，彷彿那些死亡與陰謀詭計，都已經被時光淹沒，對她沒有半分影響。
「多謝殿下告訴晚輩這些。」容瑕站起身，對著德寧大長公主深揖到底，「請您保重身體，靜亭侯府還需要您。」
「本宮護不住他們了。」德寧大長公主看著這個對自己行大禮的年輕人，忽然道：「按理，你該叫我一聲姨祖母的。」
她緩緩地站起身，從身邊抽屜裡取出一個不起眼的小盒子，遞到容瑕面前，「你長這麼大，本宮從未送過你什麼禮物，這個就算是本宮的見面禮吧。」
容瑕沒有接這個木盒，而是道：「殿下希望晚輩做什麼？」
「做什麼？」德寧大長公主笑了一聲，笑聲有些奇怪，「本宮不需要你做什麼，本來這東西本宮準備帶進土裡，但是既然你今天來了，說明它跟你有緣分。」
容瑕接過這個盒子，認真道：「日後晚輩會好好照顧靜亭侯府的。」
「好孩子。」德寧大長公主輕輕拍了拍容瑕的肩，她的動作很輕，容瑕卻感覺到了她這隻手的重量。
「不必啦，」德寧大長公主彷彿釋然一般，「各人有各人的緣法，你能護他們一時，卻不能護他們一世，本宮臨走前會送他們最後一道護身符。」

容瑕捏緊木盒，「晚輩願助您一臂之力。」

德寧大長公主笑著沒有說話，她打開窗戶，仔仔細細打量了一遍這個年輕人，緩緩擺手道：「你回去吧。」

容瑕覺得自己的心情十分奇怪，像是高興又像是難受，他走到門口時又回頭看了眼身後。

德寧大長公主站在窗前，陽光灑在她的身上，她慈和得像是廟宇中的女菩薩。容瑕忍不住想，幾十年前，這位公主是個何等傾城的女子？

雪停的這一天，班嫿起床的時間比往日晚了一些，等她梳洗完畢後，太陽已經掛在了半天空，院子裡的雪已經打掃得乾乾淨淨，就連樹枝上掛著的冰淩，都被下人敲打得乾乾淨淨。

「郡主，」一個嬤嬤走了進來，「世子請您去正廳，有客人來了。」

班嫿有些奇怪，什麼客人要她去見？

走進正廳，班嫿便見到班恆相鄰而坐的容瑕。

「容伯爺？」

「郡主。」容瑕站起身對班嫿作揖道：「多謝前兩日郡主借傘之恩。」

借？

班嫿愣了一下，那傘不是送給他的嗎？怎麼變成借了？

大家閒聊幾句後，容瑕把傘還給了班嫿，歉然道：「這傘柄上的墜子也不知道掉在了何處，在下心中十分愧疚，所以換了一枚新的墜子。」

班嫿這才注意到傘柄上原本掛著的紅寶石變成了一枚玉雕牡丹，這朵牡丹雕刻得極其漂亮，班嫿僅看一眼便喜歡上了，「容伯爺，你太客氣，不過是枚墜子罷了。」

「郡主借在下綢傘本是好意，在下卻把東西弄丟，這原是在下的不是，」容瑕臉上笑容更甚，「郡主不嫌棄便好。」

坐在旁邊的班恆一臉漠然地看著姊姊與成安伯相談甚歡，無聊地喝了一口茶，這容伯爺是什麼意思？

「世子，」容瑕像是後腦杓長了眼睛般，知道班恆無聊，又與他交談起來，「前幾日有個門人不知道從哪裡弄來一隻鬥雞，說是拿來讓我玩著放鬆心情。只是我哪會玩這些，一時間又不知道拿那鬥雞怎麼辦。聽聞世子有鬥雞之雅好，不知在下能否把鬥雞送到貴府來？你若是不收，在下只能讓廚房用牠來燉湯了。」

班恆一聽鬥雞，頓時點頭道：「可千萬別燉湯，這種雞一隻要上百兩銀子呢！你儘管送過來就是，我保證把牠養得體壯毛亮，鬥遍京城無敵手！」

「那就有勞世子了。」容瑕臉上頓時露出煩惱解決的輕鬆感，這表情大大地取悅了班恆。誰說他這個紈絝沒用的，他這不是幫容瑕解決了一個難題？

世人總是偏見看人，這習慣可不好。

「對了，姊，妳今日不是打算去祖母那裡嗎？」班恆看了眼外面的天色，「這都快晌午了，妳怎麼還沒動身？」

「昨晚祖母身邊的嬤嬤來說祖母要進宮，不讓我過去了。」班嫿有些無奈道：「本來我新找到一些有意思的玩意兒，想要給祖母送過去。」

「要不，等祖母回來後再送過去？」班恆知道姊姊近來沒事就愛去祖母的公主府，「等一下用了午飯，我陪妳一道去。」

「嗯。」班嫿點了點頭，手無意識裡把玩著傘柄上的玉牡丹墜兒。

「說來也是巧了，」容瑕突然道：「在下方才剛去拜訪過大長公主殿下，難怪公主殿下盛裝打扮，原來是要進宮。」

「你見過祖母？」班嫿扭頭看向容瑕，有些奇怪道：「那為什麼她沒有時間見我？」

「大概是因為在下只待一會兒便會離開。」容瑕笑了笑，「公主殿下如此寵愛郡主，妳若是去了，她老人家大概就不想進宮了。」

「是嗎？」班嫿摸了摸下巴，站起身道：「算了，我也進宮去看看。上次陛下萬壽，我都不曾好好跟皇后娘娘說過話。」

作為受帝后寵愛的郡主，班嫿有隨時進宮的權力，只是她年滿十五以後，才有意減少了進宮的次數。

「在下也有事要進宮見陛下，郡主若是不嫌棄，在下願與郡主一同前往。」

班嫿沒有乘坐馬車，而是選擇了騎馬。

穿著繁複宮裝的她，騎著馬兒並不太舒服，可是不知道為什麼，潛意識裡她並不想回去換，內心裡有個奇怪的念頭，催促著她一定要進宮，快一點進宮。

「駕！」

雲慶帝送給她的馬鞭拍在馬兒身上，發出清脆的聲響。地上還有積雪未化，班家的護衛怕班嫿出事，全都拚了命追上去。可是他們騎的馬哪裡比得上班嫿所騎的御賜馬，沒過一會兒便被甩出一大截距離。

「伯爺。」靜亭侯府護衛長跳下馬，面對容瑕單膝跪在冰涼的地面上，「成安伯，郡主有些不對勁，屬下請求伯爺在宮中護著郡主幾分。」

「諸位壯士請放心，我一定會好好護著她。」容瑕一拍身下的馬兒，駿馬奔馳了出去。

「隊長，」一位護衛哈了一口熱氣，「現在怎麼辦？」

「馬上去報給侯爺與夫人，」護衛長深吸一口涼氣，「宮裡只怕要出事了。」他給郡主做了幾年的護衛，幾乎從未見過郡主如此失態的樣子。雖然他不明白究竟發生了什麼，但是直覺告訴他，肯定不是什麼好事。

掛著冰淩的樹枝，泥濘骯髒的道路，來來往往看不清人臉的行人，班嫿彷彿覺得，這一幕幕似乎在夢中見過，又彷彿這只是她的錯覺。寒風拍打在她的臉上，把她的臉凍得有些麻木，看著離自己越來越近的宮門，她恍惚間覺得，這就像是一頭張開血盆大嘴的怪獸，隨時等待吞噬每一個人。

宮門口幾個禁衛軍匆匆騎著馬衝了出來，見到策馬飛奔的班嫿，其中一個禁衛軍立刻舉出一面玄色鑲黃邊旗道：「福樂郡主，德寧大長公主傷重臨危，陛下急召！」

「你說什麼？」班嫿喘著粗氣，勒緊韁繩，疾馳的馬兒發出嘶鳴身，身子往後仰了半晌，才停了下來。

為首的禁衛軍見班嫿雙目赤紅，心底忽然起了幾絲懼意，「德寧大長公主……傷重瀕危……」他的話還沒有說完，只覺得眼前一陣風過，福樂郡主竟然直接騎著馬，衝進了皇宮。

「郡主，宮內不能縱馬！」

「快，攔住她！」

「石副統領，快攔住她，小心別傷了人！」

石晉剛走出來，聽到衙禁衛軍的聲音，抬頭便見一匹馬朝自己這邊飛奔過來，他飛身上前，飛快拉住馬兒身上的韁繩，馬兒吃痛，前蹄一彎，馬背上的人重重摔了下來。

原本還在追人的禁衛軍見狀暗叫不好，這若是把人摔壞了可怎麼好？

「誰絆我的？」班嫿雙目充血，不過因為摔得太狠，她腦子有些發暈，一時間竟從地上爬不起來。

「郡主！」容瑕從奔跑的馬兒背上跳下，大步跑到班嫿跟前扶起她道：「妳怎麼樣？」

班嫿此刻的腦子裡，根本意識不到扶著她的人是誰，她握緊手裡的馬鞭，照著絆倒她馬兒的人便抽了下來，聲音嘶啞道：「滾開！」

石晉在看到摔倒的人是班嫿後就愣住了，班嫿這一鞭子揮過來的時候，他也沒有躲。也不知道這鞭子是什麼製成，鞭尾掃到他的手背處，火辣辣地疼。

「郡主，我們先去找大長公主。」容瑕看也不看石晉，低頭對班嫿道：「妳還能走嗎？」

班嫿茫然地看著容瑕，顫抖著嘴角沒有說話。

「我背妳。」容瑕看著眼前眼眶發紅，髮髻散亂，頭上髮飾掉了一大半的姑娘，蹲在了她的面前，「快，上來！」

班嫿趴在了容瑕的背上，沾滿塵土的手緊緊地拽住了容瑕的衣襟，彷彿只要這麼緊緊抓著，容瑕就能跑得快一點，再快一點。

眼前一片模糊，班嫿的臉在容瑕背上蹭了蹭，掩飾著自己抽噎的聲音。

聽著耳邊低低的抽泣聲，容瑕加快了腳步。

「副統領……」幾個禁衛軍看著石晉手背上的血痕，面上都露出了緊張之色。

太子妃的兄長，當朝右相的嫡長子，被陛下親封的郡主用馬鞭抽了，這事……是要裝作看不見，還是要怎麼辦？

「沒事。」石晉抬起手背看了看上面的傷口，「我過去看看。」

「是！」禁衛軍鬆了口氣，既然副統領說沒事，那他們也不用作用為難了。

大月宮正殿中，帝后看著束手無策的御醫們，心一點一點地沉了下去。誰也沒有想到，竟然會有刺客在公眾潛伏了這麼多年，還是大月宮裡近身伺候陛下的女官。

若不是大長公主察覺到不對勁，替陛下攔住了那個刺客，只怕此刻……

皇后看著躺在御榻上渾身是血的德寧大長公主，全身發涼，不住地朝殿外張望，「靜亭侯府的人來了沒有？」

德寧大長公主眼看著是不大好了，至少……讓他們見上最後一面。

「娘娘，護衛們剛走一會兒，恐怕沒有這麼快。」皇后身邊的姑姑小聲道：「娘娘，您別著急，讓御醫再想想辦法。」

皇后在心裡苦笑，還能想什麼辦法，這會兒不過是靠著人參片吊著命，靜亭侯府的人再來晚一點，恐怕連最後一面也見不上了。

「娘娘，娘娘……」王德跌跌撞撞地跑了進來，喘著氣道：「來……來了！」

皇后忙從椅子上站起身來，就見成安伯背著班嫿進來，她雖然不清楚這是怎麼一回事，但這會兒也顧不上別的了，直接道：「不用行禮，快進去看看。」

班嫿看到躺在床上，猶如血人一般的德寧大長公主後，整個人茫然地從容瑕背上爬下來，被容瑕扶到大長公主跟前時，她已經哭花了一張臉卻不自知。

「祖、祖母……」班嫿跪在了龍榻前，緊緊握住德寧大長公主的手，哭得幾乎失了聲。整個大月宮正殿寂靜一片，除了哭聲以外，再無人說話。

雲慶帝站在旁邊，看著哭得不能自抑的表侄女，想要開口勸兩句，卻又不知道說什麼好。他從未見過班嫿這般狼狽的模樣，滿身塵土，頭髮散亂，原本白淨的臉上也變得灰撲撲的，就像是在地上滾過一圈似的。

德寧大長公主聽到了班嫿的哭聲，徐徐地睜開眼睛，見到孫女狼狽不堪的模樣，微微一笑，「傻丫頭，哭什麼？」

「祖母，是嫿嫿沒用，是嫿嫿沒用！」眼淚一滴滴落在德寧大長公主的手背上，或許是臨近死亡，德寧大長公主的身體格外敏感，這幾滴眼淚就像是灼熱的開水，燙得她心裡一陣陣疼。

「傻丫頭，這跟妳有什麼關係？」德寧大長公主用盡全身的力氣，握了握班嫿的手，「抬起頭來，讓祖母瞧瞧，到了地下，祖母也能告訴妳祖父，我們的孫女長大了，美得像朵花兒。」

班嫿吸了吸鼻子，用袖子死命擦著臉上的汙漬，想讓自己的臉看起來更白一點，更好看一點，可是早上化過妝的她，越擦只會把臉弄得更花，很快臉上就多了幾道髒兮兮的劃痕。

「真好看……」德寧大長公主笑了，笑得非常溫柔，她吃力地摘下手腕上的金鐲，「這枚手鐲是妳曾祖父在我出嫁前送給我的，現在我把它送給妳。」

「嗯！」班嫿不斷擦著臉上的眼淚，可是不管她怎麼擦，臉上仍舊一片模糊，在戴上手鐲的這個瞬間，她的情緒再也繃不住，抱著德寧大長公主的手臂嚎啕大哭起來，「祖母，您別離開我，我害怕！」

德寧大長公主想要把手放到班嫿的背上拍一拍，可是她手上已經沒了力氣，只能艱難地動了動手指。一隻手臂伸了過來，把她的手放到了班嫿的背上。

容瑕沉默地站在班嫿身邊，就像是一棵大樹，動也不動，即便皇上就在旁邊，皇后也在旁邊，身後還有一群御醫太醫，他仍舊沒有挪動自己的步子。

「嫿嫿乖，不怕不怕。」德寧大長公主在班嫿耳邊輕聲道：「別害怕，只管往前走，奶奶看著妳呢！」德寧大長公主這句話說得很輕，輕得只有班嫿能夠聽到。

班嫿哽咽著點頭，此刻她已經說不出話來了。

「只可惜我家嫿嫿這麼美，祖母不能看到妳穿紅嫁衣這一天了。」德寧大長公主遺憾道：「不知哪個兒郎能夠娶到我們的嫿嫿……」

雲慶帝擦了擦眼角的淚，哽咽道：「請姑母放心，侄兒一定會照顧好表弟，還有表侄與表侄女，不會讓他們受半點委屈。」

德寧大長公主此時神智已經有些不清，她看著雲慶帝半晌，忽然道：「瑞兒呢，瑞兒在哪？這孩子膽子小，刺客嚇到他沒有？」

瑞兒是雲慶帝的名字，他全名叫蔣瑞，只是到了如今，已經無人敢再叫他的名字了。他知道德寧大長公主腦子已經不清楚了，一掀衣袍跪在德寧大長公主面前，「姑母請放心，瑞兒他很安全，也沒有被嚇到，他已經長大了，您不用再為他擔心了。」

「那就好，那就好……」德寧大長公主的聲音越來越小，「嫿嫿，嫿嫿……」

「祖母，我在，我在！」班嫿捧住德寧大長公主的手，「我在這裡！」

「妳成親啦？」德寧大長公主看著班嫿身上的紅衣，「是哪家郎君呢？」

雲慶帝動了動唇角，別開頭擦著眼淚，沒有說話。

「祖母，是我。」容瑕跪在班嫿身邊，語氣溫柔，道：「我會好好照顧嫿嫿，不會讓她受半分委屈。」

「這是哪家的小郎君，竟是長得如此俊俏……」德寧大長公主望向殿門，微微一笑，「駙馬回來啦！」

班嫿回頭，父親、母親還有弟弟出現在了門口。

德寧大長公主看著朝自己奔來的兒子，臉色紅潤得猶如二八少女，笑容也越來越溫柔。

「行行重行行，與君生別離。相去萬餘里，各在天一涯……思君令人老，歲月忽已晚……棄捐勿復道，努力加餐飯……」德寧大長公主把手放在終於趕過來的班淮手裡，喃喃道：「努力加……餐飯……」

她彷彿忽然來了精神，雙目亮得猶如天上的星辰。

「水清啊，」她笑著看著兒子，「咱們嫿嫿找的小郎君真俊俏，回去我就告訴你父親去。」

「嗯。」班淮哽咽著嗯了一聲。

忽然，德寧大長公主的手無力地垂了下去，明亮的雙眼也緩緩閉上，她含笑睡過去了，只是永遠不會再醒來。

班淮張開嘴不斷地抽搐，可是他一點聲音都發不出來，甚至連一滴眼淚都掉不下來，就像是跳出水池的魚，極力張大著嘴，卻不知道何處是救贖。

「大長公主殿下……去了。」

「侯爺……」陰氏把班淮抱進懷裡，輕輕拍著他的背，一下又一下。終於，班淮哭出了聲，就像是失去了母親的乳燕，一聲比一聲絕望，聲聲泣血。

班嫿愣愣地坐在地上，低聲呢喃著什麼，猶如失去了理智。容瑕抓住她緊握的手，一點一點扳開她的手指，才發現她的掌心早已經血肉模糊，不知道什麼時候被她的指甲掐破了，皮肉黏膩在一起，觸目驚心。

「是我沒用……」

容瑕聽清了班嫿再說什麼，他握住她冰涼的手掌，語氣堅定道：「不怪妳，這不是妳的錯。」他回過頭，看向跪在外面的御醫，「郡主的手受傷了。」

雲慶帝反應過來，揮手讓御醫過來，「小心些，別弄痛了郡主。」

御醫看到班家的生離死別，心裡真是五味陳雜的時候，聽到皇上的命令，才恍然回神：「是。」當他看清握住福樂郡主手腕的人是誰後，詫異地看了容瑕一眼，再低頭處理起班嫿掌心的傷口起來。

「陛下，」等班嫿傷口處理完以後，容瑕走到雲慶帝面前，跪下道：「微臣方才當著眾多人的面，毀了郡主的名節，微臣願娶郡主，以全郡主的美名。」

雲慶帝與皇后聞言一愣，忽然想起剛才容瑕背著班嫿進的大殿，還當著德寧大長公主的面說他是班嫿的夫君。這本是權宜之計當不得真，可是今天這裡有御醫太醫宮女太監，若是傳出去確實對班嫿名聲無益。

「君珀，朕知你是正人君子，不忍毀女子名節，只是……」雲慶帝看著陷入悲痛中的班家人，「婚姻乃是大事，你不必如此委屈自己。」

容瑕在京城中有多受女兒家的傾慕他是知道的，這樣的兒郎想要娶一個才貌雙全，身分顯赫的女子並不是一件難事，班嫿這樣的女子，只怕並不是他喜歡的。

因為擔心女子名節受損，便要求娶之，這樣的男人確實是難得的君子。

「郡主善良可愛，微臣心儀郡主，能娶得她，乃是微臣之幸。」容瑕朝雲慶帝行了一個跪拜大禮，「請陛下與娘娘為微臣做這個大媒。」

雲慶帝暗自在心中感慨，君子當如容瑕，這般說話竟是全了女方的顏面，讓人挑不出絲毫的錯處，儘管他與皇后都知道，容瑕本不喜嫿嫿，此刻也說不出什麼話來了。

「你且等等，待大長公主……」

雲慶帝喉嚨動了動，紅著眼眶說不出話來。他有心為班嫿找個如意郎君，但是在此刻他開不了這個口，班家只怕也無心談婚事。

禮部的人來了又走，似乎還有其他人來來走走，班家四口只會呆呆地聽從皇帝的吩咐，甚至連皇帝說，讓大長公主的靈堂設在宮裡，喪葬禮儀的規制只比太后規制低一點時，班家人臉上也沒露出多少喜意。他們就像是茫然不知事的小孩子，雲慶帝說什麼就是什麼，沒有半分懷疑。

他們越是這樣，雲慶帝就越是愧疚，姑母是為了他死的，若不是姑母挺身而出，那麼此刻躺在靈堂上的人就是他，而不是姑母。

越是這麼想，他為大長公主辦的喪葬禮就越是隆重。按照太后喪葬禮儀，一般要停靈二十七天，受僧道超度，並且全國都要守孝六個月。雲慶帝有心想按照太后規制來，可是這沒有先例可循，他無奈之下，只能按照史書中記載過有關公主喪葬儀式最高的規制來辦。

停靈二十四天，京城但凡三品以上的命婦官員都要來為大長公主哭靈，全國上下守孝三月，不得飲酒作樂，不得婚嫁，若有失儀者，定要重罰。

整個大業都知道大長公主是為了救駕而亡，因此沒有誰不長眼到皇上面前說三道四。還有一些才子名士為大長公主此舉著書立傳，有人誇她忠烈，有些誇她仁義，各種美好的讚譽放在了大長公主身上。

以往向來熱鬧的靜亭侯府，這些日子彷彿沉寂了下來，不管外面謠言傳成什麼樣子，也不見他們說過一句話。

「郡主，」常嬤嬤對班嫿行了三個大禮，「老奴奉殿下遺命，到郡主身邊伺候。」

「常嬤嬤，」班嫿親手扶起常嬤嬤，紅著雙眼道：「祖母她老人家，有沒有說過什麼？」

常嬤嬤看著眼前瘦了很多的郡主，欣慰地笑道：「殿下說，您是最像她，她希望您活得像她年輕時一樣，肆意鮮活，自由隨心。」

班嫿走到窗前，看著院子外掛著的白紙燈籠，聲音嘶啞道：「祖母年輕時一定很漂亮。」

「是啊，」常嬤嬤拿起一件披風披在班嫿的肩頭，「奴婢聽說，殿下未出嫁前，曾是大業最美的人，想要求娶她的世家公子，從城東可有排到城西。」

班嫿唇角一顫，「我不如祖母。」

「不，您很好，」常嬤嬤慈和地看著班嫿，「跟殿下一樣好。」

班嫿愣愣地看著窗外，良久後道：「又下雪了。」

常嬤嬤看著白皚皚的院子，沉默地站在班嫿身邊，不發一言。

除夕後不久，德寧大長公主下葬，送喪路上，設滿了各府擺出的路祭。

公主陵是早就建好的，到了死後，她終於又與自己深愛的駙馬躺在了一起。

生不同時，死卻同穴。願兩人來世恩愛纏綿，永不分離。

班嫿對著陵墓行著三拜九叩大禮，每一個頭她都磕得極重，沉悶的響聲就像是她對祖母的思念，即便萬般不捨，卻只能看著她埋進這華麗卻毫無人氣的陵墓的中。

「閉陵！」

陵墓大門關閉的那一刻，無數墓穴中的機關發出喀喀的聲響，班嫿愣愣地看著眼前這一切，任由雪花飄落滿頭。

「表妹，請節哀。」穿著素服的蔣涵走到班嫿身後，他讓太監替班嫿撐起一把傘，替她遮住頭頂飄揚的大雪，「姑祖母在天之靈，必定希望妳活得好好的，而不是為她傷心難過。」

「太子表哥，」班嫿回頭看著太子，愣了半晌才道：「謝謝。」

蔣涵知道她根本沒把自己的話聽進去，只好對她道：「雪越下越大了，回去吧。」

班嫿抿了抿嘴，大步跑到墓碑前用手擦去墓碑上的雪花，輕聲道：「祖母，以後我一定會常來看您和祖父，你們在地下好好過日子，待……嫿嫿日後來找你們時，你們不要嫌棄嫿嫿。」

「太子殿下，」容瑕撐著一把傘走到太子身邊，對太子行了一個禮後，便朝班嫿走去。

班嫿身上穿著孝衣，臉上脂粉未施，就連頭髮也只是用一個素銀簪固定成一個髮髻，便再無其他飾物。容瑕把傘放在地上，脫下身上的素白披風披在班嫿身上，再撿起地上的傘撐在班嫿頭頂，「郡主。」

「容伯爺，」班嫿擦了擦眼角，「你怎麼來了？」

「見郡主穿著單薄站在雪中，容某便過來看看。」容瑕頓了頓，「妳的家人在那邊等妳。」

班嫿回頭，看到不遠處站著的父親母親還有弟弟，原本冰涼的心漸漸回暖，她對容瑕福了福身，「多謝伯爺。」

她走出傘下，朝著班家人飛奔而去。

容瑕靜靜地看著她離去，然後鑽入她母親撐著的傘下，才回頭看了眼身邊這塊又積了一層薄雪的墓碑，伸手輕輕拂去這層雪，後退一步，放下傘，對著墓碑鞠了一躬。

「姊，妳在看什麼？」班恆注意到班嫿停下了腳步，擔心她還在傷心難過，伸手扶住了她的袖子，「妳小心腳下。」

班嫿看著那個在雪中向祖母鞠躬的人，收回目光，小聲道：「嗯，我們都要小心腳下。」

德寧大長公主殿下死了，對於很多人來說，這並不是一件大事，但是對於某些人來說，卻是一件值得高興的事情。

因為沒有了大長公主，班家便失去了依仗，曾經受過班家氣的人家，內心開始蠢蠢欲動起來，可是就在大長公主下葬後的第三天，宮裡下了一道旨意，晉封班淮為靜亭公，享郡王例。

柒之章 天賜良緣

德寧大長公主逝世後，皇上難過得罷朝三日，甚至在大長公主下葬那天，哭得不能站立。原本想要報復班家的人才恍然驚醒，大長公主是為了當今陛下死的，只要蔣家人要顏面，只要班家人不犯誅九族的大罪，那麼當今皇上與下一代帝王都要厚待班家人。

這件刺殺大案以大長公主傷重而亡告終，但是刺殺大案的幕後主使卻還沒有找到，陛下大怒，下命必須嚴查，同時禁衛軍統領、副統領都受到嚴厲的責罰。

「查出來了？」雲慶帝想著身邊伺候的人竟然有可能要殺自己，便吃不好睡不好，把後宮全部排查了好幾遍以後仍舊不放心，直到這次刺殺案的幕後主使人被揪出了水面。

「回陛下，微臣查了很多線索，最有嫌疑的是……惠王殿下。」容瑕把一疊調查出來的資料放在雲慶帝面前，「微臣反覆篩查了好幾遍，這個宮人的家裡已經沒有親人，曾受過宮裡德妃娘娘的恩惠，表面上看她與德妃之間有糾葛，實際上她背後真正的主子乃是惠王殿下。」容瑕見皇上面寒如冰，又道：「或許微臣還有疏漏的地方，待微臣再去查驗一遍。」

「不用了，」雲慶帝怒極反笑，「朕這個好弟弟，當年便想做太子，若不是姑母一力護著朕，現在這個大業朝哪還有朕的立腳之處。」說到大長公主，雲慶帝面上露出幾分懷念。

對於雲慶帝來說，德寧大長公主臨死前都還惦記著他，這是十分難得的情誼。做了皇帝，便有種高處不勝寒之感，一個死了的大長公主，在他的心中自然什麼都好，甚至還會在他的記憶中自動美化，成為一個完美無缺的人。

只有死人，才能讓人放心地寄託感情。

「他想要造反，簡直就是妄想！」雲慶帝冷笑，「看來是這些年朕對他太好了，讓他忘記這個天下早已經是朕的，而不是屬於先帝。」

皇帝與兄弟的恩怨，容瑕作為臣子，並不好說話，所以雲慶帝說，他便垂首靜靜地聽，不多說一個字。偏偏雲慶帝就喜歡他這沉穩的性格，這讓他覺得此人踏實可用，不會生出二心。

「對了，你讓朕作媒一事，朕準備過幾日便與班家提一提，只是成與不成，要看班家的心思。」雲慶帝有心補償給班嫿一個德貌雙全的郎君，加上容瑕又願意娶嫿嫿，對他來說這簡直就是皆大歡喜的好事。

唯一比較麻煩的是他這個表弟一家子腦子比較奇怪，這事能不能成，還真是兩說。

「請皇上儘量幫臣說和說和，郡主牡丹國色，若能娶到郡主，乃是微臣此生大幸。」容瑕笑道：「微臣是真心想要求娶郡主。」

雲慶帝表情變得有些微妙，他乾咳一聲：「朕知道。」

不管容瑕此刻是真心想要娶嫿嫿，還是為了別的什麼，他也只能當他是真心的。

人有親疏遠近，身為帝王也有自己的補償心理，他喜歡這種為了自己敬愛的長輩付出的感覺。尤其是這個長輩的後人還很省心，不插手朝政，對拉幫結派也沒有興趣，沒有野心得讓人就算多偏愛他們一些，也不用擔憂他們會做出什麼過火的事情。

德寧大長公主去世，最難過的當屬班淮，短短一個月內，他整個人瘦了一圈，若不是妻賢兒女孝順，他難過得恨不能陪著大長公主一起去了。

班家人是真心實意地在吃素，就連頓頓離不了肉食的班恆，也都沒有偷偷吃過一口葷食，可見大長公主的離去，對於班家人來說，是一件無比傷心的事情。

「父親，」班嫿見班淮穿上一件月牙色的衣服，但是用料講究，便道：「您要入宮？」

「陛下封我為國公，我早該進宮謝恩了。」班淮看著女兒似乎瘦了一圈的小臉蛋，有些心疼道：「天氣轉暖了，有時間就出去轉一轉，別只待在家裡。」

「我知道，」班嫿對班淮笑了笑，「等天氣好了，父親您帶我們去別莊玩，好不好？」

「好，到時候我們一家四口都去泡溫泉。」班淮臉上露出了笑意。

班嫿站在大門口，目送著班淮離開，轉頭見班恆站在身後，問道：「你站在這裡幹什麼？」

班恆搖了搖頭，蹭到班嫿面前道：「姊，聽說府裡養的說書先生又想了新故事，要不，妳去聽一聽。」

「是說書先生想的，還是你想的？」班嫿早就聽身邊的下人說了，弟弟有事沒事就找說書先生嘀嘀咕咕，沒有想到竟然是為了這個。

「說書先生想的情節，哪有我想的合妳胃口？」班恆拉著班嫿的袖子一拽，「走走走，我們去聽聽。」

班嫿知道弟弟這都是為了自己，忍不住笑了笑，「謝謝你，恆弟。」

「謝什麼謝？」班恆不自在地扭頭看旁邊，「自家姊弟說什麼謝，妳也不照照鏡子，最近都瘦成什麼樣子了？等以後見到其他女眷，妳拿什麼跟人比美，咱們老班家出美人的好名聲，妳還要不要了？」

班嫿伸手在他耳朵上輕輕一擰，「見你這麼關心咱們老班家的名聲，我感到很欣慰。走，書我暫時不聽了，我先去聽你背《詩經》、《論語》。」

「哎哎哎哎，姊，妳饒了我！」

✿　✿　✿

班淮跟在王德身後，沉默地走進了正殿。

雲慶帝抬頭看了他一眼，忍不住道：「表弟這些日子清減了不少。」

「賤內嫌棄微臣發了福，減下來便最好了。」班淮勉強笑了笑，不提大長公主的事情。

「我知你是為了姑母一事難過，朕的心裡也是……」雲慶帝繞過御案，走到班淮的身邊，語氣沉重道：「是朕害了姑母。」

「陛下，您怎可這麼說？」班淮驚愕地看著雲慶帝，抱拳道：「微臣很小的時候，母親便常常在微臣耳邊提起您，說您字寫得好，說您又背了什麼書，還常說微臣若是有一半像您，她便心滿意足了。家母仙去，微臣心中雖哀痛難忍，但是對於微臣母親來說，能護您周全，定是比她性命更重要的事情。您若是這般說，豈不是讓微臣母親一番情誼辜負了？」

這話裡已經帶了幾分責備了，本不該朝臣對帝王說，但對於雲慶帝而言，這不是冒犯，而是班淮的心裡話。感動於姑母的情誼與表弟的真誠，雲慶帝在班淮肩頭拍了拍，「水清，是表兄我說錯話了。」

這句話雲慶帝沒有用「朕」，可見他說這話時，是用了真情的。

「自家兄弟不說兩家話，也不用說謝不謝恩了。」雲慶帝讓班淮坐下後道：「以你我的情誼，便是封你為郡王也使得，只是禮部那些老頭子整日吊書袋說酸話，便只能委屈你了。」

「微臣何德何能，竟讓陛下如此為難。」班淮面上露出感動之色，「陛下待微臣已經很好了，只是微臣是個糊塗人，這國公的爵位……」

「此話不要再提，只給你國公的爵位，朕心中已是覺得委屈了你，」雲慶帝擺手，「朕只盼你們過得安穩無憂才好。」

「多謝陛下。」班淮雙眼濕潤，眼眶發紅看著雲慶帝，小心用袖子拭去眼淚，他才再度抬起頭看向雲慶帝。

這種眼神雲慶帝最是受用，表兄弟二人又說了一會兒話，雲慶帝忽然道：「姑母臨終前跟我說了一件事，朕覺得這事有譜，便想跟你提一提，成與不成，皆看你與表弟妹的想法。」

班淮抽了抽鼻子，聲音略有些沙啞，「陛下，不知是何事？」

雲慶帝把容瑕背班嫿進殿，又當著德寧大長公主的面說自己是班嫿夫君的事情告訴了班淮，隨後道：「我思來想去，容郎才貌兼備，確實是個不錯的夫婿人選，便想多事作一個媒，不知表弟意下如何？」

班淮：……

容瑕？

容伯爺確實不錯，從內裡到外貌都沒得挑，但是……容伯爺跟他女兒怎麼能扯到一塊去？

「陛下，這會不會……有些委屈容伯爺了？」班淮雖然是一個看自家孩子就自帶美化光環的父親，可自家女兒有哪些毛病，他心裡還是明白的。

懶散、奢靡，脾氣不太好，挑食，還愛炫耀，這一堆堆的毛病在自家人看起來，那是可愛真性情，在別人眼裡看起來，那就不一定了。班淮不敢賭其他男人會像他一樣包容女兒。當年定下謝啟臨，是因為他打聽過謝啟臨脾性好，哪知道他心眼不好。再後來答應沈鈺的提親，是他覺得沈家勢微，日後只能依附班家，定不敢做讓女兒不高興的事情，誰知道這位竟然得中探花以後便大變臉。

他現在覺得容伯爺這年輕人哪哪都好，但是鑑於他挑女婿的眼光不行，所以這個時候反而不敢輕易答應了。

「這怎麼會是委屈？」雲慶帝瞪大眼睛，有這麼說自家女兒的嗎？

「陛下，這婚事大事不是兒戲，微臣……微臣實在拿不定主意。更何況如今我們正在孝期，也不宜談論婚事，」班淮想了想，「要不，再等等，我回去跟賤內商討一番再談這事。」

「孝期也沒有關係，反正只是暫時定下來，不用他們馬上成婚。」雲慶帝想得很周全，「如果你們願意，我就當著天下人的面說，這個婚事是姑母生前定下的，朕就是見證人。」

班淮心中大定，不管這事成與不成，對嬞嬞都沒有太大的影響。

「到時候他們兩個年輕人若是能夠成婚，你可別忘了給我送謝媒禮。」雲慶帝越想越覺得容瑕與班嬞很配，就憑這兩人的長相，那就是天造地設的一雙，日後再生幾個小娃娃，也不知會美成什麼樣。

若是教出一個像容瑕那般的小才女，倒還能跟太子的孩子訂個親，這也算是改進皇家後代的長相了。萬事俱備，只欠太子生下兒子和兩人成親了。

雲慶帝伸手拍了拍班淮的肩，「表弟，容郎是個不錯的年輕人，你可要抓緊點。這孩子有些搶手，朕還是想把他留給自家人，讓外人搶走了可不划算。」

班淮：他們這是在搶貨物嗎？

被當作貨物搶的容瑕正在家裡待客，因為尚在孝期，官員們都不能飲酒作樂，所以他用來請客的是兩杯清茶。客人的身分也不低，乃戶部尚書姚培吉，朝中要員。

姚培吉是個狂熱的書畫愛好者，所以他對容瑕十分有好感，平日與容瑕稱兄道弟，完全不介意兩人之間有三四十歲的年齡差。事實上，若是他能求得一幅容瑕的墨寶，即使讓他叫容瑕兄長，只怕他也是願意的。

「好畫，好意境！」姚培吉看著牆上掛著的貓戲花草圖，激動得面頰發紅，對容瑕道：「伯爺的畫技又精進了，這小貓就像是活了般，只是為什麼這隻貓的頭上要捆一朵牡丹花？」

容瑕笑咪咪道：「這只是在下的一些小趣味。」

「作畫隨心而來，便更有靈性，本該如此，本該如此！」姚培吉輕撫手掌，忽然覺得這朵牡丹簡直就是點睛之筆，把這隻貓襯托得更加憨態可掬，並且還帶著一些小小的任性。

貓嘛，就該任性一點才可愛。

姚培吉拉著容瑕說了好半晌的畫，然後感慨道：「伯爺如此多才，不知世間何等女子才能配得上你。」

容瑕笑而不語，只是向姚培吉敬了一杯茶。

「我見那石相爺府中的女二公子秀外慧中，又極有才華，與你倒很是相配，」姚培吉抿了一口茶，笑著道：「不知伯爺可有此意？」

容瑕面上露出幾分思索之色，半晌後才道：「姚大人說的可是石相府中的二千金？」

「正是她。」姚培吉道：「賤內常常提起這位千金，我昨日忽然想到，這家姑娘倒與你很是相配。」

「只怕要讓姚大人失望了，」容瑕起身對姚培吉行了一禮，歉然道：「不瞞姚大人，在下前些日子已經訂了一門婚事，只是現在乃大長公主的孝期，不宜提此事，所以還請姚大人替在下保密。」

「什、什麼？」姚培吉驚訝地看著容瑕，容郎君竟然訂親了，怎麼一點消息都沒有傳出來？好在他是個品性風雅的人，見容瑕這麼說，便沒有再追問下去，「既然如此，那老夫便祝容伯爺與你未來的夫人情比金堅，白頭偕老。」

「多謝姚大人吉言。」容瑕起身鄭重地向姚培吉行了一禮。

姚培吉見容瑕滿面紅光，笑容燦爛的模樣，在心中感慨，看來容伯爺是真心喜愛未婚妻的，不然也不會笑得如此舒朗。只可惜石家的心思成不了了，他這便去石家走一趟。

容瑕見姚培吉有了去意，再三挽留不住後，便送他到了正門口，直到姚培吉乘坐的馬車離開以後，才讓門房關上了大門。

右相府裡，石晉正在家中養傷，聽到父親身邊的小廝叫他去待客，他便換上一件半舊不新的素色長袍，跟在小廝身後走了出去。之前因為大長公主遇刺身亡一事，他作為禁衛軍副統領，受罰五十大板。好在他是右相之子，執杖行刑的人有分寸，所以他的傷看起來嚴重，實際上並沒有傷到筋骨。倒是同與他打了五十大板的統領比較嚴重，據說現在都還下不來床，也不知道禁衛軍統領一職還能不能保住。

到了正房正廳，他見來人是姚培吉，就猜到了是何事，便與姚培吉見了禮。

石崇海原本並不想讓女兒嫁給容瑕，可是眼見容瑕在讀書人中越來越有聲望，並且十分受皇上重視，還在朝中越來越有實權，便覺得女兒嫁給他也是一個不錯的選擇。不過古往今來，都是男人向女人求婚，可沒有女兒家求著趕著問男方娶不娶的，所以他思來想去，便拜託姚培吉幫他探探口風。

「剛才在容伯爺府上賞了一幅貓戲圖，十分有意思。」姚培吉在容瑕那裡已經喝了一肚子的茶，到了相爺府這邊，只用茶水略沾了沾唇角便放下了，「老夫今天多了一句嘴，問及了容伯爺的婚事。」

姚培吉絕口不提是石家讓他去問的，而是說自己多嘴，倒是顧全了石家人的顏面。

「誰知道這位伯爺是個不解風情的人，竟是對男女之情半點不上心。」姚培吉搖頭嘆息道：「也不知道現在的年輕人究竟是怎麼想的，都二十好幾的人了。老夫當年像他這個年齡，孩子都已經滿地跑了。」

石晉略一挑眉，「容伯爺不願？」

姚培吉笑咪咪地看著石晉，「可不是，他就是不願提親事。」言下之意就是，你們家讓我做的事，我也做了，可是人家沒那心思，你們也就歇一歇吧。

石晉不知想到了什麼，忍不住皺了皺眉頭。

石崇海聞言便笑道：「年輕人喜歡自由散漫的生活，又沒有家中長輩督促，自然不願意過成親的日子。」

不過是喪父喪母孤星之命的人，竟也有資格對他女兒挑三揀四，真是不識抬舉！

姚培吉只當沒有聽出石崇海話裡的嘲諷，在石家略坐了一會兒後，便起身告辭，送他出門的是石家管家。

上了馬車以後，姚培吉搖頭晃腦地哼著小曲兒，顯得心情極好。在別人看來，他就是附庸於石崇海的朝臣，原本連他自己也這樣認為的，可是這並不代表他喜歡石家拿他當一個跑腿的。家中有後輩在，也不是賓客眾多的忙碌時刻，石家卻讓一個下人送他出門，真真是太瞧不起人了。人家容瑕在皇上跟前那般得臉，都是親自送他出門的，石家的臉當真就那麼大，連送他幾步都不行了？

讀書人最是講究禮儀，別人的禮儀不到位，對於讀書人而言，那便是冒犯。

姚培吉對石家，終究是有了意見。

「真當你家閨女是天仙，看中誰，誰就要娶？」

姚培吉哼了一聲，維持著一種詭異的好心情，離開了石家的地界。

班淮頂著滿臉一言難盡的表情回到了家，把妻子兒女都叫到了跟前，揮退所有下人以後，一臉嚴肅的看著家中另外三人。

「夫君，發生什麼事了？」陰氏見班淮表情怪異，猶豫道：「是皇上後悔了，不想把國公爵位給你了？」

班淮搖頭。

「是二皇子又冒犯你了？」班恆湊到班淮面前，「還是路上遇到什麼奇怪的人了？」

班淮仍然搖頭。

班嫿見父親的目光看向了自己，伸出食指對著自己鼻尖，「跟我有關？」

班淮點頭。

班嫿一拍桌子，「又是哪個在說我的壞話呢？」

班淮抹了一把臉，「乖女，咱們能想點好的嗎？」

「那您這一臉的表情，也不像是有好事發生啊！」班嫿深吸一口氣，低頭喝茶道：「您就直說吧，我承受得住。」

「容伯爺讓皇上替他作媒，他想要求娶妳過門。」

「咳咳咳！」班嫿被茶嗆到，連眼淚都嗆出來了，嚇得一家子人又是捶背又是拿帕子。

「我、我沒事。」班嫿拍了拍胸口，眼淚汪汪地看著班淮，「容伯爺是不是眼瞎了？」

班淮聳了聳肩，「這個問題我也想知道。」

「好好說話，你們倆胡說八道什麼呢！」陰氏柳眉一挑，「我家女兒長得這麼美，誰來求娶都不奇怪，一個伯爺算什麼？」

班恆哼哼道：「可人家是容瑕，京城裡多少女兒家想要嫁給他。」

「容瑕怎麼了，他就算叫容無瑕又怎麼樣？」陰氏一拍桌子，「再說了，這種被無數女人看中的男人有什麼好，萬一花心怎麼辦？」

「那我姊看上的男人，哪個不是容貌出眾，被無數女人惦記啊！」班恆頂著陰氏的眼神，小聲道：「如果姊姊真能嫁給容瑕還不錯，至少容瑕是個正人君子，就算日後我們家敗落了，他也不會因此苛待姊姊，這樣我也能放心一些。」

陰氏聽到這話，頓時沉默了下來。

五年後究竟會發生什麼，他們也不敢肯定，但嫿嫿在夢境中似乎並沒有成親，也不再是鄉君。不對，不對！

陰氏忽然抬頭看向班嫿，「妳說妳在夢中是什麼爵位？」

「鄉君。」班嫿很肯定地回答，因為她記得很清楚，有太監來他們家宣旨，說是褫奪父親的侯爵、母親的誥命身分，還有她的鄉君爵位。

「可妳現在是郡主，妳的父親也成為了國公，」陰氏聲音變得十分低沉，「現實……已經與妳的夢境不同了。」

「這一切……」班恆仔細回想，「好像是從姊姊當街抽了沈鈺幾鞭子後開始的。」

「你的意思是說，夢裡的我因為刁蠻得不夠到位，所以下場才不太好？」班嫿皺了皺眉，「這好像有些說不過去。」

班淮無奈地看著一對兒女，「事情哪有你們想的這麼簡單？妳的夢做得糊裡糊塗，經過更是雜亂不清，最關鍵的一點，妳連最後誰造反都不知道，想要靠著夢來推斷現實太難了。也許妳現在是郡主，後面因為犯了什麼事又貶為了鄉君。我因為犯了什麼事又變回了侯爺呢？」

「也對。」班嫿深以為然，「你們說……造反的有沒有可能是石家？石家大郎石晉，好像挺喜歡穿玄衣的，而且他們家現在權勢滔天，如果想要造反，也是有可能的。」

班家四口齊齊陷入沉思中，越想越覺得，石家確實有這個嫌疑。

「國公爺，成安伯求見。」

管家的聲音在院子響起，班家四口面面相覷，想要當他們家女婿的搶手貨來了？

見還是不見，這是一個問題。

最後班家人還是決定見一見成安伯。

一家四口外加容瑕，五人沉默地坐在屋子裡，看著屋子裡堆放著的禮物，氣氛有種此時無聲勝有聲的感覺，然而班恆覺得這個氣氛有些尷尬，尷尬得讓他忍不住拿眼神在容瑕與他姊身上掃來掃去。

原來他之前覺得容伯爺對他姊有意思，不是他想太多，而是他想太少。

「伯父，伯母。」容瑕起身朝班淮與陰氏規規矩矩行了一個晚輩大禮，「晚輩冒昧前來打擾，請伯父和伯母多多見諒。」

班淮捧著茶杯默默想，前些日子見面的時候，還叫他侯爺，這才過多久，就變成伯父了。以前他覺得容瑕時哪哪都好，現在再一看，又覺得不是那麼回事了。

眉毛太有型，聽說這樣的男人心腸硬。長著一雙桃花眼，十有八九會招惹桃花。唇有些薄，一看就很薄情。不是有句話叫仗義多是屠狗，負心最是讀書人嗎？這容瑕讀了那麼多書，萬一是個負心漢怎麼辦？

不妥不妥，他在心裡連連搖頭，扭頭看夫人陰氏。

陰氏抬了抬眼皮，微笑著道：「聽聞成安伯有意求娶我這個不成器的女兒，這事……」陰氏看了眼女兒，見她臉上並無多少羞怯之意，便道：「只是這事實在是太過突然了，我們感到十分意外。」

「伯父、伯母，晚輩乃是真心求娶郡主，若能求得班家婦，晚輩定一心一意，白首不離，與郡主猶如伯父與伯母。」容瑕對班淮與陰氏又行了一個大禮，「日後若敢違背今日之誓，便讓晚輩聲名掃地，一生淒涼孤苦。」

這樣的誓言對於一個盛名在外的貴公子而言，簡直是再陰毒不過。若是說什麼天打雷劈之類的，班家人恐怕聽也不願意聽，因為這句話話本裡都用爛了。

班恆乾咳一聲，拿眼角餘光看班嫿，他姊是怎麼想的？

班嫿偷偷塞了一塊點心到嘴裡，喝了一口茶，然後對班恆無辜一笑。

這是啥意思，願意還是不願意？再說了，人家在求親呢，妳好歹意思意思害羞一下好嗎？

「我家這孩子不喜詩書，只怕與你沒有多少共同的愛好。」陰氏覺得自己此刻有點像話本裡刁難女婿的惡岳母。

「郡主喜歡什麼，晚輩就陪她喜歡什麼。詩書不過是晚輩閒暇之餘的一點小愛好，不及郡主半分重要。」

班淮眼皮抖了抖，小夥子很有前途啊，他當年也是靠著這種不要臉的精神，把夫人哄得心花怒放的。

「這孩子性奢侈，最愛花啊粉的，伯爺……」陰氏想說伯爺是個儉樸之人，可是看到容瑕身上的衣服雖是素色，布料也因為他們家在孝期，特意選了一件棉布衣，但是上面的繡紋卻不簡單，陰氏可以肯定，上面繡的一朵小花，都要比身上所有布料加起來值錢，「伯爺是個喜歡素雅的人，這也是不太合的。」

「郡主天香國色，濃妝淡抹總相宜，她喜歡穿什麼穿什麼，晚輩都喜歡。她喜歡吃什麼，家裡便吃什麼。左右家中只有在下一人，一切都能依照郡主的喜好來。晚輩祖上雖不是顯赫之族，但也給晚輩留下了些許遺產，晚輩定不會讓郡主在銀錢方面有半分煩惱。」

容氏一族可算是幾百年的望族了，說「不是顯赫之族」、「留下些許遺產」那只是謙虛的說法，要真論起祖上出過哪些大人物，還有金銀財寶的儲藏量，班家還真不如容家。

陰氏忽然覺得，以自家女兒的性子，嫁給家中沒有長輩又家世顯赫的兒郎，還真是一個最好的選擇。不過男人說的話，向來是不可盡信的，陰氏想到當年的沈鈺，求娶時把話說得跟花兒似的，結果怎麼樣，整個京城的人都知道了。

「伯爺把話說得很周到，」陰氏笑了笑，「這種大事，我們身為長輩雖然十分操心，但還是兒女的心意更重要。」

陰氏是個很開明的人，或許是因為她的那些娘家人總是逼迫她做不喜歡的事情，所以她對自己的兒女反而比較想得開，甚至想得非常開。若是女兒找不到如意郎君，她寧可不讓她嫁，也不想讓她吃苦。

只是這種思想過於離經叛道，陰氏從未在外表現出這種態度，但在教育兒女的時候，難免會帶出了一些。

「伯母所言有理。」容瑕對陰氏作揖，偏頭看向了低頭喝茶的班嫿。

班淮站起身，拍了拍袖子，淡然道：「伯爺，我們家尚在孝期，有些話還是不要太過了好。」說完，對陰氏與班恆道：「院子裡日頭正好，我們出去曬曬太陽。」

班恆不情不願地站起身，瞥了眼容瑕，沒有想到你竟然是這樣的人！

屋子裡的大門開著，班家三人站在院子裡虎視眈眈地盯著屋內，雖然不能聽清兩人說什麼，但如果容瑕敢有半點越矩的動作，這三人肯定能直接竄進來。

容瑕回頭看了眼院外，對班嫿作揖道：「郡主，妳的家人待妳很好。」容瑕甚至可以肯定，整個京城這般心疼女兒的人家，除了班家，恐怕找不出別人了。

班嫿捧著茶杯，歪著腦袋打量容瑕，半晌後放下茶杯，捧著臉道：「容伯爺，你真的打算要娶我嗎？」

一般的女孩子提到這種事，定是兩頰緋紅，語無倫次，可是班嫿相當冷靜，甚至還趁機多看了容瑕幾眼。臉美，手美，腰細腿長，氣質好，這樣的好男人，竟然把她看上了，難道她這種長相格外吸引讀書人？

「是，在下想求娶郡主。」容瑕作揖，與坐在椅子上的班嫿平視，「郡主若是願意下嫁於我，妳仍舊可以常常到娘家居住，只是要把在下也給順帶捎上才行。」

班嫿聽到這話，臉上終於有了幾分動容，「你們讀書人對女人不都是有諸多要求嗎？還說什麼經常回娘家的女人是為不賢？」

「郡主，在妳的面前，在下不是讀書人，只是一個心儀妳，想要求妳下嫁的普通男人而已。」容瑕面上露出幾分落寞之色，「何況在下現在無父無母也無兄弟，空蕩蕩的伯府除了我便沒有其他人。若不是因為身分的牽制，便是讓在下跟著郡主在國公府居住，在下也是願意的。」

班嫿想起容瑕年少之時便沒了爹娘，後來連兄長也沒了，懷了孕的長嫂見夫君沒了，乾脆流了孩子回娘家改嫁，這身世確實挺小可憐的。

「所以……你是看重我們家比較熱鬧，所以才想娶我？」班嫿突然覺得，如果容瑕真這麼想，嫁給他好像也是不錯的選擇。

「不，這大概是愛屋及烏。」容瑕笑看著班嫿，「郡主願意讓在下住進妳的家裡嗎？」

班嫿摸下巴，默默地看著容瑕。容瑕微笑著任由她看，漂亮的雙眼就像是一條溫柔潺潺的溪流，讓人覺得舒適又沒有任何的攻擊性。

「你的意思是說，因為喜歡我，所以就喜歡我的家人？」班嫿對「愛屋及烏」這句話還是懂的，她懷疑地看著容瑕，她怎麼沒有覺得容瑕有多喜歡她，是她錯過了什麼嗎？

「是。」容瑕笑了。

「所以……你喜歡我哪一點？」班嫿莫名覺得自己有點像話本裡的無情書生，而容瑕就是那些癡情女郎，一腔真心卻被錯付了。

摸了摸臉，不對，不能因為容瑕長得比嚴甄好看，她就兩種態度，她不能這麼膚淺！

「郡主很美，三月的桃花、天上的星辰、臘月的雪，都不及郡主漂亮。」容瑕指了指自己的眼睛，「郡主的眼睛，就像是最美的星空。在下戀慕郡主以後，便覺得天下男男女女再無性別之分，僅為人而已。」

班嫿……班嫿覺得自己的臉頰微微有些發燙。

因為容瑕說話的樣子實在太真誠，太耿直了，她就希望有個男人這麼來誇她！

什麼覺得她可愛靈動，比想像中善良，都是一堆屁話，就不能耿直地老實地誇她美嗎？一個大老爺們兒，說一句拜倒在她的美色之下，就那麼丟人嗎？

她覺得自己更加欣賞容伯爺了，因為這人誠實有眼光，還懂得欣賞她的美。

這才是世上最好的讚美！

看了她，就覺得世界上女人與其他男人沒有差別，說明自己在她眼裡，就是最美的女人，其他人都是渣渣啦？

這麼誇她，她好喜歡！

班嫿心情一好，便站起身拍了拍容瑕的肩，「年輕人，你這麼有眼光，我很看好你。」

容瑕愣了愣，隨即笑道：「那妳願意下嫁我嗎？」

班嫿摳著手指頭，開始算如果她跟容瑕成親，會有什麼樣的後果。

成親，如果容瑕對她體貼溫柔，以後班家失勢後，她應該不會丟掉小命，而且家人也會受到庇護。她還得到了天下第一美男子，天下第一君子，天下第一才子，這一輩子不虧了。

成親，容瑕以後對她不好了，她踹了容瑕回家住，等班家失勢後，他們家結局應該跟夢裡差不多，但她至少成功地睡了天下第一美男子，這可是養面首都養不到的極品，算起來這一波好像也不虧，還能氣死那幾個看她不順眼的女人。

可是，這樣一來，容瑕好像有些吃虧。

班嫿還算正直的道德價值觀讓她開始猶豫，要不要去禍害這麼好的一個男人？

總覺得她要是點頭答應，這事幹得有些虧心。

「父親，我覺得姊的表情好像不太對勁。」班恆對班淮小聲道：「這跟她小時候砸了花瓶，最後讓老鼠背黑鍋時的表情一模一樣。」

不過那一次他姊也挺慘的，平時對她很溫和的母親，竟然罰她在班家老祖宗們的牌位前跪了整整兩個時辰的。後來母親說，做人要麼不撒謊，要麼就要把謊撒得完美些。他們班家上上下下這麼多下人，每天都有人負責除草除蟲除老鼠。內院裡別說老鼠，就連一隻蒼蠅都飛不進來，更何況老鼠才多大，能打碎半隻手臂高的花瓶？

「夫人，乖女該不會對容伯爺做了虧心事吧？」班淮擔憂地看著陰氏，「這可不太妙。」

「會不會是姊姊毀了容伯爺的清白，容伯爺堅持讓姊姊負責？」班恆腦子裡不知道想了什麼，表情極其微妙。

「閉嘴！」陰氏忍無可忍道：「你們都在胡說八道什麼，哪有女兒家毀男兒家清白一說？你們兩個再搗亂就給我滾出院子。」

班淮與班恆齊齊噤聲，老老實實站在陰氏身後，不敢再多說一個字。

此時的屋內，班嫿半晌沒有開口，她低頭看著容瑕的手，不太好意思去看他的臉，「我覺得你要不要考慮一下，這種事還是慎重一點。」

「郡主是對在下有什麼地方不滿意嗎？」容瑕漂亮的雙眼看著班嫿，看得班嫿差點伸手摸上了對方的臉。

「如果我有什麼做得不好的地方，我願意為了妳一點一點改掉。」

「容伯爺，」班嫿一臉深思地看著容瑕，「我給過你機會了。」

饒是容瑕心思深沉，聽到班嫿這句話，也有些反應不過來，這是什麼意思？

班嫿踮腳拍了拍容瑕的肩，嘆息道：「好吧，我答應你了。」年輕人，給了你逃走的機會，你沒有抓住，以後就不能怪她了。

禍害了這麼一個絕世美男子，罪過罪過，以後她會儘量對他好，好好補償他的。

「多謝郡主！」容瑕臉上露出燦爛的笑容，「我一定會好好對妳，不會讓妳受半點委屈。」

看著眼前笑得幾乎有些傻氣的男人，班嫿心頭微微有一些酸疼，也不知道五年後究竟會變成什麼樣子，她會不會害了他？她忽然有些後悔，她這輩子做什麼都順心而為，就連這件事也做了一個自私的選擇。

「容伯爺……」

「妳叫我君珀或者容瑕就好，」容瑕的笑容怎麼也壓不住，「郡主不用對我如此客氣。」

班嫿忽然笑了，對容瑕福了福身，「謝謝你。」

不管最後結局如何，至少這輩子她吃了世間最美的食物，穿了最華麗的衣服，有對她如珠似寶的父母弟弟，還即將睡了這個世間最優秀的男人，這是多少人不敢奢望，也不可能得到的。

容瑕再次愣住，似乎在班嫿面前，他常常會詞窮：「是我該感謝郡主才對。」

「既然你都讓我叫你的名字了，那你也叫我的名字吧。」班嫿很有原則地講究了公平，「平時家人叫我嫿嫿，你也可以這麼叫我。」

「好。」容瑕後退一步，對班嫿深深一揖，「嫿嫿。」

有些人的聲音，天生就能勾人。聽到容瑕溫柔的聲音，班嫿覺得自己胸口酥酥麻麻，像是被小貓撓了一爪子。

「咳，」班嫿乾咳一聲，「現在我正在孝期，正式議婚的事情，待孝期過後再談。」

「嫿嫿忘了嗎？」容瑕道：「大長公主殿下已經為我們訂好婚了。」

憶起祖母離去那一日發生的事情，班嫿臉上的笑意淡去。儘管離當日已經過去了兩個月，但是只要想起祖母沒了，她的心裡便空落落的，摸不著底。

「嫿嫿？」溫柔如水的聲音，喚回了她的神智。班嫿點頭看著容瑕，眨了眨眼，掩飾了眼中的酸澀。

「我會好好待妳的，不要害怕。」他把手伸到班嫿面前，弓著腰平視著她，「相信我。」

班嫿伸出食指在他掌心戳了戳，她的手心有些涼，他的手掌很溫暖。

抬起頭，班嫿對容瑕笑了笑，然後收回了手。

容瑕見她嬌憨可愛的模樣，低低地笑出聲來。這個笑聲，讓班嫿想到了當初跟弟弟偷埋金銀珠寶，結果卻被容瑕看到時的尷尬場面。

難道容瑕就是被她特立獨行的性格給吸引了？

讀書人的愛好，她是真的不懂。

忠平伯府裡，謝宛諭正在試嫁衣，看著嫁衣上繡的金翅鳳凰，她原本低落的心情勉強好了一些。本來過兩日就該是她嫁給二皇子的吉日，哪知道大長公主因為救駕遇刺身亡，她跟二皇子的好日子便被挪到了兩個月以後。她近來心裡有些慌，只有看著這件喜服心裡才踏實。

「姑娘，」謝宛諭的乳母走進來，面上紅潤，似乎有什麼事情讓她格外亢奮，「有件事說出來，妳肯定不相信。」

「嬤嬤，」謝宛諭見是與她感情不錯的乳母，勉強打起了幾分精神，「什麼事？」

乳母正想開口，想起自家姑娘與石家二姑娘的感情不錯，一時間又頗為猶豫，「這事與石家二姑娘有些關係，說出來可能有些不太妥當。」

「有什麼不妥當的，我們只管關上門說事，不傳出去便好，」謝宛諭語氣有些淡淡的，「妳儘管說。」

見姑娘根本不介意，乳母方才敢繼續道：「奴婢聽人說，石家看上了成安伯，想讓成安伯開口去求娶石家二姑娘，所以特意請了戶部尚書姚大人去容家當說客，您猜成安伯怎麼說？」

謝宛諭來了精神，她不自覺坐直身體，「他說什麼？」

「說他已經有了未婚妻。」乳母一臉感慨，「沒想到成安伯竟然有未婚妻了。」

謝宛諭驚訝地看著乳母，「這事外面一點消息都沒有，妳怎麼會知道？」

「姑娘，我有個好姊妹在姚夫人身邊伺候，這事是她無意間聽來的。今天中午我們一起吃酒，她酒量不好，喝了兩杯就暈了頭，把這話說了出來。」乳母壓低聲音道：「這事老奴也不敢跟別人說，想著姑娘您與石家二姑娘來往甚多，便跟您提上一句。」

不知怎麼的，謝宛諭腦子裡浮現出了班嫿的臉。她拍了拍臉，覺得自己可能想太多，「成安伯的未婚妻是誰？」

「這倒是沒聽說，」乳母不太在意道：「想來應該是哪家身世顯赫的姑娘吧。」

謝宛諭恍然點頭，腦子裡滿是班嫿與容瑕走在宮中雪地上的一幕。

又是大朝日，班淮因為守熱孝，所以沒有上朝。一些看班淮不太順眼的朝臣看著屬於班淮的位置空蕩蕩的，都有些不是滋味。這個人真是命好，眼看著最有權力的親娘死了，他略蹦一下，由侯爵變成超品國公了。

他雖然沒有建寸功，但是誰讓人家親娘有救駕之功。親娘沒命享，便福及後人，這班家人的命，真是好得讓人沒話說。

最尷尬的應該是謝家，欽天監定好的大吉日，也要因為大長公主的緣故往後挪。皇子又如何，皇室親家又如何，還不得乖乖守孝？明明已經是皇室板上釘釘的親家，可帝后卻還是更加偏愛班家人，真不知道是二皇子與謝家面子不夠，還是班家人面子太大。

「姚大人，你看成安伯……」姚培吉身邊的工部尚書對姚培吉小聲道：「這表情就像是撿了幾大箱寶藏。你跟成安伯是往年交，知不知道他發生什麼好事了？」

姚培吉摸了摸下巴上的美鬚，高深莫測地道：「人生有三大喜。」

升官發財死老婆？不對，成安伯還沒成親，哪來的老婆可有死？

工部尚書愣了一下，「你的意思是說，成安伯要成親了？」

姚培吉看了眼站在前面的石崇海，故意道：「成不成親我不知道，但是成安伯幾個月前已經訂親了。」

「啊？」工部尚書驚訝地睜大眼，隨後小聲道：「可是石家的姑娘？」

姚培吉搖頭，「非也非也。」

工部尚書這下更吃驚了，他往日聽女兒提過，石家二姑娘似乎心儀成安伯。成安伯訂親了，未婚妻卻不是石家姑娘，這事就有些意思了。也不知道哪家姑娘這麼有能耐，竟然能讓成安伯不接受石姑娘一顆芳心，決定娶她？

「張大人。」容瑕走到工部尚書身邊站定，笑著與工部尚書拱了拱手。

「容伯爺。」張尚書回了一禮，「容伯爺面色紅潤，這是有什麼好事？」

「確實有好事，」容瑕毫不避諱地道：「張大人好利的眼神，竟一眼便看出來了。」

張尚書心想，這不是廢話嗎？你那一臉的春光燦爛，誰還看不出你有喜事？

成安伯此人，平日裡向來不溫不火，情緒很少外露，像今天這樣毫不掩飾喜悅之情，當真是難得一見，可見成安伯對他的未婚妻十分滿意啊！

朝會結束後，雲慶帝特意把容瑕叫到了宮裡，問起了容瑕與班嫿的婚事。

「班家同意了？」雲慶帝聽了容瑕的回答，頓時臉上露出了喜意，看來班家雖然做事有些荒唐，但是只要他提出來的事情，班家人還是很給他面子的嘛。

「君珀啊，」雲慶帝得意道：「這事你可要好好感謝朕，朕可是替你在你未來岳父面前說了不少好話。」

「多謝陛下，」容瑕滿臉感激道：「就連國公爺也都這麼說，如果不是因為陛下您給微臣作媒，他連班家大門都不打算讓微臣進。」

「你岳父向來就是這般荒唐的性子，但他的心是好的，只是過於寵愛女兒些。」雲慶帝笑著勸道：「你不用放在心上，日後你們在一起多相處相處就好了。」

君珀娶了嫿嫿也好，班家雖然顯赫，卻沒有實權，這樣的臣子用起來也更讓人放心。還有班家人確實一片赤誠忠心，他日後應該對他們再好一些。

✿　✿　✿

「姊，我對妳太失望了。」班恆一臉恨鐵不成鋼地看著班嫿，「為什麼妳就不能矜持一下，再折騰一下？女人就是要多折騰，男人才會懂得珍惜，妳明不明白？」

「那也不能怪我，」班嫿捧臉羞澀笑，「他長得太好看了。」

「看男人，不能光看外貌，還要看內涵。」班恆語重心長道：「我自己就是男人，還能不知道男人那點小九九？」

「那男人的小九九都有哪些？」班嫿頓時來了興趣，「你快跟我說說。」

「男人的嘴巴說得再好聽，妳別相信，重點是他做了什麼。」班恆沉默片刻，「反正他肯定沒有我對妳好。」

「那是當然，」班嫿點頭，「我家恆弟是最好的。」

「哼，」班恆有些彆彆扭扭的哼了一聲，「那是肯定的。」

「不對，妳別轉移話題，」班恆盯著班嫿，「姊，妳是不是真心喜歡容瑕？如果妳不喜歡，我們就去悔婚，寧可得罪他，也不能讓妳受委屈。」

「沒有，我覺得他挺合適的，家中沒有長輩，若是我想要回娘家居住，也不會有人管著我。」班嫿笑盈盈地看著弟弟，「更何況放眼整個京城，還有哪個男人比他長得更好看，嫁給他怎麼都不吃虧。如果他對我不好，我就跟他和離回家，對不對？」

「妳……真的只是因為這個才嫁給他的？」班恆半信半疑道：「姊，妳千萬不要為了我們，委屈妳自己。」

「傻不傻啊你？」班嫿笑著敲了班恆的額頭，「我是會委屈自己的人嗎？」

班恆抱著頭沒說話，他還是有些不放心，「可是……妳跟容瑕並沒有多少感情。」

「感情可以慢慢培養嘛，當初我跟沈鈺訂親時，與他又有多少感情？」班嫿十分灑脫，「而且每天對著容瑕那張臉，我能多吃幾碗飯，挺好的。」

「那……妳高興就好。」班恆想了想，「我覺得石相爺家的石晉長得也挺好看，妳不是向來喜歡他那種長相？」

「看男人，不能光看他怎麼樣，還要看他的家人與你能不能相處。」班嫿覺得自己在這一點上，還是看得很清楚，「石晉太沉悶了，不太適合我，而且他那個妹妹看我的眼神一直不太友好，我才不要嫁到這種人家受小姑子的氣。」

「那倒是，那位石姑娘一看就比妳聰明……」

班嫿白了他一眼。

「不，一看就比妳有心機。」班恆立馬改口，「不過我覺得容瑕不比石晉幽默到哪兒去。」

「男人看男人，跟女人看男人是不同的。」班嫿一臉高深莫測，「我可以肯定，容瑕比石晉有情趣多了。」

班恆嘖了一聲，嬉皮笑臉道：「我才十五歲，不懂男人是正常的，我只需要懂女人就好。」

「那就更難了。」班嫿站起身，居高臨下地看著班恆，「女人是世界上最複雜的一本書，即使是世間最聰明的男人，也不可能把這本書全部讀懂。」

「這話說得……好像我們男人很好懂似的。」班恆做為男人的至尊之魂爆發了，「那世間有幾個女人能讀懂男人？」

班嫿伸手提起他的袖子，「走吧，我們家的小男人，該用午飯了。」

圓飯桌上，班嫿吃著味道鮮美的蘑菇，開口就想說祖母最喜歡這種野味，不如給祖母送些過去。話還沒有出口，她恍然想起，祖母已經不在了。

她眨了眨眼，埋頭吃了一大口飯，喉嚨梗得差點嚥不下任何東西。

「知道妳喜歡這個，底下莊子的人，今天一早就送了一筐來。」陰氏夾了一筷子香菇在她碗裡，「妳近來清減了不少，身體不好怎麼行？」

「謝謝母親。」班嫿吃了一口飯，抬頭對陰氏燦爛一笑。

「妳這孩子跟我客氣什麼？」陰氏溫柔地看著她，「妳把自己養得好好的，比什麼都好。」

班嫿默默地點頭，看起來十分乖巧。

吃完飯，班嫿騎上馬出了府，來到了離家不遠的大長公主府。

大長公主府大門處掛著白綾與白紙糊的燈籠，上面大大的奠字，刺痛了班嫿的眼睛。她知道，待孝期過去，大長公主府的東西會被抬到他們家，而這棟宅子即將被封存起來。

守在大門口處的護衛見班嫿站在大門口，既不進門也不離開，不知道這位郡主在想什麼，也不敢上前詢問，只好朝她行了一個禮後，繼續規規矩矩地站在那裡。

班嫿才上石階，推開公主府大門，裡面的花草白色沒有任何變化，甚至還有留在府裡打掃的僕人，但是她卻感到了冷清的味道，那種冷清能夠穿透人的骨子，冷透心底。

一路直接走到正堂，班嫿看了眼身後跟著的丫鬟與護衛，小聲道：「你們在外面等著。」

「郡主……」如意有些不放心地看著班嫿，擔心她看了大長公主住過的屋子觸景生情。

班嫿沒有理她，徑直走了進去。

春寒料峭，絲絲涼風吹在飄揚的白紙燈籠上，發出刷刷的聲響。班嫿站在門口苦笑，若是以往，只要她站在這裡，祖母必定會親熱地叫著她嫿嫿，然後讓下人拿吃的喝的，彷彿她在侯府沒有好好吃過東西似的。

推門的時候，門發出吱呀一聲，屋子裡有些陰暗，她進門好一會兒才適應屋子裡的光線。

屋子裡所有東西都纖塵不染，但是班嫿就是覺得祖母常常坐的椅子看起來有些暗淡，就連上面的漆料看起來也失去了光澤。她走到這個椅子上坐了坐，卻感受不到半分祖母的溫暖，只剩下空蕩蕩的涼意。

猶記得年幼時，祖父與祖母最愛坐在這個屋子裡逗她玩耍，祖父還會趴在地上，讓她在他身上騎大馬，說她是大業最厲害的女將軍。那時候她還小，不知道祖父身上有舊疾，任由他老人家背著自己，在地上爬了一圈又一圈。

母親斥責她，她剛掉了一兩滴眼淚，祖父便心疼得不行，偷偷拿了很多好東西去哄她，還說漂亮的小姑娘不能哭，哭了就不能像祖母一樣，做大業最美的女人了。

繞過前廳，班嫿走到了主臥，主臥鋪著柔軟的地毯，架子上擺著的花瓶，都是她跟恆弟送的，沒有皇家御賜的花瓶稀罕，但是祖母卻收起了御賜的東西，全部換上了她跟恆弟送的擺件。她甚至還看到了一套草編娃娃，那是一年前她覺得這套娃娃有意思，特意送給祖母的。

屋子裡有太多她熟悉的東西，唯有那張鳳紋床上，拆去了帳子與被褥，華麗的床架看起來空空蕩蕩，就像是這座府邸，空得讓她害怕。

班嫿走到梳妝檯前坐定，看著銅鏡中的自己，露出一個像哭的笑。

「祖母……」她伸手撫摸著冰涼的鏡面，「嫿嫿……想您了。」

院子裡起了風，種在外面的石榴樹發出嘩嘩的聲響，就像是人的腳步聲，一直在院子外徘徊，捨不得離去。

班嫿走到院子外，抬頭望著這棵已經很粗壯的石榴樹，臉上露出笑容。

雖然時間已經過去了很久很久，但她仍舊記得，這棵樹是她跟祖父一起種下的。那時候她應該不到五歲，因為她說石榴籽很漂亮，紅得像寶石，祖父便從同僚家中找了一棵樹苗，與她一起種了下去。

後來她孩子心性，很快就把這事忘了，可是祖父卻還記得，經常親自給這棵樹澆水。

然而，還沒有等到石榴結果，祖父便去了，後來便是祖母給這棵樹澆水。那一年，石榴結果了，結的果子並不多。祖母帶著她，讓她捧著石榴去給祖父上墳，那時候的她哭得稀里嘩啦，祖母卻沒有哭過，只是用溫暖的手掌輕輕摸著她的頭頂，一直都沒有放開過。

「祖父、祖母，明日我就讓人把樹移栽到我院子裡去。」班嫿撫著樹幹，「我會守著它開花結果，每年都帶著石榴來看你們。」

風再起，石榴樹枝丫搖來晃去，彷彿是在回答班嫿的話。

額頭抵在有些粗糙的樹皮上，班嫿抱住了樹幹，低聲笑了。

如意與幾個護衛在院門外等了很久，就在如意準備進去找郡主的時候，班嫿走出來了。

「郡主。」如意見班嫿臉上並無異色，心裡鬆了一口氣，「奴婢瞧著天色不太好，可能要下雨了，我們回去吧。」

「好。」班嫿讓如意幫自己繫上披風，「回去讓管家找一個擅長樹木移植的人，我要把祖母院子裡的石榴樹移到我的院子裡。」

「是。」如意愣了一下，「其他花草要動嗎？」

「把那盆黑牡丹帶走吧，祖母最喜歡這盆花。」班嫿拉了拉披風，面無表情道：「讓家裡的園丁好好侍弄花草，不能出半點差錯。」

「是。」

石晉路過大長公主府的時候，發現大長公主府的大門竟然是開著的，他勒緊韁繩，皺了皺眉，現在乃是大長公主熱孝期間，誰敢去大長公主，打擾她居所的安寧。

就在他準備下馬進去一探究竟時，一個穿著素衣，頭戴素銀釵的年輕女子帶著丫鬟與護衛出來。看清此人是誰後，石晉愣了愣，隨即翻身下馬對班嫿行了一個禮。

「見過郡主。」

「石大人？」班嫿走下臺階，看了眼石晉的臀部，「石大人近來可好？」

石晉裝作沒有看懂班嫿的眼神，拱手道：「勞郡主問，在下一切都好。」

班嫿聽說石晉挨了五十大板，整整一兩個月沒能進宮當值，不過看他現在能跑能騎馬，應該是沒事了？她覺得自己有個優點，那就是面對美男子的時候，總是要寬容一點。

「沒事就好，」班嫿乾咳一聲，「那……告辭。」

美人兒雖養眼，但是人太嚴肅，她總是不知道該說什麼話才好，氣氛會變得很尷尬。

「郡主，請等一下。」石晉走到班嫿面前，對她長揖到底，「之前在宮中，冒犯了郡主，請郡主見諒。」

「冒犯？」班嫿不解地看著石晉，「你何時冒犯了我？」

「在下不小心把郡主從馬上絆倒，害得郡主受了傷。這些日子以來，在下心中一直很愧疚，只是無緣得見郡主，所以不能親自向您致歉。」石晉再次行了大禮，「請郡主原諒在下。」

班嫿臉上的笑意淡了下來，祖母遇刺的那日，她確實被人從馬背上絆了下來，只是那時候她根本沒有注意到絆倒她的人是誰，「石大人何出此言，你乃後宮禁衛軍統領，負責陛下安全，我在宮中縱馬本就不對，你絆我下馬也只職責所在，何錯之有？」

「郡主……」石晉還要解釋，但是一個人出現打斷了他的話。

「嫿嫿？」一輛馬車停在公主府門前，一隻如玉的手掀起簾子，露出容瑕俊美無瑕的臉，「妳怎麼在此處？」

石晉驚愕地看著容瑕，他叫福樂郡主什麼？

「我過來看看祖母的府邸。」班嫿不解地看著容瑕，「你怎麼也在這？」

「剛從姚大人府上出來，沒想到碰巧便遇到妳了。」護衛在馬車前放好凳子，容瑕踩著馬凳下車，走到班嫿面前，「天色有些暗，怕是要下雨，我送妳回去。」

見班嫿點頭，容瑕才彷彿剛看到石晉，眉梢一挑，露出幾分詫異，「石大人竟然也在？」

「是啊，不巧區區在下也在。」石晉淡淡地看著容瑕與班嫿之間略有些親密的舉止，「聽聞容伯爺訂親了，還沒有來得及向伯爺道一聲恭喜。」

「石大人不必客氣，你這段時間在家中養傷，不知道這些事也正常。」容瑕微笑道：「容某也不是在乎這些虛禮的人，石大人若是這般客氣，在下反倒不自在了。」

「呵！」石晉笑聲有些冷，「容伯爺翩翩君子，自然是不守俗禮的人。」

「石大人這話倒是不太對，禮乃人之本，該守的還是要守，該灑脫的便要灑脫。」容瑕笑著看了眼身邊的班嫿，見她似乎對他們之間的聊天不感興趣，便道：「抱歉，石大人，我該送我的未婚妻回家了。」

石晉聞言面色大變，「你說什麼？」

容瑕詫異地看著石晉，「石大人這是怎麼了？」

石晉勉強一笑，「不知容伯爺所說的未婚妻是……」

「自然是在下身邊的福樂郡主。」容瑕歉然道：「沒有提前說清楚，讓石大人見笑了。」

石晉沉默片刻，忽然道：「容伯爺總是讓人感到意外。」

容瑕微笑著看著石晉，不發一言。

「好冷。」班嫿伸手捂了捂臉，對容瑕道：「你們兩個慢慢聊，我去馬車裡躲一躲風。」

「好。」容瑕隔著袖子扶住班嫿的手腕，等她上了馬車以後便鬆開手，轉身對石晉道：「石大人，告辭。」

目光掃過馬車，石晉抬頭對容瑕道：「告辭。」

馬車緩緩離開，石晉牽著馬兒的韁繩，愣愣地站在原地，許久都沒有回過神來。直到雨水打在他的臉上，他才翻身爬上馬背，朝右相府方向疾馳而去。

容瑕的馬車很寬敞，至少兩個人坐在裡面不會太尷尬。或者說，容瑕為了避免兩人距離太近，會讓班嫿有緊迫感，所以他特意坐在一個小角落裡，場面有些像是鳩占鵲巢的山大王與楚楚可憐的小山鵲。

馬車裡有很多小格子，裡面放著各種書籍，不過沒一本是班嫿喜歡看的。容瑕看出班嫿有些無聊，從下面坐墊下取出了一本書，對班嫿道：「車裡看書對眼睛不好，我講給妳聽。」

班嫿好奇地問：「是什麼故事？」

容瑕翻了翻，不太肯定地道：「寫的應該是一位道長降妖除魔途中遇到的風土人情，以及妖魔鬼怪。」

「這個好。」班嫿點頭，「我就聽這個。」

「據傳，海之南邊有一島嶼，取名為無望島，島中有一仙廟……」

雨水打在車頂，發出啪嗒啪嗒的聲響。容瑕的聲音很好聽，因為故事情節不同，語氣也不一樣，逗得班嫿驚呼連連，直到馬車停在班家大門前，她還顯得意猶未盡。

「你這故事真有意思，比我家那些說書先生講的才子佳人有意思多了。」班嫿好奇地問：「你在哪兒找到這麼有意思的話本？」

「這個就不能告訴妳了。」容瑕合上書，無視班嫿期待的目光，把書放回墊子下的抽屜裡。

「為什麼？」班嫿撇嘴，昨天求親的時候，話說得那麼好聽，結果今天連個話本都不願意送給她了。難怪別人都說，相信男人一張嘴，不如相信白日見鬼。

「因為我想嫿嫿日日都能想著我，就算妳不願意想我，有了這些有意思的話本，妳也會期待下次與我見面的。」容瑕輕笑一聲，「所以，嫿嫿妳要原諒我的貪婪與小心思。」

班嫿摸了摸自己的臉頰，不太妙啊，好像有些發燙。

「那你下次記得繼續跟我說。」班嫿伸手去掀簾子，「我回家去了。」

「等等。」容瑕拽住她的手腕，從角落裡拿出一把傘，鬆開她的手，先她一步走下馬車，撐開傘看著馬車門口的班嫿，對她伸出手，「來，下來吧。」

雨水密密麻麻，班嫿看著容瑕微笑的臉，微愣片刻後，把手遞給容瑕，被他扶下了馬車。

容瑕把班嫿送到大門口，笑著道：「進去吧。」

「有勞。」班嫿想了想，「要不，你進來喝杯茶吧？」

「不了，」容瑕笑著在班嫿耳邊小聲道：「伯父現在肯定不願意見到我這個未來要娶走他寶貝女兒的臭小子。」

班嫿乾咳一聲，眨了眨眼，你明白就好。

見班嫿這個表情，容瑕忍不住笑出了聲，「聽聞西城有家很有意思的麵館，嫿嫿如果不介意麵館地方小，待天氣好了，我帶妳一起去嘗嘗，據說他們的青菜湯麵做得也很好。」

當然，這家最出名的是牛肉湯麵，容瑕自然不會在守孝的班嫿面前提起這個。

「好呀，」班嫿看了看天色，「不過看這天氣，雨恐怕還要下好幾天。」

「沒關係，只要嫿嫿不要忘記我們的約定就好。」

班嫿再度摸了摸自己的臉，不就是去吃個湯麵，怎麼說得好像是去幹什麼似的，「我是不講信用的人嗎？」

容瑕笑著搖頭，「嗯，不是。」

「你快回去吧，雨越下越大了。」班嫿乾咳一聲，把身上的披風解下來披在容瑕身上，「好好披著，別著涼了。」

摸著身上短上一截的披風，容瑕啞然失笑，不過在班嫿嚴肅認真的目光下，他還是低頭乖乖地把披風的帶子繫好了，「多謝嫿嫿。」

「不客氣。」班嫿瞄了眼容瑕完美的下巴，畢竟你美，我捨不得你生病啊！

於是這一天，成安伯府的下人就看到他們家伯爺披著女人的披風，從大門走到二門，再由二門穿過迴廊進了三門，回到了他的院子裡。

管家憂心忡忡地找到杜九，欲言又止地看著杜九，似乎想問什麼又不好意思開口。

杜九猜到他想問什麼，直接開口道：「放心吧，伯爺沒有什麼特別的愛好，那披風是福樂郡主擔心伯爺受寒，特意給他披上的。」

「啊……這、這樣啊！」管家結結巴巴地點頭，這事不太對啊，不是應該男人脫下自己的披風給女人披上嗎？

唉，只怪老爺與夫人走得早，沒有教伯爺怎麼疼自個兒的女人，福樂郡主受委屈了。

右相府。

「哥，你回來了。」石飛仙見石晉身上的衣服濕透了，忙讓下人伺候著石晉沐浴更衣，待一切都做完以後，石飛仙才坐到石晉面前。短短幾日，她的臉色憔悴了不少，看起來沒有一點精氣神。

「哥，你打聽到……容伯爺究竟跟哪家姑娘訂親沒有？」石飛仙不甘心，非常的不甘心，她究竟有哪點不好，容瑕竟然不願意娶她？

「飛仙，這件事妳不要再想了，不管容瑕與誰訂了親，他日後與妳也沒有關係。」石晉沉著臉道：「妳還是未出嫁的姑娘！」

「你是不是知道是誰了？」石飛仙急切地抓住石晉的袖子，「是誰？是蔣康寧？趙雪？還是蔣琬？」

「公主的名諱，也是妳能直呼的？」石晉徹底沉下了臉，「飛仙，不過是個男人，妳怎能失態至此，妳這般還像是我石家的女兒嗎？」

「我……我……」石飛仙吶吶地道：「對不起，大哥，可是我只要想到容伯爺寧可娶一個不如我的女人為妻，也不願意娶我，我心裡便像是刀割一般難受，我控制不住我的情緒。哥，你告訴我好不好？至少，至少讓我死心。」

「是讓妳死心，還是讓妳去報復別人？」石晉看著石飛仙，自己的妹妹。他了解，飛仙絕對不是一個寬容的人。

「我還能怎麼做，難道報復這個無辜女子，容伯爺便會娶我嗎？」石飛仙低下頭，聲音悲傷道：「哥，你告訴我好不好？」

「我不知道。」

屋內安靜了片刻，石晉表情一如往常的平靜，「我向人打聽過，但是沒人知道容瑕與誰訂的親，或許……」石晉扭過頭，避開石飛仙的目光，「或許不是京城人士也未可知。」

大業的望族雖大多聚集在京城，但並不代表只有京城才有望族。

「真的嗎？」石飛仙看著石晉，石晉倒了兩杯茶，一杯遞給石飛仙，一杯留給了自己。

「抱歉，我沒有幫到妳。」

「不，是我太急了。」石飛仙端起茶喝了一口，茶有些涼，澆滅了她心底的衝動，「哥，謝謝你。」

石晉搖了搖頭，「你我兄妹之間無須如此客氣。」

石飛仙勉強笑了笑，把茶杯緊緊地捏在掌心。

石晉回到自己的院子，揮退屋子的下人，拿起書架上的佛經，反反覆覆誦讀。小半時辰過後，他把手裡的佛經往桌上一扔，閉上了眼。

「公子，相爺找您。」小廝的聲音在外面響起。

石晉在額際揉了揉，起身道：「我馬上過去。」

石崇海見石晉進來，待他行禮後，對他道：「坐下說話。」

石晉見父親神情嚴肅，便道：「父親，發生了什麼事？」

「大長公主遇刺案已經查清，幕後主使乃惠王。這些年惠王一直對陛下心懷怨恨，派遣密探潛入宮中，但一直隱忍不發，就為了靜待時機，奪得皇位。」石崇海把大理寺查到的消息遞給石晉，「你看看。」

「父親，既然他已經隱忍了這麼久，為什麼會突然決定行刺陛下？」石晉大致看了幾眼資料，有些不解，「這不是最好的時機，惠王既已忍了這麼久，為何不願意再多等一些時日？」

「因為他等不了了。」石崇海冷笑，「惠王患上重病，已經是強弩之末。即將走入死亡的人總是比較瘋狂的。稱帝是他一輩子的執念，如果不放手一搏，他到死都不會甘心。」

「可是……若是行刺失敗，陛下又怎麼會放過惠王一家？」石晉想起因為這件事死去的大長公主，心裡隱隱有些可惜。惠王的這個妄想，害了他的家人，也害了大長公主。

大長公主何其無辜，被牽連進這件事中？

「大丈夫要辦大事，自然不能瞻前顧後，婦人之仁。」石崇海冷哼道：「惠王有這個魄力，卻沒有這個運氣與實力，落得現在這個地步，也是他咎由自取。」

「可是惠王府似乎並無動靜，」石晉皺眉，「陛下究竟作何打算？」

「再過幾日你便明白了。」石崇海淡然道：「今日過後，你不可再跟惠王府的人有牽扯。」

「是。」石晉猶豫了片刻，對石崇海道：「父親，謝家那邊……」

「不必在意他們，」石崇海不屑地冷笑道：「這家人能把一手好牌打到這個地步，可見也不是什麼強勁的對手。」

謝家二郎若是與福樂郡主成親，自然不容小覷，可他偏偏與風塵女子私奔，得罪了班家，這無疑是自尋死路。

班家雖然看似沒有實權，但是這家人地位卻很超然，但凡有點腦子的人都知道，即便內心對這家人不以為然，面上也不可表露半分，不然那就是在打皇家的臉面。

像那個沈鈺得中探花，在京城風光無限，被一群人捧得飄飄然，又被心思不純的人慫恿著去班家退婚，最後下場如何？

被班嫿當街鞭笞，大失顏面，最後功名利祿全都化為雲煙。

在皇權面前，風光與否也只是皇帝點頭或是搖頭而已。

幾日後，惠王府突然走水，惠王及惠王妃葬身於火海，唯有一對兒女僥倖保住性命，卻都受了傷。世子蔣玉臣被掉下來的橫樑壓斷了腿，康寧郡主被火燒傷了大片手臂。

帝后憐惜這對兒女喪父喪母，特意下旨把康寧郡主養在宮中，惠王世子承襲了惠王的爵位，只是由親王降為郡王。天下無數人誇獎帝后仁德，竟如此憐惜後輩，甚至有人特意著書立傳，彷彿這是一場值得大書特書的好事，至於葬身火海的惠王夫婦，除了惠王府的舊部，誰又真正在意呢？

不管惠王的死因有多可疑，他的喪葬儀式該有的規制沒有降低半分，不過也沒有多出半分，一切都按照規矩來。但皇家的事全按規矩來，看起來就難免寒酸了些，就連京城各家擺出的路祭都帶著幾分敷衍的味道，彷彿是在告訴所有人，惠王的地位就這樣了。

蔣玉臣與蔣康寧頭戴孝帕，身穿孝衣，護送著惠王夫婦的靈柩下葬。他們看到各府路祭如此敷衍，從原本的憤怒變為麻木，任由這些人帶著虛偽的悲傷，說著讓他們節哀的話。

三個月前，大長公主遇刺身亡時，這些人悲傷得猶如死了親娘親祖母，現如今他們的父王與母親病逝，這些連演戲都懶得做全套。

世人如此薄情，他們兄妹二人，日後便是水上的浮萍，無依無靠，如履薄冰。

「請節哀。」一個略顯稚嫩的聲音響起，康寧抬頭一看，說話的竟是靜亭公府世子，其他府邸至多不過派個管事出來，靜亭公府的世子親自來弔唁，比其他家的人顯得隆重。

康寧恍恍惚惚地回了一個禮，繼續麻木向前走。這些日子流的眼淚太多，到了這會兒，她已經哭不出來了。

若是靜亭公府知道大長公主遇刺與他們家有關，只怕連路祭都不會擺吧？康寧抬頭看著滿天飛舞的紙錢，苦笑出聲。真沒有想到，唯一認真擺出路祭的人家，竟是被他們家害過的人，這何其可笑。

父王總是讓他們處處小心，為什麼到了最後，竟是他把惠王府上下推入無盡的深淵？

她曾做過若自己是公主的美夢，如今夢醒了，又無比慶幸當今陛下是個好顏面的人，至少他不想讓天下人都知道他的兄弟想要殺他，他不是先帝最愛重的兒子，而他又想要仁德之名，所以他們兄妹得以保住性命，儘管……哥哥壞了一條腿，而她的左臂也變得醜陋不堪。

路過右相府時，她看到了一個簡單的路祭台，連一個守在台前的人都沒有，她在心底冷笑一聲，不愧是見風使舵的右相府，能做出這種事，她是半點不覺得意外。

「康寧，」蔣玉臣坐在木輪推椅上，見妹妹盯著右相府的路祭出神，便道：「我們走。」

大月宮中，雲慶帝坐在御案前，面無表情地聽著密衛彙報各府擺出了哪些路祭。

「班家會這麼做，朕倒是絲毫不意外。」聽到班家所為後，雲慶帝臉上竟露出了一分笑，「唯有他們家，才是一片赤子之心。」

同時，他對容瑕也非常滿意，因為容瑕並沒有把之前查出來的事情告訴班家。不然以班家人的性格，這個時候應該是去砸惠王的棺材，而不是讓繼承人去拜路祭。

無論是容瑕也好，班家也好，總是讓他如此的放心，但是石家似乎心有些大了……

「伯爺，屬下不明白。」密林中，杜九站在容瑕身後，看著不遠處忙碌的黑衣人，「福樂郡主並不是最好的選擇。」

「對我來說，她就是最好的選擇，」容瑕拉起黑色斗篷，蓋在自己的頭頂上，「杜九，你越矩了。」

杜九聞言面色大變，「屬下失言！」

容瑕繫好斗篷的繩子，「回城。」

「來者何人？現已宵禁，若無手令，不可進城！」城門上的守衛見一隊騎兵出現在城門外，頓時高度緊張起來。

忽然，為首的黑衣人給出一枚金色的權杖，在火把下反射出耀眼的光芒。守衛又見他們所騎的馬兒脖子上繫著玄色金紋緞帶，當下拱手行禮道：「失敬，屬下這便命他們開門。」說完，他便揚起手裡的火炬，朝著城門下方打了幾個手勢。

很快，這些人氣勢如虹地進城，隨後消失在漆黑如墨的夜色中。

「如意，」班嫿從睡夢中驚醒，坐起身道：「剛才是不是有馬蹄聲在外面響起？」

「或許是巡邏的護城衛，」如意走到班嫿帳子前，「不過奴婢並沒有聽見什麼聲音。」

「是嗎？」班嫿打了一個哈欠，躺回被窩裡，「現在幾更了？」

「郡主，已經三更了。」班嫿聞言，立刻閉上自己的眼睛，努力讓自己盡快睡著。婦科金手曾說過，三更不睡，最損女子之容顏，萬不可慢待之。

無夢到天明，聽到下人說，成安伯到了的時候，班嫿還有些今夕不知何夕。直到洗完臉，才勉強清醒過來。

「郡主，成安伯都到了，您妝容未施，連衣服都未換，這可怎生是好？」如意見班嫿還呆坐在床上，無奈道：「奴婢伺候您穿衣吧。」

「啊？」班嫿摸了摸臉，對如意道：「如意，妳要明白一個道理，善於等待的男人，總是格外的迷人。」

如意心道：不，奴婢不知道什麼樣的男人迷人，但是奴婢知道，您肯定是一個善於讓男人等待的女人！

正廳裡，班恆陪容瑕坐了小半個時辰，茶都換了兩盞，但是他姊還沒出來。

「容伯爺，我姊她……」

「我與郡主並未約好時間，我貿然到訪，打擾郡主休息了。」

班恆摸了摸鼻子，再也說不出什麼話來。

一個願打，一個願挨，他還能說什麼？

「容瑕，你來啦？」班嫿走了出來，身上仍是素衣銀釵，但是瞧著十分有精神。

「嫿嫿，」容瑕從椅子上站起身，微笑著問，「我貿然而來，沒有打擾到妳休息吧？」

「還好，往日這個時候我差不多也快要起床了。」班嫿走到容瑕面前，「我看外面的天色不錯，你是來帶我去吃麵的？」

「對。」容瑕點頭，「今天陽光燦爛，宜出行。」

「好，那我們走。」班嫿當即點頭，轉身就要往外走。

「姊，妳不用早飯了？」班恆在後面追問。

「不了，我要留著肚子吃別的。」班嫿搖頭，「這個時辰吃早飯，我哪能吃下其他東西。」

容瑕笑著對班恆道：「世子，你與我們一同去可好？」

「我剛用過早飯，這會兒吃不下其他的，你們去吧。」班恆假笑一聲。都是男人，誰不知道誰？他如果真點頭說去，只怕容瑕就笑不出來了。

春季到來，萬物復甦，春雨過後，氣候漸漸回暖，京城百姓也脫下厚厚的冬裝，換上了更顯風流的春裝。班嫿與容瑕維持著半步的距離走在街頭，看著來往的行人，班嫿覺得自己也跟著鮮活起來。

「賣絹花，今年京城最時興的絹花，五文錢一朵，小娘子要來一朵嗎？」

班嫿停下腳步，看向街角的老婦人，她頭髮花白，用一塊破舊的藍布包裹著，手裡提著一個舊得發黑的籃子，裡面放著半籃子做工粗糙絹花，即便是國公府的粗等丫鬟，也不會戴這種花，自然也稱不上什麼時興。

老婦人本想勸著班嫿也買一朵，可是見她雖然只戴著銀釵，身上也只穿著素色棉布裙，但是周身的尊貴氣質，以及她身邊男子衣飾不凡，就知道自己做的絹花對方看不上眼。

待這個水靈的姑娘走近，老婦人有些渾濁的雙眼才看清，這個小姑娘髮間的銀釵做工精緻，不似凡品。

班嫿見籃子裡的絹花顏色鮮豔，都不是她能戴的東西。她買了兩朵放到手裡，轉身看著容瑕，「來，頭埋低些。」

容瑕一看她的動作就知道她想幹什麼，轉身就想跑，被班嫿一把抓住了袖子，在暴力的鎮壓下，被迫在髮冠上一左一右別了兩朵土紅色的大花。

伯爺府與國公府的下人見到這一幕，差點忍不住笑出聲。

老婦人笑咪咪地看著班嫿與容瑕，聲音慈祥道：「公子與尊夫人感情真好。」說話這話，她才注意到班嫿梳著未嫁女的髮髻，忙致歉道：「老身老眼昏花，說錯了話，望公子與小姐不要介意。」

「無礙，」容瑕笑看著班嫿，頭上的紅花也跟著搖來晃去，「她本就是我未來的夫人。」

老婦人聞言笑道：「祝二位百年好合，早生貴子。」

「謝謝。」容瑕拿出一塊碎銀子放到老婦人手裡，「可以把這些絹花全部賣給我嗎？」

「這錢太多了……使不得，使不得！」老婦人忙擺手道：「我這籃子值不了幾個錢。」

「沒事。」容瑕示意護衛拿過老婦人手裡裝絹花的籃子，「告辭。」

「多謝，多謝。」老婦人萬分感激地朝容瑕道謝，直到兩人走遠還在說著兩人的好話。

「喂，」班嫿笑咪咪地指著容瑕的頭頂，「你真要戴著這個去吃湯麵？」

「若是嫿嫿喜歡，便是戴著也沒有關係。」容瑕停下腳步，看著班嫿，眼神滿是包容。

班嫿對這等絕色沒有多少抵抗力，加上對方還用如此溫柔的眼神看著自己，她乾咳一聲，「還是取下來吧。」

容瑕把頭埋在她面前，「那就有勞嫿嫿了。」

班嫿伸手摘下花，放進護衛提著的籃子中，隨後偷笑道：「容公子，小女子與你乃是平輩，容公子何須向我行鞠躬大禮？」

容瑕聽到這句促狹的話也不惱，反而後退一步對班嫿深揖道：「小娘子乃是在下未來的夫人，向娘子行禮，我甘之如飴。」

班嫿頓時臉紅紅，說話好聽長得又好看的男人，實在是太犯規了，簡直讓她把持不住。

眉眼含笑的俊美男女，即便是在人來人往喧鬧的街頭，都是極易引起人注意的。

謝啟臨看著不遠處時而說笑時而臉紅的男女，不自覺便停下了腳步。他從沒有想過，像容君珀這樣的男人，竟然能任由女人動他的頭髮。對於男人而言，他們的頭是不能隨便摸的，尤其是女人。

好好一個翩翩公子，卻被女子在頭上插上女人才用的劣質絹花，在這人來人往的大街上，他不會覺得男人的自尊被侵犯嗎？

當容君珀身前的女子轉過身來後，謝啟臨愣住了，班嫿？

班嫿與容君珀怎麼會走在一起？他心中暗自震驚，見兩人帶著護衛繼續往前走，鬼使神差地跟了上去。

「道士受傷了？」班嫿跟在容瑕身後，聽著驚險離奇的故事，忍不住瞪大眼睛，「那怎麼樣了？他的師兄來救他了，還是他的師妹來救他了？」

「是他的未婚妻。」容瑕注意到身後的護衛朝他打了一個不易察覺的手勢，往後望了一眼，繼續笑著對班嫿道：「未婚妻趕到的時候，天山正下著大雪，整個世界白茫茫一片……」

「等等！」班嫿疑惑地看著容瑕，「道士也有未婚妻？」

「當然，道門有不同的流派，有些流派是可以成婚的。」容瑕見前方有馬車過來，伸手虛環在班嫿身邊，「小心些。」

「沒事。」班嫿見馬車上綁著白布，上面還刻著惠王府的標誌，疑惑地往馬車裡看一眼。

馬車在她面前停了下來，很快簾子掀開，露出身穿麻布孝服的康寧郡主。

「見過福樂郡主、成安伯，請恕我身上戴孝，不能與二位近前見禮。」康寧對兩人頷首，似乎絲毫不覺得兩人在一起有多奇怪，蒼白的臉上帶著一絲禮貌的笑意。

班嫿回了一禮，「郡主似乎清減了不少，請多注意休息。」她雖然不太喜歡這一家子人，但是見這樣一個清秀美人一夜之間便沒了父母，後宮的帝后都不待見她，可她偏偏卻要進宮居住，瞧著挺可憐，於是連說話的語氣都軟乎了不少。

「多謝福樂郡主。」康寧消瘦不少的臉上露出一分真心的笑。

當她經歷過人情冷暖以後，才發現以前遇到的那些冷淡根本不算什麼冷淡，現在的日子才讓她真正體會到煎熬。往日那些小姊妹、追求她的世家公子，現在對她避如蛇蠍，彷彿只要她靠近他們，就能為他們招來厄運般。

她的馬車一路行來，明明也遇到幾個熟悉的人，但他們遠遠便避開了，彷彿他們從未認識過一般。唯有班嫿，對她一如往常，甚至還有幾分可憐。

她以前討厭別人可憐她，甚至連一個眼神都不想看到，可是這會兒才知道，能有一個人可憐她，竟也是難能可貴了。

她看了眼容瑕，對他略一點頭，便放下了簾子。這已經不是她能夠妄想的人，與其念念不捨，不如當作自己從未見過這個人，也從未對他動過心。

目送著馬車遠去，班嫿才恍然想起，康寧的馬車竟是由四匹馬拉著，而且那四匹馬看起來毫無精神，像是即將被淘汰的老馬。她皺眉，「雖說人走茶涼，但是這些人也太過了些。好好一個美人，這才過了多少日子，便被磋磨成了這樣。」

容瑕聽著班嫿的話，想起秋獵時，她似乎還跟康寧郡主爭吵過，她似乎並不記仇？

班嫿一看他的表情就知道他在想什麼，於是便小聲解釋道：「我這個人只要當場報了仇，就不記仇。一般被我記下的，都是我沒能報復的。」

容瑕沉默以對，忽然覺得……也挺有道理？

「妳有還沒來得及報的仇嗎？」容瑕把手攏在身後，一副正人君子的模樣，但是說出來的話卻絲毫不君子，「說出來我幫妳想辦法。」

班嫿眨了眨眼，「這……是不是不太適合你這種君子來做？」

「我不是君子。」容瑕輕笑出聲，「若是做君子的代價是連自己的人都護不住，我要這君子的名聲有何用？」

「那我真說了。」班嫿往四周看了看，確定沒有人能聽到她的話以後，才掩住嘴小聲道：「我就不太喜歡謝家、石家、陰家某些人。」

容瑕沒有問班嫿，為什麼會不喜歡她的外祖家，而是道：「謝家行事不周，石家居功自傲，陰家唯利是圖，確實各有缺點，難怪妳不喜歡他們。」

身為一個好男人，在女人說不喜歡誰的時候，千萬不要問為什麼不喜歡，也不要說這家人有哪些優點，這只會火上澆油。聰明的男人，早就明白了「同仇敵愾」的重要性，就算跟對方沒有仇，也要挑出對方一點小毛病附和女人。

實際上女人比誰都明白那些條條框框的大道理，但這不代表她喜歡男人跟她唱反調。

容瑕的態度很好地取悅了班嫿，她小聲道：「其實她們也不是特別可惡，就是謝宛諭老跟我過不去，石飛仙也一肚子壞水，至於陰家……」她哼了一聲，「我懶得說這家人。」

容瑕笑吟吟地聽班嫿說話，很快兩人便到了麵館。麵館鋪面不大，不過裡面收拾得很乾淨，擺設也很用心，每一桌之間都擺著素雅的屏風，讓客人看不到鄰桌人吃飯的模樣。

「這裡沒有包廂，嫿嫿能習慣嗎？」容瑕隔著衣袖扶了班嫿一下的手臂，「小心臺階，這裡有些濕。」

「容公子，您來啦！」堂倌看到容瑕，笑容滿面地上前招呼，見他身邊還多了一位天姿國色的年輕女子，他臉上的笑容更加燦爛，「請往這邊走，您還是吃牛肉湯麵。」

「不，今日給我兩碗青菜湯麵，給其他的護衛牛肉湯麵就好。」容瑕想了想，「再弄幾碟小菜，記得都不可放大油。」

堂倌見容瑕身邊的姑娘穿著素服，頓時明白過來，忙應道：「您請放心，絕對不會沾上一滴大油。」

班嫿與容瑕走到屏風後的木桌前坐下，除了杜九與如意跟著進了這個隔間，其他人都去了另外的隔間。

兩人剛坐下，就聽到旁邊有人閒聊，正在說謝家與皇家的婚事。

「你們說，這謝家的姑娘是不是有些邪門？自從她跟二皇子訂親以後，皇家就接連出事，大長公主遇刺，惠王夫婦半夜會火燒死，這不是邪門是什麼？」

班嫿真沒有想到，出來吃碗湯麵也能聽到這些閒話。遙想當初，謝宛諭譏諷她被退婚三次剋夫之類的行為，恐怕謝宛諭自己也沒有想到，她也有被人這麼無端猜測的一天。

這事情竟然還牽扯到她祖母遇刺一事，班嫿皺了皺眉。

附近隔間的人說得繪聲繪色，時不時還有人跟著添油加醋，說什麼謝宛諭出生的時候，天帶不祥之兆，又說她八字有多硬，當年老忠平伯夫婦都是被她剋死的，證據就是她出生三年後，老忠平伯夫婦就先後病亡。

出生三年又不是出生三天，這跟謝宛諭有什麼關係？班嫿覺得他們這種想法很奇怪，奇怪得處處是漏洞，偏偏所有起鬨的人都有志一同地忽略了這些漏洞。

「兩位貴客，你們的麵來了。」

不能放大油，原本的湯底也不能用，廚子費盡心思才做出兩碗看起來色香味俱全的青菜麵。班嫿嘗了嘗，味道雖然不算好，但是比她在府中吃的那些東西也不差了。她也明白湯麵的湯底最重要，熬的肉湯底不能用，這麵的味道就會被毀一半。

容瑕也注意到了這一點，他道：「抱歉，本來我想讓妳出來吃點東西，哪知道湯底換了，味道便不好了。」

「不，這麵很有勁道，」班嫿搖了搖頭，「做麵的師傅應該用了巧勁兒。」

容瑕笑了，「這家湯麵館，湯與麵是拿手絕活，聽說是從薛州那邊搬進京城的百年老店。」

「薛州？」班嫿覺得這個地方有些耳熟，但也僅僅是耳熟了，她連薛州在東南西北哪個方向都沒有弄清楚。

「對，薛州盛產麥子，很多薛州人都擅長做麵。這家傳承了幾百年的做麵手藝，自然比我們京城的麵道地。」容瑕見班嫿喜歡店裡配的小菜，便讓杜九去叫堂倌，讓他們再送兩碟上來。

「所以說女人嘛，生辰八字不好，還有個剋夫剋家人的命，就該去尼姑庵裡好好待著，何必留在家裡禍害人？」說謝宛諭閒話的人，似乎被其他幾個起鬨的人吹捧得有些得意忘形，竟是忘了謝家在京城中的地位，連這種話都說了出來。

班嫿把筷子重重往桌上一扔，解下腰間的馬鞭，起身便拉開了附近那個隔間的屏風。

屏風拉開以後，她看到說話的是幾個二三十歲左右的男人，這些男人作書生打扮，身上袍子漿洗得半舊不新，他們面前的桌上除了幾碗清湯麵以外，沒有擺配任何的小菜。

班嫿冷笑，「我還以為是哪幾個了不起的朝中重臣在此處高談闊論，原來不過是幾個窮酸書生在誇誇其談。既然你們是讀書人，自然應該明白何為禮何為德。古人有言，君子不避人之美，不言人之惡。你們在此處拿女子的事情說笑，無讀書人之才，亦無做人之德，難怪也只能坐在這個地方說說酸話，不能為陛下分憂，不能為百姓解惑。」

幾個書生見班嫿一個女人竟然把屏風都拉開，還嘲笑他們是窮酸書生，當即又羞又惱，尤其是剛才高談闊論的人，他起身冷聲道：「我們讀書人的事，妳一個粗鄙女人知道什麼？我乃當朝秀才，妳還不快快向我們賠罪？」

「你算個什麼東西，也擔得起我向你賠罪？」班嫿一鞭子抽在桌子上，木桌表面頓時出現一道深痕。幾個書生嚇了一大跳，離班嫿最近的一個讀書人緩過神來，就要伸手去奪鞭子。

班嫿冷顏斥責道：「這是當今陛下送給我的鞭子，我看你們誰敢過來？」

過來奪鞭子的書生頓時嚇得動也不敢動，他們見這個小姑娘身上穿著不顯，連脂粉都沒用，所以方才並沒有覺得這個小姑娘身分有多了不起。

現在再細看，又覺得這個小姑娘處處不簡單，而且敢當著這麼多人的面直言自己的鞭子乃皇上所贈，連賞這個字都沒用，可見此女的身分不簡單。

幾位書生心裡暗暗後悔，他們都是京城的落第秀才，平日裡無所事事，手中的銀錢又不寬裕，便聚在一塊說說閒話打發時間，哪知道會遇上貴人。看這位貴人的態度，似乎與謝家有交情，這可如何是好？

「不知姑娘乃哪家貴人？」一個看起來相貌最為周正的年輕秀才站出來，朝班嫿行了一個大禮。這會兒他們也不覺得女人如何了，便是行禮也是行得極為謙恭，唯恐得罪班嫿半分。

「我是哪家的與你們有何干？我見世間大多讀書人都是飽讀詩書、知禮仁善的君子，為何爾等也是讀書人，言語卻如此刻薄？讀書人的顏面，都被你們這些人給敗壞了乾淨。」班嫿雖然極不喜歡謝宛諭，但這並不代表她喜歡聽這種話。

說這些話的人，與當初說她剋夫的人，只怕是同樣一群人。他們以嘲笑女人為樂，彷彿這樣就能顯得他們更高貴，也能顯出他們的不凡來。

圍在四周看熱鬧的人中也有一些讀書人，他們之前還覺得班嫿對讀書人有些無禮，但是聽到班嫿誇了世間大多數讀書人以後，又覺得這個女子恩怨分明，是一位值得稱道的女子。

讀書人的心思你別猜，猜來猜去也沒多少人明白。

「這位姑娘說的好。」一個穿著乾淨，戴著方巾的讀書人從人群中站出來，高聲道：「我等讀書人，理應學詩書倫理、為臣之道，豈可說女子閒話，此非君子之舉。」

有一個人站出來，便有更多人附和，誰不想做正人君子呢？即便這些人中，有些人也曾說過其他人的閒話，這個時候也要站出來，以示自己品德高尚，不屑與這幾個人說女子閒話的讀書人為伍。

見事態變成了這樣，幾個說閒話的讀書人有些尷尬，尤其是剛才說女人八字不好應該去尼姑庵的讀書人，一張臉紅得猶如滴血，他又惱又氣，衝動之下竟對班嫿道：「我們說話不妥當，我們願意自省，但妳身為女子，不在家侍奉父母，卻來這種人來人往的地方，豈是女子之道？」

其他同伴恨不得捂住他的嘴，這位姑娘可不是普通人，這種話說出來，那真是要命了。

「啪！」班嫿懶得跟這種執迷不悟的人說廢話，一鞭子甩在這個書生身上，這個書生慘叫一聲，頓時倒在了地上哀嚎。見他這樣，班嫿更加瞧他不起，當初沈鈺挨了她兩鞭子，也不像這個讀書人這般，又哭又嚎還在地上打滾。

這也叫讀書人？真是可笑！

眾人被班嫿的舉動驚呆了，誰也沒有想到她竟然說揮鞭子就揮鞭子，他們看熱鬧的都還沒反應過來。不過有些人看到班嫿這個舉動後似乎想起了什麼，頓時面上帶了幾分敬畏之色。

「我的祖母歷經三代皇帝，她老人家從小擅騎射，又使得一手好鞭法，但是三位陛下都誇她乃是巾幗英雄，可沒有誰說她應該在家侍奉父母，不然就是不守女子之道。」班嫿揚了揚下巴，「你難道比陛下還要厲害嗎？」

「嫿嫿何必與這樣的人多言？」容瑕走到班嫿身後，似笑非笑地看著在地上哀嚎的讀書人，「像這般不知禮儀的讀書人，這輩子都不該有功名。」

其他幾個書生聽到班嫿有個歷經三代皇帝且擅騎射擅鞭法的祖母，便隱隱猜到了班嫿的身分。此刻的他們已是後悔得腸子都青了，唯盼班嫿出了這個門，就能把他們當作空氣給忘了。

看了看這幾個長得像歪瓜裂棗的讀書人，再看了看容瑕，班嫿心裡的火氣少了一半，她收回鞭子，小聲哼哼道：「這算什麼讀書人。」

「這種人自然不算讀書人，他不過是庸庸碌碌的小人，有幸得了一個功名罷了。等一下我讓人記下這個讀書人的名字與籍貫，再把此事稟告陛下，奪去他的功名，免得他毀了讀書人的名聲。這種人即便是為官，也不過給我朝增添一名昏官而已。」

認識容瑕的人這才發現他，頓時就想圍過來與他見禮，可是見容瑕身邊帶著一個會使鞭子的年輕女子，他們又不好離得太近，只好遙遙朝容瑕拱了拱手。

沒過一會兒，一部分人似乎想到了什麼，用驚訝的目光看著班嫿，彷彿看到什麼千年難得一見的異像。

據傳容伯爺早已經與一位貴女訂親，但是這位貴女是哪家的姑娘，成安伯府一直沒有傳出消息，所以其他人也不知道，只是京城有不少女兒家碎了一顆芳心。

這位敢拿鞭子抽人的姑娘，應該是大長公主的孫女福樂郡主吧？這位郡主娘娘，連當朝探花都敢打，還讓陛下革了沈探花的功名與官職，一個小小的秀才又算得什麼？

這是腦子生了重病還不要命的人，才敢去得罪這位主兒。

不對，容伯爺怎麼會與福樂郡主走在一起，難道福樂郡主……就是容伯爺的未婚妻？

眾位讀書人看著被班嫿捏在手中的鞭子，默默倒吸一口氣，容伯爺日後若是挨了鞭子，可怎生是好？京城裡那麼多好姑娘，成安伯是有多想不通，才與這麼一個彪悍郡主訂親？

謝啟臨沉默地走出湯麵館，心裡說不出的難受。本來在剛才那個讀書人越說越難聽後，他準備站出去與之理論，沒有想到先他一步站出來的竟然是班嫿，與妹妹極為不睦的班嫿。

原來……她竟是這樣的女子！

想到當年的過往，謝啟臨摸摸自己左臉上的銀色面具，離開的步伐加快，連頭也不敢回。

容瑕對眾書生拱了拱手，回頭朝麵館門口看了一眼後，帶著班嫿與麵館的眾人告別，順便還向麵館賠了三倍的桌子錢。

看到容瑕掏錢，班嫿有些不自在地低頭把鞭子繫回腰上。她剛才揮鞭子的模樣有點悍，不知道有沒有嚇到她的美人未婚夫？

「妳剛才揮鞭子的樣子好看極了。」容瑕走出麵館，對班嫿道：「就像是一隻驕傲的孔雀，讓人看了便移不開視線。」

班嫿扭頭看他，表情十分複雜，「你是認真的？」

容瑕點頭，「當然。」

「可是母孔雀很醜，又不能開屏，尾巴光禿禿的，沒有哪一處能稱得上好看。」

「……」

容瑕臉上的笑容僵硬了片刻，但也只是眨眼的時間，他驚訝地問：「原來那些最漂亮的孔雀不是母孔雀嗎？這是我的過錯，每次看到妳，我總是想到那些漂亮孔雀悠閒的模樣。」

「沒事，不知道漂亮孔雀都是公的也不是什麼大事。」班嫿善解人意地安慰容瑕，「我們家別苑裡養了幾隻孔雀，下次我帶你去看。」

「好。」容瑕感慨道：「前有一字之師，今有嫿嫿做我一問之師。」

他對班嫿行了一個學生禮，「多謝嫿嫿先生。」

班嫿掩嘴輕笑，連眉梢都染上了笑意。陽光灑在她的髮間，她整個人彷彿在發光。容瑕含笑看著她，眼神慢慢變得溫柔起來。

忠平伯府，謝啟臨剛走到門口，便看到皇后宮中的太監總管帶著幾個小太監出來。他停下步子，向對方問好。

「謝二公子安好。」太監總管笑容溫和道：「小的替皇后娘娘跑腿，給謝小姐送些禮物。」

「多謝皇后娘娘，有勞公公了。」謝啟臨向太監道了一聲謝，想要塞給太監一塊玉佩，不過被他拒絕了。

「謝二公子太客氣了，」太監總管笑道：「小的還等著喝貴府的喜酒呢！」

謝啟臨與太監總管客氣幾句，等太監總管騎上馬背以後，才轉身進了謝府大門。走進正院，妹妹與母親正在看皇后送來的禮，臉上的笑容他隔著老遠都能看見。

「啟臨，你回來了。」謝母見到兒子回來，放下手裡的珍珠，招呼著他坐下，「皇后娘娘賞下今年的新茶，我讓下人泡來給你嘗嘗。」

謝啟臨看著母親與妹妹興高采烈的模樣，沒有提自己在外面聽到的那些閒言碎語，淡淡道：「既是皇后娘娘賞的東西自然是好東西，兒子也不是什麼講究人，不用特意給我泡了。」

謝母見兒子臉色不太好看，以為他還不能接受壞了一隻眼睛的事實，便道：「胡說！茶葉就是讓人喝的，什麼講究不講究，喝著高興就好。」

謝宛諭放下手裡的東西，起身走到謝啟臨身邊坐下，「二哥，你怎麼了？」

「我沒事。」謝啟臨勉強笑了笑，伸手拍了拍謝宛諭的額頭，「妳與二皇子的婚事就在下個月，這些日子就不要出去了。京城人心複雜，我擔心有人對妳做不利的事情。」

「放心吧，二哥，最近我天天都要跟宮裡派來的嬤嬤學規矩，整日忙得暈頭轉向，哪還有時間去外面跟其他人聚會。」謝宛諭是個心思有些敏感的人，她見謝啟臨臉色不對，猜到他可能在外面遇到了什麼事，「哥，你是不是在外面聽到了什麼？」

謝啟臨笑了笑，「沒事，妳想多了。」

「二哥，你別騙我了，一定是有什麼事。」謝宛諭從小跟謝啟臨感情極好，所以對方若是撒謊，她一眼就能看出來，「是跟我有關，所以你才不願意說？」

「跟妳沒關係，」謝啟臨搖頭，「我今天在外面遇到福樂郡主了。」

「她？」謝宛諭的表情有些複雜，她原本極其討厭班孅，現在雖然仍舊討厭，卻還不至於有除之後快的那種想法。

她真正不喜班孅，是她與二哥訂親的時候。那時候總是有人在她耳邊暗示班孅配不上她二哥，二哥與班孅在一起，她與二哥的感情一定會冷淡下來。

那時候是誰呢？

謝宛諭搖了搖頭，怎麼也想不清那些臉，或許……不止一個人對她說過？

想到二哥與班孅曾是未婚夫妻的關係，難怪二哥看到她以後會有所失態。她下意識便開口道：「哥，你以後還是離她遠著些，外面都傳是她八字不好，剋了你……」

「宛諭，」謝啟臨皺著眉打斷妹妹的話，「那不過是街頭巷尾無知愚昧之人說的閒話，我不曾放在心上，妳也不必當真，更何況……更何況我當年與福樂郡主有婚約的時候，並未發生過任何不好的的事情。」

想到外面說妹妹的閒話，班孅會站出來斥責他們，而自己的妹妹卻仍舊怨著班孅，謝啟臨心裡有些不是滋味，是他們謝家對不起福樂郡主。唯願兩別之後，福樂郡主能夠餘生歡喜，容君珀待她體貼真心，不要像他立場不堅，做出傷害她的事情。

「什麼街頭巷尾，便是貴女之間也有很多人這麼說她。」謝宛諭嘟著嘴道：「你不會因為她跟你有過婚約，便幫著她說話吧？」

「宛諭，夠了，以後妳就要成為二皇子妃，這些剋不剋的話是皇家禁忌，妳若是管不住自己的嘴，早晚給妳招來禍事。」謝啟臨眉頭皺得更緊，「當年先帝身邊的林妃便是前車之鑑。」

「我只是在家裡說說而已，」謝宛諭被謝啟臨說得害怕，「大不了我以後不說了。」

「好了，你們都少說兩句。」謝母站出來打圓場，「午時都已經過了，準備用飯吧。」

捌之章 ✿ 高手過招

「嬅嬅，聽說妳今天跟容君珀出去了？」班淮見班嬅午飯用的不多，放下筷子以後，終於把藏在心裡整整一中午的話問了出來，「好玩嗎？」

班嬅仔細回想很久，肯定地點頭，「他這個人挺有意思的。」

班淮肩膀瞬間耷拉了下來，看起來竟有些可憐，「哦。」

「不過我最期待的還是父親您帶我去泡溫泉。」班嬅一臉期待地看著班淮，「我們什麼時候能去啊？」

「再過幾日吧，我已經讓下人去把溫泉莊子收拾好了。」班淮耷拉的肩膀頓時又變得精神起來，「這幾日天氣還不太好，去山上容易受寒。」

「嗯！」班嬅重重點頭，開始於班淮商量起去溫泉莊子要帶什麼東西，莊子裡修的大溫泉池子適不適合游泳，父女倆很快便把容瑕忘在了腦後。

班恆默默地看了班淮一眼，父親，你是不是忘了什麼？

其實他真的很想知道姊姊跟容伯爺究竟玩得怎麼樣了？

「伯爺，披風洗好了，要派人給福樂郡主送回去嗎？」一位嬤嬤小心翼翼地托著一件披風站在容瑕面前，彷彿自己手裡托著的是一件難得的珍寶。

「不了，」容瑕伸出手輕輕摩挲著披風，淺笑道：「待她孝期過後，我送她更漂亮的披風，這件就留在府裡。」

嬤嬤心領神會，捧著披風退了下去。

他回到書房，從隱祕的角落裡抽出了《中誠論》，翻開了其中一頁。

《中誠論》僅僅不是教人為臣之道、為君之道，這本書裡還寫了許多祕聞，只是記載的方式十分複雜，一般人就算看了也看不懂裡面潛藏的信息。

他雖知道這本書裡暗藏著許多有用的訊息，然而私下派人查找很久也一無所獲，沒有想到最後這本書竟是被人輕輕鬆鬆送到了他的手上。
藏著前朝無數祕密，甚至還記錄著前朝藏寶之地的書籍，就這麼躺在他手裡。
又翻了一頁，他再次看到了那只憨態可掬的小烏龜，想著班嫿百無聊賴拿著筆在上面畫烏龜的模樣，容瑕竟忍不住笑出了聲。
「伯爺，」一個聲音在門外道：「王曲求見。」
容瑕收斂起臉上的笑意，把書放回原位，「進來。」
走進門的是個穿著伯府採買衣服的中年男人，他看到容瑕就要行跪拜大禮，被容瑕親手扶住了，「王先生不必如此多禮。」
「伯爺，屬下無能，竟是費了一年的時間，才查到石崇海賣官賣爵的證據。」王曲掏出手裡的信件，「石崇海為人十分謹慎，幾乎從不與人來往信件，即便有信件也是用代號，甚至連字跡也特意變化過。」
「這次若不是嚴暉失勢，讓他一時得意忘了形，他仍不會露出馬腳。」王曲想了想，有些不放心道：「伯爺，石崇海是隻老狐狸，您一定要小心。」
「再狡猾的狐狸，也都長了尾巴。」容瑕接過信件，隨後放進一本看起來極不起眼的書中，「王先生這一年辛苦了，先好好下去休息幾日。」
「為伯爺採買喜愛的書畫，乃是屬下之責，不敢居功。」
容瑕讓人帶王曲下去沐浴更衣，又給他準備舒適的屋子，讓王曲體會到回伯府的溫暖。
夜色即將降臨的時候，杜九匆匆趕回了府，見到容瑕行過禮後，第一句話便是：「伯爺，王曲回來了？」
容瑕點了點頭，沉吟片刻道：「撤回我們安插在謝家的人，謝家已經是日落西山之兆，隨他們去吧。」

謝家兩個兒子，一個廢了官職，在牢中待了一兩月，性情陰鬱流連酒館；一個傷了眼睛，暮氣沉沉，就這般隨他們反而是好事，若是打壓太過，反而有可能引得狗發急跳出牆。

二月即將過去，三月即將到來，就在漫山遍野桃花盛開之時，京城裡的貴族男女都騎上馬兒去郊外踏青，石飛仙作為才貌雙全的貴女，自然也與一些才女結了詩社，閒暇之餘便在一起作詩評畫，她與另外幾個頗有才名的貴女，又被京城讀書人封了一個雅號，那便是竹林六仙子。因為她們的詩社就建在一片竹林中，所以這個雅號便由此而來。

本來這次聚會，仍舊是她們這些姑娘自娛自樂的好時光，但不知哪家不懂事的貴女，說出了一句讓全場氣氛都僵硬下來的話。

「妳們知道成安伯的未婚妻是誰嗎？」

石飛仙下筆的手一歪，梅花枝頭便多了一條醜陋的枝椏。她放下筆，接過婢女遞來的手絹擦了擦手，淡然開口道：「今日本是我們姊妹之間的小聚，何必提及不相干的人？」

「是啊，管他是誰，與我們又有什麼關係？」一位依附於石家的貴女笑著打圓場，「還有兩盞茶時間，妳們的畫若是還沒作出來，當心受罰喔！」

「哎呀，妳們誰拿了我的筆，我的筆去哪兒了？」

「我的顏料呢？」

貴女們頓時都慌張起來，似乎真的擔心她們手裡的畫不能完成，因此受罰般。

一個站在角落裡的小姑娘小幅度地翻了個白眼，石飛仙這會兒裝得這般清高，心裡指不定恨成什麼樣子，誰不知道她對成安伯有意思？

連她一個剛進京不久的人都知道她對成安伯有意，在場其他人又豈能不知？

不過都是在故作不知罷了，早知聚會這般沒意思，她今天就不來了。

任你覺得自己美若天仙還是才華過人，別人不喜歡就不喜歡，難不成還能逼著人娶？若是別人便罷了，成安伯是他們石家能夠隨意拿捏的嗎？

「姚小姐，妳畫的這是什麼？」一位姑娘湊過來看了一眼，有些不解地問：「鬥雞？妳怎麼畫這個？」最奇怪的是，這隻雞的毛還亂七八糟，就像是被鬥敗了般。

「隨便畫著玩。」姚菱眼睛就像兩枚杏子，有些嬌憨，「妳不覺得這個也挺有意思？」

她的同伴不解地搖了搖頭，對姚菱這種奇怪審美無言以對。

姚菱是她們這些人中年齡最小的，她的父親乃戶部尚書姚培吉，所以即便她之前一直養在外祖母家，最近才回京城，也沒有多少人敢給她臉色看。加上姚培吉本是擅畫之人，姚菱繼承了他幾分風采，所以年僅十四的她，最近在京中已經有了幾分名氣。

「什麼花啊草的都是死物，什麼出塵靈透都是我們這些庸人自己附加給它們的。」姚菱在鬥雞身邊增添了幾片飄落在地的羽毛，這隻雞便更加鮮活了，「我愛畫活物，猶愛鮮活的人。」

「罷了罷了，妳這滿嘴的道理，我橫豎是說不過妳。」

姚菱笑了笑，沒有再多言。

石飛仙偏頭看了眼姚菱，微微垂下眼瞼，掩飾了眼底的陰霾。不知道為什麼，她並不太喜歡這個姚家的小姑娘。姚菱雖是姚府嫡出小姐，但是說話做事卻更像是鄉野小地來的人，毫無世家貴女氣度。若不是父親現在還需要姚培吉的支援，她根本沒法與這種人待在一起。

因心情煩躁，她作畫的時候也難免帶出了幾分，所以畫出的梅花便顯得陰暗。

離石飛仙比較近的李小如往旁邊躲了躲，偷偷讓墨汁濺落在自己畫好的梅花上，讓這幅畫看起來不那麼好看以後，才在心底暗暗鬆一口氣。

「嘎！」

一隻肥碩的麻雀忽然從林中掉落，在諸位貴女還在愣神中時，兩位護衛從林子裡跑了出來，撿起了地上的麻雀。

守在亭外的護衛們警惕地看著這兩個突然冒出來的男人，手放在了刀柄上。

氣氛一度變得很緊張，直到一個熟悉的人影走出來，守在亭外的護衛們才鬆了口氣。

「看見沒有？小屁孩，我就說你技術不行，你還跟我強嘴！」班嫿拿過護衛手裡的麻雀塞給身後的小孩，「這才叫準頭，懂不懂？沒準頭就拿著傷人的東西出來亂晃，這是要挨揍的。」

李小如看清班嫿身後站著的小男孩長相後，扔下畫筆就朝班嫿跑去。

「見過福樂郡主。」李小如擋在小男孩身前，「舍弟不懂事，給郡主您添麻煩了。」

「可不是添麻煩了嗎？」班嫿單手插腰，「這個小屁孩拿著彈弓四處亂射，差點驚了我的馬，若不是我反應快，就要從馬背上摔下來了。」

「啊？」李小如一臉絕望地看著自家弟弟。你這是走了什麼楣運，才招惹上這位煞神？

「這小屁孩還好意思說自己是神射手。」班嫿得意地看著李小郎君，伸手在他額頭上點啊點，「喏，我已經辦到了，你該履行承諾了。」

李望從小在李家嬌慣著長大，要星星就絕不要月亮的主兒，這會兒任由班嫿戳來戳去也不吭聲。李小如驚訝地看著自家弟弟，這究竟是怎麼一回事。

半晌，李望才哼哼唧唧地小聲道：「老大！」

「大聲點，我沒聽見！」班嫿雙手環胸，絲毫沒有自己在欺負小孩的罪惡感。

「老大！」李望從李小如身後走出來，臉紅紅地站到班嫿面前，「願賭服輸，從今天起，我就是妳的小弟。」

李小如：……

「見過郡主。」石飛仙走了過來，低頭溫柔地用手絹擦了擦李望被班嫿戳過的額頭，對班嫿行了一個福禮，「郡主，李小郎君年紀還小不懂事，若是有什麼誤會我代他向妳道歉。看在他還是個小孩子的分上，懇請郡主不要跟他計較了。」

李望看了眼班嫿，見她臉色不好，於是往旁邊挪了挪，離石飛仙遠了些。

「孩子？」班嫿挑眉，「若是他今天用彈弓傷到人，難道別人就會因為他是孩子，不會怪罪到李家？」

李小如捏了捏裙角，小聲道：「福樂郡主教訓的是。」

石飛仙偏頭看了李小如一眼，沉著臉沒有說話。

「我知道石小姐溫柔善良，只是我這會兒在教自己的小弟，怎麼算欺負？」班嫿把李望拎到自己身邊，對他抬了抬下巴，「來，你來跟石小姐說說，大姊與小弟是什麼關係？」

「做了大姊的小弟，要替大姊牽馬、提裙、跑腿，並且要風雨無阻，無怨無悔。」李望挺了挺胸脯，「我是男子漢，說話肯定算話。」

李小如內心幾近崩潰，弟弟啊，你不要看這位班郡主長得漂亮就覺得她是天仙，人家可是連探花說抽就抽的人，你毛都沒有長齊，做什麼男子漢！

但是不知道為什麼，看到弟弟第一次露出這般有擔當的模樣，李小如竟是一句反對的話都沒有說出來。或許在她的內心裡，班嫿並不是一個蠻橫不講理的女人，弟弟跟著她受點磋磨，也許……也許是好事？

石飛仙本是想幫著李家姊弟說話，誰知道大的膽小如鼠，小的蠢笨如豬，甚至還害得她丟了一個不大不小的臉。她看了眼李家姊弟，笑容淡淡的，「既然李小郎君是自願受班郡主欺負，那便是我多管閒事了。」

「大姊教訓小弟，那算欺負嗎？」班嫿最不愛聽別人綿裡藏針的話，一般這種時候，她就會直接的反駁對方。

「不算！」李望耿直地搖頭，「這叫磨練！」

石飛仙笑容變冷，李家怎麼教孩子的，這般不識趣？

「郡主，妳怎麼會到這裡來？」石飛仙看了眼身後的小姊妹們，問道：「難道郡主也對詩畫起了興趣？」

班嫿今天約好跟容瑕一起去別莊看孔雀，哪知半道上遇到這個拿著彈弓亂彈亂射的小屁孩，就出手讓這小屁孩見識了一下什麼叫真正的彈弓神技，這會兒容瑕還在林子外等她。

「石小姐就不要取笑我了，在座諸位誰不知道我詩詞歌賦、琴棋書畫樣樣不通。」班嫿把李望拎回李小如身邊，「這孩子我還給妳了，回去好好教，別讓他惹事，到時候真出了什麼事，後悔也來不及了。」

「謝郡主提醒。」李小如真心實意地行禮，「待回去以後，我與家人一定會好好教他。」

「那行，話已經說了，我也該走了。」班嫿轉頭剛走了沒兩步，容瑕就從外面走了過來。她以為是自己讓容瑕等得太久，心中有點小愧疚，竟讓美人苦等，實在是罪過。

當然，半個月前她還心安理得地讓容瑕等她小半個時辰的事情，被她自動忽略了。再美的人，也不能影響她睡美容覺，除開這個時候，她對美人還是很憐惜的。

容瑕見班嫿向自己跑過來，擔心她被地上新長出的竹筍絆倒，加快步伐走到班嫿面前，「時辰還早，我們不急。」

班嫿朝他展顏一笑。

「容伯爺？」石飛仙震驚地看著容瑕，又看了看他面前的班嫿，臉上的笑容再也繃不住，表情驚駭地瞪大眼，彷彿不願意相信眼前的這一切是真的。

「石小姐。」容瑕表情淡然地與石飛仙見禮，低頭看了眼身邊的班嫿，笑著道：「在下與未婚妻打擾了諸位的雅興，請各位小姐見諒，我們這便告辭。」

「未婚妻……班嫿？」石飛仙指甲掐進肉裡，臉上的表情似哭似笑，顯得格外的怪異，「原來容伯爺的未婚妻，竟是班……福樂郡主。不知二人何時定下的婚事，小女子之前竟是半點不知情？」

「我與容伯爺的婚事，為何要讓妳知情？」班嫿扭頭看她，「這與妳有何干？」這是要當著她的面挖牆腳？

「我問的不是妳，」石飛仙冷笑，「郡主妳不必如此在意。」

班嫿挑眉，以看智障的眼神看著石飛仙，「妳問我跟容伯爺何時訂親，又說不是問我，難道是當著我的面，問我的未婚夫？」

正在作畫的貴女們紛紛放下手裡的筆，好奇地看著亭子外的一幕。

「啪！」一滴墨水濺在紙上，毀壞了整幅畫的意境，但是姚菱卻半點都不在意，她一雙眼睛猶如被定住了般，愣愣地看向外面。

好美的人，她以前見過的那些男男女女竟都是濁物，唯有眼前這個人，才是天上的皎月，人間的尤物，若是能時常見到這個人，並為其作畫，便是給她萬金，她也不願換。

「姚姑娘？」一旁邊的女子拉拉姚菱，見她臉上露出癡癡地笑意，忍不住在心裡嘆息。完了，八成又是被成安伯迷住了！

古有紅顏禍水一說，這成安伯簡直就是藍顏禍水。身分清貴，受皇上看中，相貌如玉風度翩翩，又受讀書人推崇。

姚姑娘這般年齡的小姑娘，哪裡能受得住這般出眾人物的吸引？

可惜君已有未婚妻，若是再去糾纏，就太難看了些。

唯一沒有沒有想到的是，成安伯的未婚妻竟是班嫿，這實在是……實在是太不可思議了。

「石姑娘，」容瑕臉上的笑意散去，語氣冷洌，「福樂郡主的話，便是在下的意思。」

眾所周知，成安伯行事十分有禮，待人接物時幾乎從不讓人感到難堪，這也是他吸引諸多女子的原因之一。

李小如驚詫地看著容瑕，似乎不敢相信這樣的話是容瑕說出來的，她張大嘴，扭頭看到石飛仙臉色十分難看後，拉著弟弟就往亭子裡走。直覺告訴她，參與進這件事對她沒有好處。

然而她退回去，並不代表其他人不想看熱鬧。

石飛仙在京城裡有這麼大的名氣，一半是因為石家善於經營，一半是因為部分才子的吹捧。一個長得好又有才氣的女子，在那些自認清高的讀書人眼裡，自然是吹捧了又吹捧，以致於石飛仙也養成了目下無塵的性子。

便是容瑕這般的人物，也有郎君討厭他，更不用說石飛仙。

在場這些貴女在石飛仙面前做小伏低是一回事，心裡究竟是怎麼看她的又是一回事。去年艾頗國的王子把班嫿錯當大業第一美人，一口一個石小姐的事，不少人可是在私下樂了很久。

幾個貴女裝作關心石飛仙的模樣走到她身後，即便她們掩飾得很好，班嫿仍舊看到了她們眼裡迫切想要看熱鬧的心願。

石飛仙現在沒心情管別人怎麼看待自己，她全副身心都放在容瑕身上，一張臉白得嚇人。

班嫿乾咳一聲，心裡有些發虛，她該不會把人給氣瘋了吧？

眼看著石飛仙臉色變來變去，由白變紅，由紅變青，最後兩行清淚滑落她的臉頰。

一個是楚楚可憐的女子，一個是表情冷漠的郎君，無聲的哭泣便是最大的控訴，任誰瞧見都會以為容瑕是個負心郎。

「容伯爺竟是如此薄情，是小女子癡心妄想了。」石飛仙草草地向容瑕行了一個福禮，「是我自討沒趣，告辭。」

石飛仙轉身就走，並且帶走了石家的護衛，頓時守在亭子外的人便少了小半。

貴女們面面相覷，她們以為石飛仙會跟容瑕或是班嫿起爭執，沒想到竟是失魂落魄地離開了，這是個什麼意思？

李小如雙手搭在弟弟的肩上，心裡隱隱有些擔心。石飛仙這副受了委屈的模樣回城，也不知道過幾日流言會變成什麼樣？她扭頭去看其他幾位小姊妹，發現她們的臉色同樣怪異。

「等一下。」班嫿叫住已經走出十幾步遠的石飛仙，示意班家的護衛去把人給攔住。站在容瑕身後的杜九看了眼主子的臉色，見他食指動了動，也帶著幾個護衛跟在了班家護衛身後。

「福樂郡主，妳還想怎樣？」石飛仙哭得梨花帶雨，「妳不要欺人太甚！」

「我沒想做什麼。」

與神情激動的石飛仙不同，班嫿很冷靜，她目光在眾人身上掃視了一遍，「當著這麼多人的面，有些話還是說清楚比較好，石小姐這模樣出去，不知情的還以為我對妳做了什麼過分的事情。我雖然不在意別人怎麼看我，但這並不代表我願意聽一些閒話。」

石飛仙眼瞼顫了顫，沒有說話。

「若是今天過後，我聽到什麼不合時宜的話，那我也只能把今天的事情講給別人聽一聽了。」班嫿嗤笑一聲，「畢竟石小姐心善，總是關心其他人的婚事。」

石飛仙面色一白，她不是傻子，自然聽得懂班嫿的話。容瑕與班嫿是訂過親的人，若是班嫿在外面說三道四，外面自然會有針對她的閒言碎語。若是其他人，為了兩家人的臉面，也不會把事情鬧得太僵，可是班嫿不一樣，班嫿就是一個二瘋子，她做事從不顧忌後果，根本不會給石家面子，也不會給她面子。

其他貴女靜靜地看著石飛仙被班嫿擠兌，這個時候誰也不敢開口，即便是依附石家的貴女，這會兒也不敢站出去得罪班嫿。人家連石飛仙的面子都不給，她們又算什麼呢？

「郡主想多了。」石飛仙冷笑一聲，斜睨著班家的護衛，「讓開！」

班家護衛沒有理她，只是轉頭看班嫿。這些親衛都是班嫿很小的時候，老靜亭公親自替她挑選的，所以對班嫿十分忠心，除了班嫿的命令誰都不聽。

「石小姐明白這個道理就好。」班嫿抬了抬下巴，護衛們立刻退開，給石飛仙讓出了通道：「聞石小姐得了一本很稀罕的詩集，詩集得來不易，石小姐可要護好了。」

石飛仙全身一僵，雙眼避開班嫿的眼神，匆匆轉身離去。

目送著石飛仙身影消失在竹林外，還留在原地的貴女們有些尷尬，她們你看看我，我看看你，緩緩回過神來，開始向班嫿與容瑕告辭。

班嫿講究冤有頭債有主，所以面對這些嬌嬌俏俏的小美人，態度還是很友好的，笑咪咪地跟她們告別以後，還看到一個圓臉小姑娘時不時回頭偷偷看這邊。

見到這小姑娘的模樣，班嫿忍不住笑出聲，那個小姑娘似乎察覺到自己偷看的行為被當事人發現了，頓時面紅耳赤地扭頭就跑，彷彿班嫿是個吃人的大怪獸一般。

班嫿：……

她明明長著一張美人臉，為什麼這小姑娘嚇成這樣？

「郡主，」李小如牽著李望走到班嫿面前，對她福了福身，「告辭。」

「慢走。」班嫿回了一個笑給她。

李小如忍不住也跟著笑了笑，低頭摸了摸弟弟的頭頂，轉身要走，哪知道弟弟卻掙開她手，走到班嫿身邊道：「大姊，我過幾日能去找妳嗎？」

李小如擔憂地看著弟弟，福樂郡主不過是幾句玩笑話，可是弟弟還小，哪裡懂得這些？

「行。」班嫿一副大姊的模樣點頭，「等你來了，我教你騎射功夫。」

李望眼神亮了亮，重重地點頭，「嗯！」

李小如欲言又止地看著班嫿，直到李望走到她身邊後，她忍不住道：「郡主，妳……近來多加小心。」

她跟在石飛仙身邊好幾年，石飛仙表面上是個溫和的性子，然而實際上相當記仇，班嫿今天這麼傷她的顏面，石飛仙定會懷恨在心，伺機報復。

班嫿挑眉，有些奇怪地看了李小如一眼，隨後笑道：「多謝提醒。」

等李家姊弟也離開以後，班嫿看著空蕩蕩的竹林，對容瑕道：「這下安靜了。」

容瑕對她笑了笑。

「走吧，看孔雀去。」班嫿神清氣爽地往竹林外走，這種吵架的時候占上風的心情，猶如打了勝仗一般，足以讓班嫿樂上一個時辰。

班家別莊的孔雀養得很好，而且還很自戀，隨便用個花俏的東西逗樂一番，幾隻雄孔雀便爭先恐後地開起屏來。如果不從牠們屁股後面去看的話，孔雀確實是美麗的生物。

回去的路上，班嫿看著山間田野中冒出一縷縷綠意，路邊還有花朵怒放的桃樹，她忍不住道：「只要看著這樣的美色，都會讓我覺得活著真好。」

容瑕驚訝地看著她，「嫿嫿正是如花般的年紀，怎會有這般感慨？」

班嫿笑了笑沒說話，清風吹起她鬢邊的碎髮，讓她整個人都柔和起來。

容瑕順著她的目光看向遠方，在遠處的山腰間，一簇簇粉紅妖嬈地靜立著，像是粉紅的煙霞，帶著朦朦朧朧的美。

然而幾個衣衫襤褸的乞丐卻打破了他們的興致，不知道這些乞丐是從哪裡走出來的，他們衣衫襤褸，臉又瘦又髒，一個女人手裡還抱著一個孩子，這個孩子毫無動靜地躺在她懷裡，不知道是睡著了還是餓得暈過去了。

這幾個乞丐看到容瑕與班嫿，雙眼變得極其明亮，就像是在黑暗中行走了很久很久的人，久到他們快要放棄時，終於找到了前方的一縷亮光。

撲通。

抱著孩子的女人坐在了地上，張開嘴嚎啕大哭，不知是興奮還是難過。

班嫿看著這幾個乞丐在官道上又哭又笑，扭頭去看容瑕。

容瑕給杜九打了一個手勢，讓他去詢問究竟發生了什麼事。若是京城的乞丐，應該不會有這麼大的膽子，直接在官道上行走。

按大業律，未經允許，普通百姓不可在官道上行走，違者徒一年，罰銀十兩。

班嫿掏出一個裝零嘴的荷包，遞給身邊的護衛，指了指那些狀若瘋癲的乞丐。

抱孩子的婦人拿到荷包，朝班嫿磕了一個頭，便急切地拆開荷包。因為她動作太急，荷包裡的東西掉了兩樣在地上，她撿起來就往嘴裡塞，然後又從荷包裡拿出一塊糕點遞到半昏不醒的孩子嘴邊。

就在班嫿以為這個孩子不會張嘴吃東西時，這個孩子竟然張開了嘴。他的嘴張得很大，那樣不像是在吃糕點，而是在啃一頭牛。

「伯爺、郡主，屬下問過了，這些人是從齊州逃難而來。」杜九表情有些凝重，「他們說，齊州爆發了很嚴重的雪災，死了不少人。他們原本是齊州當地的富戶，可是在進京前，被人搶了金銀馬匹，這是他們的路引。」

現在重點不是這些人的身分，而是齊州雪災的真假。

若是真的，為什麼齊州的官員沒有上報？

班嫿與容瑕將這幾個自稱是逃難的乞丐帶進了京，然後把人交給了大理寺。

容瑕對班嫿歉然一笑，「本來還想多陪妳一會兒，沒有想到會遇到這種事，我恐怕等一下還要進宮一趟。」

班嫿點了點頭，表示理解，「正事要緊，你隨意就好。」

容瑕騎在馬背上，目送著班嫿走遠，對杜九道：「齊州知府是石家的人？」

杜九點頭，「齊州知府是石夫人的娘家子侄。」

「齊州知府也算是個心狠手辣的人物，能逃出來的難民本是不易，還被他一路追殺，真正逃到京城的竟然只有這幾個人，」容瑕調轉馬頭，「去查一查是誰在背後護著這幾個人。」

不然依這家人老的老，小的小，怎麼可能成功走到京城來？而且他們連馬匹金銀細軟都丟了，唯有路引還好好留著，不知道這些人是早有防備，還是下定了決心要來京城告御狀？

「伯爺，您現在去宮裡，石家那邊……」

「人是我帶進來的，若我裝作一無所知，陛下那裡就交代不過了。」容瑕垂下眼瞼，掩飾眼底的冷意，「你不必擔心，我自有主意。」

杜九知道伯爺向來是有決斷的人，便不敢多言。

班嫿回去後，就把這件事當作八卦說給班家人聽了。

「雪災？」陰氏皺了皺眉，「齊州離京城並不算太遠，當地的官員有多大的膽子，才敢掩蓋真相？」

去年冬天的雪確實比往年更大一些，他們身在京城的人從未聽說哪裡遭了災，只有一些官員說著什麼「瑞雪兆豐年」，倒與災禍扯不上任何關係。

「光靠他一個人肯定壓不住這麼大的事情，」班淮嚴肅道：「指不定他在京城還有同夥。」

「誰？」班恆好奇地問。

「我怎麼知道？」班淮理所當然地道：「你爹我如果連這都知道，我還當什麼紈絝？」

班恆點頭，「那倒也是。」

陰氏每次聽到父子兩人這種對話，就覺得格外糟心。這如果不是自己的夫君與孩子，她甚至覺得多看一眼都嫌煩。

當紈絝難道還當出榮譽感了？

「乖女，妳今天就跟容君珀出去看了孔雀？」班淮懷疑地看著班嫿，「看幾隻孔雀會花這麼多時間？」

「我半道上遇到點事兒，跟石家姑娘起了些矛盾……」

「又是石家？」班淮皺眉，「自從嚴家人失勢後，石家人就越來越猖狂了。這會兒太子還沒有繼位，他家就擺出國丈的架勢，我怕他們會給太子帶來麻煩。」

班家人齊齊沉默，因為他們都想起，嚴家人倒楣……跟他們還有點關係，而且太子麻不麻煩也不重要，反正幾年以後，江山都沒了。

「石家再猖狂咱們也不怕。」班淮拍了拍桌子，「嫿嫿，妳可不能在她面前受委屈，反正我們家也不用求著石家辦什麼事，咱家的人可不慣著他們的臭毛病。」

「那石家小姑娘瞧著倒還不錯，不曾想心思竟這般重。」陰氏搖了搖頭，對班嫿道：「這樣的女孩子若是能想通還好，如若不然，這輩子定會活得很累。」

班恆撇嘴道：「她那已經不是心思重，是心思有問題，她有時候看姊的眼神挺駭人的。」

「那我也不怕她。」班嫿小聲哼哼道：「在我夢裡，她跟謝啟臨還不清不楚，謝啟臨就是在給她送詩集回來的路上才受傷的。」

「謝啟臨那個花心獨眼狗還跟石家二姑娘有一腿？」班恆嘆為觀止，半晌才道：「他的真愛不是那個風塵女子嗎？」

「如果是真愛，就不會把人丟在外面，自己回來了。」陰氏並不太喜歡聽到謝啟臨此人的名字，「當然是我們眼瞎，替你姊姊找了這麼一個未婚夫。」

「母親，這不能怪您，當初也是我自己同意那門婚事的。」班嫿笑著抱住陰氏胳膊，「再說我現在不是換了一個未婚夫嗎？」

班恆：我的親姊，請不要把換未婚夫說得像是在換一件衣服這麼輕鬆。

班嫿以為齊州出了這麼大的事情，陛下應該震怒，結果幾天以後，朝堂上仍舊安安靜靜，甚至沒有任何人提起齊州。

她不懂朝堂，也不懂政治，只是覺得齊州那些死在災難中的百姓有些可憐。以前她不懂死亡，可是自從她做了那幾個怪夢，祖母又過世後，她對死亡有了新的理解。死亡便是天人永隔，這輩子再也見不到，再也摸不到，只能靠著回憶，一點一點描繪著他的容顏。當時光漸漸離去後，記憶中的容貌也會褪色，最終只會留下一張模糊的人臉。

她坐在窗戶邊，望著院子外那棵看起來有些不太精神的石榴樹。樹匠說剛移植過來的樹木就這樣，不過這棵樹挖出來的時候十分小心，沒有傷到主要根脈，所以肯定能存活下來。

陽光穿透樹葉，在地上留下斑駁的光點，班嫿忍不住回憶起從前。良久後，她對身後的如意道：「如意，明日我要去正德寺上香，妳去問問世子他要不要與我同去。」

如意見郡主神情恍惚，擔心她心情不好，找到班恆以後，就順口提了一句班嫿神情看起來有些落落寡歡的事。

班恆不放心，便跟著如意一起到了班嫿的院子。

「姊，妳明天要去寺廟裡上香？」班恆走進班嫿的房間，在多寶架上取了一個小巧的玉擺件在手裡把玩，「我記得妳不愛去寺廟啊，說什麼寺廟外面還有和尚解簽算命，一看就是騙子在搶道士的活兒。」

「我看不慣騙子和尚，又沒說看不慣所有和尚。」班嫿嗤了一聲，「我還看騙女子感情的兒郎不順眼呢，難道就是看天下所有男人不順眼了？」

班恆：……

「好吧，妳有理，我說不過妳。」

班恆覺得，從小到大他就沒有哪一次能說過他姊。都是同一個父母生下來的，為什麼他的嘴就那麼笨呢？

第二天，班嫿難得起了一個大早，把還在睡夢中的班恆拎出來，扔進馬車裡就出了城。一路上都是繁榮盛世的景象，班嫿掀開簾子看著馬車外來來往往的百姓，忍不住想，京城還算繁榮，那麼其他地方呢？

她搖了搖頭，覺得自己想得有點多，這種費腦子的事情，不適合她來思考。

正德寺是京城有名的寺廟，不過由於大業貴族更信奉道教，連帶著百姓也更愛去月老廟、送子娘娘廟這些地方，所以正德寺的香火並不太旺盛。

班嫿與班恆的到來，讓正德寺的和尚沙彌們什麼高興，就連方丈都來親自迎接了。

雖然說出家人應該四海皆空，但他們現在還沒有真正的成佛，還要吃飯穿衣，所以暫時還是不需要做到全空。

「今日一早，老衲便聽聞喜鵲在枝頭鳴叫，沒有想到竟是郡主娘娘與世子大駕光臨。」方丈向姊弟二人行了佛教禮，引著兩人進大雄寶殿上香，在班嫿上香的時候，竟是方丈親自給班嫿誦經敲木魚，可謂是服務周到。

班家姊弟最喜歡待他們周到的人，所以毫不猶豫地撒了不少香油錢給方丈。方丈這下更高興了，甚至引著二人到後院去飲茶論禪。

「這茶是貧僧帶著徒弟去山間採摘的，不算什麼好東西，請郡主娘娘與世子莫嫌棄。」

「方丈客氣了，」班嫿端起茶喝了一口，「我與舍弟都不是講究人，茶好與不好，都是拿來解渴的。」

「郡主好生靈氣，竟是看透了世俗，直達本質。」方丈放下竹筒茶杯，低聲念了一句佛，「貧僧見郡主神情雖輕鬆，眉梢卻仍有愁緒未解，不知有何心事？若是郡主不介意的話，可以跟貧僧說說，貧僧長了一雙過風耳，左耳進右耳便出了。」

班嫿笑著搖頭，「來之前我的確有很多心事未解，可是看到方丈，又喝了這杯茶以後，我彷佛又明白了過來。」

「阿彌陀佛。」方丈雙手合十，「郡主娘娘若是能明白，亦是好事。人生在世，最難的便是看破，不能勘破俗世，便只能給自己徒添煩惱。」

班嫿笑出聲，「是啊，有些事只能勘破。若是破不了，那也只當已經經歷了一場惡夢，夢醒便沒了。」

方丈笑而不言，看班嫿的眼神就像是慈祥的長者，讓班嫿很難對這樣的人起厭惡的心思。

「叨擾方丈多時，小女子也該告辭了。」班嫿放下茶杯，站起身對方丈行了一個禮，「方丈，據說佛家有一種經文，日日誦讀可以保佑往生者來生安康完美？」

「佛渡眾生。」

班嫿笑了笑，「因為眾生皆苦嗎？」

方丈緩緩搖頭，「郡主此話又錯了，無苦豈能有甜？」

班嫿遞出兩張銀票，雙手奉到桌上，「那就有請貴寺的高僧們，為眾生念一念經文，願他們來生平安無災，甜多於苦。」

「郡主娘娘仁善。」方丈笑容慈和道：「貧僧便替眾生謝過郡主娘娘了。」

班嫿淡然道：「我不過是偽善罷了。」

「郡主此言差矣，行善便是心善，何來真偽一說？」

在口才甚好的方丈面前，班嫿終於明白為什麼即使大業很多人都不信佛教，佛教還能傳遍大業各地。大概……就是他們太會說話了，每一句話聽著都讓人心情愉悅，忍不住想再多添一點香火錢出去。

送走班家姊弟後，方丈回到後廂房，敲了敲房門，「伯爺，女香客已經走了。」

一個穿著素色錦袍，腰繫玉佩的如玉公子從門後走了出來。他走到班嫿方才坐過的石凳上坐下，抬頭看了眼這個保持微笑的光頭和尚，沒有開口說話。

「伯爺的未婚妻是個很好的姑娘。」和尚朝他行了一個禮，卻是凡間的俗禮，「恭喜伯爺，覓得如意娘子。」

「我只聽過世人恭喜女子覓得如意郎君，你這種說法倒是難得。」

「約莫在貧僧眼中，眾生平等吧。」

男人聞言輕笑一聲，似乎對和尚這話不以為然，他端起那杯已經有些涼的茶喝了一口，「說吧，你請我來是為了什麼？」

和尚看著他手裡握著的茶杯，笑了笑。

「幾個月不見，伯爺倒似與往日有所不同了。」和尚取了一套新的竹刻杯，斟上熱茶放到容瑕面前，「請慢用。」

「不必客氣。」容瑕拿過茶壺，直接把茶水倒進手裡的杯子，「她是你特意引來的？」

「伯爺，貧僧若是有這麼大的能耐，何須待在這座寺廟中？」和尚見容瑕不喝自己倒的茶，伸手拿起那杯茶直接一口喝掉，「福樂郡主今日突然來訪，貧僧比伯爺還要驚訝。」

氣氛一下子安靜下，容瑕看著眼前這個不像和尚的和尚，「我的事情她不知道，日後你在她面前要謹慎一些。」

「伯爺放心，她於貧僧而言，不過是一位大方的香客而已。」和尚顯得有些無賴，「和尚廟的餘糧也不多，上上下下幾十張嘴就全靠這些有錢香客們養著，貧僧可不敢得罪。」

「行了，在我面前不必說這些場面話。」容瑕放下茶杯，「你究竟發現了什麼？」

和尚用手指在桌上蘸了茶水，寫了一個貳字。

「權勢動人心，這位坐不住了。」

容瑕嗤笑一聲，「皇家人本是如此，這並不算什麼驚天動地的大事。當今更喜歡太子，他自己心知肚明。你今天來，就是為了跟我說這件事？」

和尚長滿皺紋的臉上帶著寬容的微笑，「伯爺何必著急，就當貧僧找你來論禪談經好了。」

「我從不信佛，亦不信神。」容瑕輕笑一聲，「你想跟我談什麼？」

「貧僧想跟你談福樂郡主。」

容瑕眉梢微動，沒有說話。

「福樂郡主是個難得的好姑娘，但是在貧僧看來，伯爺此時並不是成婚的好時期。」和尚嘴裡說著不贊同的話，臉上的笑容溫暖如春，「福樂郡主身上帶著蔣氏的皇室血脈，對伯爺的大業無益。她家看似顯赫，卻是空中閣樓，並不能幫伯爺太多。貧僧並不太明白，您為何匆匆定下這樣一個未婚妻？」

「那麼依大師看來，誰才是最合適的人選？」容瑕眉梢的皺紋舒展開，一臉的似笑非笑。

「自然是不成婚。」和尚迎視著容瑕的雙眼，「伯爺此刻選擇與人成婚，是很不理智的選擇。在聽聞伯爺竟與班家郡主訂親時，貧僧十分驚訝，這不像是伯爺你現在應該做的事。」

「大師身為出家人，又何必考慮這些紅塵俗事？」容瑕起身走到一棵楊樹下面，「我不希望大師日後叫我來，就是為了談論這種沒必要的事情。」

和尚臉上的笑容漸漸散去，眼神變得嚴肅起來，「伯爺，你喜歡上這位郡主了？」

站在樹下的男人沒有回頭，亦沒有作答。

和尚閉上眼，雙手合十，念了一聲佛，「是貧僧多事了，但願伯爺沒有後悔的那一日。」

「大師，」容瑕轉頭看著和尚，「我很感謝大師願意助我一臂之力，但是有些話我只說一次。福樂郡主是我求來的，即便是不合適，也是我不適合她，與她無關。」

和尚睜開眼，半晌後緩緩搖頭，「既然伯爺把話已經說到這個分上，貧僧自不敢多言。」

容瑕把手背在身後，良久後開口道：「二皇子與嚴家人暗中勾結在了一起，石家得意忘形，當今心中已有不滿，礙於太子的面子而隱忍不發，但是……嚴家又要復起了。」

春風起，帶起早春的寒意，吹遍了整座京城。

就在大家以為石家會成為大業的石半朝時，當今陛下像是突然想起了嚴家的好處，在朝堂上頻頻對嚴暉露出好臉色，甚至有好幾件重要的大事都交給了嚴暉處理。

有眼睛的人都能看出，嚴暉這是復寵了。

或許是因為前一段時日受過太多冷落，嚴暉即便重得帝王重用，亦是戰戰兢兢，不敢有半分得意，甚至與太子也斷了來往。往日嚴家與太子派系暗中來往，常常為太子出謀劃策，但是嚴家失勢的時候，太子並未幫著嚴家在陛下跟前說好話，甚至在情感上隱隱有偏向班家之勢，所以嚴暉對太子早已經寒了心。

在嚴暉看來，他對太子沒有功勞也有苦勞，太子為何絕情至此？他偏偏忘了，班家也是太子的親戚，甚至大長公主還是太子真心尊重的長輩，嚴暉在太子心中的重量，又怎麼比得過班家？太子這一次沒有跟著其他人一起對嚴家落井下石，已是違反了太子平日的行為準則，因為在他看來，嚴家與班家之間的恩怨，確確實實是嚴家錯了。

不過對於嚴家識趣地遠離太子，雲慶帝還是很滿意的。他想要太子成為一個出色的繼承人，又不想讓早早脫離他的控制，凌駕於他之上，所以現在剛剛好。

人的年紀越大，就越懼怕老去。

他對太子的父子之情，也變得越發複雜起來。

三月底，太子良娣分娩產下一女，良娣產子後不久便血崩而亡，於是太子第一個孩子便養在了太子妃下面。太子派系的人雖然有些失望這不是一個兒子，但是石家人卻鬆了口氣，若是有個庶長子擋在他們前面，對太子妃可不是好事。

洗三那天，班家人因為身上有孝，所以沒有進宮向太子賀喜，不過派了常嬤嬤進宮，替他們給皇孫女添盆。

蔣涵對這個女兒十分稀罕，見班家人沒來，還特意詢問了常嬤嬤一番，聽明原由以後，嘆了口氣，賞了常嬤嬤東西便讓她退下了。

「我不是講究這些俗禮的人，表叔與表嬸實在是太在意了。」蔣涵還記得小時候，表叔帶他去樹下掏鳥窩，捉夏蟬給他玩的那些事，這是他規規矩矩童年中，為數不多的輕鬆回憶。

「殿下，班家這是懂規矩。」太子妃見太子有些失望，便笑著勸道：「小丫頭才這麼點大，是該避免被衝撞，若是帶來穢氣，對孩子也不好。」

蔣涵面色略有些不好看，「姑祖母一輩子為了皇家，即便是去世，她老人家也是保佑我們的女兒長命百歲，又豈會害她？」

「殿下，這是宮裡的規矩，身上戴孝的……」

「妳跟孩子在屋子裡休息一會兒，我出去走走。」蔣涵站起身，聲音有些冷，看也不看太子妃，便出了門。

太子妃愣住，正想開口囑咐太子多穿件衣服，外面有些涼，可是轉頭見孩子把手從襁褓中伸了出來，她所有注意力都放在了孩子身上，原本想要說的話，也被她忘在了腦後。

蔣涵回頭見太子妃只低頭哄孩子，最終嘆了口氣，打個彎走出了院子。

「國公爺，夫人。」常嬤嬤回到班家的時候，身後還跟著幾個東宮的奉禮太監。

這幾個太監給班家人見過禮之後，就把太子準備好的禮物送了出來。這些禮物準備得很盡心，就連禮盒都避開了鮮豔的顏色。

「太子殿下太客氣了，這如何使得。」班淮再三謝過，給這些小太監每人送上一個荷包以後，才讓管家送他們出門。

待小太監們離開，陰氏讓常嬤嬤坐下，「嬤嬤，太子可好？」

「奴婢瞧著太子氣色還不錯，對皇孫女也稀罕得緊。」常嬤嬤坐在凳子上，微微躬著身道：「聽到你們不能去，太子很是失落，所以讓人送了禮來。」

「太子是個仁德之人。」陰氏扭頭看女兒，在心底暗暗嘆了一口氣，若是太子能安安穩穩地坐好皇位就好了。

「是啊，太子殿下心裡定是念著你們呢！」常嬤嬤想起太子與太子妃之間的相處方式，小聲道：「只是奴婢想要多一句嘴，太子妃與太子之間，只怕相處得不太融洽。」

「怎會如此？」陰氏驚訝地看著常嬤嬤，「不是說太子十分敬愛太子妃，身邊除了兩個皇后賜下的良娣以外，便無其他人嗎？其中一個良娣產下皇孫女以後便沒了，怎麼他們之間反而不好了？」

「夫妻之間相處是否融洽，奴婢多多少少還是能看得出來的，比如公主殿下與駙馬，還有國公爺與夫人，都是難得的恩愛夫妻，至於太子與太子妃……」常嬤嬤搖了搖頭，「恐怕兩人不如外面傳言的那般好。」

「皇家的私事，終歸我們也插不上嘴。」陰氏對太子雖有不少的好感，聽到常嬤嬤這話，也只能無奈地嘆氣。

「太子妃不是石家大小姐嗎？」在旁邊聽了半天的班嫿開口道：「我記得她是個性格賢慧端莊的女子，太子表哥性格溫和仁善，他們兩個應該很合得來才對。」

石家大小姐在班嫿看來，是個真正意義上的大家小姐，氣度不凡、舉止優雅，她即使不喜歡石家二小姐，也挑不出石家大小姐的錯處。石家大小姐容貌與二小姐相比，要遜色幾分，但是石家兩個小姐站在一起，大家第一眼注意到的必定是石家大小姐，而不是石飛仙。

石家大小姐就像是珍貴的珍珠，美得溫和不耀眼，但是讓人見了就會覺得舒服。以她對太子的了解，他喜歡的應該就是這類女子，但是常嬤嬤看人極準，若不是太子與太子妃之間真的存在問題，以常嬤嬤謹慎的性格，是絕對不會開口的，所以班嫿不得不相信，大業這對第二尊貴的夫妻，出問題了。

「傻孩子，感情這種事情，有時候很難說的。」陰氏笑了笑，「天下男女走在一起，並不是最適合感情就會最好。」

班嫿聽到陰氏這麼說，搖了搖頭，「可是太子不是喜歡她嗎？」

當初太子妃人選有好幾個，是太子堅持挑選石氏，若不是有感情，太子何必這般堅持？

「有些夫妻一開始是冤家，後面成了歡喜冤家。有些夫妻一開始情深似海，最後卻兩兩生厭。」陰氏想著女兒已經與人訂了親，便有意跟她多說幾句，「再好的感情，如果沒有好好相處，最後也會被消磨殆盡。聰明的人，注重的是人心。」

班嫿想了想，「您的意思是，讓我成親以後，抓住容伯爺的心？」

「為娘說的是，珍惜別人的好，但也不要為愛而卑微。」陰氏心疼地摸了摸班嫿的頭頂，「身為女兒家，總要多愛惜自己一些。聰明的女人，要學會讓男人像妳自己一樣愛惜妳。」

「嗯嗯，」班淮在旁邊點頭，「就像我愛惜妳母親一樣。」

聰明的男人，在面對心愛女人時，一定不能太要臉，這不是懼內，是愛。總有人覺得，甜言蜜語沒用，默默做就好，班淮對此嗤之以鼻。好男人不僅要默默付出，還要會哄女人開心，不然女人嫁給你，生兒育女操持家務圖個啥，就圖身邊睡了個木頭樁子或者人渣嗎？

抱著此種思想覺悟的班淮，自認自己乃是大業一等一的好男人，儘管別人不承認，但他仍舊有著謎一般的自信。

「我們母女之間說話，你別插嘴。」陰氏看了眼他面前的茶，又道：「少喝涼茶，小心胃又不舒服。」

「哎！」班淮應了一聲，招手讓下人給自己換了一盞茶。

班嫿與班恆默默地看著父母之間的相處，彼此交換了一個眼神，露出心照不宣的笑容。

「來，我們娘倆去後院說話。」陰氏對班嫿道：「園子裡花開了，正好妳也陪我轉轉。」

班嫿聽話的站起身，跟在了陰氏身後。

班淮爵位升為國公以後，一些原本鎖上的院門便打開了。這原本就是一座按照國公品級修建的府邸，皇帝把這棟房子賜給班家，也是抱著補償之意，不過班家人搬進去以後，就把一些違制的東西收了起來，又鎖了幾個院子，才安安心心地住了下來。

班家人口不多，乾脆就把幾間屋子拆了與外面的院子連在一塊，修成了一個很大的花圃。雖然家裡都不是講究人，但是他們有錢，所以請來的下人把園子打理得很漂亮，沒事來逛一逛院子，心情還是挺舒暢的。

「嫿嫿，妳真的願意嫁給成安伯？」只要想起女兒跟容君珀的婚事，陰氏就覺得心裡不太踏實，總覺得有哪裡不太對勁，可是她偏偏又說不出哪裡不對。

「怎麼了？」班嫿不解地看著陰氏，「母親，您是不是不喜成安伯？」

陰氏搖了搖頭，「我對成安伯並無意見，只是擔心妳嫁給他，日子過得不好。」

「不好我就回娘家，」班嫿不甚在意道：「反正你們又不會不要我。」

「傻孩子，婚姻大事，豈可兒戲？」陰氏見女兒比自己看得開，自己說著說著竟忍不住跟著笑起來，「妳啊，什麼時候才能讓為娘放心？」

「那可有些難，等我八十歲，您老一百歲的時候，您也不會放心我的。」班嫿抓著陰氏的袖子搖啊搖，「誰叫我是您的女兒呢？」

「一百歲？」陰氏搖頭，「我可不想活得那麼老，招人嫌。」

「誰敢嫌棄您？家有一老，如有一寶。」班嫿抓緊陰氏的手，「母親要陪我一輩子。」

「好好好，陪妳一輩子。」陰氏點了點班嫿的額頭，「這麼大了，還跟我撒嬌，羞不羞？」

「在母親面前，我永遠都是小孩兒。」班嫿笑嘻嘻地回道：「不羞，一點都不羞。」

二皇子大婚的前三天，年僅二十三歲的容瑕調任為吏部尚書，滿朝譁然，有人認為容瑕太過年輕，不堪此重任。

「古有八歲宰相，前朝有九歲狀元，為何我朝就不能出一個二十三歲的尚書？」戶部尚書姚培吉道：「成安伯自小有奇才，入朝以後，辦事兢兢業業，受陛下多次嘉獎，難道諸位大人以為，我朝的官員不如前朝嗎？」

「姚大人，話可不能這麼說，八歲幼童為相是因他恰逢亂世，前朝的九歲狀元郎小時了了，大未必佳，我朝繁榮昌盛，四海昇平，何須學他朝？」

「可是成安伯小時有奇才，成年以後有大才，這位大人如此反對成安伯，還以小時了了，大未必佳來反駁我的話，想來你是有自信做得比成安伯更好，所以才有此一說？」

「你、你……」

這個官員被姚培吉擠兌得語不成句，好半天才道：「你這是強詞奪理。」

「哎喲喲，這是爭論不過便說人家是強詞奪理！」某個閒散侯爺站出來陰陽怪氣道：「看來這位大人的邏輯就是，誰說不過我，就是才華不如我，誰若是說得過我，那就是強詞奪理。真是有意思，有意思！」

「可不是，依我們看，成安伯做吏部尚書挺好的。成安伯為人端方，考評官員業績的時候，也能秉公辦理，這不是一件好事嗎？」另外一個閒散伯爺也站了出來，與另外一個侯爺一唱一和，說得好像反對容瑕做吏部尚書的都是官做得不好，心虛才不讓容瑕任職的。

這些閒散勳爵平日在大朝會上幾乎從不開口，今天這幾個人竟然一唱一和地幫容瑕說話，引得那些與容瑕交好的文官們頻頻側目。這些紈綺今天是怎麼了，天下紅雨還是腦子出問題，竟然會站在他們這一邊幫著說話？

有腦子靈活的人突然想到，這幾個紈絝平日裡與班淮十分交好，班淮因為在孝期沒來上朝，但是這幾個紈絝每到大朝會時，還是會來晃一晃以示存在感的。

今天這是……幫著班水清未來的女婿找場子？

紈絝們的邏輯很簡單，大家都是難兄難弟，有好酒一起嘗，有大難就各自飛，但是力所能及的忙，他們是能幫就幫。比如幫著班淮未來女婿占場子，那就是屬於力所能及範圍內的。

要論嘴皮子功夫，一本正經的文官哪是這些紈絝的對手？沒過多久，原本反對容瑕當吏部尚書的官員，便被紈絝們帶到了溝裡，互相吵起嘴來。

你說成安伯要不要做吏部尚書？那不重要，重要的是他們不能在打嘴炮上輸給幾個紈絝，這太沒面子了？

是文官就不能慫，挽袖子上！

於是，文官與文官之間的戰爭，變成了文官與紈絝之間的戰爭。看這架勢，竟然還是紈絝占了優勢。關鍵時刻，大業朝的官員們，終於第一次正視了紈絝的力量。

雲慶帝早就對那幾個有事沒事嘰嘰歪歪，各種忠言逆耳的文官們膩歪了，但他是個好面子的皇帝，一個看重名聲的皇帝，所以常常在這些文官忠言逆耳的時候，還不得不裝作一副「愛卿你說得好有道理，朕接納你的建議」的樣子。

接納你全家個腿哦，雲慶帝每次都想照著這些不長眼文官的臉呼過去，然而他忍住了。

所以他會喜歡班家人，因為班家人從不跟他作對，也從不故作清高，得了他的賞賜也都高興得不得了，這才是讓人舒心的朝臣。他就愛給這種臣子賞賜，看著他們崇拜又喜悅的眼神，他每天都能多吃半碗飯。

眼見這些紈絝把幾個他看不順眼的文官氣得面紅耳赤，雲慶帝心裡十分受用，面上卻皺著眉頭，一副不悅的模樣。直到一個鬍子花白的文官氣過頭，咚一聲倒在地上，雲慶帝才讓人去請太監，順便道：「諸位愛卿不必多言，朕以為容卿很是適合吏部尚書一職，退朝。」

眾官員看著被太監抬出去的官員，給了他一個同情的眼神，這算不算是氣也白氣？再轉頭看容瑕，臉上沒有得意之色，亦無憤怒之意。就在大家以為他會特意避嫌，先行離開的時候，他動了。

但不是往外走，而是朝另一個方向走去。

「多謝諸位為晚輩直言。」容瑕走到幾個吊兒郎當的老紈絝面前，朝他們行了大禮，「晚輩定不會讓諸位前輩失望。」

眾官員感慨，容伯爺果真正直，不懼別人閒話，做自己想做的事，走自己想走的路。

「容伯爺客氣了。」一位侯爺拍拍他的左肩，「你是老班的未來女婿，我們不幫你幫誰？」

「可不是？」一位伯爺拍了拍容瑕的右肩，還扳著他的肩搖了搖，「好好幹，爭取一年坐穩尚書位置，五年就升職為相爺。」

眾官員齊齊側目，嚴相爺跟石相爺這會兒還沒走呢！

「恭喜容伯爺升遷。」石崇海走到容瑕面前，對他略略一拱手，「年紀輕輕便有如此成就，容伯爺前途無量啊！」

「不敢，唯陛下厚愛而已。」容瑕回了一個大禮。

他們彼此都清楚，剛才反對他任吏部尚書的官員，大多都是石崇海的人。石崇海表面上在恭喜容瑕，內心不見得有多高興。

「容伯爺謙虛了，你若是沒有能力，又怎麼能讓老成持重的姚大人都為你美言？」石崇海最氣的還是姚培吉，此人原本依附在他的手下，沒有想到今天竟然幫著容瑕說話。

他寧可與石家決裂，也要幫容瑕說話，真不知道是容瑕太有手段，還是姚培吉以前都在耍著他玩？真是好膽量！

「這個問題很簡單，」紈絝侯爺打斷石崇海的話，「因為容伯爺長得好看，還有才華，討人喜歡是應該的。」

石崇海沒有想到這幾個紈絝竟然敢跟他過不去，當下便冷聲道：「那侯爺應該學著容伯爺，多討人喜歡些。」

「我一大把年紀，討人喜歡有什麼用，回去怎麼跟夫人交代？」紈絝侯爺搖頭嘆息，「歲月不饒人，當年我也是大業有名的美男子啊！」

石崇海突然覺發現，能跟班淮交好的人，都是腦疾患者。

他瞥了一眼容瑕，不知道他什麼時候被這些人傳染上？

紈絝們吵架大勝那幾個文官，心情甚好地勾肩搭背找樂子去了。只怕石崇海心頭的火氣還沒消完，他們就已經把事情忘在了腦後。

好在石崇海這些日子雖然有些得意忘形，但是腦子還沒有糊塗，他知道跟這些紈絝們再鬥嘴下去也沒有用，便轉頭對容瑕道：「倒是忘了恭喜容伯爺好事成雙。」

「多謝相爺。」容瑕笑著應下。

「伯爺年紀輕輕，有個好的岳家幫襯著，是件大好事。」

這話是在嘲笑容瑕靠著班家才坐上吏部尚書之位，亦是在嘲笑班嫿非是良配，容瑕為了仕途才與這樣一個女子訂親。

有時候太過明白的挑撥離間，很多人都知道他是在挑撥離間，但仍舊會受影響，成為心頭一根刺。石崇海這句話不懷好意，但凡有些傲氣的年輕人聽到這話，都會有被瞧不起的恥辱感。

容瑕聞言卻笑著對石崇海作揖，臉上滿滿的感激，「多謝石相，能與福樂郡主訂親，確實是晚輩高攀了。」

石崇海冷笑，好一個會作戲的偽君子。

容瑕與福樂郡主的訂親是怎麼一回事，他早就打聽清楚了。不過是大長公主臨死前，亂點了一個鴛鴦譜，皇帝自覺虧欠班家，便讓容瑕去班家求婚。讓被人退婚過三次，名聲不太好的福樂郡主與之訂親。

現在陛下升任容瑕為吏部尚書，只怕一大部分原因是補償給容瑕的「賣身錢」。

世上有幾個男人能夠忍受這樣的奇恥大辱，容瑕與班家早晚會出現矛盾。班家為了這個女婿倒是盡心盡力，人不在朝堂上，還讓朋友照應著，就是不知道這個未來女婿能領多少情？

容瑕目送著石崇海遠去，理了理身上的袍子，不緊不慢地走出大殿，不過他不是出宮，而是去了大月宮。

雲慶帝看到容瑕，嘆了口氣，「君珀來了，坐下說話。」

「謝陛下。」容瑕給雲慶帝行了一個禮後，便安安心心坐了下來。

「如今石崇海越發勢大，朕不想我們大業出現前朝的李沖與。」雲慶帝臉色有些不太好看，「他近來太過忘形了。」

李沖與是前朝一個權傾朝野的名相，臣強主弱就很容易出現問題，前朝晚期朝政混亂就是從李沖與做丞相後開始的。改朝換代以後，大業皇帝為了避免發生這種事，便讓左右相分權，穩定朝中局面。

雲慶帝老了，他非常清楚地感到自己老了，夜裡睡不踏實，白天總是打瞌睡，甚至連聽力都開始退化，他內心充滿恐慌，但是面上卻還要極力的掩飾，不讓人瞧出半分。

身在高位，就更加害怕死亡，畏懼手中的權力流失，雲慶帝已經漸漸對太子不滿，但是更讓他不滿的是石崇海。身為父親，他覺得自己兒子還是有救的，真正壞的是帶壞他兒子的人。

他急切地讓容瑕就任吏部尚書一職，因為他想讓自己人掌控官員評審，不讓石崇海一手遮天。他才是大業的皇帝，他不希望有任何人威脅到他的地位，即使這個人可能是他的兒子。

容瑕懂得雲慶帝的心思，卻要裝作看不明白，他起身對雲慶帝行禮道：「微臣定會竭盡所能，不讓陛下失望。」

「你做事，朕向來是放心的。」雲慶帝欣慰地拍了拍容瑕的肩膀，「若是吏部那邊有人不長眼，你儘管告訴朕，朕不會容忍他們。」

容瑕笑道：「陛下放心，微臣是您親自派遣過去的，他們捧著微臣都不及，怎麼可能與微臣過不去？」

雲慶帝聞言笑出聲，「行，那你回去準備兩日，跟班家姑娘多相處相處，三日後就正式去吏部上任。」

「是，陛下。」容瑕行了一個大禮，退出了大月宮。他不相信皇上真的只是為了安慰他來說幾句話，他是在暗示他，要按下石崇海的人，不要讓他失望。

吏部……看似沒有戶部兵部重要，實際上卻抓著很多官員的考評，非帝王心腹者，輕易不能坐到吏部尚書這個職位。

「容伯爺。」王德追了出來，手裡還捧著一個盒子，「容伯爺，請留步。」

「王公公，」容瑕停下腳步，對王德拱手道：「請問陛下還有什麼吩咐？」

「伯爺客氣，陛下聽聞伯爺喜歡孔雀，便讓奴婢把這個擺件送與你。」王德把錦盒遞給容瑕，「陛下還說，伯爺回去好好休息幾日，就不用特意去謝恩了。」

「多謝陛下。」容瑕朝著宮殿方向拱了拱手，抱著錦盒離開了。

王德笑咪咪地目送他遠去，待看不見人影以後，他才回到內殿，對坐在上首的帝王道：「陛下，伯爺已經收下錦盒了。」

雲慶帝正在觀賞一幅畫，見王德進來連頭都沒有抬一下，「容瑕表情如何？」

王德搖頭，「瞧著似乎有些高興與感激，奴婢眼拙，已是瞧不出其他的了。」

「嗯。」雲慶帝終於願意抬起頭，他對王德道：「你覺得容瑕對福樂郡主是什麼心思？」

「福樂郡主長得貌美如仙，容伯爺……約莫是喜歡的吧？」王德有些不確定道：「聽說前幾日容伯爺還陪福樂郡主去別莊看了孔雀……」

「福樂郡主還順便跟石家的姑娘吵了架？」雲慶帝似笑非笑地道：「班家這個丫頭，就是能讓朕開心。」

他對嚴家有所不滿的時候，班家剛好與嚴家吵上了，現在他對石家不滿，班嫿就能直接不給石家姑娘面子。他知道朝上很多人都不敢得罪石家人，因為他是太子的岳丈，未來的國丈，可是這些人卻忘了，只要他這個皇帝在一天，那麼太子就永遠只能是太子。

這些人急切地討好石家，是都在盼著他死嗎？

唯有班家人……一直念著他的好，即使大長公主為了救他身亡，班家人也從未對他有過怨言。正這麼想著，守在殿門口的太監道：「陛下，靜亭公府的人求見，說是有東西奉予陛下。」

雲慶帝有些詫異，班家人竟不直接來見他，派人來是什麼意思，這事做得有些沒規矩了。

「宣。」不過雲慶帝對班家做事沒譜的性格已經很了解，當下也沒猶豫多久，便讓太監把人帶進來。當他看到進來的人是大長公主身邊伺候的常嬤嬤後，忍不住站起身道：「常嬤嬤，妳怎麼來了？」

「奴婢拜見陛下。」常嬤嬤行了一個大禮。

「嬤嬤請起。」雲慶帝讓王德把常嬤嬤扶起來，語氣溫和道：「嬤嬤在水清那裡生活得可還習慣？」

「謝陛下關心，奴婢一切都好。」常嬤嬤笑道：「國公爺與夫人待我猶如親人一般，奴婢現在雖然在郡主身邊伺候，但是郡主捨不得我做半點事，奴婢現在清閒得都不自在了。」

常嬤嬤無子無女，大長公主去後，雲慶帝有意接她進宮養老，卻被常嬤嬤拒絕了。她說大長公主生前最放不下一對孫子孫女，她現在還能動，所以想到郡主與世子身邊伺候。

雲慶帝見班家也有意把常嬤嬤接進國公府，便不再提這件事。他知道班家肯定不會慢待姑母身邊的親信，所以聽到常嬤嬤這麼說以後，便笑著道：「朕就知道，他們是重情義的人。嬤嬤能在國公府好好生活，朕也放心了。」

「幸得陛下關心，奴婢今日來，是替郡主跑腿的。」常嬤嬤面上露出一個無奈的笑，似乎不知道該怎麼開口，顯得有些不好意思。

「嫿嫿這丫頭就跟朕自己的孩子一般，嬤嬤有什麼話直說，不必跟朕客氣。」雲慶帝見常嬤嬤面上不好意思，反而勸道：「嬤嬤剛到班家可能還不習慣，他們行事雖然……隨意了些，不過心卻是好的，嬤嬤千萬不要有什麼為難的地方。」

「陛下這麼說，奴婢便放心了。」常嬤嬤從懷裡掏出一個油紙包，攤開後裡面是一對糖人，糖人雖然沒有穿龍袍鳳裙，但是從神態上看，一眼就能辨認出這是雲慶帝與皇后。

「郡主今日出門時，遇到一個手藝極好的糖人師傅，她便讓師傅捏了不少糖人，這對非要讓奴婢送進來，奴婢……」常嬤嬤苦笑，「郡主年幼不懂事，請陛下寬恕她這般荒唐之舉。」

雲慶帝讓王德把糖人拿了過來，細看幾眼後笑道：「這丫頭讓人捏了多少糖人？」

常嬤嬤細細一想，「約莫有七八個，奴婢有幸也得了一個。」

「班家四個，妳一個，朕與皇后一個，」雲慶帝點了點頭，笑道：「倒是有些意思。王德，你把這個送到皇后宮裡去。」

「是。」王德笑咪咪地接過油紙包，又用一個精緻的小盒裝上，才捧著去了皇后那邊。

雲慶帝倒是覺得這個小玩意兒很有趣，最重要的還是這份心意，嫿嫿這是把他跟皇后當成自家人，才會什麼東西都想著他們。

這些年沒有白疼她。

他身為帝王，又缺什麼呢，缺的就是這份真摯的心意。

別人不明白他為什麼如此偏寵嬧嬧，這些人為何不像嬧嬧一樣，拿真心待他呢？

「嬧嬧這丫頭現在是越發懶散，這點小事也要勞煩嬤嬤跑腿，」雲慶帝笑著搖頭，「這丫頭應該受罰了。」

「陛下，是奴婢想替郡主跑一次腿的，」常嬤嬤嘆口氣，「奴婢在陛下面前說句越矩的話，奴婢這些年一直在公主殿下身邊伺候，她放心不下的就是兒孫以及您，奴婢只有親眼見了陛下您，才能夠放心下來。更何況，郡主身上戴孝，老是進宮來也不太好。」

雲慶帝聽到這話，有些動容，「朕……唉。」

常嬤嬤站起身，道：「見到陛下身體健壯，龍行虎步，奴婢也放心了。陛下日理萬機，奴婢也不敢久擾，奴婢告退。」

雲慶帝有意再留常嬤嬤一會兒，但他知道常嬤嬤是姑母身邊最得用的奴僕，也是最講規矩的，她今日說這麼多話已是越矩，他是想留也留不住。

無奈之下，他只好派女官送常嬤嬤出宮，同時又賞了一堆東西到班家。

誰讓他高興，他就讓誰高興。

（未完待續）

綺思館
晴空強檔新書
戀愛吧！一切的不可理喻都好可愛
大神，笑一下嘛
上
雲端／著
AixKira／繪
大神虐她千百遍，她讓大神很哀怨！
寧欺閻羅王，莫惹唐門郎
遇見大神之後，她才知道有些人是不能招惹的
一旦惹上，便是一輩子的事
甜蜜爆笑的網遊愛情小說

從未想過能與他相濡以沫，兩心相許，可是驀然回首，
兩人竟如此相偎相依，走過了十多個春秋……

她被人追殺，墜落懸崖，眾人遍尋不著，生死未知。
他急怒攻心，一夕白髮，並誓言她若殞命，
便要將天下化為煉獄，以萬里河山為她作祭。

她懶得費心思與其他女人鬥，每天只想過著茶來伸手飯來張口的宅女生活，
卻沒想到有朝一日他會將所有女人都渴望的后位捧到她面前……

漾小說
晴空強檔新書
享受吧！一個人的妄想
傾城毒姫
1
秦簡／著
畫措／繪

她為了逃婚，離家出走撞見了他，被他誤當成細作，
自此兩人結下了一段難以割捨的歡喜情緣。

作　　　者　月下蝶影
封面繪圖　畫 措
責任編輯　施雅棠
國際版權　吳玲瑋　蔡傳宜
行　　　銷　艾青荷　蘇莞婷　黃家瑜
業　　　務　李再星　杻幸君　陳美燕
編輯總監　劉麗真
總　經　理　陳逸瑛
發　行　人　涂玉雲
出　　　版　晴空
城邦文化事業股份有限公司
104台北市中山區民生東路二段141號5樓
電話：（886）2-2500-7696　傳真：（886）2-2500-1967
發　　　行　英屬蓋曼群島商家庭傳媒股份有限公司城邦分公司
104台北市中山區民生東路二段141號2樓
客服服務專線：（886）2-25007718；25007719
24小時傳真專線：（886）2-25001990；25001991
服務時間：週一至週五上午09:00~12:00；下午13:00~17:00
劃撥帳號：19863813；戶名：書虫股份有限公司
讀者服務信箱：service@readingclub.com.tw
晴空部落格　http://blog.yam.com/readsky
香港發行所　城邦（香港）出版集團有限公司
香港灣仔駱克道193號東超商業中心1樓
電話：852-25086231　傳真：852-25789337
E-mail：hkcite@biznetvigator.com
馬新發行所　城邦（馬新）出版集團【Cite (M) Sdn Bhd】
41, Jalan Radin Anum, Bandar Baru Sri Petaling,
57000 Kuala Lumpur, Malaysia.
電話：(603) 9057-8822　傳真：(603) 9057-6622
Email：cite@cite.com.my
美術設計　洸譜創意設計股份有限公司
印　　　刷　沐春行銷創意有限公司
初版一刷　2017年07月06日
定　　　價　260元
I S B N　978-986-94467-4-7

漾小說 181

天生嬌媚 上

國家圖書館出版品預行編目資料

天生嬌媚 / 月下蝶影著. -- 初版. -- 臺北市：
晴空, 城邦文化出版：家庭傳媒城邦分公司發行,
2017.07
冊；　公分. --（漾小說；181）
ISBN 978-986-94467-4-7（上冊：平裝）

857.7　　106009150

原著書名：《我就是这般女子》，由北京晉江原創網絡科技有限公司授權出版。

城邦讀書花園
www.cite.com.tw